献给所有的先行者和后来者
献给所有点燃火焰并使之持续燃烧的
伟大的悉达圣徒和大师们

悉德·菲尔德经典剧作教程 1

Screenplay: The Foundations of Screenwriting

电影剧本写作基础

（最新修订版）

［美］悉德·菲尔德（Syd Field）著　钟大丰　鲍玉珩　译

致中国读者

> 我的任务……就是让你听,让你感觉——而最重要的是,让你看。就这些,而且,这就是一切。
>
> ——约瑟夫·康拉德(Joseph Conrad)

我好像把我一生大部分的时间都花在了坐在昏暗的剧场里,手拿着爆米花,目不转睛地盯着那神奇的银幕上反射的光的河流组成的影像。

我是那些在好莱坞电影工业的氛围里长大的孩子们中的一个。就像我哥哥在"治安官的男孩"乐队吹喇叭时一样,我曾在弗兰克·卡普拉导演、斯宾塞·屈赛和凯瑟琳·赫本主演的《联邦一州》一片里扮演过乐队成员。可对此我除了还记得范·强生教我下跳棋之外,别的什么也没记住。

是的,我真的可以说我是好莱坞的孩子。

在过去的三十五年里,我看着电影成了我们文化的一个组成部分,我们传统的一个组成部分,看着它变成了一种国际化的生活方式。一旦一个观众加入到昏暗的剧场里,成为其中的一员,他就变成了一个生命的存在,融入到一个无法用语言表述却又与那超越时间、空间和环境而存在的人类精神有着根深蒂固的联系的"集体情感"之中。

看电影既是一种个人的经验,又是一种集体的经验,那是一系列与时间相抗争的瞬间。看着银幕上那些闪动着的影像便可以目击所有的人生经验。它可以是像史蒂文·斯皮尔伯格的《第三类接触》开始的段落那样美妙而充满诗意;或者像斯坦利·库布里克的《2001太空漫游》里猿猴把木棒扔向天空,融入宇宙飞船时那样涵盖整个人类的历史。数千年的时间和人类的演进浓缩在了两小段影片里面,那是多么奇幻而又神秘的时刻呀。这就是电影的力量。

这些年来对于电影中的戏剧性结构的理解成了争论的焦点，围绕着常规的和非常规的故事讲述方法大家展开了激烈的讨论。我觉得这很好，因为它带来有所发现的探讨，新的观点从影片里生发出来。结构不会变化，只有形式——也就是把故事结合在一起的方法——将会改变。如果要用一些新的用画面讲故事的方法，那我已经很清楚我该从哪里开始了。我们可能告别了过去，但过去或许不曾放过我们。

当我坐在昏暗的剧场里，我一直乐观地满怀着希望。我不知道我是在为我自己生活中遇到的问题寻找着答案，还是沉默地坐在黑暗中庆幸着自己没有在那恶魔般的银幕上面对我所看到的那些斗争和挑战。是的，我知道那些只是投射出来的影像，但我可能从中得到某些启示和对自己的生活有帮助的知识。

当我回顾我的人生足迹时想到这些。我看到我从哪里开始自己的旅程，凝视着自己到过的地方和自己走过的道路，明白了它们并非终点是多么的重要啊。这旅程本身就既是目的，也是结局。

就像在电影里一样。

悉德·菲尔德
2001年6月于加州贝弗利山庄

目 录
Contents

致中国读者 ··· 1
引　言 ··· 5

第一章　电影剧本是什么 ·· 1
第二章　主　题 ··· 17
第三章　人物的创造 ··· 31
第四章　构建人物 ··· 45
第五章　故事与人物 ··· 59
第六章　结尾和开端 ··· 73
第七章　建　置 ··· 89
第八章　两个事件 ··· 111
第九章　情节点 ·· 125
第十章　场　景 ·· 143
第十一章　段　落 ··· 165
第十二章　构筑故事线 ·· 179
第十三章　剧本的格式 ·· 195
第十四章　写作电影剧本 ··· 217
第十五章　论改编 ··· 235

第十六章　论合作…………………………………………253
第十七章　剧本写完之后…………………………………265
第十八章　作者札记………………………………………281

出版后记　　285

引 言

圣人云：我们可能告别了过去，但过去或许不曾放过我们。

——《木兰花》（*Magnolia*，1999），
保罗·托马斯·安德森（Paul Thomas Anderson）编剧

  1979年，当我第一次写这本书的时候，市场上只有少数几种和电影剧本创作艺术与技巧有关的书籍，这其中最流行的就是拉戈斯·埃格里（Lagos Egri）所著的《剧作的艺术》（*The Art of Dramatic Writing*），该书于1940年第一次出版。虽然这不是一本真正意义上有关电影剧本创作的书，但是它比较清楚和准确地陈述了有关戏剧创作的基本原则。在那个时期，舞台剧本与电影剧本的写作尚没有被真正的区分开来。

  《电影剧本写作基础》（*Screenplay*，即本书）改变了这一切。这本书通过设计戏剧性结构的基本原则，确立了电影剧本写作的基础，也是以当代流行电影为例来阐释剧本写作的第一本书。同时就像我们知道的那样，电影剧本写作这门技巧在某些时候会上升到艺术的高度。

  这本书第一次出版的时候，立刻就成为当时的畅销书，或者就像我的出版商在书上标记的那样——"轰动一时"。在出版的头几个月里，该书被多次印刷，并且成为当时讨论的"热门话题"。看上去似乎所有人都对这种瞬间获得的巨大成功感到惊讶。

  20世纪70年代，我在好莱坞舍伍德·欧克斯实验学院（Sherwood Oaks Experimental College）教授剧本写作期间，我发现来自各行各业的人们都对剧本创作有着惊人的渴望。数以百计人涌入我的课堂，而且事情很快就变得很清楚，每个人都有自己的故事，只是他们不知道如何去讲。

  自从1979年早春的某天，《电影剧本写作基础》第一次在书店中出现

以来，剧本写作理论已经有了巨大的发展。今天，剧本写作和电影制作的普及已经成为我们文化的一部分，是不容忽视的。走进任何书店，你都可以从一排排书架上看到各种有关电影制作方面的书籍。事实上，现在大学校园中最流行的两个专业就是商业和电影。同时，伴随着计算机技术和计算机图像和形象戏剧性的崛起，MTV、高清电视、Xbox、Playstation和新型局域网技术的影响日益扩大，以及国内外各种电影节的大量增加，我们已经处于一场电影革命之中。不久，我们就可以用手机来制作短片，把它们通过电子邮件发送给我们的朋友，然后在电视机上播放出来。显然，我们看待事物的方式也在进化。

来看一下《指环王》三部曲的史诗性冒险，《美国美人》对美国中产阶级的描述，《奔腾年代》的情感和视觉冲击力，或者《谍影重重2》《冷山》、《记忆碎片》、《青春年少》、《木兰花》、《特伦鲍姆一家》以及《美丽心灵的永恒阳光》的文学性陈述，把它们同70、80年代的任意一部影片比较一下，你就会发现这种革命的显著性：影像变得更快；信息的传递是更为视觉化的、快速的；夸大了对沉默的运用；同时特效和音乐更加突出和显著；时间的概念更加主观化而且经常是非线性的，在基调和技巧上更为小说化。尽管讲故事的工具和技巧在时代的需求和技术的基础上进化了，但是讲故事的艺术仍然和从前一样。

电影是艺术与科学的结合体；技术的革命直接改变了我们看电影的方式，因此，也改变了我们写电影的方式，这是必须的。但是，无论在物质方面发生怎样的变化，剧本的本性永远是不变的：一个电影剧本就是通过影像、对话和描述来讲故事，并且把这个故事放置在一个戏剧性的结构环境之中。这就是剧本，这就是剧本的本性，这就是视觉性剧本的艺术。

电影剧本写作是一个创造性的过程，这种技巧是可以学习的。讲述一个故事，你必须创建自己的角色，引入戏剧性前提（这是一个关于什么的故事）和戏剧性情景（行动的周围环境），为你的角色设置需要去面对和攻克的障碍，然后，结束这个故事。就像你知道的那样，男孩遇到女孩，男孩得到女孩，男孩失去女孩。所有的故事，从亚里士多德时代历经众多璀璨的文明，其中都嵌入了相同的戏剧性要素。

在《指环王1：护戒使者》(The Lord of the Rings: The Fellowship of the Ring，2001，弗兰·沃尔什、菲利帕·伯恩斯和彼得·杰克逊根据J.R.R.托尔金原著小说改编）中，弗罗多成为魔戒的持有者，负责把戒指带到其诞生的地方末日山去销毁，这就是他的**戏剧性需求**（dramatic need），他如何到达那里以及怎样完成任务，就是故事本身。《指环王1：护戒使者》设置了角色和场所，采用线性叙事；设定了人物主角弗罗多、霍比特人的家乡夏尔以及其他的护戒使者们，他们出发去末日山完成毁灭魔戒的任务。《指环王2：双塔奇兵》(The Lord of the Rings: The Two Towers，2002），为弗罗多、山姆和其他护戒使者们在去毁灭戒指的旅途中设置了许多戏剧性的障碍。弗罗多和山姆遇到一个又一个的障碍，阻止他们去完成任务。与此同时，阿拉贡和其他人必须克服困难去打败圣盔谷的奥克斯。在《指环王3：王者归来》(The Lord of the Rings: The Return of the King，2003）中，故事被圆满地解决了：弗罗多和山姆到达了末日山，目睹戒指和咕噜姆一起跌入火焰中，被彻底销毁，阿拉贡王冠加冕，重新成为刚铎的国王，霍比特人回到故乡夏尔，他们的故事也就此结束。

建置，对峙，解决（set-up, confrontation, and resolution）。

这就是戏剧的原料。当我还是一个孩子，手里拿着爆米花坐在漆黑的电影院，充满敬畏地盯着庞大的银幕上由一道白光投射出的影像时，我就知道这些了。

作为一个土生土长的洛杉矶人（我的祖父于1907年从波兰来到洛杉矶），我就是在周遭都是电影工业的环境中长大的。当我10岁的时候，作为谢佛尔男孩乐队（Sheriff Boy's Band）的一员，我曾经在弗兰克·卡普拉（Frank Capra）的《联邦一州》（The State of the Union，1948，斯宾塞·屈赛和凯瑟琳·赫本主演）中扮演角色。我对那次经历没有太多的印象，除了记住范·强生（Van Johnson）教我如何下棋。

每个星期六的下午，我和我的朋友们经常会偷偷溜进附近的电影院，观看《飞侠哥顿》（Flash Gordon）和《巴克·罗杰斯》（Buck Rogers）的系列片。在我十几岁的时候，看电影成为一种爱好，一种娱乐形式，一个讨论的话题，同时电影院也成为一个好玩的去处。有时，会有一些难忘的镜头——比如《江湖侠侣》(*To Have and Have Not*, 1944)中的鲍嘉与白考尔，《碧血金沙》(*The Treasure of the Sierra Madre*, 1948)中沃尔特·休斯顿在山上发现金矿时疯狂的舞蹈，又或者在《码头风云》(*On the Waterfront*, 1954)的结尾看到马龙·白兰度在码头的跳板上蹒跚而行。

我进入了好莱坞高中，被邀请加入雅典人兄弟会——高中时代的众多的俱乐部之一，成员们经常一起四处游荡。毕业后不久，我经最好的朋友——雅典人的会员之一弗兰克·马佐拉（Frank Mazzola）介绍，遇见了詹姆斯·迪恩（James Dean），并与他建立了深厚的友情。弗兰克向迪恩介绍了这个时期的高中俱乐部都是什么样子（俱乐部的概念同今天的"帮"类似）。导演尼古拉斯·雷（Nicholas Ray）和詹姆斯·迪恩选择弗兰克作为电影《无因的反叛》(*Rebel Without a Cause*, 1955)中关于"帮派"的顾问，并且在电影中扮演了克郎齐这个角色。于是我们这个雅典人兄弟会就在电影《无因的反叛》中成为了片中那个俱乐部的原始典范。有时，当我们在周六晚上沿着好莱坞的保利瓦德大街四处闲逛惹是生非时，詹姆斯·迪恩会来跟我们一起。我们就是所谓的小流氓或坏家伙，从不退缩，决不食言，不管是一次挑战还是一场战斗。我们总是会惹上很多麻烦。

迪恩喜欢听有关我们的冒险，并且会不停地向我们追问更多的细节。每次我们又有些什么野蛮、过分的粗野行径的时候，不论是什么，他都想知道那是如何发生的，我们是怎么想的，感觉如何，诸如此类演员会问到的问题。

只有当《无因的反叛》放映并且在世界上引起轰动之后，我才意识到我们对这部影片做出了多大的贡献。讽刺的是在迪恩整日和我们混在一起的那段时间里，并没有对我们产生什么真正的影响，只有到他死后，也只有在那个时候，当他成为我们这一代人的偶像的时候，我才领会到我们做出的重大贡献。

是马佐拉说服我去上表演课，这件事最终改变了我的人生。这是一个人一生中一系列重要事件里最有影响的时刻。我的家庭——姑姑和叔叔们（我的父母在几年前过世了）——想让我成为专业人士，那意味着成为一名医生、律师或者牙医。我过去也确实利用业余时间在西奈山医院工作，而且我喜欢急诊室的步调和戏剧性，所以我曾经考虑过要成为一名医生。1959年8月，我被加州大学录取，收拾好属于我的为数不多的东西，我驱车前往伯克利。

伯克利在60年代早期是一个骚乱不定的热闹地区。在那里，旗帜、标语和宣传的小册子到处都是。卡斯特罗的起义军刚刚颠覆了巴蒂斯塔政府，标语随处可见，从"解放古巴"、"革命的时刻到来了"到"言论自由"、"废除ROTC（后备军官训练队）"、"人人平等"、"社会主义为人人，人人为社会主义"。电报大街，这条直接通往校园的主干道上永远都挂满了各种颜色的旗帜和传单。抗议的集会几乎每天都有，只要我停下来听，联邦调查局的特务们就会用他们隐藏在衬衫或者领带上的照相机拍下每一个人。这只是一个玩笑。

我不久就像同时代的人们一样，被卷入当时的那些活动之中。就像我那个时代的许多其他人一样，我被"垮掉的一代"——凯鲁亚克、金斯伯格、格雷戈里·柯索等人，影响和激励着，这些诗人/圣哲点燃了反叛和革命的火炬。我们被他们的声音和他们的经历所鼓舞，我也一样，希望在改变的浪潮中当个弄潮儿。不久，学校爆发了由马里奥·萨瓦欧引发的骚乱，卷入了争取言论自由的政治动乱。

在伯克利的第二学期，我在葛奥格·布齐纳（Georg Büchner）执导的德国表现主义戏剧《胡扎克》（Woyzeck）中试演了胡扎克这个角色。在扮演这个角色的过程中，我遇到了法国著名导演让·雷诺阿（Jean Renoir）。

我和雷诺阿的关系直接改变了我的生活。现在我已经知道，在你的一生中会有这么两三次，某些事情的发生改变了你整个人生的进程。我们遇见某人，去了某个地方，或者做了某些我们之前从未做过的事情，然后这些时刻就有可能指引我们到达我们想要去的地方，同时也就是我们一生中所要贡献工作的时刻。

人们说我能够和雷诺阿一起工作是非常幸运的，那是一次机遇，我在正确时间出现在了正确的地方。这是事实。但是经过这些年，我已经学会了不要过于相信运气或者所谓的偶然，我想所有事情的发生都有原因。在这个星球上度过的短暂时间里，人生的每一刻，我们的每一次经历都值得我们去学习。把它称之为命运、定数，或者任何其他你想的，都无关紧要。

我在雷诺阿的戏剧《卡罗拉》(Carola)的世界首次公演中做试演，并且最终成为第三号主角，出演康潘那部分，扮演二战中巴黎被纳粹占领的最后那段时间里巴黎一家戏院的舞台经理。有将近一年的时间，我坐在雷诺阿的脚下，通过他的眼睛观看和学习电影。他总是对它们做出评价，无论是作为一个艺术家、一个人或者是一个人道主义者，他对自己所见所写的一切热情且直言不讳地发表意见，其实他三者都是。同他在一起对我而言是一种激励、一个人生的重要课堂、一种快乐、一种荣幸，同时也是一次宝贵的学习经验。虽然在我的生命中电影一直是很重要的一部分，但是只有在我和雷诺阿在一起的那段时间里，我把注意力转移到了电影身上，就像植物为了朝向太阳而转动。突然间，我开始用一种全新眼光来看待电影，把它作为一种艺术形式来研究和学习，在故事和影像中寻找对生命的表达和理解。从这一刻起，对电影的热爱哺育和滋养了我。

"什么是电影？"(Qu'est-ce que le cinéma？)，这是雷诺阿在给我们放映他的某部片子之前经常会问到的问题。"什么是电影？"他以前曾经说电影不仅仅是在银幕上闪过的影像："这些影像是一种艺术形式，但比生活更为广阔。"我怎样来描述雷诺阿呢？他是一个人，就像其他人一样。但是至少在我的印象中，他与其他人的不同之处在于，他有着高贵的心灵，胸襟宽广、待人友善、聪明睿智，同时看上去似乎能对他接触到的每一个人产生影响。作为伟大的印象主义画家皮埃尔·奥古斯特·雷诺阿之子，让在视觉上同样有着惊人的天赋。雷诺阿教我学习电影，引导我进入这个通过视觉讲述故事的艺术，成为了我们内心中的一个礼物。他领我登堂入室，而我也从此义无反顾。

雷诺阿不喜欢那些老生常谈。他会引用他父亲关于把想法付诸实践的话，"如果你不使用模型就往树上画叶子，"雷诺阿告诉我们这位印象派大师曾经说过的话，"你的想象力只能为你提供很少的树叶，而自然可以为你提供数百万计，就在同一棵树上。世上没有完全相同的两片叶子。一个只从自己的想象中汲取养分的画家不久就会开始重复自己。"如果你去看雷诺阿的那些伟大作品，你就会理解他这句话的含义。在他的画中，从没有两片树叶、两朵花或者两个人是用同样的方法画出来的。他儿子的电影也是一样：《大幻影》、《游戏规则》（这两部都被认为位于电影史上最伟大的电影之列）、《黄金马车》、《草地上的午餐》等等。雷诺阿告诉我他"用光来描绘"，就像他的父亲用油彩作画的方式一样。让·雷诺阿是这样一位艺术家，他用和他父亲"发现"印象主义一样的方式，发现了电影。"艺术，"他说，"应该为欣赏者提供与创造者交融的机会。"

坐在电影院观看那些闪烁的影像在银幕上晃动，就像是亲身经历了人生中的最大事件：从作为首部曲的《指环王1：护戒使者》到《特伦鲍姆一家》；从《黑客帝国1》到《第三类接触》；从《桂河大桥》最初的那几个镜头到斯坦利·库布里克的《2001太空漫游》中用一根扔向天空的木棒与飞船融合的画面来捕捉人类历史的场景——数千年来，人类的进化被浓缩到电影的两个画面中展示出来，这一刻是如此的神奇而又令人惊叹，这就是电影的力量。

在过去的几十年间，我在世界各地巡讲关于电影剧本创作的艺术与技巧，我观察到电影剧本写作的风格已经进化到一个更加视觉化的阶段。就像我提到过的，我们发现某些小说的特定技巧，像意识流和章节体，正在开始渗入到现代的剧本中来。（《杀死比尔》、《时时刻刻》、《特伦鲍姆一家》、《美国美人》、《谍影重重2》、《满洲候选人》、《冷山》就是一些典型的代表）。很明显，这是全新的伴随着计算机技术成长起来的一代人，他们习惯于互动软件、数字化的叙事方式以及剪辑软件，他们看待事物的方式更为视觉化，因此能够运用更为影像化的方式进行表达。

但是当所有的都说过了也做完了，写作的基本原则并没有改变。无论在什么时间什么地点或者我们生活在什么时代，这些原则都是一样的。伟大的电影是永恒的——他们体现和捕捉了他们被制作出来的那个时代的信息，而人类的状态在现在和那时是一样的。

我写这本书的目的就是研究电影剧本写作的技巧，同时举例说明戏剧性结构的基本原则。当你想要创作一个剧本的时候，有两方面需要处理：第一是写作的准备阶段，调查研究、考虑时间、人物创造以及铺设复杂的戏剧性结构等；第二个是实施阶段，对剧本进行实际的创作，设计视觉影像的同时记录对白。写作中最困难的事情就是知道要写什么。当我第一次写这本书的时候就面临这个问题，现在依然如此。

这不是一本关于"如何去做"的书，我不能教每一个人如何写剧本。人们自己教会他们自己关于写剧本的技巧，我所能做的就是向他们指出要创作一个成功的剧本什么是他们必须去做的。所以，我把它称为应该去做什么的书。意思是如果你有某个想法想把它写成剧本，而你不知道做什么或者怎么去做，那么我来教你。

做过戴维·勒·沃尔珀制片公司（David L. Wolper Productions）的编剧兼制片人，当过自由职业的电影剧作家，担任过西尼莫比尔制片系统（Cinemobile Systems）编剧部门的领导后，我花费了好几年时间写作与阅读电影剧本。仅在西尼莫比尔公司一处，两年多的时间里我就阅读了2000多部电影剧本并写出故事提要。在这2000多个剧本中，我只选了40部提交给我们的资助人作为可拍的电影投入生产。

为什么如此之少呢？因为我所读到的剧本中100部里有99部都没有好到足以对它投资100万或者更多钱的程度。或者换而言之，在我所读到的剧本中100部只有1部是好到足以考虑拍成电影。在西尼莫比尔，我们的工作就是制作电影。只在一年内，我们就直接参与约119部影片的生产，包括《教父》、《猛虎过山》、《激流四勇士》、《再见爱丽丝》、《美国风情画》等一系列影片。

在70年代早期，西尼莫比尔是一家可移动外景拍摄的制片公司。这彻底颠覆了电影的制作方式。电影制作者不再必须依赖额外的大篷车来装载演员、工作组成员和各种设备，把他们运到任何需要的地方。基本上，西尼莫比尔是一辆8轮驱动的"灰狗"长途汽车，所以我们可以把设备存放在行李区，然后把演员和工作组成员拉到山顶，拍3至8页的脚本，然后再开回家。我的老板、西尼莫比尔公司的创建人弗瓦德·赛德（Fouad Said）在成功的基础上决定拍摄自己的影片。于是他外出筹集资金，在短短的几周内就筹到了几百万美元，同时在需要的情况下，有数百万美元以上的周转资金。很快，几乎好莱坞的每个人都给他送来剧本。从电影明星和导演那里、从制片厂和制片人那里、从各种相识或不相识的人那里，送来了上千本剧本。

也就在那时,我有幸得到机会可以阅读送来的大量剧本,评定它们的质量、预计成本和大致的预算。经常有人提醒我,我的工作就是为我们的三个主要经济资助人"找材料"。它们是:联艺院线(United Artists Theatre Group)、总部设在伦敦的海姆达尔影片发行公司(Hemdale Film Distribution Company)和塔夫特广播公司(Taft Broadcasting Company),它是西尼莫比尔的母公司。

就这样,我开始阅读剧本。原本是一名电影剧作家的我,在从事七年多的自由写作之后得到了一个迫切需要的职业。在公司的工作使得我对电影剧本的写作有了一个全新的认识。这是一个难得的机会,一个巨大的鞭策,也是一个生动的学习过程。

我不停地问自己,究竟是什么使得我所推荐的这40部电影剧本比其他的更"好些"呢?当时没有答案,然后我思考了很长时间。

每天清晨,当我到达工作地点,我的桌子上都会放着一叠剧本等着我去处理。无论我做什么,无论我以怎样快的速度阅读,无论我略读、跳读或者抛弃了多少个剧本,一个坚定的事实始终提醒着我:那叠剧本的数量始终没有改变过,我知道那叠东西我永远都处理不完。

阅读剧本是一种独特的体验。它不像阅读小说、戏剧或者星期天报纸上的文章。当我第一次开始阅读的时候,我逐字逐句看得很慢,沉浸在所有的视觉性描绘、角色的细微差别以及戏剧性的场景中。但是这种方法对我来说不起作用。这样做太容易反而不能抓住作者的语言及风格。我了解到,大部分好读的剧本——有着动人的句子、漂亮的文学式的散文以及优美的对话——通常不适合拍成电影。尽管他们读起来流畅生动,给人的总体感觉就像是阅读了一个小故事,或者是诸如《名利场》、《时尚先生》这样的杂志上的新闻稿。但是那还不足以成为一个好的电影剧本。

我开始对于阅读缺乏兴趣了,或者去"匆匆浏览"、大略一观,一天至少阅读三个剧本。我发现,阅读两个剧本对我来说没有任何问题,但是,当我开始阅读第三个时,剧本的语言、角色、行动等所有的东西看上去都凝结成为某种混乱的黏性物质,剧本的主要情节涉及到联邦调查局和中央情报局，其间插入了银行抢劫、谋杀、汽车追逐、大量的湿吻和裸露。在下午两三点钟的时候，在吃过一顿丰盛的午餐、略微多喝了点葡萄酒之后，我很难把注意力集中在行动或者人物、故事情节的细微差别上。所以，在这份工作上做了几个月之后，我发现自己通常会把自己锁在办公室里，把脚放在办公桌上，拔掉电话线，斜靠着椅子，胸前放着剧本，然后开始打盹。

必须阅读超过一百个剧本，我才意识到我不知道自己在做什么。我在寻找什么？是什么使一个剧本好或者不好？我可以说出我是否喜欢它，但是什么是构成一个好剧本的基本要素？它一定不仅仅是一系列优美的画面点缀上一连串聪明的对话。是情节、角色还是行动发生的活动场所使之成为一个好的剧本？是写作的视觉风格或者是对话的巧妙？如果我不知道答案，那么我如何回答那个我被制片厂、剧作家、制片人以及导演反复问到的问题：我在寻找什么？正是在那时，我明白了对我来说真正的问题是：我是怎样阅读一个电影剧本的？我知道怎么去写一个电影剧本，而且当我看电影的时候我确定知道什么是我喜欢和不喜欢的，但是现在我如何把这些应用到阅读电影剧本中来。

这个问题我想得越多，我就变得越清楚。不久我意识到，我在寻找的东西就是一种跳出纸页的分解出来的风格，这种风格显示出剧本中原始的力量，就像《唐人街》、《出租车司机》、《教父》和《美国风情画》。随着我办公桌上的剧本越堆越高，我感觉自己非常像是杰伊·盖茨比在《了不起的盖茨比》中的最后阶段（F·斯科特·菲茨杰拉德的经典小说）。在书的末尾，叙述者尼克回忆起盖茨比经常在绿色的光影中伫立着，望着水面，回想着他的单恋。盖茨比是一个信仰过去的人，他相信如果他有足够的财富和权力，就可以让时间倒流并且重建那段时光。正是这个梦激励着他这样一个年轻人去跨越无数的障碍，追寻爱情和财富，追寻他所期盼的现实。

绿色的光。

当我在一堆剧本中挣扎努力寻找"值得一读的好东西"的时候，我想了很多关于盖茨比和那道绿光的事情，那个独一无二的剧本将成为"救世主"，通过来自制片厂、决策人、电影明星、财政能手们以及自我的严酷考验，并最终在漆黑的电影院里呈现在大银幕上。

正在那时，我得到机会在好莱坞的舍伍德·欧克斯实验学院教授一个电影编剧班。70年代，舍伍德·欧克斯实验学院是一所由专业人员教授的专科学校。在这个学院中，有保罗·纽曼、达斯汀·霍夫曼和卢西尔·巴尔等举办的表演讲习班；有托尼·比尔主持的编剧讲习班；有马丁·斯科塞斯、罗伯特·阿尔特曼或者阿兰·帕库拉举办的导演讲习班；有两位世界最优秀的电影摄影师约翰·阿朗索和维莫斯·齐格蒙教授的一个摄影班。在这所学院中，制片人、专业的制片主任、摄影师、电影剪辑师、作家、导演和剧本监制都来讲授他们的专业。这是美国一所独特的电影学院。

在此之前我从来没有教过电影编剧班。这样我就不得不钻研并总结我的写作经验和阅读经验来发展我的基本教材。

我不停地询问自己：什么是一个好的剧本？随后很快我开始得到一些答案。当你阅读一个好剧本时，你知道它是一个好剧本——从第1页就很明显地看出来。它的风格、书写方式、故事建置的方式、戏剧性情境的捕捉、主要人物的介绍、剧本的基本前提或问题等——它们在剧本的最初几页就都表现出来了。《唐人街》、《五支歌》、《教父》、《法国贩毒网》、《总统班底》就是完美的例证。

我很快认识到，一个电影剧本就是一个由画面讲述的故事。它就像一个名词，有一个主题，一个电影剧本是关于一个人或几个人，在一个地方或几个地方，去做他、她或他们的"事情"。我认识到，任何好的电影剧本在形式上都具有共同的基本概念成分。

这些因素在由开端、中段和结尾组成的特定结构中得到了戏剧性的表现。当我复查送给资助人的那40部电影剧本（包括《教父》、《美国风情画》、《黑狮震雄风》、《再见爱丽丝》等）之时，我认识到它们都具有这些基本概念，无论它们是通过怎样的电影手段拍摄出来的。

我开始用这个概念来教授电影剧本写作。我想，如果学生知道典范的电影剧本是什么样子的，他就能以此作为指南或蓝图。

现在我用这个方法教授电影剧本创作已经超过二十五年了。对于电影剧本写作来说，这是一个全面而有效的方式。我的教材已经被来自世界各地的数千名学生发展并且应用了。本书中所提出的原则现在已经被电影业内所广泛接受了。对于主流的电影制片厂来说，在契约中规定送来的剧本必须有明确的**三段式结构**（three-act structure），在长度上不能超过2小时8分钟或者128页。（当然，总有例外）。

我的学生中有很多人已经获得了成功：安娜·汉密尔顿·费伦在我的进修班中写出了《面具》，后来又写出了《雾锁危情》；劳拉·埃斯奎尔写出了《浓情朱古力》；卡曼·加尔夫写出了《荆棘鸟》；贾纳斯·塞尔康编写出《天降神迹》；琳达·艾尔思塔德以《离婚大战》获得了著名的博爱奖。而一些知名的电影制作人如詹姆斯·卡梅隆（《终结者》、《终结者2：审判日》、《泰坦尼克号》），特德·塔利（《沉默的羔羊》、《危险机密》），阿方索和卡洛斯·卡隆（《衰仔失乐园》、《哈利·波特与阿兹卡班的囚徒》），肯·诺兰（《黑鹰降落》），大卫·奥·拉塞尔（《夺金三王》、《我爱哈克比》）以及蒂娜·菲（《贱女孩》）等，我仅仅是列出其中的一些，当他们开始剧本创作生涯时曾经使用过我的教材。

当我写这篇引言的时候，《电影剧本写作基础》已经印刷了近40次，历经几个版本，被翻译成22种语言，同时在某些国家出现了盗版：起先是伊朗，然后是俄罗斯。

当我开始考虑重新修订这本书的时候，我迅速意识到我所用来举例的大部分电影都是70年代的，我曾经想要使用一些更接近当代的、人们更加熟悉的电影。但是当我回顾此书，查看我先前所使用的电影范例时，发现他们当中的绝大多数都是现在美国电影界公认的经典影片——例如《唐人街》、《哈诺德与莫德》、《电视台风云》、《秃鹰七十二小时》等等。这些电影在娱乐和教学的双重标准上，仍然不失为榜样。在大多数情况下，这些电影在今天看来依然生动，就像他们刚刚被创作出来时那样。尽管有着过时的态度，他们仍然能够抓住那个时代某个特别的瞬间，在那个动荡、充满了社会革命和暴力的年代记录下那些反战思想，在今天看来依然很流行。伊拉克的梦魇和在越南噩梦般的经历是如此相似。我现在已经了解到，我在80年代早期所描述的那些电影剧本创作的基本原则对于今天来说仍然是适用的，只是表达的方式改变了。

我的这本教材是供所有人使用的：小说家，剧作家，杂志编辑，家庭主妇，商人，医生，演员，电影剪接师，广告片导演，秘书，广告经理以及大学教授等等，都能从中获益。

　　本书的目的就是使读者坐下来，从一个有选择、有信心、有把握的地位出发来编写一个电影剧本。就像我之前说过的，最难的事情是知道自己要写什么。当你看完这本书，你将会确切地知道写一个职业的电影剧本要做些什么。至于写与不写则完全取决于你。

　　天赋是上帝的礼物；你可能有也可能没有。但是写作是件个人的事——你或者写，或者不写。

致　谢

　　感谢极有天赋的剧作家罗伯特·唐尼、詹姆斯·卡梅隆、大卫·凯普、斯图尔特·比蒂；感谢梦工厂的马克·海姆斯；感谢斯特林·洛德与夏伦·贾米森·巴斯克斯，他们给予我很多帮助完成此书；感谢Landmark教育公司的所有人，他们给我提供了很大的支持，给予我写作的空间，给予我足够的机会去充实此书的内容。

　　当然，也感谢阿维娃，她陪伴我走完这段写作的旅程。

Chapter 1
电影剧本是什么
WHAT IS A SCREENPLAY?

"假设您现在在自己的办公室内……一位您从前遇到过的漂亮姑娘走进您的房间,她脱下她的手套,打开她的钱包,把它一下子放置在桌子上……她有两个一角钱的硬币和一个五分钱,此外还有一个火柴盒。她把那个五分钱硬币搁在桌子上,把另外两个一毛钱硬币放回钱包里,然后把她的黑手套搁在暖炉上……正在此时,您的电话铃响了。这位姑娘拿起电话,说了一声哈罗,停下来听了一听,又接着说'我从来没有过什么黑手套'。说完,她就挂了电话……您看了一下周围,突然发现有个什么家伙在你的办公室内,他正在打量那个姑娘所做的一切……"

"继续,"鲍考斯笑着说,"发生了什么事儿?"

"我不知道,"斯塔尔回答,"我正在拍片。"

——《最后的大亨》(*The Last Tycoon*),
F·斯科特·菲茨杰拉德(F. Scott Fitzgerald)著

1937年夏天,F·斯科特·菲茨杰拉德酗酒过度,负债累累,走投无路,绝望之际来到好莱坞试图寻找出路。他希望通过编写电影剧本来改善自己的境况。正如一位朋友所言，这位曾经写过《了不起的盖茨比》、《夜色温柔》、《人间天堂》等剧本的大作家，也是《最后的大亨》（未完成本）的作者，当今美国最伟大的小说家，竟沦落到如此境地。

此后，在有两年半时光中，他在好莱坞游荡，他把电影剧本写作看得十分认真和严肃，一位知道他的文学才华的人这样评价他说："看到他全心投入这个事业，你会感到心酸而伤心。"菲茨杰拉德编写每一个电影剧本时，都像他写小说一样认真，他时常是在写人物对话或者对白之前，要先为剧中的每个主要人物写出一段很长的背景故事。

无论他在编写一个电影剧本之前，如何进行所有的准备，他始终被一个问题所缠身而难以脱身找出答案：到底什么是创作出一个好的电影剧本的关键呢？比利·怀尔德（Billy Wilder）曾经把菲茨杰拉德比作："一个伟大的雕塑家，被雇佣去干一件喷灌工作；他不知道如何把水管连接起来，让水能通畅流动。"

他在好莱坞的多年生涯中，始终在寻求一个答案：如何在口述语言和影像之间取得平衡。在此期间，唯一一部标有他的大名的电影剧本是根据埃里希·马里亚·雷马克（Erich Maria Remarque）的小说《三人行》改编而成（*Three Comrades*，1938，罗伯特·泰勒、玛格丽特·苏利文主演），但最后还是由约瑟夫·曼凯维奇（Joseph L. Mankiewicz）反复修改多次才获得通过的。他曾经修改或写作几个其他的剧本，包括艰苦地花费一个星期去计划编写《乱世佳人》的剧本（他被限制不得使用玛格丽特·米切尔［Margaret Mitchell］小说中不曾出现的字眼）。这样，除了这部《三人行》电影剧本之外，菲茨杰拉德的所有电影剧本都以失败告终。有一个为琼·克劳馥写的剧本《不贞》（*Infidelity*）因涉及性内容而半途而废。菲茨杰拉德死于1941年，临终前，依然在创作他的最后一部小说《最后的大亨》。

他愤愤而死，临死还坚信自己到头来不过是个失败者。

我时常会着迷于菲茨杰拉德一生的经历。这其中的主要原因是他花费一生的时光去寻求"到底什么是创作出一个好的电影剧本的关键？"这一问题的答案。他不寻常的生活——妻子塞尔妲被送入疗养院，他所陷入的债务和难过的生活方式，他的酗酒等等——都和他沉迷于电影剧本写作有关。他始终坚信电影剧作是一种技艺（craft），一种可以学习、把握的技艺。无论他如何刻苦努力，孜孜不倦，而且尽心尽力地探索，结果他还是失败了，白费了自己的心力和精力。

为什么？

我想这不会有明确的答案。当我阅读完菲茨杰拉德这个阶段的全部著作、文章以及书信后，就似乎很清楚了：他从来没有明确过究竟电影剧本是什么；他时常茫然于到底他是否"做对了"，或者是否存在一定的可以遵循的规则，从而使得他能够写出一个成功的剧本。

记得当年，我在加州大学伯克利分校读书时，专业是英国文学，在课堂上，我仔细地阅读了《夜色温柔》（Tender Is the Night）的第一、第二版。这本书讲述了一个恋爱故事，发生在一位精神病科医生同他的患者之间。但随着病情慢慢好转，医生耗尽了自己的精力，直到"他毫无作用了"。这是菲茨杰拉德最后一部完整的小说，却被认为是一个技术上有瑕疵、商业上失败的作品。

在第一个版本中，即我所读的第一本书，是从露丝玛丽·霍伊特（一个年轻的女演员）的视角写的，讲述了她与迪克和尼科尔·戴弗等人圈子里面的事情。露丝玛丽在法国的里维埃拉避暑胜地——开普德安迪比斯的海滩上，看见迪克和尼科尔在度假。她观察这一对男女，认为他们是天生一对，富有、漂亮、有教养，他们似乎拥有所有人所憧憬的一切东西。但是，在第二个版本中，小说的焦点变为迪克和尼科尔的生活。结果是，我们从露丝玛丽眼中所看到的他们的关系不过是他们做出来给外人看的，并非真实的。戴弗夫妇有着不少问题，这些麻烦使得他们从心理、精神到肉体都受到损害，并最终彻底地摧毁了他们。

当初，在《夜色温柔》第一版出版发行后，销售不是很好，菲茨杰拉德自认为是他饮酒过量，以至于影响到他的视野。但是，根据自己的好莱坞经验，他开始相信是他自己对于人物介绍不够足，也不够早。于是，他给他的小说编辑麦克斯韦尔·帕金斯写信说："有一个大错误，就是故事真正的开端——这位在瑞典的年轻的精神病医生，一直到小说的中部才出现。"于是，他决定在第二版再版印刷时，将第一、二章节进行对调，以身处瑞典战乱时期的迪克·戴弗作为开端来解释戴弗的热恋和婚姻之谜。于是，他的书就以直接介绍主人公迪克·戴弗为开始了。但是，这仍然不起作用，菲茨杰拉德被击垮了。这部小说一直不成功，直到多年以后，他的才华得以被公众认可之后，才红火起来。

使我感到震惊的是菲茨杰拉德并没有看出来，小说的开端聚焦于露丝玛丽如何看戴弗夫妇，这是多么的电影化（cinematic），而非小说式的写法。这是一个极好的电影化的开端，以他人的眼光来观看人物，就像一个开始建置的镜头。在第一版中，菲茨杰拉德展现给我们的是众人眼中的模范夫妇，有钱、漂亮，似乎拥有所有的一切。当然，我们从表面观察到的，不同于关起门后的他们的真实面貌。我个人认为，是菲茨杰拉德对于电影剧本编剧技艺的不确定与不自信导致他把如此好的开端改坏了。

斯科特·菲茨杰拉德是一位艺术家，游弋于两个世界之间：一方面，他是极具才华的作家；而另外一方面他却自我怀疑，无法用电影剧本来展现自我才能。

电影剧本写作的确是一种技能，一门艺术。多年来，我阅读了成千上万的电影剧本,时常去看一些特定的东西。首先,页面如何？是否留白太多，或者段落太稠密、太厚实，对话太长？或者相反，场次似乎太单薄，对话也太松散？这些就是我首先关注的，也是我希望从页面上看到的。你也许会奇怪在好莱坞里仅从一个电影剧本的表面模样就会做出多少决定——你可以从中看出写作者是否是一位专业剧作家或是出自一位刚出山的新手的手笔。

每个人都是电影剧作家，从你经常光顾的酒吧、饭店的服务员，到公共汽车司机、医生、律师或是在当地咖啡馆里冲泡拿铁咖啡的咖啡师。去年，美国作家协会从西海岸到东海岸一共收到了75000本电影剧本，其中可用的不过400到500个左右，而实际生产拍摄使用的更少。

是什么使得一个电影剧本比起其他的更好一些呢？这里有很多的答案。当然了，因为，每个电影剧本都是独一无二的。但是，如果你真想花费六个月到一年的时光去写一个电影剧本的话，你首先就要知道或弄清楚电影剧本是什么——它的本质是什么。

电影剧本是什么？它是一部故事片的指南或概要吗？是蓝图吗？或者是图表吗？是一系列通过对话和描写来叙述的形象、场景、情节等，就像一串联系在一起的珍珠项链一样吗？也许，它只不过是一幅梦境中的风景画？

显然，电影剧本不是小说，当然它也绝对不是戏剧。如果你看一部小说并且尝试着去确定它的基本性质，你会发现那种戏剧性的**行为动作**（action）、**故事线**（story line）等，时常是发生在主要人物的头脑中。我们（读者）通过人物的眼睛，从他或她的视野角度，欣赏着逐渐展开的故事线。我们偷窥着人物的思想、感情、情绪、言语、行为动作、记忆，乃至梦境、希望、野心、观点等等。读者与小说中的人物共同经历，共同分享故事中的情绪和戏剧性事件。我们知道他们如何去行动，去感受，去反应，以及如何理解事物。如果出现了另外一位人物，那么故事线则随着视角而变化，但时常是又返回到原来的主要人物那里。主要人物才是故事叙述的对象。在小说中，所有的行为动作都发生在人物的头脑中，即在戏剧性行为动作的"头脑幻景"（mindscape）之中。

在戏剧（舞台剧）中，行为动作和故事线则发生在舞台前拱架下面的舞台上，而观众则成为**第四面墙**（the forth wall），窥视着舞台人物的生活以及他们的所思所想、所感和所说的一切。人物用语言来交谈他们的希望、梦想、过去和将来的计划，讨论他们的需求、欲望、恐惧和矛盾等。这样，戏剧中的行为动作产生于戏剧的对白语言之中，用口头讲述出来的文字表达人物的情感、行为动作及情绪。

电影则不同。电影是一种视觉媒介，它把一个基本的故事线戏剧化了。它所打交道的是影像、画面、一小片和一段拍摄好的胶片。我们看见，时钟在滴滴答答地走动，一扇窗户正在打开，不远处，在阳台上一个人探出身子，抽着烟；在背景中，我们听见电话铃在响，一个婴儿在哭，一只狗在汪汪叫；同时有两个人在看自己的汽车在弯路上行驶时，哈哈大笑。"这些都是电影。"电影剧本的本质就是同影像打交道。如果非要给它下个定义，那么，我们可以说：一部电影剧本就是一个由画面讲述出来的故事，还包括语言和描述，而这些内容都发生在它的戏剧性结构之中。

这就是它的本质，如同岩石是坚硬的，流水是湿润的一样。

因为，一部电影剧本就是一个由画面讲述的故事，那么所有的故事的共同点是什么呢？正如让-吕克·戈达尔（Jean-Luc Godard）所说，故事都有一个明确的开端、中段和结尾，尽管有时不按照这样的次序。电影剧本都有一个基本的线性结构，并由它来创造电影剧本的**形式**（form）。因为正是它把故事线的每一个独立的元素、片段都固定在适当的位置上，组成一个整体。

若想理解结构的原则，首先应该从这个词本身入手。**结构**（structure）一词的词根是"struct"，它有两重意思：第一个定义为"建设或构置"或者"把一些东西拼凑在一起成为整体"，如建造一幢建筑或是组装一辆汽车；第二个定义为"部分与整体的关系"。

部分与整体，这是一个重要的区别。部分与整体的关系是什么呢？我们如何区分两者？以象棋为例，它的整体由四个部分组成：首先是棋子，如，后、王、象、卒、马等；其次是棋手，无论是相互对下，或者是使用电脑下棋，都必须有棋手；第三是棋盘，下棋一定要有棋盘；第四是规则，因为下棋必须有自己的游戏规则。这四个部分——棋子、棋手、棋盘和规则——组合在一起就成为了一个整体，其结果就是象棋这个游戏。也正是这样的部分和整体的关系决定了这个游戏。

这种关系也同样构成了故事。故事是一个整体，而构成这个故事的要素——行动、人物角色、冲突、场景、场次、对话、动作、第一幕、第二幕和第三幕、偶然事件、情节、大的事件、音乐、地点等等——它们都是部分，而正是这些部分和整体的关系构成了一个完整的故事。

好的结构就像一个冰块与水的关系：冰块具有一定的晶状体结构；而水具有的是分子结构。那么当冰块在水中溶化时，你能够将冰块的分子结构同水的分子结构区分开吗？结构就像是地心引力，如胶水般把故事聚集一起。它是基础，是脊柱，是故事的骨骼。正是这样的部分和整体的关系把电影剧本组织成一体，使其成为我们所看到的样子。

这就是戏剧性结构的**示例**（paradigm）。

一个示例就是一个模特儿、一个样式或一个构思的规划。以一张桌子的示例为例子：一张桌面加上四条腿。在这个示例范围内可以有矮桌子、高桌子、窄桌子、宽桌子，或者是圆桌子、方桌子、长方桌子、八边形桌子，或者是玻璃桌子、木桌子、塑料桌子、熟铁桌子等等，无论是什么桌子，这个示例不变——它始终是那个样子，一张桌面加上四条腿。这就像手提箱就是提箱一样，不管它有多大或多小，也不管它的形状如何，它就是它。

如果我们把一个电影剧本像一幅画那样挂在墙上，那么它看起来就像这个样子：

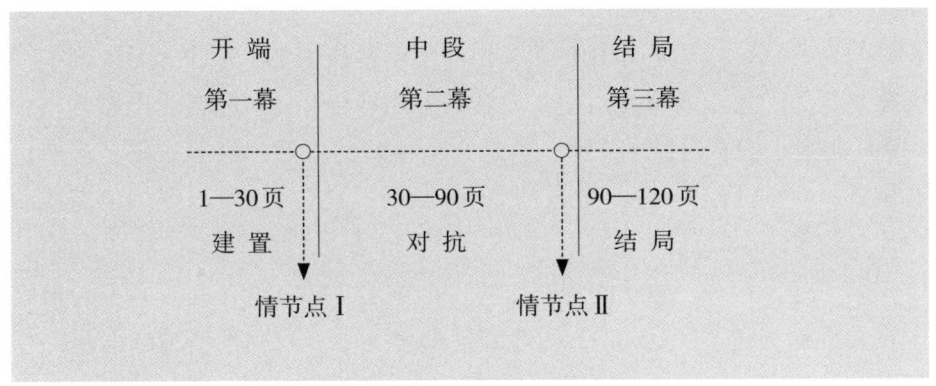

上面的图表就是一个电影剧本的示例，下面我们将其分解：

第一幕　建　置

如果说一个电影剧本就是一个由画面讲述的故事，那么所有的故事的共同之处是什么呢？答案是都具备开端、中段和结尾，如前所述，尽管不一定要遵循这样的次序。剧本是一个由画面讲述的故事，在戏剧性结构内由画面、对话和描述等讲述的故事。

亚里士多德曾经讲过**戏剧性动作**（dramatic action）的三要素是**时间**（time）、**地点**（place）和**行动**（action）。通常一部好莱坞影片片长接近两小时，或者是120分钟；而外国影片虽需观众跨越语言障碍，却还是比好莱坞影片的片长短一些。不过，大多数情况下，电影通常是两小时，有时多出或少几分钟的时间。这是标准的片长，如今在好莱坞，当电影制片人与电影公司之间签订合同时，就明文规定影片制成后，片长不得超过2小时8分钟。

这相当于约128页的电影剧本。为什么？因为这是经年累月而形成的经济决定。在我写此书时，好莱坞制片厂拍摄一部完成片的造价是每分钟大约1—1.2万美元左右（并且，逐年增高）。其次，在电影院内放映一部两小时片长的电影较为有利，原因很简单，这样电影院每天才能有更多的观众。电影剧本越长就意味着要花越多的钱，多一些电影观众则意味着多一些电影剧本，也就是多来钱。电影终究是一个娱乐性行业（show business），随着引入高新科技，电影的拍摄制作成本越来越高，如今的电影业，商业化气息十足。

简而言之，电影剧本中的1页相当于银幕放映的1分钟。无论剧本写的全是行为动作，或全是对白，或者两者相掺合，一般来讲，电影剧本中的1页相当于银幕时间1分钟。这是一个很好的可循的经验法则。当然也有例外，比如《指环王1：护戒使者》，原剧本只有118页，但拍摄完成的影片大约有三小时长。

第一幕，开端，是戏剧性动作的一个单元。它大约有30页左右，被固定在一个称为**建置**（set-up）的戏剧性框架之中。戏剧性情境指的是一个可以容纳故事内容的空间。以玻璃杯为例，玻璃杯里面的空间就是一个框架或容器，它可以把一些实在的东西，比如水、啤酒、牛奶、咖啡、茶和果汁等容纳进去。如果你想的话，玻璃杯也可以用来装葡萄干、干果、花生仁和葡萄等——而它的内部空间并没有发生变化。这就是说：框架就是容纳内容的所在。

在这个戏剧性动作的单元内，即第一幕，剧作家需要建置故事、人物、**戏剧性前提**（dramatic premise，故事是关于什么的），描绘出故事的情境（即动作周围的环境），并且建立起主要人物和其他的围绕他并在他周围活动的人物之间的关系。作为一位作家，你必需在10分钟内创建这些。这是因为观众通常只需要大约10分钟左右就会做出是否喜欢这部影片的决定——无论是有意识或无意识地产生这样的决定。如果观众不知道下面会发生什么，开头部分含糊不清或是太沉闷，他们的注意力和关注点就会衰退而开始偏离。

不信，下一次看电影时，做一个试验：看看你自己需要多长的时间做出你是否喜欢这部电影的决定。一个明显的征兆就是你想要站起身来休息一下——例如喝点饮料或吸烟来振奋一下，或者你开始不安而在座椅中来回晃悠。如果这些情况发生了，就说明电影制作者将失去你这位观众。10分钟就是电影剧本的10页。我不得不强调这前10页的重要性：这前10页的戏剧性动作环节是整个电影剧本中最重要的部分。

在电影《美国美人》(American Beauty，1999，阿兰·勃尔编剧) 中，影片一开始的一段关于珍妮（索拉·伯奇饰）和她的男友里奇（韦斯·本特利饰）的录像画面之后，我们看到了莱斯特·伯恩汉姆（凯文·史派西饰）所居住的大街，而后听到他的独白："我叫莱斯特·伯恩汉姆，今年42岁。今后不到一年之内，我就会死去……实际上，从某种意义上说，我已经死了。"接着，我们看到莱斯特开始他一天的生活。他起床后手淫自慰（这是他一天的重要活动，他自己解释），然后，我们看到他和家人的关系。这些都是在剧本的前几页就完全建置起来的。而后，我们了解到："我的妻子和女儿认为我是一个巨大的失败者，她们是对的……我失去了一些东西，我不确定是什么东西，但我的确失去了很多东西。我感到伤心透了……但你知道，要把它们弄回来，还不算太晚。"上述这些就足以告诉我们这是一个什么样的故事：莱斯特重新得到了他曾经失去或放弃的东西，他又重新成为了一个完整的人。在剧本的前几页中，我们便了解到了主要人物、戏剧性前提以及故事情境。

在《唐人街》(Chinatown，1974，罗伯特·唐尼编剧) 中，从第1页我们就得知主人公杰克·吉蒂斯（杰克·尼科尔森饰）是一位不拘小节的私人侦探，专门调查"个人隐私"。当他给克理（布特·扬饰）看他的妻子在公园内同别人做爱的照片时，我们就认识了他。我们也看到吉蒂斯所从事的这类调查业务。在稍后的几页中，我们认识了一位墨尔雷太太（戴安·拉德饰），她要雇佣杰克·吉蒂斯去调查"我丈夫和谁正在乱搞"。这就是这部电影的戏剧性前提。戏剧性前提就是这个电影剧本所讲的是什么，它提供了一种戏剧性冲动，并且促使故事走向最后的解决。

在《指环王1：护戒使者》中，仅从电影剧本的前6页，我们便了解了魔戒的历史和它吸引人的魔力。这是一个美丽的开头，它建置了整个三部曲的故事。在甘道夫来到夏尔时，它已经建置了整个故事。然后我们看见了弗罗多（伊利亚·伍德饰）、比尔博·巴金斯（伊恩·霍姆饰）和山姆（肖恩·奥斯汀饰）以及其他人物，看到他们如何生活，然后遇到魔戒。我们还对中土有了了解。这样的开头建置出第一集的故事，也包括了后来的两部续集，即《双塔奇兵》和《王者归来》。

在影片《目击者》(*The Witness*，1985，厄尔·华莱士和威廉·凯利编剧）中，前10页展现了宾夕法尼亚州兰开斯特郡的艾米什人的生活。剧本以女主人公蕾切尔（凯丽·吉利丝饰）丈夫的葬礼揭开了序幕，而后我们随之去了费城奔丧。途中在费城车站等车时，小孩意外地目睹了一位便衣警察遭到暗杀。这样，就导致她同主人公约翰·布克（哈里森·福特饰）建立了关系。整个第一幕就为了展现这个戏剧性前提和环节而设计，而这位艾米什寡妇和这位费城的勇敢警察之间的关系也由此建立起来。

第二幕 对 抗

第二幕是戏剧性动作的另一个单元。它大约有60页长，从第一幕的结尾处，即第20页至第30页的任何地方，直到第二幕的结尾处，大概在第85页至第90页之处；它被固定在一个被称为对抗的戏剧框架之中。在第二幕中，主要人物遭遇和征服一个又一个的障碍，最后实现和达到他或她的戏剧性需求。这个戏剧性需求可以被定义为：在剧本中人物所期望赢得、攫取、获得或达到的目标。如果你明确知道主人公的戏剧性需求，你就可以为这一需求设置障碍，这样这个故事就成为主人公持续不断地克服一个又一个障碍，从而达到他或她的目的，实现自己的戏剧性需求的过程。

在影片《冷山》(*Cold Mountain*，2003）中，英曼（裘德·洛饰）为了回到自己的家乡冷山，艰难跋涉200多英里。这个戏剧性需求是内在的（internal）也是外在的（external）：它是英曼内心深处长期的希望归家的渴望，也是在战争期间存在的希望；冷山是他生活和成长的地方，同时也是他的爱人艾达（妮可·基德曼饰）的定居地。他的期望、他的戏剧性需求即归家，充满艰辛，他要同一个又一个障碍去斗争；他始终坚持不懈，却最终失败。从表面上看，整个影片就是不断地跨越一个又一个战争障碍，而内心的愿望就是要生存。

在《唐人街》这个侦探故事中，第二幕就是杰克·吉蒂斯与一些势力发生了冲突，这些势力不愿意让他调查出谁应该为霍利斯·墨尔雷先生之死负责，以及谁在幕后策划出"争水丑闻"。吉蒂斯所遭遇的并且需要克服的障碍支配着整个故事的**戏剧性动作**。看看影片《逃亡者》（*The Fugitive*，1993，又译为《亡命天涯》），整个故事是被主人公欲找到杀害其妻子的凶手并将他绳之以法这一戏剧性需求所驱使。第二幕就是你的主人公如何去同你在他面前设置的障碍打交道，从而继续生存。是什么驱使他或她通过戏剧性动作而不停向前？你的主要人物到底想要什么？什么是他或她的戏剧性需求？在影片《指环王2：双塔奇兵》中，整个影片就是弗罗多、萨姆和兄弟们一起去克服一个又一个障碍，直到最后在圣盔谷的大战高潮为止。

所有的戏剧就是一个冲突。没有冲突你就没有动作，没有动作你就没有人物，没有人物你就没有故事，而没有故事你就没有电影剧本。

第三幕　结　局

第三幕也是戏剧性动作的一个单元，大约有20页至30页这么长，通常发生在第二幕的结尾处，约在第85页至第90页，到整个剧本的结尾之间。它被固定在一个称为**结局**（resolution）的戏剧框架之中。结局并不意味着结尾，结局意味着解决（solution）。你的故事是如何解决的？你的主人公是死是活？他成功了还是失败了？是否结婚？赢了还是输了那场比赛？当选或是落选了？是否安全地脱险？离开了她的丈夫没有？成功地归家了还是没有？如此等等。第三幕就是一个结束你的故事的戏剧性动作单元。结局不是结尾，结尾是剧本中结束全剧的一个**特殊的场景**（specific scene）、**镜头**（shot）或**段落**（sequence），它并不是整个故事的解决。

开端、中段和结尾；第一幕、第二幕和第三幕；建置、对抗、结局——这三部分就组成了一个整体。正是这三部分之间的关系决定了这个整体。

这又带来了另一个问题：如果这些就是组成电影剧本整体的部分，那么你如何从第一幕即建置发展到第二幕对抗呢？又是如何从第二幕对抗发展到第三幕结局呢？答案很简单，即在第一幕结尾处和第二幕结尾处安排创造出一个**情节点**（plot point）。

情节点就是任何一个**偶然事故**（incident）、**情节**（episode）或**大事件**（event），它"钩住"动作并且把它转向另外一个方向，即转到第二幕和第三幕。第一个情节点出现在第一幕的结尾之处，大概在第20页至第25页或第30页之间。

情节点通常是主要人物的职责。在《指环王1：护戒使者》中，情节点Ⅰ是这个征途的开始，也就是弗罗多和山姆离开夏尔地区，踏上了通往中土世界的冒险旅途。情节点Ⅱ，就是当几个兄弟到达洛斯陆陵，遇到了盖拉德丽尔（凯特·布兰切特饰），她向弗罗多揭示了一旦魔戒没有送达末日山，中土世界即将面临的命运。弗罗多不情愿地成为了英雄，这就有些像《黑客帝国1》（*The Matrix*，1999，拉里·沃卓斯基、安迪·沃卓斯基编剧）中的尼欧（基努·里维斯饰），在情节点Ⅰ不情愿地接受了自己的责任一样，他作为"救世主"（the one）的行程于情节点Ⅰ开始。这便是故事的真正开始。

如果我们仔细观看《黑客帝国1》，我们将会发现，其中情节点Ⅰ与情节点Ⅱ划分得非常清楚。在情节点Ⅰ，尼欧选择了红色药片，第二幕的开始，则是他所谓的复活或再生；在情节点Ⅱ时，尼欧和崔妮蒂（凯瑞-安妮·莫斯饰）搭救莫斐斯（劳伦斯·菲什伯恩饰），于是，尼欧不得不接受他就是"救世主"这一事实。

情节点在电影剧本中有一个基本的目的，它们是重要的故事发展进程，使故事线保持在确定的位置。在影片《唐人街》中，杰克·吉蒂斯被一位显要男人的妻子所雇佣，去调查她的丈夫是否有私情。于是杰克跟踪他，并发现他和一位年轻女子在一起。这是剧本的建置部分。情节点Ⅰ发生在报纸揭露了墨尔雷先生"堕入情网"。而后，真正的墨尔雷太太和她的律师出现了，她威胁要控告杰克·吉蒂斯，并且要吊销他的侦探执照。但是，如果她是真的墨尔雷太太，那位雇佣杰克·吉蒂斯的太太又是谁呢？她为什么要雇佣他呢？又是谁雇佣了那位假墨尔雷太太呢？为什么呢？真的墨尔雷太太的出现就是那个"钩住"动作，并把它引导到第二幕之中的东西。它就是故事的发展：杰克·吉蒂斯必须要找出是谁在摆布他，而且为什么要这样做。答案就成为了影片的剩余部分。

在影片《冷山》中,当受伤的英曼恢复后,他收到了艾达的来信。我们听到了她的声音,是画外音,"回来吧,回到我的身旁。回到我的身旁就是我的请求。"英曼点点头,他做出了决定:他将离开联军,回到艾达身旁,回到冷山,回到那个令他魂牵梦萦的地方。

情节点不一定要是多么庞大、多么复杂的场景或戏,它可以是一个非常平静的场景,在其中会做出一个决定,比如英曼的决定,或者是弗罗多和山姆离开夏尔的决定。以影片《美国美人》为例,当莱斯特·伯恩汉姆和他的妻子在高中看篮球比赛时,他们看到了女儿的朋友安吉拉(米娜·苏瓦莉饰)在中场休息的表演。它将故事向前推进,并且建置了莱斯特的情感旅程,即想要追求情感的独立和解放的旅程。在影片《黑客帝国1》中,情节点Ⅰ就是尼欧被要求在红色药片和蓝色药片中做出抉择。他选择了红色药片,而这就是整个故事真正的开始。整个第一幕建置了所有的要素,并且引导尼欧走到这一个时刻。

请记住,示例只是一个电影剧本的形式,是它看起来的模样。前面,我所说的页码只不过是大概指示出这个故事往前发展到另外一个层次时的指南,而不是它如何发展。往前如何发展则取决于你自己。重要的是电影剧本的形式,而非情节点出现的页码。在一个故事线上会有很多情节点。我只关注情节点Ⅰ和Ⅱ,因为这两个事件是关键时刻,它们将成为电影剧本的戏剧性结构的基础。

情节点Ⅱ同情节点Ⅰ是一模一样的,它推动故事从第二幕向前发展至第三幕。它是故事发展过程中的推进点。如前所述,它(情节点Ⅱ)通常出现在电影剧本的第80页至第90页之间。在影片《唐人街》中,情节点Ⅱ是,当杰克·吉蒂斯在墨尔雷遇害的水池中发现了一副牛角框的眼镜时,他想知道这副眼镜是墨尔雷的还是那位凶手的。这样,就引导我们到第三幕中,即故事的结局部分。

在影片《冷山》中,情节点Ⅱ是一个非常寂静的时刻:当英曼遇到一位女子莎拉(娜塔莉·波特曼饰)并从北军手中搭救了她和她的婴孩时,他到达了一个能看到蓝脊山的地方。剧本是这样写的:"那里的某个地方就是艾达的家。他继续前行。"这就是一切。如此的一个小场次，里面却包含着这样的情感：他到家了。于是，我们便被导向第三幕，即结局部分。

所有的好剧本是否都符合这个示例？答案是肯定的。但不见得有了好的结构并符合这个示例就能创作出一个好的电影剧本，或者一部好的影片。这个示例只是一个形式，而不是一个公式。结构就是把这些东西组成为故事的整体。

那么**形式**（form）和**公式**（formula）之间的差异是什么呢？以大衣或夹克为例，形式就是两个袖子，一个前身和一个后身。但是这个由两个袖子加上一个前身和一个后身组成的形式，可以有千变万化的样式、材料、颜色和大小，而它的基本形式依旧。

一个公式就不同了。公式从来不会多变；在某个公式中，所有的组成一体的**基本元素**（element）都保持一致没有变化。正如你把某种大衣放在生产线上生产一样，一条生产线出产的大衣无论样式、颜色、剪裁或材料都将完全一样，只是尺寸大小的差异。相反的，电影剧本是独一无二的，它是一个完全独立的表述。

示例是一个形式，而不是个公式，它就是如何把故事组为一体的东西。它是脊柱，是骨架。故事决定了结构，而结构决定不了故事。

电影剧本的戏剧性结构可以规定为：一系列互为关联的偶然事故、情节或大事件按照线性安排，最后导致一个戏剧性的结局。

如何安排利用这些结构的组成部分，也就决定了你的电影剧本的形式。影片《时时刻刻》（*The Hour*，2002，戴维·黑尔编剧，根据迈克尔·康宁汉的小说改编），以一个明确的结构讲述了三个不同时期的故事。《美国美人》同样如此：整个故事是由一个闪回来叙述的，同伍迪·艾伦的《安妮·霍尔》（*Annie Hall*，1977）一样。《冷山》也是一个由闪回叙述的故事，但它有一个明确的开端、中段和结尾。《公民凯恩》同样也是由一个闪回来讲述的，但这并没有减损它的形式。

示例只是一个样范，一个例子，一个构思的规划。一个技艺高超的电影剧本就是这个样子，它为我们提供了关于这个故事线从头到尾的整体布局。

电影剧本如遵循这个示例，就能有效用。但你也别太较真、太盲目地相信我的话。请去看任何一部电影，看看你是否能看出它的结构。

也许有人不相信。你可能不会相信会有什么开端、中段和结尾。你可能会说：艺术如同生活一样，它充其量不过是在某个巨大的中间部分之中偶然发生的几个个别的"重要时刻"，并没有什么开端也没有什么结尾。正如库尔特·冯内古特（Kurt Vonnegut）所称，是"一系列偶然的时刻被随意地串联在一起"。

我不同意上述这种看法。

试问，一个人的出生、生活到死亡，难道不就像是开端、中段和结尾吗？春夏秋冬不也是一个开端、中段和结尾吗？早晨、中午、夜晚，总是相同，却又有不同。想一想伟大文明的兴起和衰亡吧，正如古埃及、古希腊和古罗马帝国，它们都是从一个小小的群落萌芽，发展到权力的鼎盛时期，然后衰败直到覆灭。

想一想一颗星的诞生和消亡，或者宇宙的开端，根据现在的"宇宙大爆炸"理论，如果宇宙有其开端的话，那么就必然有它的结尾。

想一想我们身体内的细胞吧！它们从补充、恢复到再生这一循环周期要用多少时间呢？只要七年——在这七年之间我们身体的细胞要诞生、活动、死亡和再生。

想一想你获得某个新工作，或者上新学校，住进新家或新公寓的第一天，你将遇到新的人，要承担新的责任，创造新的友谊。

电影剧本也毫无例外。它有明确的开端、中段和结尾，却不一定非要按照这样的次序。

如果你不相信这个示例，或是亚里士多德所说的三幕式结构，那么请验证一下。请去看一部影片或看几部影片，看看它们是否符合这个示例。

如果你对于电影剧本写作感兴趣的话，你就应该时常这样去做。你看的每一部影片都能成为你的学习材料，帮助你意识和理解到什么是电影：一个由画面讲述的故事。

你还应该尽可能多地阅读电影剧本，以便使你明白剧本的形式和结构。现在很多电影剧本已经印成了书，在大多数书店里均有出售，或者也可以定购。你也可以上网，在Google搜索引擎上搜索"电影剧本"，你将会找到许多提供电影剧本下载的网页。其中有一些是免费的，一些是需要付费的。

我让我的学生们阅读并研究一些电影剧本，如《唐人街》、《电视台风云》(帕迪·查耶夫斯基编剧)、《美国美人》、《肖申克的救赎》(弗兰克·达拉邦特编剧)、《杯酒人生》(亚历山大·佩恩、吉姆·泰勒编剧)、《黑客帝国1》、《安妮·霍尔》、《指环王》。这些剧本都是很好的教材。如果找不到它们，那就读一些你能找到的电影剧本。读得越多越好。

示例是有用的。它是所有优秀的电影剧本的基础，是戏剧性结构的基础。

Chapter 2
主 题

THE SUBJECT

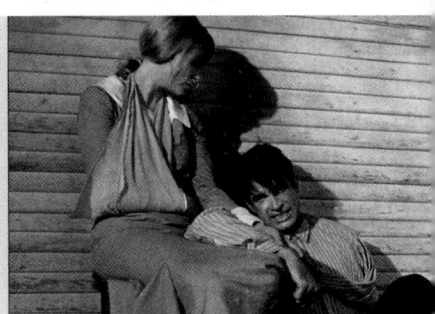

> 玫瑰花蕾……也许这是他所失去的……凯恩先生几乎失去了他所有的一切。
>
> ——埃弗雷特·斯隆推测"玫瑰花蕾"的含义，
> 《公民凯恩》(*Citizen Kane*, 1941)，
> 赫尔曼·曼凯维奇(Herman Mankiewicz)与
> 奥逊·威尔斯(Orson Welles)编剧

奥逊·威尔斯的《公民凯恩》被广泛誉为有史以来最伟大的电影。从影片的第一帧开始，凯恩的人物形象便被生动地树立起来。影片在雾色缭绕中拉开序幕，首先映入我们眼帘的是一个高高的、缠绕着链条的栅栏，上面还有一个大写的"K"字母。背景深处，一座巨大的、与世隔绝的宅第高高地矗立在山上。镜头向前推近，我们看到一箱箱古董、艺术品及古代手工艺品被放得到处都是。房子边上到处是巨大的、富于异国情调的动物雕像。而后我们进入了这庞大的城堡，如此拥挤，却又是如此缺乏生气。镜头切至"公民凯恩"的大特写，他呢喃着说出了他的临终遗言："玫瑰花蕾。"一个玻璃纸镇从他的手中滑落、打开，随后，在屏幕上我们看到了雪，

第一次看到了失去的童年。

如谜一般，故事就这样开始了。谁是查尔斯·福斯特·凯恩？他是做什么的？玫瑰花蕾是谁？或者说，是什么？为了解答这些疑问，镜头切至一个黑暗的放映室，里面坐满了吸着烟的记者，他们正在观赏查尔斯·福斯特·凯恩的新闻片。查尔斯·福斯特·凯恩是一位传奇人物，他贪得无厌，欲望过剩。

著名导演罗伯特·怀斯（Robert Wise，主要作品有《梦断城西》、《音乐之声》、《圣保罗炮艇》等）担任了该部影片的电影剪辑，他在一次谈话中告诉我，威尔斯首先拍摄了所有的模拟新闻片的画面，然后，为了使它们看起来更"真实"，他让怀斯将胶片卷缩起来并放在剪辑室的地板上拖拽。这使得影片看上去真实、可信。在不到1分钟的时间里，凯恩的一生便被形象地呈现出来，而这仅仅是通过画面，并非文字。

影片《公民凯恩》的确是一个用画面讲述的故事，围绕着凯恩临终前所留下的最后几个字句，寻找他生命的隐藏意义。我称之为"情感侦察故事"（emotional detective story），因为随着对"玫瑰花蕾"的追查，我们逐渐了解到查尔斯·福斯特·凯恩的生活。

创作电影剧本需要什么？一个想法，当然这是必需的，但你不可能只靠着头脑中的一个想法就坐下来创作你的脚本。虽然是不可或缺的，但想法只不过是一个模糊的概念。它没有细节，没有深度，没有特点。因此，如果要开始一个剧本的创作，你需要的不仅仅是想法。

你需要一个主题来戏剧化地表现这个想法。主题被定义为动作和人物。动作就是发生了什么事情，而人物就是遇到这件事情的人。

每个电影剧本都有个主题，即故事是关于什么的。

记住，电影剧本就像一个名词——指的是某一个人在某一个地方去做他（她）的事情。这个人就是主人公，而去做他（她）的事情就是动作。当我们谈论电影剧本的主题时，我们实际谈的就是剧本中的动作和人物。

每个电影剧本都把动作和人物加以戏剧化了。作为编剧，你必须清楚你的电影讲的是谁，以及他(她)遇到了什么事情。这就是写作的基本概念，不仅仅适用于电影剧本写作，更广泛适用于任何形式的写作。

直到影片的结尾，在他死后（也是故事真正开始的地方），当从仓库中清理出无数成堆的垃圾、古玩、家具以及尚未开封的箱子时，我们才理解了"玫瑰花蕾"的象征意义。随着镜头移入一个黑暗的角落，我们看到一大批玩具、绘画及雕像收藏品。镜头慢慢地摇摄着凯恩的财产，最终停留在燃烧着的火炉上。工人们正在将各种各样的东西丢入火焰之中。其中一件是雪橇，这是凯恩孩提时期在科罗拉多州曾经玩过的。当它被抛入火中，镜头急推至雪橇上，它开始着火，"玫瑰花蕾"的名字也随之显现出来。

撒切尔先生，凯恩的遗产执行人，回忆并描述了他第一次见到凯恩的情景：年仅10岁左右的凯恩，在雪中乘着雪橇从山坡上滑下来。这是一幅耐人寻味的场景，象征着凯恩失去的童年，他一生苦苦追寻，却始终未能如愿。烟雾从这象征着凯恩失去的童年的雪橇上冉冉升起，飘向深邃的夜空，镜头也随之切至豪宅之外。影片的结尾与开篇相似，以相同的铁栅栏镜头结束。"从影片的一开始，我便仿佛置身于其中。"伯恩斯坦在观赏影片的过程中说道，"凯恩失去了他所有的一切。"这是电影历史长河中伟大的一瞬间。

如果你想着手创作一个电影剧本，那么它将是关于什么的？是关于谁的？影片《公民凯恩》以基于一个男人的遗言的调查开始，结束于主人公一生的秘密的揭露。寻求答案提供了叙事主旨，即影片的感情基线。

你了解你的剧本的主题吗？它是关于什么的？是关于谁的？你能用寥寥数语将它表达出来吗？举个例子来说吧，如果你想讲述一个关于正在肆意犯罪的两个女人的故事，那么问问自己，她们是谁？她们从哪来？她们的背景是什么？她们犯了什么罪？又是为什么呢？她们最终的结局如何？明确这些问题的答案将帮助你从选择、信心和安全的角度，收集充足的信息来进行剧本的创作。只有知道自己要做什么，你才能找到完成它的最好方法。

了解主题是剧本创作的起点。牢记，每个电影剧本都有个主题。影片《最后的武士》（*The Last Samurai*，2003，约翰·洛根编剧）讲述的是一名曾参加过南北战争的军人，满怀怨恨，受雇前往日本，最终却被一群原本是他的敌人的武士所改变。这位南北战争的退役军人便是本片的人物，而动作则是他的思想、语言、行为是如何发生改变，以及如何找回在战争结束后所迷失的自我。但这些都只是影片的表象。更深一层次地讲，影片讲述的是这位美国军事顾问如何领悟荣誉与忠诚的美德的过程。

影片《冷山》讲述的是英曼如何历经艰辛返回故乡，回到他参加战争前居住的城镇，回到他的爱人艾达身边。在更深一层的情感层面上，这是内心深处魂牵梦萦的地方，一个充满爱和意义的地方，一个在人们以政治"修正"名义发动战争前本是神圣的地方，一个会将生命自然而然视为是种恩赐的地方。而这一切在战争所带来的隔阂中发生了改变，人们的感情和道德标准开始崩溃。

《邦妮与克莱德》(*Bonnie and Clyde*，1967，大卫·纽曼与罗伯特·本顿编剧)讲述的是在萧条时期，克莱德·巴巴罗匪帮在美国中西部地区抢劫银行并最终落网的故事。动作和人物，这是使你的一般化想法转化成为特殊的戏剧化前提的要素。而这就是你的电影剧本的起点。

每个故事都有明确的开端、中段和结尾。在《邦妮与克莱德》之中，开端把邦妮（费·唐娜薇饰）和克莱德（沃伦·比蒂饰）相遇，以及他们结成匪帮戏剧化了。中段叙述他们抢劫银行，警察在追捕他们。在结尾处，他们被社会势力所制服并且被打死。这里有建置、有对抗、有结局。

当你能够通过动作和人物，用寥寥数语说明主题时，你就开始扩展到形式和结构的要素了。也许刚开始时，你要用好几页纸去叙述故事，而不能一下子抓住基本要点，你也不会把一个复杂的故事压缩为简单的一两句话。别着急！只要坚持做下去，你渐渐就能明确地说明自己故事的思想。

明确自己要写什么。与推敲动作和人物一样，这是绝对有必要的。如果你不知道你的故事说的是什么，试问，那还有谁知道？是读者还是观众？如果连你自己都不知道自己要写的是什么，那怎么能期望别人知道呢？剧作家在决定如何把故事戏剧化时，常常要进行选择和履行责任。选择和责任——这两个词在本书中会反复出现。每个创造性的决定都来自选择而不是强求来的。你的主人公从一家银行走出来，这是一个故事；如果他从一家银行跑出来，那就是另外一个故事了。

你可能会时常遇到这样一种情况：你急于坐下来开始写剧本，却不知道要写些什么。于是你开始寻找一个主题。殊不知，当你寻找一个主题时，那个主题也在找你。你也许会在某地、某时——没准正是你最不注意时，一下子发现了它。你也许会着手抓住这个主题，或许不抓，完全凭君自便！

你要写的是关于什么或是关于谁的？一个人物？特殊的情感状况？你或你的朋友、家人的一段经历？有一些人已经有一些想法，他们准备将其写进电影剧本之中。也有一些人没有。你如何去寻找一个主题呢？

报纸或电视新闻所提供的一则信息，或者你朋友或亲戚遇到的一些事件，都可能成为一部影片的主题。影片《钢琴家》(*The Pianist*，2002，罗恩·哈伍德编剧，改编自瓦拉迪斯罗·斯皮尔曼的回忆录）取材于大屠杀幸存者的回忆录，真实再现纳粹铁蹄下犹太人的凄惨命运及求生本能；同时，它也反映了导演罗曼·波兰斯基的童年。影片《拯救大兵瑞恩》(*Saving Private Ryan*，1998，罗伯特·罗戴特编剧）取材于二战期间的真实事件。影片《特伦鲍姆一家》(*The Royal Tenenbaums*，2001，韦斯·安德森、欧文·威尔逊编剧）讲述的是一个不健全的家庭如何应对失败与宽恕。像《热天午后》(*Dog Day Afternoon*，1975，弗兰克·皮尔森编剧）在拍成电影之前，不过是报纸上的一篇文章。

在写《唐人街》之前，罗伯特·唐尼（Robert Towne）曾告诉过我，他希望写一个雷蒙德·钱德勒式的侦探故事。他从那个时代的旧报纸上读到了洛杉矶争水丑闻，将其作为《唐人街》的创作素材，并以欧文斯·维利的丑闻作为其侦探故事的背景。《洗发水》(*Shampoo*，1975，罗伯特·唐尼、沃伦·比蒂编剧）是由一位著名的好莱坞发型设计师所遇到的几个事件发展而成的。《借刀杀人》(*Collateral*，2004，斯图尔特·比蒂编剧）灵感来源于作者与出租车司机的对话。《出租车司机》(*Taxi Driver*，1976，保罗·施拉德编剧）写的是在纽约城内驾驶出租车的那种孤独感的故事。而《邦妮与克莱德》《虎豹小霸王》(*Butch Cassidy and the Sundance Kid*，1969，威廉·戈德曼编剧）、《总统班底》(*All the President's Men*，1976，威廉·戈德曼编剧）都是由真人真事发展而成的。你的主题会找到你的，只要你设法去发现它。这简单极了！请相信自己，从寻找一个动作和一个人物开始做起！

当你能够通过动作和人物简洁地表达你的想法——我的故事是关于这个人,在这个地方,在做他(她)的这件"事情"时,你已经在开始你的电影剧本写作的准备工作了。

下一步是扩展你的主题。赋予剧本众多动作以血肉,把焦点集中在剧中人物身上,这样就扩展了故事线和突出了细节。要想方设法去收集素材。这对于你是非常有益处的。

多年来,我与那些对调查研究的价值和必要性感到疑惑的人进行了广泛的交谈。职业生涯初期,我主要帮助大卫·L·沃尔珀(David L.Wolper)拍摄电影纪录片。期间,我参与了多部作品的创作,例如与皮博迪奖获得者迈克·华莱士共同合作的《人物传记》系列、《好莱坞和明星》、《国家地理》、《人类危机》以及《雅克·库斯托》特刊中的部分作品等等。在与沃尔珀共同工作的这段期间,我了解了调查研究的价值,它成为了我日后写作和教学经验中不可或缺的部分。

对于每一部参与的影片,无论是作为作者、导演、制片人或是调查员,我都坚持在初期尽可能多地调查与主题相关的素材。依我之见,调查研究工作是绝对必要的。所有的写作必须要有调查研究,而调查研究则意味着收集资料。请记住:写作的最难之处在于作者要知道写什么。

通过调查研究——无论从文字材料如:书籍、杂志或报纸等,还是个人采访,你都能获得资料。你收集的这些资料则使得你能从选择和责任的角度去处理它们。你可以从你收集的材料中选择一部分使用,或全部使用,或干脆不用,完全凭君自便。但是这要取决于你的故事。不用它们,是因为你没有选择的余地,或者它们始终与你的故事相违背。

有不少人在头脑中只有个模糊不清、尚未充分成型的想法时,就开始动笔了。结果往往写了大约30页左右,就写不下去了。不知道下面该写什么,或者往哪里发展,于是便生起气来,不知所措,甚至干脆放弃,宣告失败。

调查研究有两种类型。一种是文本调查,即到图书馆查阅相关书籍、报纸和杂志文章,阅读关于某一时期、某些人或某一行业的资料,或者其他任何信息。如果你打算写一部历史题材的作品,你需要收集那一时期所发生的事件,并将感情线植入角色之中。以我个人为例,我的创作素材大部分都是来源于阅读，关于某一历史时期的材料以及任何我能找到的第一手资料。如果你要写一个你并不了解的主题，那么，你需要搜集大量资料以使你的故事真实、可信。导演爱德华·兹威克（Edward Zwick）与编剧约翰·洛根（John Logan）为摄制《最后的武士》进行了广泛的合作，兹威克更是花费了一年多的时间来查阅有关日本文化和武士传统的资料。

我将第二种调查研究形式称之为现场调查，即前往进行现场访谈，与人交谈，获得与主题相关的"感觉"。如果必须或有可能进行个人采访的话，你会意外地发现大多数人是十分乐意尽力来帮助你的，而且他们时常会放下自己手中的工作去帮助你找到准确的资料。个人采访还有其他的好处：它们会比任何书籍、报纸和杂志提供更为直接和更自然的视角。对你来讲，个人采访是仅次于你个人亲自体验的好事。请记住：你知道的越多，你所能传达的也就越多。而且当你做出创作决定时，请你一定站在选择和责任的高度上去处理。

目前，我正在写一部关于空间冒险的科幻史诗，讲述的是一个极大地影响着地球的宇宙现象。由于我对这一严重的宇宙现象一无所知，我与加利福尼亚州帕萨迪纳市的喷气推进实验室的相关人员取得了联系，她向我提供了大量信息，并给了我一些科学家的姓名。之后，我花了近三个月的时间学习这种被称为"伽马射线爆"的现象。有了这些资料，即使为了创作目的对事实有所夸大，故事仍然是基于现实的，模仿着灾难真正来临时可能发现的一切。

最近我有机会写这样一个与克雷格·布利德洛弗（Craig Breedlove）有关的故事。他曾经是地面行驶速度最快的世界纪录的创造者和保持者，他也是第一个在陆地上先后每小时行驶400英里、500英里和600英里的人。克雷格曾经发明一辆火箭汽车，他以每小时400英里的高速度跑完四分之一英里的路程。这个火箭装置正是载人登月的那个火箭系统。我与他一起外出散步了几日，并阅读了解了这个陆地速度纪录的历史。

我要写的这个故事是关于一个人驾驶火箭船打破了世界水面最高速度的纪录。但是这样的火箭船实际上并不存在，至少迄今尚未存在。于是我就需要为我的这个题材做各种各样的调查研究工作。诸如目前水面最高速度是多少？怎样才能打破这个纪录？依靠火箭船能否打破这个纪录？如何正规地测定船的时速呢？在水面上一只船能否超过每小时400英里这样高的速度？等等。在与克雷格的谈话中，我了解了火箭系统、水面上的最高速度以及如何设计和建造一艘赛艇等。而且从这些谈话中产生了一个动作和一个人物，以及如何把事实与虚构融合成一条戏剧性故事线的方法。

这条规则值得再重申一遍：

你知道的越多，你所能传达的也就越多。

调查研究工作是电影剧本写作的基本要素。一旦你选择了一个主题，并能以一两句话扼要地表达出来时，你就可以进行初步的调查研究了。决定一下你应该到什么地方去丰富对你的主题的认识。《出租车司机》的作者保罗·施拉德（Paul Schrader）曾经想写一部事件发生在火车上的电影作品，于是他乘火车从洛杉矶到纽约。当他从火车上走下来时，他意识到他没有找到什么故事，他根本没有发现一个特别的故事。没有关系，另选一个主题好了。施拉德接着写出了《迷情记》（Obsession，1976）。而科林·希金斯（Colin Higgins）——《哈洛与慕德》（Harold and Maude，1971）的剧作者，却写出了一件发生在火车上的故事《银线号大血案》（Silver Streak，1976）。理查德·布鲁克斯（Richard Brooks）在写《博命》（Bite the Bullet，1975）之前，曾整整用了8个月时间进行调查研究，在这期间他没有在稿纸上写下一个字。他写《职业大贼》（The Professionals，1966）和《冷血》（In Cold Blood，1967）时也是如此，尽管后者是根据杜鲁门·卡波特的一本很有研究的著作改编的。《午夜牛郎》（Midnight Cowboy，1969）的作者沃尔都·萨尔特（Waldo Salt）为简·方达写了名为《返乡》（Coming Home，1978）的电影剧本。他的调查包括同超过26名在越南战争中受伤而下肢瘫痪的老兵进行谈话，全部谈话的录音长达200小时。

沃尔都·萨尔特主张捕捉故事中人物的"真相"。我有幸与沃尔都有过几次交谈，他不仅是个非凡的作家，更是一个奇人。就电影剧本写作技艺我们谈论了很多，沃尔都认为人物的需求（戏剧性需求——人物想赢得、获得或达到什么目标）决定戏剧性结构。他的话让我随即产生了共鸣，并与他分享了在分析伍迪·艾伦的影片《安妮·霍尔》时得到的一些体会：

人物的需求决定了他在故事中如何进行选择，明确这些需求有助于更为复杂而生动地刻画人物形象。

交谈中，我们沉默了片刻，但无声胜有声，这短而有力的瞬间，使我们就捕捉剧本中"人物状态的真相"进行了漫长而充满激情的讨论。沃尔都分析说，剧本成功的关键就在于准备材料。他说，对话是"易腐的"，因为演员们总是为了某些需要去即兴创作台词。但是，他强调，人物的戏剧性需求是神圣不可侵犯的。它不容改变，因为正是它维系着整个故事的框架。在纸上写下字句是电影剧本创作过程中最容易的部分，而故事的视觉化则要花费很长的时间。他援引毕加索的名言说道，"艺术就是消除不必要的事物。"

假如你想写一个跟兰斯·阿姆斯特朗（Lance Armstrong）一样的自行车运动员的故事，你就要考虑他是个什么样的运动员？是短程速度运动员呢？还是长距离赛的运动员？在什么地方举行自行车赛？你想把你的故事安排在什么地方？在哪个城市？有没有其他不同形式的比赛或循环赛？都有什么样的专业协会和俱乐部？每年要举行多少次比赛？国际性比赛的情况如何？这样的比赛与你的故事有关吗？人物是谁？他们骑的是什么型的自行车？怎样才能成为自行车运动员，等等。这些问题你都需要在你着手写作以前认真地回答。

调查研究会给你一些想法，使你对人物、情境和故事发生地点有所认识。它还可以给你一定程度的信心，从而使你始终能高于你的主题，让你站在选择的高度而不是强求或无知的地位上去处理这一主题。

请先从主题开始，当你想到主题时，要想到动作和人物。如果我们画个图表的话，那它就是这样的：

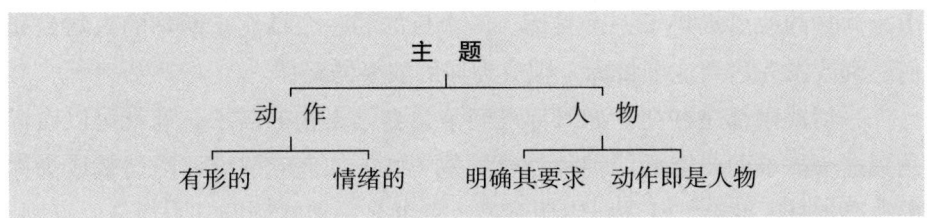

表中列出了两种动作：有形的动作和情绪的动作。有形的动作可能是一个战争段落，如影片《冷山》的开头；可能是一场飞车追逐，如《警网

铁金刚》或《法国贩毒网》；也可能是一场比赛或搏斗、复仇，如《杀死比尔Ⅰ》和《杀死比尔Ⅱ》（昆汀·塔伦蒂诺导演）；又或者是影片《目击者》结尾那样的农场枪战。情绪的动作是指在故事发展过程中人物内心的活动。情绪的动作是另外一种影片的戏剧中心，如《冷山》、《爱情故事》、《特伦鲍姆一家》、《美国美人》以及《迷失东京》（索菲亚·科波拉导演）。意大利著名导演米开朗基罗·安东尼奥尼作品中的情绪内容组成了其杰作的内在行为，如《放大》、《奇遇》、《蚀》和《夜》。寻求在我们这个时代正确的生活方式是大师作品的核心。大多数影片兼有两种动作，有形的和情绪的。

动笔时，先问一下自己要写的是什么故事。是一部户外的惊险动作的影片，还是一部描写复杂关系的情感影片？当你一旦决定想要写哪一种动作之后，就可以进而考虑剧中的人物了。

首先，要明确人物的戏剧性需求。你的主人公想要什么？他（她）的需求是什么？是什么驱使他走向故事的结局的呢？在《唐人街》中，杰克·吉蒂斯的需求是要弄清楚究竟是谁在摆布他，以及为什么。在《谍影重重2》（*The Bourne Supremacy*，2004，托尼·吉尔罗伊编剧）中，杰森·波恩（马特·达蒙饰）的需求是要知道是谁想杀死他，以及为什么。你必须明确你的人物的需求：他（她）想要什么？

在《热天午后》这部影片中，索尼（阿尔·帕西诺饰）抢劫银行是为了搞到一笔钱，为他的同性恋人做变性手术。这就是他的需求。如果你的人物想要发明一套方法在拉斯维加斯赌城的赌桌上取胜的话，那么他需要赢得多少钱到手才能弄清楚他的这套方法是否有效呢？你的剧中人物的需求，为你的故事提供了一个目标、一个目的和一个结尾。而你的人物是如何达到或没有达到这个目标，则成为你的故事的动作。

一切戏剧都是冲突。如果你已经清楚自己人物的需求，那就可以设置达到这一需求而要克服的种种障碍。他（她）如何克服这些障碍就成为你的故事本身。冲突、斗争、克服障碍，这就是一切戏剧的基本成分。喜剧，亦是如此。剧作家的职责就是创造足够的冲突去吸引你的读者或观众产生兴趣；编剧的工作就是要吸引读者翻页阅读。故事要始终不断向前发展，直至解决。

上述就是你对于主题应该了解的一切。如果你已经清楚了自己电影剧本中的动作和人物,你就可以为你的人物规定需求,然后为实现这些需求而设置种种障碍。在《杀死比尔》系列中,"新娘"(乌玛·瑟曼饰)的戏剧性需求仅仅是复仇。这是推动故事发展的助动力。

《午夜牛郎》中的乔·巴克(乔恩·沃伊特饰)到纽约是想要找女人吊膀子。这就是他的需求,也是他的梦想!他自己觉得他将会得到很多钱,同时满足很多女人。

他面对的障碍是什么呢?他被拉茨(达斯汀·霍夫曼饰)给耍弄了,钱也花光了,既无亲友也无工作,而纽约的女人则根本无视他的存在。一切都是梦!他的需求和纽约城的冷酷现实直接发生了抵触。这就是冲突!

没有冲突就没有动作。没有动作就没有人物。动作即是人物。一个人的行为表明了他是一个什么样的人,并非只是他的言谈。

当你着手探索主题时,你会发现你剧本中的一切事情都是互为关联的。没有一件事是偶然纳入的,或仅因为它机智可爱而被纳入。莎士比亚有句名言:"即便是一只麻雀的死,亦有其特殊的天意。"而牛顿第三运动定律——宇宙的自然法则如是说:每一个作用力都有一个力量相等而方向相反的反作用力。这一法则也适用于你的故事。这就是你电影剧本的主题。

要清楚地知道你的主题!

 练习

为你要写的电影剧本选择一个主题。如有需要,看看报纸,看看是否有能够吸引你的注意的人、事件或局势。认真思考你将如何架构你的故事,然后通过动作和人物用几句话表达出来。请记住,你可能需要开始的几页来了解自己想写什么,并用另外1至2页来证实这个想法,但随后你就可以消除这些不必要的事物,专注于你的主题。

译者附注：

现将本书中提到的几部主要电影作品简介如下：

《公民凯恩》(*Citizen Kane*)，编剧：H．J．曼凯维奇，奥逊·威尔斯；导演：奥逊·威尔斯；1941年出品。曾获得1942年美国电影艺术与技术学院最佳剧本奥斯卡金像奖，1999年被评为美国电影史上最优秀影片第一名。影片描写和揭露了30、40年代美国报业大王赫斯特的生平。

《唐人街》(*Chinatown*)，编剧：罗伯特·唐尼；导演：罗曼·波兰斯基；1974年派拉蒙影片公司出品。曾获得1974年美国奥斯卡金像奖最佳剧本奖。影片以30年代洛杉矶的争水事件为背景，揭露上层社会唯利是图、荒淫无耻的本性。

《教父》(*The Godfather*)，编剧：马里奥·普佐、弗朗西斯·科波拉；导演：弗朗西斯·科波拉；1972年派拉蒙影片公司出品。曾获得1972年美国电影艺术与技术学院奥斯卡金像奖最佳影片、最佳编剧、最佳男主角三项奖。影片描写了美国纽约市意大利黑手党组织之间争权夺利的斗争。

《出租车司机》(*Taxi Driver*)，编剧：保罗·施拉德；导演：马丁·斯科塞斯；1976年拍摄。曾获得1976年法国戛纳国际电影节大奖。影片通过一个从越南战场上退伍的军人回国后在纽约市当出租车司机的遭遇，反映了美国下层社会人们的痛苦、孤独和动荡不安的生活，但同时又宣扬了暴力行为。

《安妮·霍尔》(*Annie Hall*)，编剧与导演：伍迪·艾伦；1977年出品。被称为美国最富有代表性的喜剧影片。伍迪·艾伦以自己的亲身体验描写美国纽约中产阶级知识分子的进退两难的生活。

《邦妮与克莱德》(Bonnie and Clyde), 编剧：罗伯特·本顿、大卫·纽曼；导演：阿瑟·佩恩；1967年出品。曾获得1968年奥斯卡金像奖中的最佳原创剧本提名、最佳女主角提名。影片根据美国30年代经济大萧条期间一个真实的故事改编：一对夫妻组成的匪帮铤而走险抢劫银行，被警察追捕亡命天涯，最终惨死的故事。这个故事曾多次被改编拍摄成电影作品，然而，以这部作品最佳。

《再见爱丽丝》(Alice Doesn't Live Here Anymore), 编剧：大卫·萨斯坎德；导演：马丁·斯科塞斯。曾获得1974年美国奥斯卡金像奖的最佳女主角奖，并获得1975年美国电影电视艺术学院的最佳影片、最佳编剧、最佳女主角、最佳女配角四项大奖。影片表现一位妇女在丧夫之后的艰难生活和爱情挫折。

《秃鹰七十二小时》(Three Days of the Condor), 编剧：洛伦佐·森普尔、大卫·雷菲尔；导演：西德尼·波拉克；1977年拍摄。影片表现了美国中央情报局内部钩心斗角的故事。

《总统班底》(All the President's Men), 编剧：威廉·戈德曼；制片和导演：罗伯特·雷德福；1976年拍摄。这部影片以美国总统尼克松的"水门事件"丑闻为背景，揭露美国总统竞选时的种种丑恶和卑鄙的罪恶勾当。

《第三类接触》(Close Encounters of the Third Kind), 编剧：史蒂文·斯皮尔伯格；制片和导演：乔治·卢卡斯；1977年出品。这是一部以UFO（飞碟）为题材的高成本的科幻片。

《侏罗纪公园》(Jurassic Park), 编剧和导演：史蒂文·斯皮尔伯格；1993年出品。这是一部高成本的利用电脑技术拍摄成的科学幻想影片。描写一群到侏罗纪公园参观的人，面临恐龙复活的奇妙经历。这部影片成为美国当时最为叫座的电影作品。

Chapter 3
人物的创造

THE CREATION OF CHARACTER

> 除去事件的结果,人物是什么?除去人物说明,事件又是什么呢?
> ——《小说的艺术》(*The Art of Fiction*),
> 亨利·詹姆斯(Henry James)著

什么是人物?

这是一个从写作初期就开始困扰文学理论家的问题。创造真实情境中活生生的人是一种多变的、多方面的却又独一无二的挑战,是一种独特的挑战。因此,试图明确如何去做就等同于试图将水握在手中,难以实现。从亚里士多德到埃斯库罗斯,从易卜生到尤涅斯库,从尤金·奥尼尔到阿瑟·米勒,一代又一代的著名作家,为了领悟艺术的精髓、掌握创造鲜明的人物形象的技巧,而不懈努力。

美国著名小说家亨利·詹姆斯是19世纪最善言辞的文学理论家之一,他创作了《贵妇画像》、《鸽之翼》、《螺丝在拧紧》、《黛西·米勒》等名作。詹姆斯深深着迷于小说的创作艺术,他像位科学家般对待小说创作,与他哥哥威廉·詹姆斯——著名的心理学家,研究人类思维的动力学方法类似。亨利·詹姆斯曾写过多篇文章,试图论证并详细说明创造人物的复杂性。

在其中一篇文章《小说的艺术》中，詹姆斯提出了一个文学问题：除去事件的结果，人物是什么？除去人物说明，事件又是什么呢？

这是一种深刻的说法。

当然，**事件**是关键所在。根据字典的解释，事件是指"会与其他事物产生勾连关系的具体事情或活动"。通常，电影剧本是关于某一关键事件的，而故事讲述的则是人物的行为及其对该事件的反应。它是所有动作及人物的主要来源。我从事阅读分析电影剧本及影片的工作近二十五年，但直到最近，我才开始理解事件的重要性。所有的优秀影片几乎都关注于某一具体事情或活动的展开，正是这个事件推动着故事向前发展。

在《指环王1》中，弗罗多承担起护送魔戒的职责是影片的基本事件；《美国美人》中莱斯特·伯恩汉姆与女孩安琪拉的相遇，《唐人街》中杰克·吉蒂斯因真正的墨尔雷太太的出现而困惑不已，这些都是相应影片的基本事件。有时候，生活中的事件会将我们最好或最坏的一面暴露出来。有时我们能够从这些事件中恢复过来，但有时候并不能，它们总是或多或少地影响着我们。我们如何采取行动、如何做出反应或处理特殊情况，都将揭示我们的"真实"本质，并且说明我们是一个怎样的人。《杯酒人生》(*Sideways*，2004）中的麦尔斯便是一个很好的例证。当他救回了他为某一"特殊场合"所准备的一瓶特殊的酒时，他发现他并没有特别的时刻或地点值得将这瓶酒打开。于是他独自一人坐在快餐连锁店里，将那瓶酒藏了起来。

电影剧本中的事件被有意地设计成将人物的真实面貌展现给读者或观众，以便我们能够超越普通生活，在"他们与我们"之间建立起某种联系。我们在他们身上看到自己的影子，享受某些时刻，也许是有种被认可与理解的共鸣时刻。

在《小说的艺术》中，亨利·詹姆斯指出，为人物所设置的事件是阐述"人物是怎样的人"最好的途径，能够展现他们的真实品质及本质特征。如何应对某一事件，如何采取行动并做出反应，以及他们的所说、所做详细说明了人物的本质。

如何将这个概念与创造人物的过程联系起来？

影片《末路狂花》(*Thelma & Louise*，1991，卡莉·克里编剧）讲述的是两个女人的故事，她们杀害了一名男子，企图逃避法律逃到墨西哥，但却在科罗拉多大峡谷被捕。与其入狱，她们选择了自杀。她们是两个截然不同的独立个体，却有着相同的戏剧性需求：安全地逃到墨西哥。她们彼此不同，却分享一切，包括生与死。在她们的逃亡途中，我们开始了解她们，并爱上了她们，甚至希望结局能有所不同。

为何亨利·詹姆斯的说法如此重要？因为是人物的内在品质真正导致了事件的发生，而人物将如何应对这一事件则诠释并界定了他（她）的性格。在《末路狂花》第一幕的开始，这一切便被建置起来。塞尔玛（吉娜·戴维斯饰）与露易丝（苏珊·萨兰登饰）出发前往山区度假，在一家酒吧休息时遇见了一位名叫哈伦的小伙子。哈伦对塞尔玛一见钟情，于是不断地向她灌酒，企图在停车场强暴她。事情变得有些丑陋不堪，直到露易丝出现，她用塞尔玛的枪威胁哈伦，哈伦却企图侵犯她。情况失控，露易丝情急中扣动了扳机，杀死了哈伦。这便是情节点 I，是影片的关键事件。接下来才是"真正的"故事，讲述她们试图逃亡去往墨西哥。

如前所述，情节点 I 是电影剧本真正的开端，推动故事向前发展至第二幕。在接下来的故事中，塞尔玛与露易丝被通缉。如同其他影片中的其他角色，她们落入了人生的低谷，她们被迫去理解自己，找出真实的自己是谁，并最终为她们的生命和行为负责。《末路狂花》是一部公路片，更是一段启示之旅，自我发现之旅。影片以一个事件作为开端，并以它为核心展开整部影片的行为动作。

性格决定事件。露易丝杀害哈伦，然后带着恐惧与不安逃离，便是这样的例证。对于身为作家的你我，真正重要的是露易丝性格中的哪些因素使得她扣动了扳机——因为这一事件最终揭露并诠释了人物的性格。对露易丝而言，原因是她年轻时发生过的一次事件。影片中只是简要地提到，暗示她曾在得克萨斯州被强暴，而后她将歹徒告上法庭，却并没有得到满意的结果，没有得到公正的处理，没能将歹徒绳之以法。事实上，她不仅没有被视为受害者，反而被许多人看作是事件的煽动者。那时，她暗自许诺，她将不再踏入得克萨斯州半步。而正是这一决定最终导致了她的死。

约瑟夫·坎贝尔（Joseph Campbell）在《神话的力量》(*The Power of*

Myth）中提出，开始任何一段旅途前，首先要做的就是面对旧自我的死亡和新自我的复活。坎贝尔说，英雄，或英雄人物，"并不是进入外层空间而是向内层空间运动，去往万物共同的发源地，进入事物根源，创想出天国的意识层面。图像是外在的，但它们反映的事物却是内在的。"

在我看来，第一幕中扣动扳机、杀死哈伦的露易丝，并不是那个真正杀人的露易丝，而是那个年轻的、被女子法庭所逮捕的带有得克萨斯州风格的露易丝，她才是真正扣动扳机的人。她未曾从她的遭遇中恢复过来，伤痛反而在时间与记忆的深处越积越深，一触即发。

作家们以各种各样不同的方式创造人物。我曾询问沃尔都·萨尔特是如何创造人物的，他回答说，首先要选择一个简单的戏剧性需求，而后不断去充实、润色，直至能够引起每一个人的共鸣。对于沃尔都来说，这是他所创造的人物的本质。他是一名编剧大师，一流的艺术家。

创造人物的最好方法是什么？如何在人物、他（她）的戏剧性选择以及所要讲述的故事之间建立起联系？如何决定人物是开车、骑自行车还是乘坐公车或地铁，以及他（她）的房子或公寓内挂的是什么样的画或海报？

人物是电影剧本的内在基础，是基石。它是电影剧本的心脏、灵魂和神经系统。在动笔之前，你必须了解你的人物。

在电影剧本中，故事总是向前发展着，从开端到结尾，无论是以线性的或是非线性的方式，无论它的故事是否像《泰坦尼克号》、《时时刻刻》、《指环王》、《英国病人》（安东尼·明格拉编剧）、《肖申克的救赎》或《记忆碎片》（克里斯托弗·诺兰导演）。推动故事向前发展的方法是侧重于人物的行为动作以及他（她）在故事线的叙事过程中所做的戏剧性选择。

什么是人物？**动作即是人物**（Action is character）。一个人如何，在于他做了些什么，而不是他说了些什么。电影是关乎行为的。因为我们是在用影像讲述故事，我们必须展现人物是如何采取行动应对他（她）在故事发展过程中所遇到并克服（或者并未克服）的事件或活动。如果你正在写你的剧本，却意识到你的人物并非如你想的一般轮廓鲜明，觉得他们应该在思想、感情和情绪方面都更加坚强、更加真实而完整，那么，首先你要做的就是确定他们是否是剧本的积极力量——是否是他们导致了事件的发生,或事件是否发生在他们身上。

但首先,请明确谁是你的主要人物?你讲的是谁的故事?如果你的故事是关于三个家伙准备窃取月球岩石,那么这三个家伙之中哪一个是主要人物?你必须明确这一点。在《指环王》中,你知道谁是主要人物吗?是弗罗多、山姆、甘道夫(伊安·麦克莱恩饰),还是阿拉贡(维果·莫滕森饰)?或者他们全部都是?如果你不知道,那么,请问问你自己:这是谁的故事?出于某种理由,你也许会说,在影片《指环王》中阿拉贡是主要人物,因为他领导大家护送魔戒,做出决策并最终成为国王。但剔除所有表象,故事真正讲述的是将魔戒送回它诞生的地方——末日山,这样它才能够被摧毁。这就是故事的主题。因此,弗罗多才是主要人物。主要人物可以不止一个,但如果你只定义一个英雄,事情会明了得多。

通常,故事都是关于那些能区分主要人物与其他人物的事物。影片《肖申克的救赎》的主要人物是谁?瑞德——摩根·弗里曼所扮演的角色,在影片中的戏份最重,此外,是他向我们讲述了安迪·杜弗伦(蒂姆·罗宾斯饰)的事迹。但故事却是关于安迪的,因此,尽管他的戏份不如瑞德那么多,他却是影片的主要人物,因为故事是关于他的。《虎豹小霸王》呢?布奇(保罗·纽曼饰)是主要人物,他是做出决策的人。影片中,布奇有一大段台词向"太阳舞"小子(罗伯特·雷德福饰)吹嘘自己过去常干的野蛮勾当。这时,"太阳舞"小子默默地望着他,然后一语未发低头走开了。布奇自言自语道:"只有我有远见,世界上其余的人都是近视眼!"的确如此。在电影剧本中,布奇·卡西迪的确是主要人物——他是出谋划策的人,采取行动的人,由他带头,"太阳舞"小子跟随。布奇出主意到南美去,因为他知道他们逍遥法外的日子已经屈指可数了,要想逃脱法律和死亡,他们必须出走。他说服了"太阳舞"小子和另一位后来想参加匪帮的小伙子埃塔·普莱斯跟他一起出走。"太阳舞"小子是位重要人物,但不是主要人物。一旦确定了主要人物,你就可以探索用各种各样的方式去创造一个有血有肉的立体的人物形象。

人物性格刻画的方式有许多种,而且全都切实可行,但是你必须为自己选择一种最好的方式。下面简要介绍的方法，可供你在发展自己的人物时选择使用——你可以使用这些方法，也可以不用。

首先，确定你的主要人物。你的故事是关于谁的？把他（她）的生活内容分为两个基本范畴：内在的生活与外在的生活。人物内在的生活是从该人物出生到故事发生这一段时间内发生的，这是形成人物性格的过程。人物外在的生活是从影片开始到故事的结局这一段时间内发生的，这是展示人物性格的过程。

电影是一种视觉媒介。你必须设法从视觉上去展示人物的矛盾冲突，你不可能去展示那些你不知道的事情。区别从思想、概念或是想法上深刻了解你的人物，与在纸上把他（她）展示出来这两者的不同，是十分有必要的。

我们可以用下面的图来表示：

人物传记是一种展示人物内在生活的练习，展现人物从出生到现在的

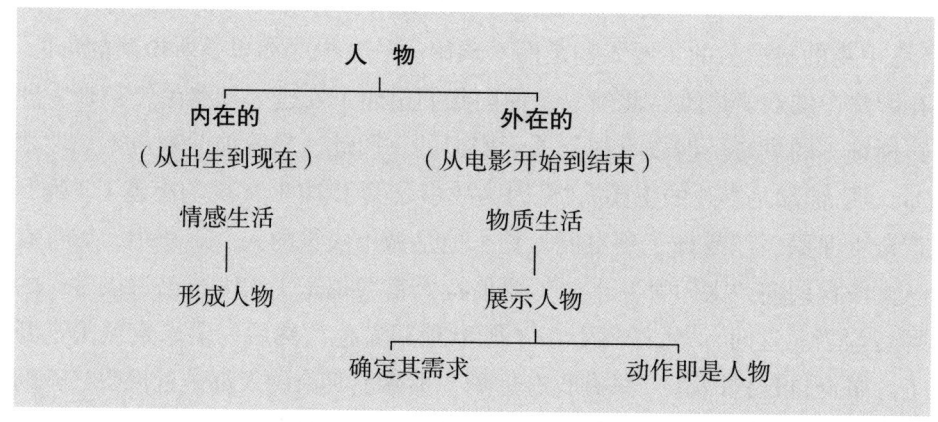

情感力量。你的人物是男性还是女性呢？如果是个男性，那在故事开始时，他多大年纪？他住在什么地方？住在城市还是农村？他在哪里出生？他是独生子，还是有兄弟姐妹？他曾经历过一个什么样的童年生活，是幸福的童年，还是不幸的？身体是否有过大的疾病？他同他的父母的关系如何？孩提时，他是否经常闯祸？淘气顽皮吗？他又是个什么样的孩子？是个开朗的、性格外向的，还是个认真的、性格内向的孩子呢？

如果你从出生开始系统地阐述你的人物，就会看到一个有血有肉的

人物在眼前形成。接下去，要追溯他（她）头十年的生活，包括他（她）幼儿园时期及学生生活，与朋友、家庭及老师的关系。你的人物是否生长于单亲家庭？由父亲还是母亲抚养？又或者是由姨妈或叔叔抚养？他们相处得如何？你的人物是亡命街头还是受到庇护？家人靠什么工作维持生计？

进入人物第二个十年的生活，即人物10至20岁上初、高中的这段时期。这期间，你的人物在成长过程中经历了哪些对他（她）日后产生影响的事情？朋友呢？有哪些爱好？学习，运动，社交，政治？你的人物是否喜欢课外课程或课外活动，如辩论协会？性经验如何？与同龄人的关系如何？高中时，你的人物是否需要做兼职？是否有兄弟姐妹？是否有羡慕或妒忌的对象？换而言之，你需要人物成长过程中尽量多的信息。与老师的关系如何？在这几年中，他（她）与父母的关系如何？是否有什么重大的创伤性事件发生，对人物的情感造成影响？高中时，他（她）有过怎样的经历？他（她）有很多朋友，还是只有少数几个朋友？他（她）是否被人排挤？看看《贱女孩》（蒂娜·费编剧），整部影片围绕着不受欢迎的感受来展开。

保罗·托马斯·安德森的《木兰花》涉及和解与宽恕的主题，揭示了父母的行为如何塑造和影响他们的孩子（易卜生的著名戏剧《群鬼》涉及相同主题，讲述了一个父亲的罪孽如何传递给儿子的故事）。在影片《木兰花》中，艾尔（贾森·罗巴兹饰）临终时忏悔自己的罪孽，企图原谅自己当年抛弃病危的妻子和儿子，留下年将14的弗兰克（汤姆·克鲁斯饰）独自照顾病危的母亲。这件事影响了弗兰克的整个一生，最终导致他的生活方式的形成，他试图说服男人们，性是一种武器，可以用来"摧毁异性"。面对即将死去的艾尔，弗兰克完全可以就此断绝与他的父子关系。

接下来，进入大学生活。你的人物是否上大学或正考虑上大学？他（她）上的是哪所大学？专业是什么？在政治方面是否活跃？他（她）是否有加入俱乐部或学生组织？你的人物在大学里是否有一段重要的感情？在这段感情中，发生了什么？他们交往了多长时间？最终是否结婚？在故事开始时，你的人物是已婚，还是丧偶、单身、分居或离婚？如果已经结婚，那么他（她）结婚有多久，和谁结的婚？

继续追溯你的人物的生活，直至故事开始。细查他（她）的事业、人际关系、梦想、希望及志向。现实总是与理想和梦想发生碰撞，在人物的生活中产生一系列的冲突。向自己提问，留心观察，关注你的朋友、家人和熟人。有时，你可以以略有差异的形式使用这些所观察到的信息。

请记住，你不是你的人物。你们的姓名、情况或是出生日期皆不相同。有时可能需要修改你所要写的故事的时间架构，以进一步了解人物；有时甚至需要共享你与人物之间的某些相似点，但如果你认识你是在用你自己作为原型，那么这将不起作用。写作要具备不断向自己提出问题并找到答案的能力。注意，用"什么（what）"而非"为什么（why）"作为表达你的创造性问题的开头，这是非常重要的。"什么"意味着特定的回答；如果你用"为什么"这个词作为开头，问自己一个问题，你会找到许多不同的答案，并且它们可能都是正确的。因此，试着用"什么"来表述问题：什么促使我的人物会以这种方式做出反应？（而不是，为什么我的人物会这么做？）这场戏的目的是什么？组织这样的问题可能需要花费一些时间，答案也不一定会如你所愿地那么快出现，但请相信这个过程，它将非常重要。这就是为什么我把写作人物传记称之为创造性的研究工作。你实际上是在提出一些问题并寻找答案。在坚实的基础上建置人物的内在生活、情感生活，这样，你的人物才能够在故事设定的人物框架内发展、前进，才能够在特定的情感行动中变化、成长。通常，在故事结尾时人物将变得与开始时不同，他们的想法、感觉在情感线索的发展过程中可能会发生变化。

一旦你以人物传记的方式确定了人物的内在生活，你就可以进入到故事的外在的部分了。

人物的外在的部分发生在电影剧本的实际时间内，即从第一次的淡入到最后的淡出。细查人物人生中的种种关系是很重要的，因为它们可能会成为深层挖掘人物的资源，包括次要情节、次要行动以及任何可以用来为人物与故事建立关系的交切镜头。

如何使你的人物在故事中既真实可信又是多侧面的呢？从影片开始的淡入到结束时的淡出？

最好的方式是将你的人物的生活分为三个基本组成部分：职业生活部分，个人生活部分，私生活部分。人物生活的这些领域在写剧本的过程中能够被戏剧性地描述出来。

职业生活部分：你的人物是以什么为生呢？你有必要了解这个。正如我所说过的，如果你不了解你的人物，那么谁了解呢？他（她）在哪里工作？她是一位银行副总裁、建筑工人、医生、录音师、科学家、教授？思路越清晰，你的人物就越可信。他们对生活感到悲伤还是幸福？他们是否希望生活是另外一种样子——另一份工作，另一个妻子，甚至是另一个自己？在米开朗基罗·安东尼奥尼（Michelangelo Antonioni）的影片《过客》（*The Passenger*，1975）中，大卫·洛克（杰克·尼科尔森饰）发现了一名死者，并决定借用他的身份，却不知道他的命运。有时候，我们就是这样，希望能拥有别人所拥有的。

进入人物的工作地点，开始描述在日常事物中与他（她）有互动交集的人：他（她）的老板，形形色色的助理，秘书，推销员，公司负责人，等等。界定与同事的关系。他们的关系是好是坏？能否给予对方帮助和支持？是快乐的或令人悲伤的？是否存在着矛盾冲突？如果是，它们是什么呢？工作上的妒忌、争吵，不同的性格类型？你的人物是如何处理这些冲突的？争吵、理论？或是沉默退缩？发起人身攻击？

如果你的人物在办事处工作，那他（她）的工作是什么呢？谁是他（她）最坚实的后盾？他们相处融洽吗？他们是否彼此信任？下班时间是否有来往？她与老板相处得如何？是关系很好呢，还是因为办公室事务的处理方式，或者公司将要被兼并、收购，又或者是可能要削减工资和裁员，而有所怨恨呢？

用1至2页的篇幅确定你的人物的职业生活。不要试图审查，尽管把它写下来。当你能够确定并挖掘出主要人物与他（她）生活中的其他人物的关系时，你就是在创造人物的性格和观点了。而这些正是塑造、拓充和丰富人物生活的起点。

个人生活部分：你的人物是已婚、单身、丧偶、离异，还是分居？故事开始时，你的人物是否正在恋爱？如果是，他（她）跟谁交往，在一起多久了？如果已经结婚，那么是和谁结的婚？是在学校时遇见、约会或是已经确定关系的某个人吗？这个人是不是在故事的一开始就已经和你的人物在一起了？他们的背景相同吗，还是来自社会的不同阶层？与他（她）相比，受教育程度或职业领域是好还是差？青梅竹马？大学恋人？他们结婚多长时间了？他们夫妻的关系如何？这是这段婚姻的起点。如果他们刚结婚不久，他们的关系不同于那些已经结婚多年的夫妻。他们是否经常外出，一起做事情？或者因视为当然而对对方不予以重视？是有很多朋友和社交活动呢，还是朋友甚少？他们的婚姻关系是否牢固，还是主人公正在考虑或已经有了婚外情？

寻求各种方式来说明、展示你的人物与他人的关系是具有挑战性的，但值得去做。想想矛盾冲突：他可能想要某样东西，她却想着另一个。可能是关于是否要孩子这类重要的事，或是他喜欢运动赛事而她却喜欢戏剧这类琐事。观察这段婚姻并把它写下来。无论是作为背景关系，或是在影片中作为行为动作的一部分，它都将适用于你独特的电影剧本。

《公民凯恩》中表现婚姻生活部分是银幕上我最欣赏的表现方式。一组开始于凯恩与第一任妻子的婚礼及蜜月的极妙镜头展示了凯恩的婚姻生活。随后的镜头中，我们看到他们共进早餐，并亲密地交谈着。一个快摇镜头（摄影机快速摇出画面），他们换了一身衣服，在早餐上交谈着并读着报纸。快摇，他们坐在稍大一些的桌子前激烈地争吵着。快摇，他们更加激烈地争吵着，她埋怨他花太多时间在报社。快摇，在一张更大的桌子前，他们沉默着，各自看着报纸，他在读《探索者》(*Inquirer*)，而她在读《晚报》(*Post*)——他的报社的主要竞争对手。她问了他些什么，他却只是咕哝了几句算是简明地回答了。又是一次快摇镜头，桌子很长，他们全无交谈地坐着吃饭。这组镜头大约有一分钟长，却意味深长。用画面代替语言，几个简洁的镜头便让我们了解了他们的婚姻。记住，电影剧本就是由画面讲述出来的故事。

如果你的人物孑然一身，那么他的单身生活如何？与许多人约会，还是专情于某个人？如果在故事开始时他（她）孑然一身，那他（她）的上一段恋情是什么时候？是认真的还是只有三分钟热度？他（她）喜欢或不喜欢什么？如果故事开始时你的人物正在与某人交往，那么他们在一起多久了？恋情中是否有冲突？他们因何意见不同？他们有何共识？是否都有过前女友或前男友？他们如何处理？他们是否在其他方面有矛盾？就恋情而言，他（她）是否准备进入某种形式的承诺？

她是否离异？如果是，她结婚多久？嫁给谁？导致离婚的原因是什么？他们在一起多久？是否有孩子？如果是，她多长时间去看一次孩子？孩子对他们的离异有什么看法，或是对父母正在约会的对象有什么看法？

应当挖掘、思考并写下人物人际关系的方方面面。当你对自己的人物有所疑惑时，那就看看你自己的生活。问一下你自己——如果你处在那种情况下，作为那个人物你会怎样去做？这并不是说你就是你的人物。在某些方面，你与你的人物是有共通之处的，但我要再次强调：你并非你的人物。

用1至2页的篇幅规定你的人物的人际关系。自由联想或是无意识地写作，尽管写下你的想法、措辞及感觉，无需介意它看上去或读起来是什么样子。除了你，没人会看到这些。

私生活部分：当你的人物独自一人时，他（她）都做些什么？看电视？为铁人三项进行体育锻炼？他是否喜欢运动，一个星期要去健身房三次？慢跑，做瑜伽，或是参加纺织班吗？是否参加了每周一次的创意写作夜间辅导班？她养宠物吗？是什么样的宠物呢？你的人物有什么样的爱好？他（她）喜爱集邮、散步或参加烹饪班吗？私生活部分包括人物在生活中一个人独处时的那部分生活。

了解你的人物的职业生活、个人生活及私生活部分，能够为你提供可供转换角度的东西。如果你正在创作电影剧本，而你不知道接下来要发生什么，你可以转而审视人物的职业生活、个人生活及私生活部分，寻找能够推动故事向前发展的叙事点。

亚里士多德在《诗学》中说过，"生命存在于动作之中，结束只是动作的一种模式，而非实质。"这意味着你的人物应当是活跃的，应当做些什么，促使发生些什么，而不仅仅是一直去应对事件。有时你的人物必须应对一些情况，但你不能让你的主人公只是不断地应对发生在他身上的事件。如果是这样，将无法树立人物形象，你的故事将会变得松散，毫无轮廓。你的人物实际上正是他（她）所做的事。电影是一种视觉媒介，剧作家的责任就是选择一个视觉形象或画面，用电影化的方式使他（她）的人物戏剧化。你可以在闷热的旅馆小房间里安排一个对话场面，或是把这个场面安排在海滩上或星空下。前一个在视觉上是封闭的，后一个在视觉上是开放和动态的。这是你的故事，由你自己选择。

如果把有关人物的观念加以图解，即如下图：

动作即是人物。

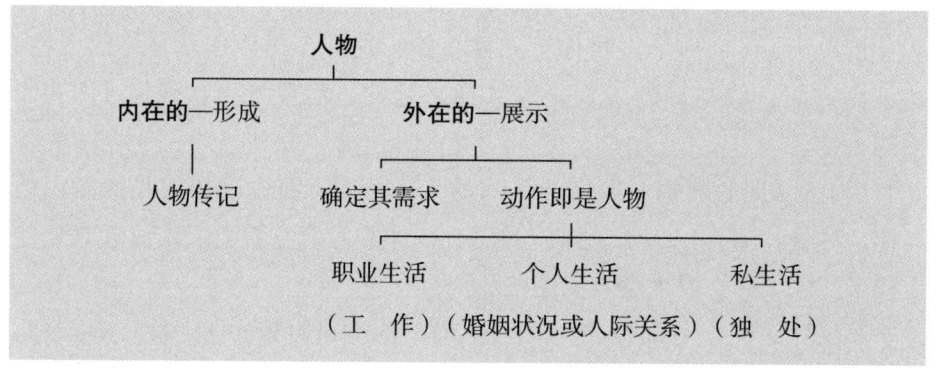

电影即行为。根据人物在特定情况下的反应、行为举止，我们能够了解他们。图片或影像，揭示了人物的不同侧面。人物通过价值观念、行为及信念展现着他们的深层本质；人物的性格正是通过人物的生活方式、驾驶的车、置挂于墙上的画、好恶、食物以及其他形式的个性化表达来塑造的。人物表现为他们是谁，通过他们的动作和反应、他们的创造性选择来体现。另一方面，人物塑造是通过他们的口味、看待世界的方式、穿戴以及驾驶的车辆来体现的。

从创作人物的传记开始形成你的人物，然后，再通过他们的职业生活、个人生活及私生活部分来展示人物。

人物传记的影响力及有效性有多大呢？它是一个很棒的工具，揭示主要人物的见解及可能发生的冲突来源。人物传记能够有效用于电影剧本的主体部分。偶尔，当你正在酣畅淋漓地创作着你的人物时，事情却突然发生在你身上。有时候,你可以将这些事故或事件写入你的剧本。在影片《特伦鲍姆一家》中,人物在剧本的头几页便已建置,叙述者以一种小说式的方式向我们讲述了这个家族的历史:"王族特伦鲍姆在他35岁那年的冬天购置了在阿彻大道上的住宅……十年后,他和他的妻子有三个孩子,后来不幸失散……"随着叙述者讲述着这些信息,我们在画面中看到三个孩子渐渐长大。这为整部影片设定了基调,关于家族、失败与宽恕。

"除去事件的结果,人物是什么?除去人物说明,事件又是什么呢?"亨利·詹姆斯如是问。

影片《奔腾年代》(*Seabiscuit*,2003)中有四个主要人物:汤姆·史密斯(克里斯·库柏饰),查尔斯·霍华德(杰夫·布里奇斯饰),瑞德·波拉德(托贝·马奎尔饰),以及小马"海洋饼干"。他们都失去了一些东西:汤姆·史密斯失去了自由;查尔斯·霍华德失去了年幼的儿子;瑞德·波拉德在大萧条时期因被送养而失去了父母;因不被看好,"海洋饼干"在六个月大时便被送走。影片记录了这四个角色追寻归属感的旅程,他们不仅是为了自己,也是为了整个国家。20世纪30年代美国经历了大萧条时期,这三个人物及这匹马鼓舞了整个国家,国民为之欢呼,重新看到了希望。

创作人物的传记有何价值呢?看看《奔腾年代》,叙述者如是描述小马"海洋饼干":"它是'硬饼干'的儿子,强壮的'战神'的养子……关于驯养的内容并未给观众留下多少印象……六个月时,它被送由传奇的训练师撒尼·菲茨西蒙斯驯养……菲茨西蒙斯判定这匹马慢吞吞的,确信它根本无法训练……当它最终没有任何进步,他们便判定这小马驹无可救药……他们把它当作是其他'良'驹的陪练,强迫它放弃齐头并进的决战,以提高其他马匹的自信心……当他们最终让它参加比赛时,它只做了他们平时训练它做的——失败……直到3岁,"海洋饼干"只是每周参加两场小的公开赛。很快,它长大了,变得跟它的父亲'硬饼干'一样充满仇恨、暴躁……它被以2000美元的最低价售出……当然,这是有道理的……冠军是高大、壮健的,没有缺陷的……这匹马却是一直如他们所期待的那般跑着……"

汤姆·史密斯、查尔斯·霍华德、瑞德·波拉德以及小马"海洋饼干"

合作组成了一个团队，每一个成员都是整个团队的重要组成部分，并且成为了美国的骄傲与欢乐。"你知道，"瑞德·波拉德在影片结尾处的旁白中说，"每个人都认为，我们找到这匹跛马，唤醒了它……其实我们没有……是它唤醒了我们，唤醒了我们每一个人。我想，从某种意义上说，我们为彼此重新带来了希望。"

练习

如果你打算创作一个电影剧本，请明确你的故事是关于谁的。作为一项练习，挑选一个人物并写一份人物传记。尽情地发挥想象。尽管写下你的想法、辞藻或构想，不要担心语法和标点符号。写下所有想到的片段，即使并不连贯。你可能想从人物的出生开始写起，但你并不需要线性地遵循人物的一生。如果需要，你可以跳跃着写，让你的创新意识去支配人物的发展。将人物的一生打散成第一个十年，第二个十年，第三个十年，甚至更多。写出5页至7页的畅想内容，如果需要，可以再多写几页。我在创作人物传记时，通常要写20多页的内容，从人物的父母亲及祖父母、外祖父母开始，然后我甚至会用过去的生活和占星学来进一步挖掘我的人物。

完成人物传记后，思考你的人物的职业生活、个人生活和私生活部分。重点放在剧本发展过程中发生的关系。

要清楚地知道你的人物！

Chapter 4
构建人物
BUILDING A CHARACTER

阿莫斯·查尔斯·邓迪是一个高个男子,有着宽厚的肩膀,在最后的三十年却显得有些瘦削。个性执拗、固执、性急的他是一个现实主义者,认为世界就是他所看到的那个样子,并对其充满了渴望。他是一个艺术家,又或许是战争雕刻家,对他而言,死亡就如同栖息于深夜深处的猫头鹰。对于阿莫斯·查尔斯·邓迪以及成功、失败或平局而言,这是一个非常个人化的世界,他依据自己的需求和欲望去操控它。邓迪是一名士兵。他总是会说不会做……大智若愚……无论遭遇什么困难总是一意孤行,从未回头或懊悔……从未失败。

——《邓迪少校》(*Major Dundee*,1965),
山姆·佩金法(Sam Peckinpah)、奥斯卡·索尔(Oscar Saul)编剧

第一次开始写剧本时,我有幸与山姆·佩金法在一起,当时他正在写《日落黄沙》。在加州大学伯克利分校上学时,我与他的侄女邓迪·佩金法曾一起参与了让·雷诺阿的戏剧《卡罗拉》的世界首次公演。后来,她来到洛杉矶寻求演艺生涯之路,与山姆一起住在海边。

因为才刚刚开始写作电影剧本,我像海绵般尽可能多地吸取、学习艺

术和技法方面的知识。在夏季的那几个月里，我有幸待在这个真真切切改变了西方电影风格和影响的人身边。在《看电影》(Going to the Movies)一书中，我写了许多有关这个时期的事以及与佩金法的关系。

山姆是惊人的——在视知觉方面，他才华横溢。当感觉安逸时，他很健谈；当然，当他喝醉了或是觉得有人在背后说他坏话时，他也会闷闷不乐、情绪消极。

大多数山姆影片的人物都关注或痴迷于某件事物——你可随意挑选一种说法——并且总是受到时代变迁的波及。在他的大部分影片中，他探讨了不断改变的时代中不变的人物这一主题，如《午后枪声》(N.B.斯通编剧)、《邓迪少校》(奥斯卡·索尔编剧)、《日落黄沙》(沃伦·格林编剧)、《牛郎血泪美人恩》(约翰·克劳福德、埃德蒙·佩妮编剧)、《稻草狗》(戴维·泽拉·古德曼编剧)、《亡命大煞星》(沃尔特·希尔编剧)、《约尼尔·波恩纳》(杰布·罗斯布罗克编剧)、《比利小子》(卢迪·伍里特兹编剧)，等等。

第一次见到他时，我对他的一些事迹早有所耳闻，像是他的醉酒轶事，在布景方面与工作人员的分歧，他的"至善论"，以及他与电影制片厂、制片人之间的矛盾，所以我真不知道会发生什么事情。但在随后的接触中，我发现他是个刚强、正直的人，有着敏锐的感受力与理解力。他说他并不喝烈性酒，只是一天喝两瓶啤酒。此外，我从谈话中得知，自从四年前的《邓迪少校》后，他一直未有新作。

与奥斯卡·索尔共同创作的《邓迪少校》对他而言是一段惨痛的经历。尽管在合同中明文规定他拥有"最终剪辑权"，电影制片厂却违背合约，从他手中抢走了这一权利，重新进行剪辑，并搞砸了这部影片。由米契·米勒的合唱团演绎的片头音乐更是极其荒谬。据他所说，这是一场"人祸"，正是在《邓迪少校》制作期间他得到了"为人难以相处"的名声——在好莱坞行话中这意味着"此人不宜雇用"。迪尼恩告诉我说，查尔顿·赫斯顿退还了他的工资，佩金法要求将他的名字从制作群中去掉，但制片厂拒绝了。他想按照原剧本所写的重拍开篇段落，制片厂依然不同意。事实上，他因为自己的影片被解雇了。至此之后，他接不到任何工作，直到最近才得到机会，负责改编并执导由菲尔·费尔德曼担任制片人的《日落黄沙》。

关于电影剧本写作，我有太多的问题想向他请教：我想了解他是如何创造并构建人物？寻找主题或故事时，他通常会找些什么来写？他是否人为地制造故事中的矛盾冲突，或者这是故事所固有的？诸如此类的问题还有很多，但我想显得酷一些，因此我一次只向他请教几个问题。萨姆是一个开放且善于接受新事物的人，似乎对我们的谈话乐在其中。

他总是善于发掘伟大的视觉象征，表现指示改变的事物以及它们对人物的影响。我认为这是佩金法带给当代西方的养分之一：他向我们展示着人物的点点滴滴，反映无归属感、"出格"或落后于时代这些主题，然后将这些概念编织到视觉化的动作当中去。自行车手乔埃·麦克里亚独自一人骑车来到一个小镇，镇上的人们正积极地为将要举行的嘉年华会忙碌着，影片《午后枪声》(*Ride the High Country*, 1962) 的序幕就此拉开。突然，一辆年代久远的T型车拐过转角，司机穿着长外套戴着护目镜，愤怒地按着喇叭，示意麦克里亚别挡道。一只骆驼闯入了我们的视野，一匹马紧随其后，它们并架齐驱朝着比赛的终点线冲去，最终，骆驼以近乎一个身长的距离优势获得冠军。在影片《日落黄沙》(*The Wild Bunch*, 1969) 开头，禁酒巡游会正在如火如荼地进行，威廉·霍尔登计划与同伴抢劫银行，但在行动之前，威廉·霍尔登向一位年迈的妇人伸出了援助之手，并帮助她过马路。

稍后的一天下午，正在创作《日落黄沙》的山姆结束了他一天的工作后，我们一同畅饮着啤酒，看着日落，于是我向他请教他是如何组织他的故事的。沉默片刻后，他告诉我，他喜欢围绕着一个核心将故事"挂起"(hang)。他说，通常情况下他会根据特定的事件去构建动作，大约在故事发展到中段的时候，然后让其余的一切都成为这一事件的结果。在《日落黄沙》中，火车抢劫案便是这个核心，一切都是悄然完成的。这是一个华丽的段落，一旦他建置好故事与人物，一切都将导致火车抢劫案的发生，影片接下来的发展都将是这个段落的结果。

我们就这个问题讨论了一会儿，然后他离开了房间，几分钟后拿着一个脚本回来。这是《邓迪少校》的电影剧本。"看看吧。"他敦促。

　　故事发生在美国南北战争之后，记录了邓迪（查尔顿·赫斯顿饰）的事迹，他坚持不懈追捕阿帕齐叛党团伙、营救在故事开篇的大屠杀中被抓作为人质的农场所有人的孩子。邓迪并不在意他的方式，或者是为了达到目标会对他人造成的伤害。正是邓迪的痴迷驱动人物沿着故事的叙事线向前发展。我发现，这就是他的戏剧性需求，是他的目的，他的使命，是推动情节发展的动力。

　　我反复阅读《邓迪少校》，做着笔记，逐字逐句地研读，就好像我在准备参加期末考似的。这使我受益匪浅。我开始注意到佩金法如何运用开始的段落来组织、建置故事，他如何形象化地树立人物，然后构建故事来突出核心——阿帕齐人埋下的伏笔。

　　我在为戴维·沃尔珀制作纪录片时已经了解到拥有坚实的开场的重要性，它将迅速地吸引读者或是观众的注意力。《邓迪少校》以美国南北战争结束前一个孤僻农场举行的万圣节派对作为影片的开场：音乐在空中飘荡，人们跳着舞、欢笑着，愉快地玩着，而穿着戏服的孩子们在外面奔跑着，玩着游戏。随后，山姆将镜头从一个正在玩牛仔与印第安人扮演游戏的孩子那张涂着颜料的脸切换到阿帕奇勇士为战争而画的脸上。孩子们咯咯地笑着，欢呼着，模仿着惊慌的表情，阿帕奇人却在音乐和舞蹈中发动了进攻，烧杀除了男童和马匹外的一切。

　　这是一个非凡的开场，我称之为"纯粹的佩金法"。画面中穿着万圣节服装的孩子们与烧杀掳掠的阿帕奇人涂着颜料的脸，二者之间的对比令人惊骇。我也惊讶于佩金法会如何介绍邓迪少校。在剧本的演出说明中，他叙述了我们所需要知道的一切："个性执拗、固执、性急……一个艺术家，又或许是战争雕刻家，对他而言，死亡如同栖息于深夜深处的猫头鹰……他总是会说不会做……大智若愚……无论遭遇什么困难总是一意孤行……从未失败。"

　　我想写出那样的人物。我想要充实我剧本中的人物，使他们完全成形和实现，让他们成为多面的、在真实情境中的真实的人。我不停地问自己：你如何把对一个人物的零碎和杂乱无章的想法变成一个活生生的、有血有肉的人物呢？怎样才能把他变成你能够联系到的并可以识别的人呢？如何给你的人物"注入生命"？如何去构建你的人物呢？

提出问题后，我立即意识到这些都没有确切的答案——因为构建人物是创作过程之所以具有神秘感和魔力的一个重要因素。这是一项不间断的、永无休止的长期实践。为了真正解决人物的问题，必须走进你的人物，构建他们的生活基础和结构，然后加入能增强和扩充他们形象的因素。

所以，我一直问自己：是什么构成令人满意的人物？什么是人物？为了找到答案，我需要找到人人都有的共同之处。

你想想看，在本质上，你和我，我们都一样；某些东西把我们联系在一起。我们都有同样的需求，同样的愿望，同样的恐惧和不安全感；我们都希望被人爱，希望得到人们的喜欢，希望能成功、幸福、健康。

当我带着这些思考再重新阅读《邓迪少校》时，我开始从他们的个人需求和欲望角度分析人物。

从这个角度阅读，我注意到四点，构成令人满意的人物必须具备的四个特质：(1) 人物有一个强有力且清晰的戏剧性需求；(2) 有独特的个人观点；(3) 有一种特定的态度；(4) 经历过某种改变或转变。

这四个要素、四个特质构成了令人满意的人物。以这个作为起点，我注意到，每一个主要人物或重要人物都有一个强有力的戏剧性需求。戏剧性需求是指在剧本中人物所期望赢得、攫取、获得或达到的目标。戏剧性需求驱使你的人物贯穿故事线的发展。这是他们的目的、使命、动机，推动着他们完成故事的叙事动作。

大多数情况下，你能够用一两个句子来表达戏剧性需求。通常，这很简单，如果你愿意，可以用一行对话来阐释，或者根本就无需表达出来。但是，作为剧作家，你必须了解你的人物的戏剧性需求。

影片《末路狂花》的戏剧性需要就是要安全地逃到墨西哥；它推动两位人物沿着整条故事线向前发展。影片《冷山》中，英曼的戏剧性需求是要返回家乡，而艾达则是想要生存、适应她周边的环境。正如前面所提到的，在《指环王》中，将魔戒带到末日山并在烈火中将其摧毁这一需求创造了影片。

影片《阿波罗13号》(*Apollo 13*, 1995, 小威廉·布罗伊尔斯、阿尔·赖纳特编剧)中,戏剧性需求是要安全地将宇航员送回地球。一开始时并非如此。故事开始时,《阿波罗13号》的戏剧性需求,宇航员的使命,是在月球上漫步,但当液氧箱发生爆炸后却发生了改变。问题不再是他们能否登月,而是他们能否幸存下来并安全地返回地球。

有时候,在故事的发展过程中戏剧性需求会发生改变。如果你的人物的需求确实发生了改变,那么这通常发生在情节点 I,即故事的真正开端。影片《末路狂花》中,在情节点 I 露易丝杀死了哈伦,促使动作朝着一个全新的方向发展:不再是去山里度假,现在,塞尔玛与露易丝变成了法律通缉的逃犯。她们的戏剧性需要是逃亡。影片《与狼共舞》(*Dances with Wolves*, 1990, 迈克尔·布莱克编剧)中,约翰·邓巴(凯文·科斯特纳饰)的戏剧性需求是想摆脱美国南北战争的梦魇,到最远的边境生活。但当他最终如愿来到"塞克威克"哨所——情节点 I——他的戏剧性需求发生了改变,现在的他需要学会如何适应这片土地并与苏族人建立友好的关系。

你的主要人物的戏剧性需求是什么?你能用几句话定义它吗?将它清楚地表达出来?如果你不知道你的人物的需求,那么谁知道呢?你必须了解这一点。如果你愿意,你可以为剧本中的其他人物建立需求。戏剧性需求是推动人物沿着故事线发展的动力。

构建令人满意的人物的第二个要素是观点。观点即我们观察、看待世界的方式。每个人都有其独特的观点。观点是一种信念系统,众所周知,只要我们想相信事物是千真万确的,那么它就是真的。名为《瑜伽—吠世斯泰》(*Yoga Vasistha*)的一部古老印度教经文提出,"世界即你所见。"意思是说,我们的头脑内部——我们的思想、感情、情绪、记忆——反映着我们日常生活所经历的外部世界。正是我们的想法,我们看待世界的方式,决定了我们的经验。正如一位伟人所说:"你才是你生活的主宰。"(You are the baker of the bread you eat.)

观点影响着我们看待世界的方式。你是否听过这些说法,如:"生活是不公平的"、"你不能与政府对着干"、"生活只是一场游戏"、"你不能教一只老狗新把戏"、"生命即无限的机遇"、"自己的运气,自己创造",或者"成功是基于你认识些什么人"？这些都是观点。我们都有观点，且因个人的经历和表达方式不同，表现为个人的、奇异独特的观点。应该指出的是，观点是通过个人经历获得的。

你的人物可能身为父母，因此就有"做父母的"观点。或者他（她）可能是一名学生，那就会用"学生的"观点来看待世界。家庭主妇有其特殊的观点。罪犯、恐怖主义者、警察、医生、律师、富人、穷人——所有的人都表现出个人的和独特的观点。

你知道你的人物的观点是什么吗？

你的人物是环保主义者吗？人道主义者？种族主义分子？是相信命运、天数或占星术的人吗？相信巫术或魔法，或者是巫师或灵媒能够预示未来吗？相信我们面临的局限都是自我设定的吗？如影片《黑客帝国》中的尼欧。是相信医生、律师、《华尔街日报》和《纽约时报》的人吗？或者是相信《时代周刊》、《众生相》杂志、《新闻周刊》和晚间新闻的人吗？

观点是一种个人的、独立自主的信念系统。我信仰上帝,这是一种观点；或者，我并不相信上帝，这也是一种观点；或者，我不知道上帝是否存在，这同样是一种观点。这三种说法在人物的个人结构中都是真实的，没有对错，没有好坏，没有判断、辩护与评定。观点是无所谓对与错的，如同蔷薇灌木中的玫瑰一般奇异、与众不同。世界上不存在完全相同的两片叶子、两朵花、两个人。

美洲原住民相信地球是一个生命体。因而，这个星球上的所有生物都是地球母亲的一部分，无论是人类、树木、岩石、动物、溪流或花朵。所有的生物都是神圣的，这是一种观点。

你的人物的观点可能是认为不加限制地捕杀海豚和鲸的行径是道德上的错误，因为它们是这个星球上智力水平最高的两种动物，甚至比人类更加精明。他通过参加示威请愿，身穿印有"救救鲸和海豚"字样的T恤等活动来支持这种观点。

要想办法使你的人物以行动来支持自己的观点并使之戏剧化。了解你的人物的观点是产生冲突的好方法。如果你的人物相信运气，那么他们可能会认为有机会可以赢得彩票。任何相信这是"命中注定"的人都不会愿意花钱一搏。

影片《肖申克的救赎》(The Shawshank Redemption，1994) 中，一组安迪与瑞德之间的简短镜头揭示了他俩观点的不同。在肖申克监狱度过近二十年后，瑞德变得悲观，在他眼中希望只不过是一个词。他的精神受到监狱系统的严重摧残，他怨愤地向安迪诉说着，"希望是一件危险的事情，让人疯狂，在这里却无法实现。所以，最好习惯于这种想法。"也正是瑞德的情感经历让他领悟到"希望是一件美妙的事"。影片在一段希望的注释中结束，瑞德违犯假释，乘车前往墨西哥探望安迪："我希望成功越过边境。我希望能与老友相见握手。我希望太平洋如梦中一般蔚蓝……我希望。"

安迪则拥有不同的观点，他相信："在这个世界上，有些事物并非是从灰色石头中切割出来的，在我们内心深处的某个地方，他们永远不能封锁。那就是希望。"这正是支持安迪在监狱生存下去的动力，并使得他牺牲了生命中的一周单独监禁，"挖洞"，这样他才能欣赏到莫扎特歌剧的曲子。

构建令人满意的人物的第三个要素是态度。态度即一种方式或主张，是展现人物个人见解的一种行动的或感情的方式。态度，区别于观点，是一种理智的判断，因此它可以，并且可能会根据判断被分门别类：正确的或错误的，好的或坏的，积极的或消极的，愤怒的或快乐的，愤世嫉俗的或天真的，高傲的或卑下的，开明的或守旧的，乐观的或悲观的。总是"对的"，是一种态度；"大男子气概"也是一种态度；表达政治见解也是一种态度，看看那些对伊拉克战争的见解。同样的，你是否有过这样的经验，你走进一家商店准备购买东西，发现自己要应付的是一位并不想在那里工作的销售人员，有着负能量并且认为他（她）优于你。这是一种态度。你是否穿着不"恰当"的衣服走进过豪华的高级酒店？就是因为那种判断，有人相信他是对的而你是错的。判断、见解、评价都源于态度，它是一个人做出的理智的判断。了解人物的态度将允许他（她）以一种个人的方式触碰他（她）的人性。他（她）对生活和工作充满热情还是意志消沉？我们都知道那些通过态度表达自己的不同部分的人；某些觉得这个世界欠了他们生活，或者将自己的不成功归罪于"认识谁"的人。

《爱情叩应》（*The Truth About Cats & Dogs*，1996，奥黛丽·威尔斯编剧）是一部愉快的浪漫喜剧,这完全基于影片人物的态度。艾比（詹尼安·吉劳法罗饰）是一个以她的态度为生的女人，她的见解是，所有男人都想要女人有漂亮的脸蛋和魔鬼身材。这个态度贯穿于整部影片之中，支配着她的行为。诺拉（乌玛·瑟曼饰）则理所当然地认为她并不聪明。她视自己为"头脑愚笨的金发美女"，拥有金子般的心灵。艾比和诺拉都必须了解，她们的态度并不是她们真正的自我。影片中，她们的旅程就是要接受自己真实的样子。

有时候，难以区分观点与态度。我的许多学生都努力想给这两种特性下定义，但我告诉他们这无关紧要。当你在创建人物的基本核心时，你其实是在进行一项浩大的工程，在这种情况下，将其分成四个独立的部分。部分与整体，对不对？谁在乎是否一个部分是观点而另一个是态度？没有任何差别，部分与整体实际上是同一回事。如果你不确定某一特定的人物特征是观点还是态度，请不必担忧。在你自己的头脑中区分这两个概念就可以了。

构建令人满意的人物的第四个要素是改变，或转变。在剧本的发展过程中，你的人物是否发生了改变？如果是，是什么改变呢？你是否明确？能否清楚地将其表达出来？你能否从头到尾地描绘出人物的情感框架？在影片《爱情叩应》中，人物们都在发生着改变，这些改变让他们重新意识到自己是谁。当最终艾比相信自己是因为自己是谁而被爱时，人物框架内的改变才算完成。

影片《肖申克的救赎》中，安迪在忍受了近十九年的牢狱生活后，得知事实上是谁杀害了他的妻子及奸夫。但监狱长拒绝帮助他重新获得审判，并且证人汤米被杀，此时，他意识到监狱长是永远不会让他出狱的。从入狱起，安迪便认定自己是有罪的，尽管他并没有杀害他的妻子及奸夫。正如瑞德告诉他的，他确实是有罪的，不是因为扣动了扳机，而是因为他是一个不称职的丈夫。既然他已经服刑了这么长时间，他意识到他重获自由的时刻已经到来。这是他的救赎。稍后我们将会发现，其实，他已经做了多年的越狱准备。

在剧本的发展过程中设置人物的改变并不是种必需品，假如它并不适合你的人物，那么就没有必要设置它。然而，转变、改变似乎是我们人类的一个重要方面，尤其是在我们文化的这个时代。我认为我们每个人都有点像《尽善尽美》(As Good as It Gets，1997，马克·安德勒斯、詹姆斯·L·布鲁克斯编剧）中的梅尔文（杰克·尼科尔森饰）。作为一个人，梅尔文可能是复杂的、挑剔的，但在接近于影片的结尾时他说，"当我与你在一起时，我想成为一个更好的人。"这便是他的戏剧性需要。我想我们都希望如此。改变、转变，是生活永恒的旋律。如果你能够推动人物的感情发生某些改变，这将创造出一个行为框架，并增加新的层面以说明他（她）是谁。如果你并不确定人物的改变，那么花些时间写一到几页的随笔，绘制他（她）的情感框架。

在此重申一下，当你创作剧本时，请记住，主要人物必须是积极的。她应当导致一些事件的发生，而不是让事件发生在她身上。有些时候，她需要应对一些事故或事件，这没有关系，但如果她一直只是对事件做出反应，那么她将变得被动、懦弱，并且人物将消失在书页之中。小人物显得比主角更有意思，似乎有更多的生活和可炫耀的东西。

电影即是行为；动作即是人物，人物即是动作；一个人的行为，而不是他的言谈，表明了他是什么样的人。

影片《末路狂花》便是最好的例证。剧本通过展现她们是什么样的人建置起这两个女人。露易丝未婚，是一名女服务员，并有一个男朋友——吉米，一名到处奔波演出的音乐家。吉米已经有三个星期连一通电话都没有打给她。她很沮丧，决定当他回来时也要外出。于是她决定去朋友在山间的小木屋，而不告诉他她去哪儿了。当他回到家里时，她将会不在。他也会尝到这种滋味。这就是背景故事。

另一方面，塞尔玛似乎是一个"愚笨"的家庭主妇。她的厨房一团糟，从冷冻的糖块上咬下几口，这便是她的"早餐"。她通常会将糖块放回冰箱，只在她需要再咬一口时拿出来。她的所作所为以及她的厨房揭示了她性格的一个方面，我们通过她的所作所为、她的动作，观察她是一个怎样的人。

她的丈夫，达里尔（克里斯托弗·麦克唐纳饰），一个骄横、自负的傻瓜，曾是高中时代的英雄，但这一切辉煌都已过去。他对待塞尔玛毫无尊重，有时她甚至不得不撒谎，只为了与朋友外出共度周末。即使如此，她的内疚还是让她留了一些东西放在微波炉里，等他下班回来能够有东西吃。露易丝告诉她说，在一段感情中，你能勉强接受多少，你就能够得到多少。这就是塞尔玛为她自己选择的生活和感情。

第一幕建置起他们的关系。在剧本的头10页中，当她们驱车进入银弹酒吧的停车场，根据她们在生活中与男人的关系，我们进一步了解了她们。到第一幕的结尾，哈伦企图强暴塞尔玛时，她们的性格特征已经建立起来了。当露易丝扣动扳机，杀死了哈伦，她们的生活和命运便发生了改变。这便是情节点I。这次事故使她们变成了两名在逃的逃犯，改变并明确了她们的性格特征。

杀死哈伦是真正决定她们性格特征的事件。她们飞往墨西哥的旅程成为了她们洞悉和发掘自我的过程，并最终导致了她们的死亡。她们的动作决定了她们的命运，并阐明了真实的她们是怎样的人。正如编剧卡莉·克里所说，她们没了退路，并且毫不夸张地说，开始"亡命天涯"。没有办法重新来过。你不可能踏入同一条河两次。

人物的本质是动作——一个人的行为表明了他是什么样的人。我的一位朋友得到一次飞往纽约接洽工作的机会，去还是不去，她百感交集。这次面试的正是一份她很想做的既有地位又高薪的工作，但她不知道她是否愿意移居纽约。她为此斗争了一个多星期，最终还是决定去了。她收拾好行装，驱车前往机场。然而，当她将车停在机场时，她"不小心"把车钥匙锁在了车里——发动机还开着。这是行为动作展现人物的一个典型的例子。这件事揭示了她一直以来就很明白的事——她并不想去纽约！

这样的一个场景将可以说明人物的许多东西。

你的人物赴约总是迟到、早到还是准时到呢？你的人物对于官方的反应是像伍迪·艾伦在《安妮·霍尔》中那样当着警察的面撕毁汽车驾驶执照吗？建立在独特的性格基础之上的每一个动作和话语都可以扩大我们对人物的认识和理解。

亨利·詹姆斯提出的理论中有一个照明理论（the theory of illumination）。詹姆斯指出，如果你的人物占据了生活圈的中心，并且所有其他与之有互动的人物都围绕着他，那么，每当有人与主要人物发生互动时，其他人物就会揭示或阐释主要人物的不同侧面。他做了这么一个比喻：走进一个黑暗的房间，打开设置在每个角落的落地灯。每一盏灯照亮了房间的不同部分。同样的，主要人物的不同侧面将通过其他人如何谈论他（她）而得到阐释。我们便是这样了解到鲍勃·哈里斯——影片《迷失东京》中比尔·默瑞饰演的角色，他是一名电影明星。他独自坐在酒吧里，这时两个小伙子开始告诉他他们是多么的喜欢他的电影，并问是否所有特技都是他亲自上阵。在这么一个交流中，我们便了解到他是一名事业正走下坡路的动作明星。

有时在写作的过程中，你会发现不起作用的东西往往会告诉你什么是起作用的。曾经，我的一位学生正在写一出戏，这出戏要有不幸的"悲剧性"结尾。但在第三幕开始的时候，他的人物开始变得"滑稽"了，不断出现插科打诨的对话，而且结局也变得滑稽、不严肃了。每当他坐下来写的时候，幽默就不停地涌现出来，他无法制止。因此他灰心丧气，最后只好失望地放弃了。

他几乎是找我来认错的，他坦诚地承认说，他已经束手无策了。我建议他坐下来再写，就让文字和对话顺其自然地写出来。如果是滑稽的，那就让它滑稽好了，只管去写并完成第三幕，那样他就能看到写出来的结果。如果它一直是滑稽的，而他又不喜欢，那最多把它锁在抽屉里存放起来就完了。然后我建议他再回过头来按他最早的设想重写第三幕。

他照办了，果然很灵验。他扔掉第三幕的喜剧版本，然后按照他早先严肃的想法写了一稿。这个喜剧是他不得不写的，但又是必须摆脱的，这是他回避完成剧本的一种方式。菲尔·奥尔登·罗宾森，《梦幻之地》（及其他多部影片）的导演兼编剧，也曾遇到过同样的情况。他阅读这本书最重要的收获便是：尽管去写，即使它可能对剧本而言是完全错误的。

作家常常在一个作品接近完成时，想坚持写而不去完成它。毕竟，完成之后你还有什么可干的呢？你是否读过一本书而不愿意读完它呢？你迟迟不愿读完最后几章或几页，因为你想持续享受它所带来的乐趣。我们都曾有过这样的经历。只要承认它是一种自然现象就行了，不必为此担心。

如果你遇到这种情况，那你怎么想就怎么写。看看结果如何。写作总是要冒风险的，你很难知道结果如何。

在写作过程中，写到60页，你才会发现人物开始同你对话，告诉你他们要做什么，说什么。一旦你和他们有了接触，和人物建立了联系，他们便自为了。让他们做他们想要做的事情。要相信你有能力在"纸上谈兵"阶段选择动作和方向。

只是别指望你的人物从第1页就开始跟你对话。这是行不通的。即使你做了创造性的研究工作，并熟知你的人物，你可能也得经历一些阻碍才能有所突破，和你的人物发生接触。

对话是人物的一种职能。如果你了解你的人物，你的对话就能很容易地随着故事的展开而涌现出来。许多人都为对话而担忧：笨拙或矫揉造作；所有的人物听起来都是一样的；他们不断地解释事情。写作对话是一个学习的过程，一种协调行为。你做得越多，它就越容易。

对话有两个主要目的：或推动故事向前发展，或揭示主要人物的信息。如果对话没有提供这些功能之一，那么将其除去。在第一次草案的前60页充满笨拙的对话，这没有关系。不必担心——接下来的60页将会变得顺畅、起作用，因为，你做得越多，它就越容易。随后你便可以回头理顺剧本前面部分中的对话。

你的全部写作、研究、准备和思考的最后结果，将是那些真实、生动、可信的人物，真实情境中的真实人物。

这正是它的全部意义所在。

Chapter 5
故事与人物

STORY AND CHARACTER

> 请不要抛弃整个生活，只因为它被撞伤了那么一点点。
>
> ——《奔腾年代》，加里·罗斯（Gary Ross）编剧

在舍伍德·欧克斯实验学院我最喜欢的编剧课之一便是"人物创作"课。整个班级都参与人物创作，随着人物的出现，关于故事情节的想法也不断地产生。人人都参与其中，提出想法和建议，人物开始逐渐成形，我们顺着人物开始构思故事。这一般需要花费数小时的时间，通常在结束时我们总能得到一个扎实的人物，有时还能搞出一个很好的电影构思。

我们得益不少，这种做法使我们学会了把创作经验的零星片段加以条理化的创作过程。创造人物是一个过程。在实现这一过程并获得体验之前，你完全就像一个大雾中的瞎子尴尬地到处乱撞，抱怨着事物是如何不在原位的。

写剧本有两种办法。一种是先有了想法，然后按照这种想法去创造人物。从位于休斯敦的美国国家航空航天局偷窃月球标本石的三个家伙就是这种例子。你先有了个想法，然后把人物"装"进去，如：《奔腾年代》中，一个穷困潦倒，却得到参加圣塔安尼塔障碍赛机会的职业赛马师；或是《洛

奇》中，得到机会和世界重量级拳击冠军比赛的拳击手；或是《热天午后》中，为了要给做变性手术的朋友筹钱而去抢劫银行的男人；或是《最后的武士》中，一个被敌人俘虏却最终被他们的生活方式所改变的、心怀怨恨的美国南北战争中的雇佣兵；或是《竞赛》中，一个想打破水上竞速纪录的人。你所创造的人物要适合你的想法。

写剧本的另一种办法是创造一个人物，从人物身上会产生出需求、动作和故事。《时时刻刻》中的弗吉尼亚·伍尔夫就是一个很好的例子：在令人窒息的生活中寻求创造性出口的女人。《再见爱丽丝》中的爱丽丝也是如此。罗曼·波兰斯基想到了大屠杀中的幸存者，于是基于这样的想法，《钢琴师》诞生了。他找到一名幸存者的回忆录，并依据他自己的切身经历，与罗恩·哈伍德一起创作了一个剧本。简·方达想到一个越战老兵回家的构思，她把它讲给合作者听，于是《返乡》就诞生了。索菲亚·科波拉想写一个以孤独为主题的剧本，因此她设定了一个情境，然后发展她的人物，《迷失东京》便应运而生。创造出一个人物，你就能创造一个故事。

如何去创造人物呢？我们从头开始。我提出一系列问题让同学们回答。我用这些答案来塑造一个人物。这样，从这个人物身上就出现一个故事。

有时这进行得非常顺利，我们为某部电影构思出一个有趣的人物和富有戏剧性的前提。有的时候就不行。但是从有限的课时和班里同学们的状况看，这就算挺不错了。

下面是进行得比较好的一课的简要情况。问题是从一般到特殊，从来龙去脉（context）到内容（content）。当你读的时候，你也可以另选你自己的答案来代替我们的，从而形成你自己的故事。

我对全班同学讲："现在我们大家来参加一个创造人物的练习。我提出问题，你们提供答案。"

他们乐呵呵地同意了。

我说："好，我们从哪儿开始呢？"

"波士顿。"一个小伙子在教室最后一排大声喊道。

"波士顿？"

"对，他是波士顿人！"他说。

"不，她是波士顿人！"几个女生喊着。

"我没意见。"我问大家如何，他们都同意了。

"好。"我们的对象是一位波士顿妇女。这就是我们的起点。

"她多大年纪？"我问道。

"24岁。"有几个人同意。

"不。"我说。二十好几或三十出头。为什么？有些人问。我回答说，当你写一个剧本时，你是在为某个人写，为某个明星，某个"银行肯花钱投资的"人。此刻，我可能会想到朱莉亚·罗伯茨、卡梅隆·迪亚兹、查理兹·塞隆、妮可·基德曼、哈莉·贝瑞、蕾妮·齐薇格那样的人。我们继续进行下一项。

我接着问："她叫什么名字？"

我想到"萨拉"这个名字，我们就用了这个名字。

"萨拉姓什么呢？"

我决定用萨拉·唐珊德。姓名就是姓名嘛。

二十好几或三十出头的波士顿妇女萨拉·唐珊德就成了我们的起点，她就是我们的题目。

然后我们创作来龙去脉。

让我们来设想她自己的历史。为了简明起见，我对所提出的问题只要一个答案。班上提出了若干答案，我只选用一个。你可以完全不同意我们的答案，而做出你自己的选择，创作你自己的人物和故事。

我问："她的父母是什么样的？她的父亲是谁？"

我们决定他是个医生。

她的母亲呢？

她是医生的妻子。

"她父亲叫什么名字？"

莱昂尼尔·唐珊德。

他的生活经历如何？

我们围绕这一问题提出了很多设想，最后是这样决定的：莱昂尼尔·唐珊德是波士顿上流社会中的人士。他富有、精干、思想保守，在波士顿大学就读医学院，而后前往圣路易斯在华盛顿大学进行毕业实习。

萨拉的母亲如何呢？她在成为医生的妻子之前是干什么的呢？

是个老师。有人说："她的名字叫伊丽莎白。"好。认识莱昂尼尔时，伊丽莎白已经在圣路易斯教书了。在莱昂尼尔念完医科之前，她依然在小学教书。当他返回波士顿开始行医时，她有了身孕，便放弃了她的教学生涯。

"萨拉的父母是什么时候结婚的？"我又问。

如果萨拉现在是二十好几，三十出头，那她的父母一定是在70年代初，越战期间或战后结的婚。他们结婚大概有三十多年了。有人问："你怎么算出来的？"

"减出来的。"我答道。

父母之间的关系如何呢？

是稳固的，可能一般。不管有用没有用，我又补充了一些，萨拉的母亲是摩羯座，她的父亲是天秤座。

萨拉是什么时候出生的？

70年代初期或中期，4月份，白羊座。她是否还有兄弟姐妹呢？没有，她是独生女。

记住，这只是一个过程。每个问题都会有许多的答案。如果你不同意，你可以选择自己的，从而创造出自己的人物。

她的童年是什么样的？

独生女十分孤独。她希望有兄弟姐妹。她的大部分时间都是一个人独处。她可能到十岁之前一直和母亲保持着很好的关系。然后就像一般情况那样，父母和孩子的关系就变得一塌糊涂。

萨拉和她父亲的关系如何呢？

很好，但有些小别扭。也许他始终想要个儿子，而为了讨父亲的喜欢，萨拉就成了个假小子。也许萨拉总是想方设法讨父亲的喜欢，赢得他的关爱。当个假小子确实解决了这个问题，但是却成了和母亲作对的人了。这以后还反映在她和男人们之间的关系中。

萨拉的家庭像所有的家庭一样，但我们为了戏剧性的目的尽可能多地勾勒出一些细致的冲突。

我们开始捕捉到唐珊德一家的大致情况了。到此为止，还没有太多的不合，我们继续探讨萨拉·唐珊德的来龙去脉。

我指出，很多年轻女子一辈子都在寻找她们的父亲或类似父亲的形象，就像很多男子也在他们所认识的女人中间寻找他们母亲的形象那样。用这一点作为人物的基础是很有意思的。并非始终如此，不过也确实发生过。意识到这一点，我们就有可能充分加以利用。

关于这个问题还有很多讨论。我解释说，在创造人物时，必须去收集人物的细节，这样你才能决定选用或不选用它们。我告诉同学们，这种练习是建立在尝试和错误的基础之上的。我们要剔除那些没有用的，只用有效的。

萨拉的母亲可能传授了萨拉一些为人处世的方法，并且毫无疑问警告萨拉要当心男人。她也许告诉女儿说，"你永远不要相信男人。他们追求的只有一件事——你的身体。"或是"他们不喜欢过于聪明的女人"以及种种这样的事情。萨拉母亲告诫女儿的事情也许符合你们当中一些人的实际经历，也可能不符合。你在创造一个人物的时候要利用自己的经历。

萨拉小的时候可能表示想像父亲一样当个医生，而她的母亲反对，提醒她说："这是漫长而艰难的苦差事。"也许她的母亲希望自己总是对的，或者是一个看起来不错、认为外表就是一切的人，就像影片《凡夫俗子》（阿尔文·萨金特编剧）中玛丽·泰勒·摩尔的角色。我们接下去说，萨拉的高中生活如何呢？

她活跃，喜欢交际而且略微有些反叛。她的成绩优异，却并不需要为此付出艰苦的学习。她有许多朋友，并带头反对学校的许多限制性政策。她爱好各种音乐，多年来她的父母一直容忍着，却并没有给予太多的理解。

大多数的年轻人都很反叛，而萨拉也不例外。她毕业后决定去瓦萨，这使得她的母亲很高兴。但她决定主修政治哲学，因为她想帮助改变"现存社会体制"。当然，这让她的母亲很不安。萨拉对于社会活动很积极。她和一位学政治哲学的研究生发生了关系。基于她那反叛的天性所采取的这些行动成为她性格的一部分——她拥有独特的观点和坚决的态度。毕业时她获得了政治哲学的学位。

现在她怎么样呢？

她搬到纽约去，以便找个好工作。她父亲支持她，同意她的行动。她母亲却很担心，不同意她去。她认为萨拉没有做她"应该"做的事情——找一份稳定的工作，像一个聪明的波士顿女人那样结婚、成家。

要记住，我再说一遍，戏剧就是冲突。我们寻找各种方式在我们的素材中制造紧张的局势。我解释说，母女间的关系在剧本中可能用得着，也可能用不着，建议在我们做出决定之前先看看它是否奏效。剧作者总是从选择和责任的角度来进行工作的。

萨拉搬到纽约是我们人物创造过程中的一个重要转折点。到此为止，我们一直把注意力集中在萨拉·唐珊德的环境情境上。现在，我们要创造内容了。

让我们来确定作用于萨拉的外在的力量吧，示意图如下：

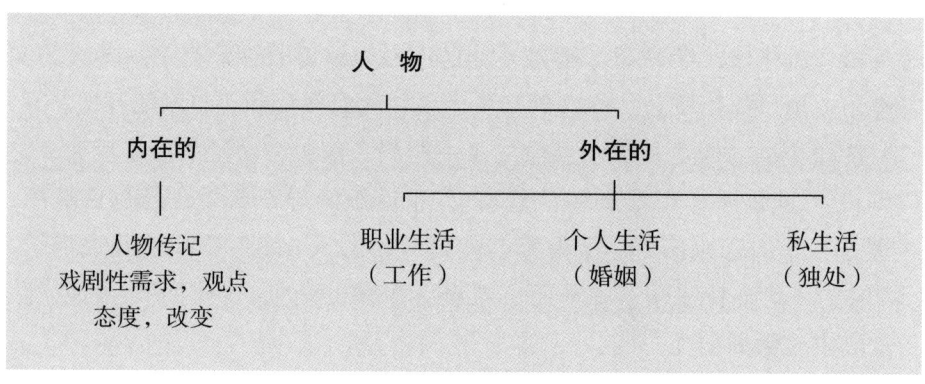

这时候，有人建议我们以战争作为故事的背景。我们讨论了一些东西。哪一场战争？越南战争，海湾战争，伊拉克战争（甚至是朝鲜战争或第二次世界大战）——无论它们发生在什么样的历史时期，所有这些，都将会给我们的故事带来某种紧张的背景气氛。我们就这个问题展开了讨论。

我们认为这是一个很好的主意，我建议我可以采用越南战争作为故事的背景。这意味着改变一些背景事件以及与萨拉有关的所有时间。我们决定进行尝试，看看将会发生些什么。在一定程度上，我们已经建立的事件仍然有效，不会有根本的改变。我们改变我们所要做的，让时间线变得连续，并决定萨拉于70年代早期离开大学、搬到纽约。于是，我们开始研究时间问题。

渐渐地，故事开始成形。萨拉在70年代初的春天抵达纽约市。她做了些什么？她租了一个公寓。父亲每月给她寄钱，并且瞒着她母亲。萨拉喜欢这种方式。然后呢？

她找到个工作。但她找的是什么工作呢？

让我们来讨论一下。我们已经基本上了解萨拉是哪种人。她是中上层阶级出身的、独立的、有自由精神的、反叛的人，她第一次独立生活并且喜欢这种生活。她投身到这种生活之中。让我们开始做得更具体些。

纽约，1972年。什么是作用于萨拉的外在力量？以下是一些能派上用场的研究。

尼克松在白宫执政，越南战争还打得很凶。美国处于动荡不安、精疲力竭的状态中。尼克松出访中国。麦戈文在总统初选中占优势并有希望当选。乔治·华莱士在一家商业中心遇刺。《教父》正在上映。《唐人街》正在制作中。

按照戏剧性需求，哪种工作"适合"萨拉呢？

一份为竞选服务的工作？有人建议萨拉在纽约的麦戈文的竞选指挥部里找到一份工作。这是需要讨论的地方。（如果我们希望这是一个当代的故事，以伊拉克战争作为背景力量，那么，我们可以轻易地设定萨拉为约翰·克里的竞选工作。背景相同，唯有内容有所改变。）我们就此进行了讨论。最后，我解释说，这项工作符合她的反叛天性，也反映她离家后独立迈出的第一步，这符合她那积极的政治态度，并涉及到她在大学主修政治哲学的背景，这也就使她的父母可以有所反对——两个人都反对。我们在寻找冲突，对吧？

到现在，通过一个尝试和犯错误的过程，我们开始寻找主题或戏剧性前提：把萨拉带入导致戏剧性动作的特定方向上去的某些东西。要记住，剧本的主题是动作和人物。我们已经有了人物了，现在该去找动作。

这是一个漫无目的的创作过程。我们提出一些想法，做出修改，重新安排，也犯错误。我刚说了一件事情，接着又反驳了自己。不要着急，我们在寻找一个特定的结果——一个故事。我们必须促使自己"找到"它。

纽约。1972年。一个选举年。尼克松对麦戈文。萨拉·唐珊德是作为一名雇员为麦戈文的竞选工作的。她的父母投谁的票呢？

萨拉在竞选工作的经验中对政治有了什么新的认识呢？

政治并不一定是干净和理想主义的。她可能发现有人在搞非法活动——她会采取行动吗？

我提示，可能会发生一些事情，造成一场重大的政治事件。可能一位她经常见面的朋友为了抵制征兵逃到加拿大去了。她可能卷入了让那些拒绝服兵役的人回国的活动中。

记住，我们是在设计一个人物，创造来龙去脉和内容，探索一个即将出现的故事。创造出一个人物，故事将随之产生。

有人说，萨拉父亲的观点与她不同——他认为逃避征兵是对国家的背叛，应当枪毙。萨拉站在他的对立面与之争论。她认为越南战争是错误的、不道德的和非法的。对此负有责任的人，那些政客们才该被揪出来枪毙。

忽然，教室里发生了一件惊人的事。全班50个同学对他们出生数年前发生的事情的态度和观点出现了两极分化，气氛变得紧张和沉重。

然后有人喊起来，"水门事件！"当然了！1972年6月。这不正是一件可能影响萨拉的戏剧性事件吗？

对！萨拉会感到激愤，这个事件会导致或激起她的戏剧性反应。这在我们那个还没有创作出来的、没有讲完、没有确定的故事中是一个很有潜力的"钩子"。记住，这是一个创作过程，混乱和自相矛盾是在所难免的。

两年半以后，尼克松下台了，战争也差不多过去了，关于大赦问题的争论变成最重要的了。萨拉由于卷入了政治活动，亲眼看到和亲身经历过的事件将会导致她得出戏剧性的解决方式。当然这些现在还不太清楚。我们都意识到，萨拉是个以政治为动力的人物。我的问题是"这能起作用吗？"答案是能。

我接下来的问题是：这会促使萨拉进入法学院学习，当名律师吗？

人人都有答案，我们对此作了不少讨论。班上有些人认为这没用，它们扯不上关系。没有关系，我们是在写剧本。我们需要一个高于生活的人物，我可以想象得到蕾妮·齐薇格、斯嘉丽·约翰逊或查理兹·塞隆扮演的主角。用句陈词滥调的老话，"商业片嘛"，不管这是什么意思。

　　70年代当我在西尼莫比尔制片厂工作时，我的老板弗瓦德·赛德向我提出的关于一个剧本的第一个问题就是"剧本讲的是什么？"第二个问题是"由哪位明星来演？"那时候，我的回答总是一样：保罗·纽曼、史蒂夫·麦克奎恩、克林特·伊斯特伍德、杰克·尼科尔森、达斯汀·霍夫曼、罗伯特·雷德福等人。（现在，可能是汤姆·克鲁斯、汤姆·汉克斯、基努·里维斯、马特·达蒙等人。）这样他就满意了。你写剧本不是为了糊墙的。我想，你写出来就是希望能卖得出去。要做到这一点，你需要一个片名，一位明星，尤其是在当今的市场。

　　你可以同意或不同意把一位出生波士顿的女律师作为影片的主人公。我唯一的意见就是，在此项练习中，这行得通！

　　对于我来讲，萨拉进入法学院是有特殊理由的——她想尝试改变政治制度！一位女律师是一个很好的、富有戏剧性的选择。当律师是否符合她的性格呢？符合。让我们沿着这条线索发展，看看会发生什么吧。

　　如果萨拉当上了律师，那就可能发生一些事情，一个将引发出故事萌芽的事件。同伴们开始提出各种设想。一位波士顿妇女提出，萨拉可能卷入有关公共汽车的争论之中。这是个好主意！我们在寻找一种戏剧性前提，能够激发创作反应，像一个"钩子"。有人提出，萨拉可能从事军法工作以帮助那些抗拒服兵役者。另外一个人提出，她可能在有关贫民的法律部门工作，或者是从事有关企业法、海商法或劳工法方面的工作。一位律师的生活为我们提供了大量的戏剧可能性。

　　有人提到，他最近听说一个关于核电站的新闻故事——事情就这样到来了。就是它！我认识到这就是我们要寻找的"钩子"，太妙了！萨拉可能卷入一场关于核电站安全问题的纠纷。我说，这就是我们要寻找的——一个激动人心的、时下关注的故事议题，故事线的"钩子"、噱头。我想让萨拉成为一名律师。

　　大家都同意了。我们现在接着扩展那些作用于萨拉的外在力量，并开始打造我们故事的戏剧性叙事线。

假设我们采取的前提是，萨拉·唐珊德卷入一场重新设计核电站安全标准的运动。也许她是通过一番调查发现某个核电站不安全。政治就是政治，或许有某个政客支持这个核电站，尽管事实是它并不安全。

这就成为了我们故事的"钩子"或戏剧性前提。（当然，如果你不同意，那就寻找你自己的"钩子"。）现在，就该轮到创作特定事件、细节和内容了。我们将会有剧本的主题——动作和人物。

剧本将把注意力集中在核电站的主题上，这是一个主要的政治争论点。故事是怎样的呢？

最近，当局在加利福尼亚的普林森顿关闭了一个核电站，因为他们发现这个电站坐落在距离一条主断裂带——地震中心不到200米远的地方。你能想象如果地震摧毁了这个核电站会发生怎样的情况吗？动脑筋好好想一想吧！

让我们来设想一种对立的观点。对于核电站，她的父亲会说些什么呢？他可能会说："核能源必须为我们服务。在能源危机中，我们要想得长远一些，为未来发展一种能源，而这就是核能源。我们必须确保严格的安全标准，并由国会和原子能委员会制定规则和指导方针。"

但正如我们所知，这些指导方针可能并不是基于现实而制定的，时常是出于政治的需要。这可能正是萨拉偶然间发现的——一座核电站不符合安全标准的情况可能直接在政治上有利可图。现在必须发生一桩事情来创造戏剧性情境。

有人指出核电站里有人受到放射性污染。这件案子交给了萨拉所在的律师事务所，萨拉就这样加入了这个案子。

这是个很好的主意！它正是我们一直在寻找的故事线索：在这个故事中，一位工人受到了核放射污染，案子提交到萨拉的律师事务所，并由她受理这个案子。第一幕结尾的情节点就是，当萨拉发现工人受到核污染，致命的病症是由于安全保护措施不健全所造成的时候，她不顾威胁和阻碍，决心为此采取行动。

第一幕是建置——我们可以从这位工人受到核污染开始。这是一个富于视觉动力的段落：这位工人在工作岗位上倒下了，人们把他抬出工厂，一辆救护车鸣叫着穿过这座城市的街道。工人们集会抗议,工会领导们开会决定起诉,保护工人免受工厂中不安全的生产条件的危害。

根据这种情况和设计,萨拉被指定受理这个案件。工会领导们却不同意——因为她经验尚浅,而且是个女人(记住,当时是70年代初)。他们不认为她能够承受得住压力。萨拉决心独自受理这个案子,证明他们错了。当局拒绝她介入此事,但她千方百计地设法察看了这座工厂,弄清楚了不安全的情况。有人向她的窗户扔砖头,威胁她。律师事务所帮不了她的忙。她去找政界人士,但他们对此问题躲躲闪闪,说受到污染是工人自己的过错。

媒体开始四处探听。她了解到工厂管理和安全标准之间有着某种政治联系。也许,有人说,他们发现了一些遗失的钚燃料。这是一个很好的想法,但却是另外一个故事了。

萨拉揭露这一政治联系成为了第一幕结尾的情节点。

第二幕是对抗。萨拉在她的调查过程中遇到一个又一个阻碍,事实上,这重重障碍使得她怀疑到某种政治上的有意掩盖,她再也不能坐视不管了。我们还需要为她设置一个可以倾诉和信赖的对象,也许是一段爱情趣事,也许她与一位刚分居或离婚并带着孩子的律师有密切关系,他们之间的关系变得有些紧张。他认为她"疯了"、"有妄想症"、"产生幻觉",在这种压力下他们之间的关系可能无法维持下去了。如果需要,我们可以在这里就萨拉与男人的关系写上两页。(她谈过几次恋爱?交往的对象是什么样的人?诸如此类。)

她会经受与事务所的同事们之间的冲突并遭到他们的反对;她可能被告知,如果她仍然坚持调查就会被撤出这个案子;她的父母也不同意,这样在家里她也遇到了冲突。唯一支持和帮助她的是那些在核电站工作的人们,他们希望萨拉成功,公开揭露不安全的工作条件问题。我们可以利用媒体,安排一个认为萨拉应该继续调查的新闻记者。他想从这个案子里搞出一条大新闻,在他们两人之间可能有些浪漫关系。

情节点 II 是什么呢?要记住,它必须是一个能够"钩"住动作并转向另一方向的事变或事件。

可能记者拿给她某些确凿的"证据",显示出有某种政治徇私,并且涉及到不少官员。她掌握了一些事实——那么她会怎么做呢?

第三幕是结局。萨拉在工厂工人和媒体的帮助下,公开揭露了政府在关于核能源安全标准的规定问题上的政治徇私。

工厂被暂时关闭,直到建立新的安全标准。人们祝贺萨拉的毅力、勇气以及最后的胜利。

结尾可以有各种不同的版本。在"向上"的结尾中,诸事顺利,就像《永不妥协》(苏珊娜·格兰特编剧)、《指环王1:护戒使者》、《鲸骑士》(妮琪·卡罗编剧)以及《肖申克的救赎》那样。"悲哀的"或"暧昧的"结尾则取决于观众,让他们自己去弄明白人物发生了什么,正如《时时刻刻》中的克拉丽莎(梅丽尔·斯特里普饰)、《迷失东京》中的鲍勃和夏洛特(比尔·默瑞与斯嘉丽·约翰逊饰)以及《杀死比尔Ⅱ》。在"沮丧的"的结尾里,并非一切都解决了,如影片《美国美人》、《日落黄沙》、《虎豹小霸王》、《邦妮与克莱德》、《末路狂花》、《冷山》、《百万美元宝贝》(保罗·哈吉斯编剧)。

如果你不知道该怎么去结束你的故事,就考虑一下积极的结尾。在这里我们讨论的是好莱坞,认为艺术或娱乐的目的就是为了娱乐。这并不意味着从此人人都过着幸福的生活,而是在离开电影院时人们都受到振奋、带着满足、在精神上与之产生共鸣。与杰森·伯恩一起在《谍影重重2》中寻找他生活的片段时,我相信银幕是一面明镜,反映出我们的思想,我们的希望,我们的梦想,我们的成功,我们的失败。

我曾经在德国教过一个约50人的讲习班,他们的剧本50本里有46本是以死亡、自杀、伤残和毁灭作为结尾的。我告诉学生们,比起让你的人物被捉住、被击中、被捕、死亡、自杀或被杀,还有更好的方法来结束剧本。故事最好的结尾应该是真实可信的,如影片《奔腾年代》、《木兰花》或《安妮·霍尔》。《泰坦尼克号》虽然浪漫,却有一个真实可信的结尾。虽然金钱不是成功的判定标准,却是一种判断有多少人观看影片并得到娱乐、受到振奋的标准。最好记住,控制好莱坞的是害怕和贪婪这两样东西。每个人都希望与"赢家"有联系,这正是为什么周末档对于电影产业如此重要的原因。

以你喜欢的方式决定你的故事，但必须忠于你的故事和人物。如果可能，寻找故事积极、振奋人心的方面。一个典型的例子便是《杯酒人生》。依我看来，这是一部美丽的影片，制作精良，表演精湛，在每一个方面都执行得很好，并且给我们留下了迈尔斯和玛雅（保罗·吉亚玛提与维吉妮娅·马德森饰）会一起回来的希望与可能。你可能会不同意，认为人生并非如此，但是那只是一种观点。在这里我们谈论的绝不是"人生"，而是电影、娱乐。

这使我们又回到我们的故事和萨拉·唐珊德。即使故事这时候在人物和动作方面还比较单薄，我们已经有了足够的资料可以开始准备我们的剧本。

我们的故事是这样的：70年代，一位女律师发现某一核电站的工作条件不安全，她不顾政治上的压力和对她的生命的威胁，成功地揭露了政治腐败。这个核电站被下令关闭，直到修复完成并且建立新的安全工作条件以保护工人和周围的社区。

想一想我们仅花费了几个小时的时间就创作出一个人物和一个故事，这很不错了！我们甚至给这个故事取了一个暂时的名字：《防护措施》（*Precaution*）！

我们有了一位吸引人的主要人物——萨拉·唐珊德，以及一个动作——揭露了一项涉及核电站的政治丑闻。我们有了设定我们的故事线所需要的四点：结尾——萨拉揭露了这一政治腐败现象；开端——一名核电站工人受到核污染。当他们发现了不安全的情况，以及第二幕的潜在冲突便是情节点Ⅰ。第二幕结尾的情节点出现在，当萨拉找到证据证明确实有与核电站的不安全情况有关的政治联系的时候。

你可能不同意或不喜欢这个设想——没有关系。这个练习的目的只是通过这个过程来向你们展示如何创造人物才能产生一个戏剧性动作，从而形成一个故事。许多影片，如《永不妥协》，都是以这种方式组织的。

正如我前面所讲过的那样，写作剧本有两种方法：一种是先构思一个想法然后把人物"装"进去；第二种方法则是先创造一个人物然后让动作、故事从人物中浮现出来。这就是上面我们刚刚所做的。

一切都是从"一位年轻的波士顿妇女"派生出来的。

尝试一下，看看会发生什么。

Chapter 6
结尾和开端

ENDINGS AND BEGINNINGS

> 忘了它吧，杰克……这是唐人街。
> ——《唐人街》，罗伯特·唐尼（Robert Towne）编剧

问题：写电影剧本的开端，最好的方法是什么？

怎样的场景或段落能最好地吸引读者或观众的注意力？表现你的人物正在工作？一段紧凑或紧张的戏剧性动作？送比萨时的一场追逐镜头？正在热恋当中？下班归来？为出庭做准备？慢跑中？单独一人躺在床上，或正与某人做爱？下班后，驾车行驶在漫长而孤寂的公路上？打高尔夫球？抵达机场？

当然，有许多不同的方式可以开始你的电影剧本。到目前为止，我们已经从动作和人物的角度讨论了电影剧本写作的各种抽象原则。这里我们将放下这些一般概念，开始讨论电影剧本具体的基本组成部分。

让我们先复习一下。每个电影剧本都有一个主题。一个电影剧本的主题取决于动作——发生了什么事情，和人物——谁遇到了这些事情。有两种动作——有形的动作和情绪的动作，如汽车追逐和接吻。我们通过介绍戏剧性需求讨论了人物，并把人物的概念分为两部分——内在的和外在的，人物的一生从出生直到影片结束。我们还讨论了构建人物和创造人物，并介绍了来龙去脉和内容等观念。

现在该怎样实施呢？我们下面将谈什么呢？接着发生什么事情呢？先请看下面这个示例：

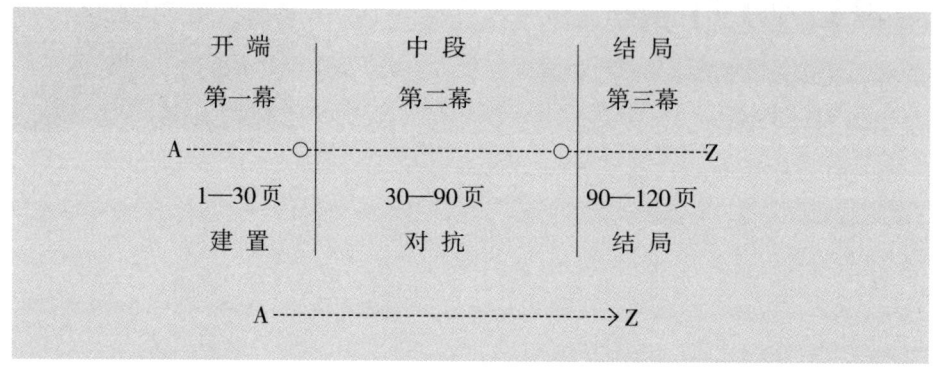

你看到了什么？

方向！对，正是它！你的故事是从点A向前发展到点Z，从建置发展到结局，并且这无关于故事是否以零碎的回忆形式展开，如影片《谍影重重2》；或是以闪回的形式，如《冷山》、《安妮·霍尔》或《英国病人》；或是线性的故事线，如《钢琴师》、《唐人街》、《蜘蛛侠2》（阿尔文·萨金特编剧）或《黑客帝国1》。请记住：电影剧本结构的定义是：一系列互为关联的偶然事故、情节和大事件按线性安排，最后导致一个戏剧性的结局。

这就意味着你的故事是从开端向前发展直到结尾。你需要用大约10页（即10分钟）向你的观众或读者介绍三件事：(1) 谁是你的主要人物；(2) 戏剧性前提是什么，亦即故事讲的是什么；(3) 戏剧性情境是什么，亦即围绕着你的故事的周边环境是什么。

因此，什么是写作电影剧本开端的最好方法？

要清楚地知道你的结尾！

你首先必须了解的是：你的故事的结尾是什么？这里指的并非是剧本中结束全剧的特殊镜头、场景或段落，而是故事的结局。结局意味着解决方法，即你的故事是如何解决的？解决方法是什么？人物是生是死？结了婚还是离了婚？是否赢得比赛？是否安全地返回冷山？是否将魔戒投入末日山的火焰中销毁？是否从抢劫案中逃脱了法网？是否回家？是否找到罪犯并将其绳之以法？

你的电影剧本的结局是什么呢？

许多人不相信，动笔写剧本前需要一个结尾！我甚至因此听过无数次的争吵、讨论与辩论。有人说："我的人物将自己决定结尾。"或者，"我的结尾会从我的故事中产生。"或者，"写到结尾之处就会知道我的结尾的。"

很遗憾，这种方式是不会奏效的。至少在电影剧本写作中不会。你也许可以在小说或戏剧中这么做，但绝不能在电影剧本中。为什么？因为你只有大约110页的剧本去叙述你的故事。没有太多的纸张允许你随心所欲地讲故事。

当你开始动笔前，你必须确认的第一件事就是结尾。

为什么？

你如果对此仔细考虑就会明白了。你的故事总要向前发展——沿着一条途径、一个方向、一条从开端到结尾的发展线。方向就是一条发展线，是沿途设置了一些事情的途径。

同样的，剧本中的一切都是互为关联的，如同在生活中一般。当你坐下开始动笔时，你不必先知道结尾的具体细节，但是你必须知道发生了什么以及它是如何影响剧中人物的。

我将以我个人生活的一段经历为例来说明这一点。

在我的一生中曾经有一段时间我不知道自己想要做什么或者成为什么人。当时，我已经高中毕业，母亲刚刚去世，父亲几年前就过世了。我不想被困于工作之中，也不想继续上大学。我不知道我想如何安排自己的人生。于是我决定到全国各地旅行，看看能否找到一个方向。我哥哥当时在圣路易斯的一所医学院，我知道我可以呆在他那里，或者到科罗拉多州和纽约去找我的朋友。于是，一天清晨，我收拾好行囊，坐进我的小汽车，沿着66号高速公路径直向东奔去。

我根本不知道我将奔向哪里，随它去吧！我喜欢这样。我有时过得很痛快，也有过倒霉的时候，可我喜爱这些时光。我就像风中飘浮着的云朵，漫无目的地随风飘荡。

我就这样过了两年。

后来，有一天，当我驾车穿越亚利桑那州的荒漠时，我意识到我以前走过同样的路。一切如故，但又有所不同。还是那广阔荒瘠的沙漠中的那座荒山，但两年时光已经过去。我在这现实中，毫无目的行驶着。我花费了两年想让自己朝前走，但我依然没有目标、没有目的、没有目的地，没有方向！我突然看到了自己的未来——前途渺茫！

我意识到时间在我身旁悄悄地流逝，像是梦游一般。我知道我必须做一些事情了。于是我停止了流浪，重新回到学校。无论这对我意味着什么，至少四年之后，我获得了一个学位。当然，一切并非如我所愿——总是天不遂人愿！但值得庆幸的是，在伯克利我遇到了改变我一生的人：我的良师益友，让·雷诺阿。他告诉我说："电影就是你的前途！"

旅行时，你是向着某地前进的，你有一个目的地。如果我去旧金山，那它就是我的目的地。如何到达那里，可以由我自己自由选择。我可以坐飞机，可以驾驶小汽车，搭乘公共汽车，坐火车，骑摩托车或自行车，骑马，搭顺风车，甚至步行。

我可以选择如何到达那里。生活也是一种选择——个人的选择，创造性的选择——以及学习如何对其负责的过程。

了解故事结局的基本动力是至关重要的。"**结局**"（resolution）一词本身即意味着"一种解决方法或解释"。它始于故事的起始，剧本写作过程的一开始。当你通过镜头、动作展开你的故事线，建构并组织故事时，你必须先明确故事的结局。你的故事是如何解决的？在剧本的初步概念形成的瞬间，当你努力地将这一构思转换成一个充满戏剧性的故事时，你其实是在做出一个创造性的选择，一个决定，决定故事的结局将会如何。

好的电影总有个结局——不管是以什么样的方式解决的。仔细想想看吧。

你想一想《青春年少》、《海底总动员》、《蜘蛛侠2》、《黑客帝国1》、《邦妮与克莱德》、《红河》、《虎豹小霸王》、《碧血金沙》、《卡萨布兰卡》、《安妮·霍尔》、《返乡》、《大白鲨》、《美国美人》、《不结婚的女人》、

《日落狂沙》、《终结者2：末日审判》等影片的结局，有相当一部分的影片受到了普遍好评。

罗伯特·唐尼的《唐人街》就是一个很好的例子。一个真正的电影经典，往往包含优秀的剧本、精良的制作以及精湛的演技。这些年来，我已经观看《唐人街》三十多次，而它始终经久不衰。每一次观看，都犹如一次探索。剧本的创作历程更是耐人寻味：该剧本曾经有三稿，有三个不同的结尾。

比起后来的两稿，《唐人街》的初稿更浪漫一些。就像雷蒙德·钱德勒在大多数故事中所用的手法一样，罗伯特·唐尼在故事的开端和结尾都用了杰克·吉蒂斯的画外音。当伊芙琳·墨尔雷闯入杰克·吉蒂斯的生活之中，他就被这个属于不同阶级的女子迷住了。她富有、老于世故而且美丽，于是，他不由自主地坠入了情网。故事将近结尾时，当她得知她的父亲诺亚·克劳斯（约翰·休斯顿饰）想雇佣杰克去寻找她的女儿/妹妹，她意识到她的父亲将不惜一切代价找到这个女孩，于是，她决定要杀死父亲。她知道这是唯一的办法。她给诺亚·克劳斯打了个电话，告诉他，她要在圣佩德罗海岸附近的荒地上与他见面。克劳斯到达时适值大雨，当他沿着泥泞的道路去寻找他的女儿时，伊芙琳猛踩汽车油门加速，企图撞死他。他勉强逃脱，然后奔向附近的沼泽地，伊芙琳跳下汽车，拿出枪追他。她开了几枪！他藏到一个写有"活诱饵"字样的大广告牌后面，伊芙琳发现了他，向那个广告牌连续射击。鲜血随着雨水流了一地，克劳斯向后倒下，死了！

过了一会儿，吉蒂斯和埃斯科巴警长赶到现场。然后当影片切到现在的洛杉矶和圣费尔南多谷的种种镜头时，吉蒂斯（用画外音）告诉我们：伊芙琳·墨尔雷因杀父罪在监狱服刑四年，而在这期间他终于找到了她的女儿/妹妹，平安地把她送回到墨西哥。克劳斯精心设计的土地开发计划最后获利高达大约30亿美元。这第一稿的结局是正义和秩序最终获胜：克劳斯罪有应得，但"争水丑闻"中的贪污受贿却使得洛杉矶市成为今天的这种样子。

这就是剧本的第一稿。

这时，罗伯特·埃文斯（Robert Evans）——《唐人街》的制片人（他也参与过《教父》和《爱情故事》的制片项目）请来了罗曼·波兰斯基（代表作为《钢琴师》）担任导演。波兰斯基对于《唐人街》有自己的想法，他们讨论并决定做出修改，波兰斯基和编剧唐尼之间的关系也变得紧张而别扭。他们在很多问题上，甚至是关于影片的结尾，意见不一致。波兰斯基希望克劳斯没被杀，这样第二稿就做了相当大的修改。它不再是那么浪漫了，动作经过修改变得更加紧凑，结局的焦点做了实质性的变动。第二稿十分接近最后的完成稿。

在第二稿中，诺亚·克劳斯并没有因为谋杀、贪污受贿和乱伦罪等受到应有的惩罚，而伊芙琳·墨尔雷却成了他父亲的罪行的无辜牺牲品。唐尼在开始创作《唐人街》时所持的观点是：那些犯了如谋杀、抢劫、强奸和纵火罪行的人，会被捕入狱、受到惩罚；但那些对整个社会犯了罪的人，却时常受到褒奖，如以他的名字命名街道，或在市政大厅内刻名纪念等等。洛杉矶得以存在可以说是"争水丑闻"的结果，而这起"欧文斯谷强奸案"事件正是这部影片的背景。

现在第二稿的结尾是：吉蒂斯计划在唐人街与伊芙琳·墨尔雷见面。他已经安排好了让克里（布特·扬饰）——影片开场时出现的那个男人，把她送到墨西哥，伊芙琳的女儿/妹妹正在一条船上等着他们。吉蒂斯发现克劳斯就是那些谋杀案和争水丑闻的幕后策划者，他当面指控克劳斯，于是克劳斯押着他，一起来到唐人街。当他们到达时，克劳斯想要扣押伊芙琳，但吉蒂斯设法制服了这个老家伙。伊芙琳向她的汽车跑去，但却被警长埃斯科巴拦住了。吉蒂斯贸然采取行动向警察冲去，伊芙琳趁混乱之际企图驾车逃跑。警察开枪，她头部中弹身亡。这十分接近最后的完成稿。

最后一场是，克劳斯俯在伊芙琳的尸体上痛哭流涕。而吉蒂斯告诉埃斯科巴，克劳斯才是应对所有事件负责的罪人。

第三稿的结尾稍做了修改以突出唐尼的观点，但解决的方式仍跟第二稿一样。吉蒂斯被带到唐人街，而警长埃斯科巴早已到达那里，并以私扣罪证的罪名逮捕了这个私人侦探，给他戴上了手铐。当伊芙琳和她的女儿/妹妹来到时，克劳斯向那个年轻的姑娘走去。伊芙琳叫他走开，他不听。

于是她掏出手枪向他射击，打中了他的手臂，然后跳进自己的汽车夺路而逃。一声枪响，伊芙琳中弹身亡，子弹穿透了她的眼睛。①

克劳斯被女儿伊芙琳的死吓呆了，他搂抱着自己的女儿/孙女悄悄地消失在黑暗之中。

"忘了它吧，杰克……这是唐人街。"

克劳斯逃脱了法网，从谋杀、争水丑闻和乱伦等罪行中逃脱出来！在剧本的开场戏中，吉蒂斯就告诉自己的助手克里说："只要你有钱，就能杀人，杀任何人，而不受惩罚！"

动笔之前，你头脑里一定要有个清晰的结局，它是剧本的来龙去脉，可以使结尾恰到好处。比利·怀尔德曾经说过，如果你对你的结尾有疑问，答案总能在开端找到。要想写出一个强有力的故事开端，你必须知道你的故事结尾。这同理于生活中的一切事情。如果你想做一顿饭，或者是一道特殊的菜肴，你不会只是走进厨房，打开冰箱，把所有的东西一股脑儿全倒进锅里，然后看自己能做出什么。进厨房前你一定想好了要炒什么菜，这样进了厨房所要做的事情就是炒。

你的故事就像是一次旅游，结尾就是目的地。再来看看《时时刻刻》，或是《美国美人》的开端。一段简短的视频镜头后，我们看到了城市和街道，听到了莱斯特·伯恩汉姆的画外音："我的名字是莱斯特·伯恩汉姆。今年42岁，在不到一年的时间内，我将会死去……从某种意义上说，我已经死了。"在稍后的故事中，影片向我们讲述了他是如何重新"复活"的。

摆在编剧面前的一个主要困难就是结尾：如何结束剧本，以保证它有效运作、令人满意且充实，能够对读者与观众的情感产生冲击，避免不自然和平庸，令其真实可信，而不至于牵强做作。编剧们都希望写出一个能够解决故事所有要点的结尾，简而言之，一个有效的结尾。

说起来容易，做起来难。在大多数情况下，结尾之所以有趣就在于结尾本身并非是真正的问题，问题在于它是否有效。它要么太过柔和或缓慢，

---

① 在古希腊戏剧家索福克勒斯的悲剧《俄狄浦斯王》中，当俄狄浦斯知道了自己与母亲乱伦之后，就弄瞎了自己的双眼。我发现这是一个有趣的相似之处，无论是有意或无意而为之。

要么太啰嗦或过于笼统，要么过于昂贵或者不够贵，要么过于低落或者过于高昂，要么太牵强或者太平庸，或者太不可信。有时候，它仅仅是戏剧性效果不足，而无法顺利展开故事线；又或者可能是一个突如其来的、无缘由的意外转折。许多有抱负的编剧认为结束剧本的最好方式就是设置主角死去，或在某些极端的情况下，让所有的人都死去。这种方法紧凑、彻底，而且很容易。但是，你可以做得比这更好。

让·雷诺阿曾经告诉我，真正的良师是那些将事物的内在联系展示出来的人。我将此牢记于心，并运用于我的写作与教学之中。结尾和开端是相互联结的——因果关系是物理学中的一条自然法则，正如物理学中牛顿第三运动定律所说：对于任何一个力，总存在一个与它大小相等、方向相反的反作用力。

依我所见，一件事的结尾始终是另一件事的开端。也许是一场婚礼、葬礼，或正办理离婚手续；工作调动或搬到一个新的城市、国家；在拉斯维加斯赌赢了，或将所有的积蓄输得精光——无论哪种情况都是一样的：一件事的结尾始终是另一件事的开端。如果你得了一场重病，像是癌症或心脏病发，最终复原，或者有过将死的经历，死里逃生，这些都将成为你人生崭新的开端，你将意识到每一次的呼吸都是上天的恩赐和祝福，应当心存感激。

在西尼莫比尔制片厂的编剧部门担任领导时，我忙极了，身后总有七十多个剧本追着我。桌上的小山堆几乎从未变小过。有时候会完全出乎我的意料之外，一大沓剧本不知从哪就突然冒了出来——通常是从经纪人、制片人、导演、演员或制片厂送来的。读过太多枯燥、写作粗糙的剧本，以至于我被训练得能够在读过前10页的内容后就知道它是否能用。通常，我给剧作者留下30页的篇幅去建置故事，如果他没有做到，我就将其扔在一旁去读另外一个剧本。我有太多的剧本需要阅读，所以，我没有时间浪费在那些没有用的剧本上。我一天大约需要读三个剧本。我没有时间去期望剧作者做到他的工作，关心他是否建置起他的故事。如果他没有做到，对不起，我将会把这个本子扔进那个为退稿准备的大纸篓里。

考虑到这一点，我经常会饶有兴致地问自己：你的剧本的开端是什么？

它是如何开始的？开场是怎样的？画面淡入后你将写些什么？

你只有10页的篇幅去抓住你的读者或观众。正因为如此，许多影片都是以一系列具有强烈视觉感染力的、令人兴奋的段落作为开场，如《大白鲨》（彼得·本奇利、卡尔·哥特列布编剧）、《肖申克的救赎》、《时时刻刻》、《夺宝奇兵》（劳伦斯·卡斯丹编剧）的影片开场，《蜘蛛侠2》中的比萨速递追逐，或《青春年少》中的梦境镜头。一旦你设立了这些场景或镜头——通常被称为引发事件（inciting incident），你就可以建置故事的剩余部分了。

不必为在什么地方出现字幕而烦恼。这通常是由电影作品决定，不是由剧作者决定的事。在什么地方出现字幕是一部影片制作中最后决定的事情，是由电影剪辑和导演来决定的。无论字幕是一系列戏剧性的蒙太奇镜头，还是简单地在黑色的底幕上出现一行白色的字，都不需由你决定。你如果想写的话，只需写上"字幕起"或"字幕止"就行了。你写的是电影剧本，不必为字幕担心。

在好莱坞，没人能够在没有审读人（reader）的帮助下卖剧本的。虽然我很不想说，但在好莱坞，专业人不读剧本——制片人不读，导演不读，明星也不读，只有专门的审读人读这些剧本。在这个电影世界中，有个精心设计的剧本过滤系统。每个人都会对你说："本周周末前我会读完你的剧本。"实际上这是在讲，他要把它交给某人并请他在几周内读一下你的剧本——可能是一位专门阅读剧本的审读人，也可能是秘书、接待员、他的妻子、女朋友或助理等。如果这位"读者"说他喜欢这个电影剧本，这个本子就可能交给创意执行，由他带回家周末时阅读。

编剧的工作就是让读者不停地翻页阅读。你的电影剧本一开始的前10页是最为重要的。在这10页之内，读者将会知道你的故事是否引人入胜，它是否开始布局了。你只有10页的篇幅去吸引读者。你会怎么做呢？你将如何"钩住"你的读者？

让我们重新回到开端：什么是你的电影剧本的开端？当你开始考虑如何开始你的剧本时，你做的创造性选择实际上正是在维持读者翻阅。什么样的场景或段落放在第1页？你将展示什么？你打算呈现何种景象或动作，以吸引读者和观众的注意力？一系列具有强烈视觉感染力的、令人兴奋的动作镜头，如《日落黄沙》、《指环王》，或《冷山》中的战争场面？或者，你可以创造一个非常有趣的人物进行介绍，就像罗伯特·唐尼在《洗发精》一片开始那样：一间昏暗的卧室，发出一阵两人寻欢作乐时的呻吟和尖叫声——这时电话铃响了，它不停地、大声地响着，打破了前面的气氛。我们可以看出原来是一位女人——沃伦·贝蒂正在和李·格兰特睡在一起。一下子，这个人物的一切东西就都显示出来了。在《特伦鲍姆一家》中，韦斯·安德森和欧文·威尔逊用一个画外音介绍了这个家庭的背景，而画面中展示的则是四个主要人物的成长历程。这样，整部影片就被建置起来，家庭、失败与宽恕的主题也得以确立。

莎士比亚是一位能写出漂亮开端的大师。他可以写出一个很抓人的动作段落，像《哈姆雷特》中开始时鬼魂在城墙上出没的行动，或是《麦克白》中女巫预示未来的场景。他也可以在开始用一段戏来写人物，如《理查三世》中，理查出场时是个驼背，他正在为"这令人难过的冬天"而沮丧；《李尔王》中的老李尔一开始就发狂地想知道他的女儿们有多爱他，是不是贪图他的钱财等；在《罗密欧与朱丽叶》开始前，他用一段合唱打破了沉默，歌颂这对"不幸的恋人"。

莎士比亚很了解他的观众——他们大多数是那些花最便宜的钱买站票的看客，他们都是社会地位低下的贫民，喜欢畅饮。当他们不喜欢台上的表演时，就会喝倒彩，辱骂演员。所以他必须抓住观众们的注意力，让他们把目光集中在舞台的动作上。

一种类型的开端，可以是视觉感染力强、令人兴奋的进程，它能一下子抓住观众；另一种类型的开端，可以以一种速度缓慢的解说式的镜头去建置剧中的人物和情境，如影片《末路狂花》、《衰仔失乐园》、《美国美人》、《杯酒人生》或《贱女孩》。

你的故事决定了你将选择哪种类型的开端。

《总统班底》（威廉·戈德曼编剧）是以水门被打开为开始的，这是一个紧张的、令人兴奋的段落；《指环王1：护戒使者》建置起魔戒的来历和中土世界的局势；《第三类接触》的开场是一组动态的、神秘的镜头，我们不知道将要发生些什么；《青春年少》是一个关于梦想家的故事，因此他以主人公的梦境镜头作为开场，说明了主人公活在幻想世界的喜好；《朱莉亚》（阿尔文·萨金特编剧）开始是一组忧郁、沉重的镜头，女主人公因缅怀往事而难过；《不结婚的女人》（保罗·马佐斯基编剧）以一段争吵开始，随后便揭示了这位已婚女的生活。

剧本的开端应当深思熟虑，并以视觉化的设计来讲述你的故事。在剧本阅读中，我曾多次发现作者并没有认真地思考他（她）的开端，甚至存在着与故事无关的场景和段落。作者似乎是在对话和一系列的阐释中摸索着，探寻他（她）的故事。在开始创作某个镜头、动笔写下只言片语前，你必须了解四件事情：结尾，开端，情节点Ⅰ，以及情节点Ⅱ。而且，必须按照这样的顺序。这四个要素，或者说，这四个事件、片段或事变，是你的电影剧本的基石、基础。

结尾与开端的关系有如冰块与水的关系：水是由一个明确的分子结构所组成，而冰块而具有一个明确的晶体结构。然而，当冰块融化成为水时，你却无法分辨原来的水与原来的冰两者之间的差别。它们是相同事物的重要部分，它们存在于部分与整体的关系之中。你的剧本开端将决定读者是否继续阅读你的剧本。他（她）必须在剧本的前几页中了解三件事情：人物——故事是关于谁的；戏剧性的（或喜剧的）前提——即故事讲的是什么；以及，情境——围绕动作的境况。在这前10页中，读者将决定他（她）是喜欢或讨厌这个故事。如果你不相信，下次你再看电影时请验证一下。更多内容将在稍后的章节中进行讨论。

罗伯特·罗森的《江湖浪子》（*The Hustler*，1961）是一部60年代的伟大经典，影片以埃迪（保罗·纽曼饰）与明尼苏达胖子（杰克·格里森饰）抵达撞球房的赌场作为开场，然后以埃迪赢了钱离开撞球房为结束，他不情愿地把自己逐出了撞球赌博世界。影片以撞球赌博为开始，又以撞球赌博为结束。

西德尼·波拉克的著名影片《秃鹰七十二小时》（*Three Days of the Condor*，1975），是70年代的经典之作，但在当时，人们并未预见到它的伟大之处。约瑟夫·特纳（由罗伯特·雷德福扮演）的第一句台词就道出了整部影片的戏剧性前提："赖普先生，您钱包里有什么东西可以归我吗？"

这个问题的答案导致很多人被残酷地谋杀了，而且特纳也险些丧命。他发现了中央情报局的一个"情报"，而直到影片结尾时他才恍然大悟。他的这一发现是解开全片疑团的最后一把钥匙。

《秃鹰七十二小时》由洛伦佐·森普尔和大卫·雷菲尔根据詹姆斯·格雷迪的小说《秃鹰的六天》改编，它的结尾是故事结局的杰出范例。由西德尼·波拉克成功导演的这部影片是一部快节奏、结构周密的惊悚片，各个方面都十分成功——表演精湛，摄影富于感染力，结尾紧凑而简练，影片中没有任何多余的东西。

在影片的结尾，特纳紧紧地追踪那个神秘的莱昂内尔·阿特伍德——他是中央情报局的一位高级官员，但特纳不知道阿特伍德是谁，也不知道他与那些谋杀案有什么关系。在"解决"的这一场戏里，特纳确证了阿特伍德是下令进行暗杀的那个人，而且他还是中央情报局内部因"世界油田"争夺战而设立秘密核心的那个主谋人。正在此时，由地下情报组织雇佣的杀手朱伯特（马克斯·冯·西多饰）出现了，他杀死了阿特伍德。特纳回到受聘"公司"，中央情报局。他松了一口气，他还活着——"至少现在，你没有事！"朱伯特告诉他说。

没有松散的结尾，一切都通过动作和人物富于戏剧性地解决了。提出的一切问题都找到了答案，故事就结束了。

影片的制作者在最后加了个"收场"：乔·特纳和希金斯站在《纽约时报》大楼前，特纳说如果他真的出了什么事，那么《时报》就又有故事了！而希金斯反问道："他们真的会报导吗？"

绝妙的问题！

考虑结尾与开端、部分与整体之间的关系时，我们可以将故事的结局看作是结尾的整体构成，即部分。结局是结尾的种子，如果种植、培育得当的话，它会成长为一个成熟的戏剧经验。这正是我们所努力追求的。结尾（endings）通过结局（resolution）来展现，而结局则孕育于开端。

如果你不知道你的结尾，那么请问问你自己，你希望结尾是什么样子的，无需理会它是否太过简单，太过平庸，太过圆满，或是太过悲伤。请勿必不要陷入"他们会喜欢什么样的结尾？"的想法中去——无论他们是谁。你想要的是什么样的结尾？不管它是否是"商业化"的，因为没有人知道什么是商业化的，或者不是商业化的。

你可能会感到必须就第三幕发生的事情写一篇文章，这样，故事线才会明晰。然后详细检查一下动作，自由畅想，用一至两页的文字列举出影片可能结束的方式。不要拘泥于某个单镜头、场景或段落，只管列出各种可能的结尾方式。如果动作尚未明确，而你仍然不确定影片应该如何结束，那么，只要写下你希望它是如何结束的，不去考虑预算、可信度或是其他任何可能产生阻碍的事物。只管写下任何一个想法、字句或是创意，无需考虑如何实现。这的的确确是完成进程中的第一步。重要的是结合叙事线所有松散的结尾，这样剧本才能成为一个完整的视听体验（用心灵的眼睛来看），它听起来真实，并且对动作和人物是不可或缺的。

同样，还有其他方法来结束您的剧本。一种情况，第三幕可能是一个完整的段落，有着充实、完整的动作组合。影片《阿波罗13号》的结尾就是这样一个例子，《目击者》和《赤色风暴》的结尾也同样如此。看看《低俗小说》，影片的结尾确实是一个"书挡"："南瓜"和"小兔子"（蒂姆·罗斯和阿曼达·普拉莫饰）企图在饭店抢劫——这恰巧拉开了影片的序幕。结尾和开端是相互关联的，对吧？在所有这些剧本中，结尾都完成了第三幕的动作。

在影片《阿波罗13号》中，整个第三幕的重点是宇航员返回地球，自登月小艇与太空船分离、急忙返回前往控制中心的那一刻起，我们便被影片的动作深深地牵绊着。令人焦虑的三分钟变成四分钟，不知道隔热板能否保护他们，我们紧张地期待着他们能够安全地穿越大气层。当他们最终成功冲破云层、安全降落到海上并获救，这便是结局。结尾仅仅是吉姆·洛弗尔用画外音告诉我们三位宇航员在经历了太空磨难后发生了什么。画面拍摄的则是在航空母舰上的他们。

在影片《目击者》第三幕结尾的情节点处，约翰·布克（哈里森·福特饰）和蕾切尔在布克第一次来时曾弄坏但现已修好的鸟舍下拥抱，结束了他们的关系。三个刁滑的警察穿过山脊，将车停下，拿出他们的武器后走向农舍，第三幕就此开始。一到达农舍，他们便破门而入，将蕾切尔和祖父二人抓住作为人质，与此同时，他们到处追捕布克和小萨缪尔，意图杀害他们。整个第三幕其实就是一场枪战，结尾从动作中脱生而出；约翰·布克向蕾切尔和小萨缪尔道别，在影片的结尾处，当他驱车驶上漫长的泥土路返回费城时，丹尼尔，蕾切尔的求婚者（亚历山大·戈杜诺夫饰）走向了农舍。《目击者》是一部在各方面都非常成功的伟大作品。一件事的结尾往往是另一件事的开端。

影片《赤色风暴》（*Crimson Tide*，1995，迈克尔·希弗尔编剧）的情况有些不同。在情节点Ⅱ，紧急指令已经部分接收，并且正在被破译时，丹泽尔·华盛顿和吉恩·哈克曼却处于令人不安的僵局中，同时，核导弹的发射倒计时仍在继续。第三幕是一个完整的段落，并且结束于他们最终接收到告之取消核攻击的完整指令。这就是结局。

结尾却是另外一回事。动作完成后加上了一段尾声：举行了一场海军调查，判定双方的举动都是正确的，因为海军规章对于这类情况并没有一个明确的规定。吉恩·哈克曼从现役职务中退役，而丹泽尔·华盛顿将晋升为上校，接受自己船队的命令。

两种不同的观点，坚决的，有效的，完整的。一个好的结尾意味着给予。

那么，是什么造就了一个好的结尾？首先，它能够满足故事的叙事需求。当我们看到最后一个淡出画面并走出电影院时，我们希望感到充实而且满足，有如在一顿美餐后离开饭桌时一样。这种满足感必须得到满足，这样，结尾才能有效。当然，它必须是可信的。

在你的电影剧本中，你所希望的恰恰就是最好的、能够行之有效的结尾。你希望忠于你的故事线，而不是为了追求有效诉诸任何花招、噱头或其他人为因素。有时候，你会带着头脑中既定的某个结尾开始创作，根据它安排结构和故事线，然而，在写作故事的过程中，你突然有了一个更好的结束剧本的想法。那么，尽管带着这个想法去写，去改变。它可能是一个更好的结尾。这就是你必须相信你的创造性自我、你的直觉的时候。尽管接受写作过程中结尾的改变是一件好事，但这并不意味着你应该在不了解结尾的情况下开始创作。

如果要我总结结尾的概念并指出一个需要记住的最重要的事情，我会说："结尾来自于开端。"某个人，或某件事，促发了一个动作，而这个动作如何解决则成为了影片的故事线。

中国有句成语："千里之行，始于足下。"在中国的许多哲学体系中，"首尾"始终是相接的，如"阴阳之道"，两个同心的半圆联在一起，永远相对又结合一起。

如果你能在自己的电影剧本中找到个好办法来说明这一点的话，那么这将对你很有利。

这是可以学习的事情。尽可能多地阅读剧本。现在有许多提供电影剧本下载的网站。只要搜索"电影剧本"（screenplays）并点击网页就可以了。你应该尽可能多地观赏并分析电影，至少一周两部电影，可以到电影院看，也可以是看DVD或电视。现在，电影是人人都可获得的。你应该去看各种各样的影片：好的影片、不好的影片、外国影片、老影片和新影片，等等。你所看的每一影片都将成为一次学习的经历，如果认真地看，它将会帮助你逐渐对电影剧本有越来越深入的了解。每一部电影都应该被看作是一个工作会议：要去读，去与朋友或恋人讨论，看看你能否提炼出它的结构，看看它是否和示例相吻合。

那么，写电影剧本的开端的最好方法是什么呢？

要清楚地知道你的结尾！

凯特·史蒂文斯在他的歌《就座》（Sitting）中概括了这一点：

生活就像多重门的迷宫，
扇扇门都得往里推才能打开。
伙计，你只管推门而进；无论你怎么走，
到头来都会绕回到原来的地方！

结尾和开端就像是一个硬币的两面。

 练习

为你的电影剧本先决定一个结尾,然后再设计一个开端。开端部分的最基本的原则是:它是否有效?它树立主人公了吗?它表现出了戏剧性的前提吗?它建立故事情境了吗?它提出了人物必须克服的难题了吗?它传达了人物的戏剧性需求了吗?

Chapter 7
建 置

SETTING UP THE STORY

> 我来告诉你什么是不成文的规则,你这蠢货。只要你有钱,就能杀人,杀任何人,而不受惩罚!你觉得自己有那么多钱吗?你认为自己达到那个级别了吗?
>
> ——《唐人街》,罗伯特·唐尼编剧

在物理学中,牛顿第三运动定律指出:"每一个作用力总是有一个与它大小相等、方向相反的反作用力。"这意味着,基本上一切事物都是互相关联的。我们存在于与他人的关系中,存在于与地球的关系中,存在于与所有生物的关系中,存在于与宇宙的关系中。"麻雀的跌落,一定暗含着某项特殊的天意。"莎士比亚如是说。

在电影剧本中,这一原则同样适用:一切都是互相关联的。反观结构的第二种定义,它指出"在部分与整体间存在着一种因果联系"。如果你修改了第10页的场景或对话的台词,它将会影响到第80页的某个场景或对话的台词。在结尾改变一些元素,那么,你必须在开始的部分添加或删除一些内容。剧本是一个整体,存在于与部分之间的直接关系中。因此,从一开始,从第1页、第1个字开始就要介绍你的故事,这一点是首要的。

如上所述，你只有10页或更少的篇幅去抓住你的读者，这样一来，你就必须立刻建置你的故事。

这就意味着，从第1页第1个字开始，读者就应该知道下面将要发生什么事情。靠对话来解释事物，用这种方法建置你的故事将会减缓动作，并阻碍故事的发展。记住，一个剧本就是一个用画面来讲述的故事，你必须以视觉的方式将你的故事建置起来。读者必须知道：谁是主要人物，故事的戏剧性前提是什么——也就是故事要讲的是什么，以及戏剧性的情境——围绕动作的环境和状况。

这三个因素必须在前10页内介绍清楚，无论你是否以一个动作段落开始，如影片《夺宝奇兵》、《黑客帝国1》或《指环王1：护戒使者》；或者，以一段充满戏剧性的情节开始，如影片《肖申克的救赎》、《钢琴家》或《神秘河》（布莱恩·海尔格兰德编剧）。读者必须了解故事是关于什么的，以及是关于谁的。我告诉我的学生们，你们必须把电影剧本的前10页当成戏剧性动作的一个单元或段落来处理。在这个单元里，它要把以后的故事建置起来，因此必须精心设计，并且有效地加以执行，以期获得良好的、坚实的戏剧性价值。

在准备这一章时，我一直在思考这一点。第一次写作此书时，我用《唐人街》作为例子来阐释建置故事的最好方式，将故事与人物、情境有机地结合起来。我也分析了其他一些影片，但还是选择了《唐人街》。作为建置故事的一个范例，影片的前10页始终表现完美。

如今，《唐人街》被视为美国经典电影剧本之一。影片构思于19世纪70年代，在美国电影剧本写作的虚拟复兴期间写作并制作完成。这并不是说它比《教父》、《现代启示录》、《总统班底》、《第三类接触》、《五支歌》（卡罗尔·伊士曼［又名阿德里安·乔伊斯］编剧）《安妮·霍尔》《朱莉亚》、《返乡》，或是新近的影片，如《愤怒的公牛》（保罗·施拉德、玛迪克·马丁编剧）、《军官与绅士》（道格拉斯·德伊·斯图尔特编剧）《与狼共舞》《末路狂花》、《阿甘正传》（艾瑞克·罗斯编剧）、《低俗小说》（昆汀·塔伦蒂诺编剧）、《非常嫌疑犯》（克里斯托夫·迈考利编剧）等众多影片要好多少。所有这些影片都是说明如何建置剧本的杰出范例。但是在看过这些及其他众多影片后，我仍然认为《唐人街》是最有说服力的。

为什么？因为《唐人街》在各个方面都很灵验——故事、人物塑造、历史视角（historical perspective）、视觉表现，尤其是表明剧本写作的手艺性的那些基本要素。该片是一部雷蒙德·钱德勒式的悬疑—惊悚片，罗伯特·唐尼以20世纪初的欧文斯·维利丑闻作为故事的戏剧性背景，并将动作的时间从世纪之交更改为1937年的洛杉矶。就这样，在电影制作方面，唐尼实现了一场革命性转变，就像15、16世纪的佛兰德斯画家们所做的一样——他们以意大利风景作为背景，将比利时赞助者的肖像悬挂于前，此举改变了艺术史的进程。

我写了很多关于《唐人街》的体会，我仍然清楚地记得我在派拉蒙的行业审查中第一次观看这部影片时的情景。当时我还在西尼莫比尔工作，当我驱车抵达派拉蒙电影制片厂时天空正下着小雨。穿过傍晚的湿气，我觉得我一点儿也不想待在那儿。在这非常忙碌且充满压力的一天，我阅读了正常配额量的剧本，参加了配额量的会议，又在晚些时候与一名作家共进了一顿丰盛的午餐，并且有点喝多了。我感觉喉咙刺痛，像是得了感冒似的。我想，这时候没有什么比洗一个热水澡、喝杯香醇的咖啡然后钻进被窝更舒服的了。

影片开始放映，随着故事的展开，我的批判情绪涌上心头，甚至开始发起牢骚。我感到乏味，觉得人物刻画得枯燥而肤浅。在真正了解故事之前，我甚至开始打瞌睡了。我不知道我错过了多少部分，只知道那是我心不在焉的放映室之晚中的又一个。

影片的最后一句台词，"忘了它吧，杰克……这是唐人街"，正是我当时想做的。当我回到家时，我的的确确将它忘得一干二净了。

关于《唐人街》，已经介绍了这么多，让我们接着向下进行。

不久之后，我有幸采访了罗伯特·唐尼。在谈话中，我询问他是如何创造人物的，特别是如何构思杰克·吉蒂斯——即杰克·尼科尔森所扮演的人物。他回答说，当他着手处理人物时，他经常问自己的第一个问题就是"这个人物害怕什么"。换而言之，他（她）内心深处恐惧的是什么呢？吉蒂斯，一名专门调查"个人隐私"的私家侦探，有一定的声誉需要维持，所以他总是希望"看上去很好"。他做每一件事都是为了给人留下良好的印象。他穿着整洁,皮鞋每天都刷得光亮,并且他有他自己的一套道德标准。不被认真对待、看起来愚蠢正是吉蒂斯内心深处那不曾言明的恐惧。

我对罗伯特·唐尼印象极其深刻,无论是他的谈话内容还是他的谈吐方式。他开放,有见地,能言善道,充满魅力,而且文化修养极高,我由衷欣赏他的这一品质。我对他印象之深使得我打算再看一次《唐人街》,我想看看我是否能够找到唐尼谈及的那些我在第一次观赏影片时所遗漏的故事情节及人物的细微差别。

于是,一天晚上下班后,我重新观赏了该片。这一次,直到影片的结尾,当伊芙琳·墨尔雷这位无辜的受害者在唐人街被人杀害时,我才觉得我确实看了这部影片。当我听到那熟悉的台词,"忘了它吧,杰克……这是唐人街",我深受触动,并且受到鼓舞。在接下来的几天里,影片始终萦绕在我心头,各种场景不断地重现于脑海中。

我与影片《唐人街》的这段经历简直就是一次探索旅程。在放水和几宗凶杀案件的背景下,我们跟随着杰克·吉蒂斯一步一步地解开谜团。我们与杰克·吉蒂斯一起了解这是怎么回事,在联系那些看似毫无关系的信息碎片的过程中,观众与人物也联系了起来,仿佛他们正在拼合一幅巨型的拼图。

从影片的第一幕起——一系列画面为一男一女在公园做爱的照片——我们知道这是一个用画面讲述的故事。画面外,我们听到克里(这个女人的丈夫,由布特·杨所扮演)的唉声叹气声。这一切表明了什么?表明了主角杰克·吉蒂斯是以何为生的。他是一名私家侦探,专门调查有关离婚、配偶出轨的事情,正如剧中另一位人物所说的那样,专干"检查别人的脏床单"的事。这就是他的行业。

通过他所做的事、他的行为,杰克·吉蒂斯的人物性格得以界定。唐尼从影片的第一幕起便将故事建置起来。当那位冒充的墨尔雷太太(戴安·拉德饰)雇用杰克去调查与她丈夫有暧昧关系的人是谁时,他开始监视霍利斯·墨尔雷。随着他调查的进行,观众了解到吉蒂斯所了解到的信息。

吉蒂斯尾随墨尔雷去了干涸的洛杉矶河床，然后又去了海边。长时间的监视后，他总算不虚此行，目睹了淡水被倾入大洋之中的画面。数小时后，吉蒂斯回到他的车旁，从挡风玻璃上取下一张传单，上头写着："我们的城市将要渴死了！""救救我们的城市！"

这一水的主题是贯穿于整个故事的一个基本的主线。当我开始追查水与故事的关联，我觉得自己好像是吉蒂斯，当时诺亚·克劳斯（约翰·休斯顿饰）告诉他："你可能以为你了解正在发生的事情，相信我，其实你并不了解。"

在第一幕的结尾，当吉蒂斯找到了那个"小妞儿"并且结束案子时，他在报纸的第一版上发现了他所拍摄的那些照片。（密切地关注一下镜头中的背景部分，你会发现一辆因缺水而过热的汽车。）标题上醒目地写着"丑闻"。杰克回到自己的办公室，发现一名女子（费·唐娜薇饰）正在等他。她肯定他们从未见过面，宣称自己绝不可能雇用他去调查丈夫在和谁搞外遇。"你看，我是伊芙琳·墨尔雷太太"——真正的墨尔雷太太。

这是影片的关键事件，是开启故事的"钥匙"。如果费·唐娜薇是真正的墨尔雷太太，那么雇用他的、声称自己是墨尔雷太太的、由戴安·拉德所饰演的角色是谁？又是谁雇佣了这位假冒的墨尔雷太太？为什么？这些问题震惊了吉蒂斯，使得他开始行动。这是故事的真正开端。

正是这些看似毫无信息关联的镜头间的微妙关系将整个故事建置起来。每一个镜头，每一条信息，无论看起来是多么的微小，都揭示着与故事相关的某些事情，并且引导至真正的伊芙琳·墨尔雷出现的时刻。整个戏剧性动作单元服务于下列三个因素的建立：谁是主人公，故事讲述的是什么，以及戏剧性的情境是什么——围绕动作的环境和状况，即"洛杉矶将要渴死了！"。

剧本的前10页就建置了整个故事。下面所引用的一段就是《唐人街》剧本的前10页。请仔细认真地阅读一下，注意唐尼是如何建置他的主人公，如何引入戏剧性前提，以及如何揭示戏剧性情境的。

（注意：有关电影剧本形式的一切问题，我们将在第10章中进行讨论。）

（电影剧本第1页）

《唐人街》
编剧：罗伯特·唐尼

淡入
一张占满画面的照片
　　画面颗粒粗糙，但明显地看出是一对男女在做爱。照片抖动。传来一个男人极度痛苦的**呻吟声**。这张照片落下，又**露出**另一张更不体面照片。一张，又一张。不断的呻吟声。

克里
（哀号声）
　　噢，不！

内景。吉蒂斯的办公室
　　克里将照片摔在吉蒂斯的办公桌上。克里高高地站在**吉蒂斯**面前，汗水渗透了他的工人制服，呼吸越来越急促。一滴汗珠滴在吉蒂斯光亮的桌面上。
　　吉蒂斯注意到了这一点。电扇在头顶上呼呼地转动。吉蒂斯抬头瞥了一眼电扇。尽管天气炎热，吉蒂斯那身白亚麻服装使人感到还是凉爽舒适。他边注视着克里，边抓起桌子上的打火机一碰，点燃了一根香烟。
　　克里又一次痛苦地啜泣着，转身向墙上猛击一拳，同时一脚把废纸篓踢翻。他又开始啜泣，贴着墙往下滑，我们看到他那一拳在墙上留下了一个小坑，并把挂在墙上的几个电影明星的签名照也给震歪了。
　　克里沿着墙角滑到百叶窗上，跪倒在地。他现在已经是号啕大哭，痛苦得使劲地咬百叶窗。
　　吉蒂斯坐在办公椅上一动不动。

吉蒂斯
　　好了！够了！够了！你不能吃那个百叶帘，
　　克里！我星期三才刚装上的。

　　克里的反应并不太快，他慢慢地站起身，还在哭。吉蒂斯从办公桌的小柜里取出一只酒杯，从一排较为昂贵的威士忌酒中迅速地挑了一瓶较为廉价的美国威士忌。

吉蒂斯斟了一大杯，把酒杯推向桌子对面的克里。

（电影剧本第2页）

吉蒂斯
灌下去！

克里呆呆地望着它。然后举杯一饮而尽。他瘫在吉蒂斯对面的椅子里，开始轻声地哭泣。

克里
（酒似乎使他缓过来一些）
她不是好东西。

吉蒂斯
我怎么跟你说呢，小伙子？你说得对，
你对的时候，就是对的，你说对了。

克里
——不值得再想了！

吉蒂斯索性把酒瓶给了克里。

吉蒂斯
完全正确。我也不会再去想她了。

克里
（自酌）
你知道，您是个好人，吉蒂斯先生。
我知道这是您的工作，可您是一个好人。

吉蒂斯
（往后靠，似乎松了一口气）
谢谢，克里。叫我杰克好了。

>   克里
> 谢谢，你知道吗，杰克？
>
>   吉蒂斯
> 什么，克里？
>
>   克里
> 我想我会把她杀死。

（电影剧本第3页）

内景。杜菲和沃尔什的办公室
　　他们的办公室显然不如吉蒂斯的那间华丽。一个穿着很讲究的黑发**女子**坐在他们的两张办公桌之间，紧张地玩弄着她那顶碉堡式的帽子上的面纱。

>   女子
> 我希望吉蒂斯先生能亲自受理这桩事——
>
>   沃尔什
>   （几乎是慰藉未亡人的语气）
> 如果您允许我们先做完这个初步询问，那时，
> 吉蒂斯先生就会有空了。

从吉蒂斯的办公室又传来了**一声呻吟**——还有一件玻璃制品打碎的声音。女子觉得更加紧张。

内景。吉蒂斯的办公室—吉蒂斯和克里
　　吉蒂斯和克里站在办公桌前。吉蒂斯蔑视地望着那高高地站在他面前、气喘吁吁的庞大身躯。吉蒂斯拿出手帕抹去滴在办公桌上的汗珠。

>   克里
>   （哭泣着）
> 他们不会为了这样的事杀一个人的。

> 吉蒂斯
> 他们不会吗？

> 克里
> 也不会为了你的老婆杀人。这是不成文的规则。

吉蒂斯将那叠照片在桌子上重重一扔，喊道：

> 吉蒂斯（续）
> 我来告诉你什么是不成文的规则，你这蠢货。只要你有钱，就能杀人，杀任何人，而不受惩罚！你觉得自己有那么多钱吗？你认为自己达到那个级别了吗？

（电影剧本第4页）

克里稍稍退缩。

> 克里
> ……没有……

> 吉蒂斯
> 你连个屁都没有。你甚至连该付给我的钱也没有。

> 克里
> 下次出海回来我一定付清欠款——这次去圣纳贝迪只打到60吨小鲣鱼。我们遇到了丘巴斯科雷雨，他们为小鲣鱼付的钱远比不上金枪鱼或长鳍鲔——

> 吉蒂斯
> （慢慢设法把对方推出办公室）
> 别放在心上。我只是提出来说明问题……

内景。办公室接待处

吉蒂斯陪着克里经过**苏菲**，苏菲故意将目光避开。吉蒂斯为克里开门，门上的花玻璃上写着"**J.J.吉蒂斯暨合伙人——私人调查事务所**"。

>   吉蒂斯
>   我不会抠您的最后一分钱的。

> 他用一条手臂搂着克里的肩头，满面堆着笑容地说。

>   吉蒂斯
>   （继续）
>   您把我当成什么人啦!

>   克里
>   谢谢，吉蒂斯先生!

>   吉蒂斯
>   叫我杰克。开车回去时小心一点，克里。

> 吉蒂斯把门关上，笑容立即消失。

（电影剧本第5页）

> 吉蒂斯摇摇头，低声咒骂。

>   苏菲
>   有一位墨尔雷太太在等您，她正在同沃尔什先生
>   和杜菲先生谈话。

> 吉蒂斯点点头，继续向里走去。

内景。杜菲和沃尔什的办公室
> 吉蒂斯进屋。沃尔什站起身。

>   沃尔什
>   墨尔雷太太，请允许我介绍吉蒂斯先生。

> 吉蒂斯向她走去，脸上又闪现出温暖和诚恳的微笑。

吉蒂斯
您好，墨尔雷太太！

墨尔雷太太
吉蒂斯先生……

吉蒂斯
请问，墨尔雷太太，您的问题大致是什么？

墨尔雷太太屏息。泄露家丑对她来说不是那么容易的。

墨尔雷太太
我相信我丈夫有另外一个女人。

吉蒂斯显得稍感惊讶，转身对着他的两个合伙人，希望得到他们的肯定。

吉蒂斯
（严肃地）

真的吗？

墨尔雷太太
恐怕是真的。

吉蒂斯
我很遗憾。

吉蒂斯拉过一把椅子，坐在墨尔雷太太身旁，也就是在杜菲和沃尔什之间。杜菲嚼着口香糖，吧嗒作响。

（电影剧本第6页）

吉蒂斯狠狠地瞥了他一眼。杜菲停止了嚼动。

墨尔雷太太
我能同您单独谈谈吗，吉蒂斯先生？

>   吉蒂斯
> 我看不必了,墨尔雷太太。这两位是我的侦探,有些地方他们要协助我工作的。我不可能每件事都自己去做。
>
>   墨尔雷太太
> 那当然。
>
>   吉蒂斯
> 好吧——你根据什么断定您的丈夫和别人有瓜葛?
>
> 墨尔雷太太犹豫了一下。看来她对这个问题表现出非同一般的紧张。
>
>   墨尔雷太太
> 当妻子的感觉得出来。
>
> 吉蒂斯叹息。
>
>   吉蒂斯
> 您爱您的丈夫吗,墨尔雷太太?
>
>   墨尔雷太太
>   (震惊了一下)
> ……当然!
>
>   吉蒂斯
>   (故意地)
> 那就请回家,把这件事忘掉吧。
>
>   墨尔雷太太
> 可是……

> 吉蒂斯
> （注视着她）
> 我可以肯定地说，他也很爱您。有一句老话："莫惹是非。"您最好装作不知道。

（电影剧本第7页）

> 墨尔雷太太
> （真有些急了）
> 可我非知道不可！

看来她的焦急是真挚的。吉蒂斯望了望他的两位助手。

> 吉蒂斯
> 好吧。您丈夫叫什么名字？

> 墨尔雷太太
> 霍利斯！霍利斯·墨尔雷！

> 吉蒂斯
> （明显感到惊讶）
> 是水电部的？

雷尔雷太太点点头，有点害羞。吉蒂斯现在尽量不动声色地仔细打量着墨尔雷太太的装束——她的皮包、皮鞋等等。

> 墨尔雷太太
> 他是总工程师。

> 杜菲
> （有些惊讶地）
> 总工程师？

吉蒂斯的眼光使杜菲感到吉蒂斯想自己来提问题。墨尔雷太太点头。

吉蒂斯
（以恳切的口吻说）
这类调查可能要您大掏腰包，墨尔雷太太。这需要时间。

墨尔雷太太
钱对我来说不成问题，吉蒂斯先生。

吉蒂斯叹了一口气。

吉蒂斯
好吧。我们看看该怎么办。

外景。市政厅——早晨
已经是热气腾腾了。

（电影剧本第8页）

一个醉鬼往台阶前的喷泉中擤鼻涕。
吉蒂斯衣冠楚楚，走过醉汉，登上台阶。

内景。市参议会会议室
前市长山姆·贝格比正在发言。他身后是一张大地图，上面有一些附图和一行大字：计划修建的奥托·瓦列霍大水坝及水库。贝格比发言时，有些议员在看滑稽画报和花边新闻。

贝格比
先生们，今日，你可以跨出那扇门，往右拐，跳上市内有轨电车，25分钟后就可以到达太平洋岸边，你可以在太平洋里游泳、驶船、钓鱼——但是，你不能喝太平洋的水，不能浇灌你的草坪，也不能灌溉你的橘园。请不要忘记，我们既是生活在海边，又是生活在沙漠的边缘。洛杉矶是一座沙漠的城市，在这幢大楼下，在每一条街道的下面，都是一片沙漠。如果没有水，沙尘就会飞扬

起来,把我们埋进沙中,就好

像我们从未存在过一样!
(顿歇,以便让大家深刻领会其言外之意。)

近景—吉蒂斯

和几个邋遢的农民坐在一起,厌烦不堪。他打了一个呵欠——就势稍稍远离那个邋遢农民。

贝格比(画外音)
(继续讲)

奥托·瓦列霍水坝可以解救我们,我郑重建议,为了使我们的街道不被沙漠埋上——也不立于沙漠之上,850万美元是一个非常合理的价钱。

(电影剧本第9页)

听众—市参议会会议室

一批农民、商人和市政机关工作人员在聚精会神地听着。有两个农民鼓起掌来。有人嘘他们。

参议会

低声商议。

一参议员
(向贝格比建议)

贝格比市长,让我们再听听各有关部门的意见——我提议先听听水电部的意见。墨尔雷先生。

吉蒂斯的反应

正在阅读赛马消息的吉蒂斯感兴趣地抬起头来。

墨尔雷

走向有附图的大地图。他,瘦长个子,60开外,戴着眼镜,步履意外的敏捷。他转向一个稍矮的、较年轻的人,点了一下头。那人将地图上的附图掀开。

墨尔雷

可能你们已经忘掉了,先生们,在范·德·里普水坝崩溃的时候，500多人丧了命——地质取样证明了这里的基岩和范·德·里普基岩的渗透性页岩是属于同一类型的。它们根本不能承受这么大的压力。

（指向另一幅附图）

而现在你们又建议建造另一座高120英尺，水面为12000英亩，斜率为2.5∶1的土方拦水坝的水库。它经不住的，我不同意，就这么简单——我不会重犯同样的错误。谢谢，先生们。

（电影剧本第10页）

墨尔雷离开地图，回去坐下。突然，会议室后座传来一阵吆喝。一个脸色血红的**农民**赶着几头骨瘦如柴、咩咩叫着的山羊进入会场。这自然造成了骚乱。

参议会主席

（向那农民咆哮）

你他妈的想干什么？

（羊群在过道中咩咩叫着，向前走来）

把那些该死的东西赶出去。

农民

（在后面）

告诉我赶到哪里去？你一下子也回答不上来吧，对吗？

法警和警卫们对**议员**的咒骂作出反应，试图去捉住那群山羊和那群农民，并且拦住一个似乎要向墨尔雷动武的农民。

农民

（抬高了嗓门冲着墨尔雷）

是你偷了溪谷的水，毁了草场，饿坏了我的牲口——是谁花钱让你这么干的，我想知道这个！

（下略）

这场戏到此结束，我们接着切转到洛杉矶河床，吉蒂斯通过望远镜观察着墨尔雷。

下面让我们研究一下这建置起整个故事的前10页：

主要人物杰克·吉蒂斯在他的办公室里出场，当时他正在出示一些有关克里的妻子不贞的照片。

我们了解到有关吉蒂斯的一些事情。比方说，在第1页，我们发现："尽管天气炎热，吉蒂斯那身白亚麻服装使人感到还是凉爽舒适。"他是个注意细节的男人，你看他"拿出手帕，抹去滴在办公桌上的汗珠"。在稍后的几页中，当他走上市政大厅的台阶时，他"衣冠楚楚"。这些视觉上的细节处理传达了这个人物的特点，反映了他的个性。请注意，作者根本没有描绘吉蒂斯的外表，他高不高，瘦不瘦，胖不胖，矮不矮以及其他什么，全都没有写。他好像是个好人，"我不会抠你的最后一分钱的！""你把我当成什么人啦？"但他却又"从一排较为昂贵的威士忌酒中迅速地挑了一瓶较为廉价的美国威士忌"，倒出一杯给克里喝。他是个粗俗的人，但有一定的魅力，并且老于世故。他是这样的一种人——身穿绣有压花字样的衬衫，用真丝手帕，皮鞋光亮，每星期至少理一次发。

在第4页，唐尼在情境说明中从视觉上提示了戏剧性情境："门上的花玻璃上写着'J.J.吉蒂斯暨合伙人——私人调查事务所'。"吉蒂斯是名私家侦探，专门调查有关离婚的事情，或者像警察洛契所说的那样，专干"检查别人的脏床单"的事。后来我们知道吉蒂斯曾当过警察，现已离开了警队；当埃斯科巴告诉吉蒂斯他被提升为警长时，吉蒂斯心中有一种嫉妒的隐痛。

第5页戏剧性的前提就开始确定了。当那位冒充的墨尔雷太太告诉杰克·吉蒂斯"我相信我丈夫有另外一个女人"时，这句话就引出了后来发生的一切事情。吉蒂斯，这位离职警察，"仔细打量着墨尔雷太太的装束——她的皮包、皮鞋等等"。这是他的工作，而且是他所擅长的。

当吉蒂斯跟踪墨尔雷，并且偷拍了几张那个据说是同墨尔雷先生有什么关系的"小妞儿"的照片之后，对他来讲，这件案子也就算结束了。但第二天，他惊奇地发现，他拍摄的那些照片被刊登在报纸的第一版上，大标题是"水利部门的头头在爱巢中被抓"。吉蒂斯不知道他拍的照片为什么会上了报纸。当他回到自己的办公室时，更惊奇地发现了真正的墨尔雷太太正在等候他。这就是关键事件，就是第一幕将结束时的情节点。

"您认识我吗？"她问道。

"不认识，"吉蒂斯回答，"否则，我该记得的。"

"既然您承认我们从未见这面，那您也会承认我从未雇佣过您干任何事情——更没有让您去暗中监视我的丈夫，"她说。当她离开时，她的律师递给吉蒂斯一纸状诉，这东西会让他的营业执照被吊销，而且名誉扫地。

吉蒂斯不知道发生了什么事情。如果这个女人是真正的墨尔雷太太，那么那位雇佣他的女人又是谁，并且为什么要雇佣他呢？更重要的是，又是谁雇佣她前来雇佣吉蒂斯的呢？有人千方百计想摆布他。"我不是一个任由人玩弄于股掌间的人，"他说。他一定要弄清楚是谁该对这件事负责，并且为什么要负责。这正是杰克·吉蒂斯的戏剧性需求，这个需要在整个故事中驱使着他，一直到最后他解开了谜底。

戏剧性前提——"我相信我的丈夫有另外一个女人"——确定了剧本的方向。而方向，请记住，就是一条发展线。

在与罗伯特·唐尼的会面中，他说他写《唐人街》是从这样一个观点出发："有一些罪犯受到惩罚，因为这些罪状足以受到惩罚。如果你杀了人，抢劫或是强奸了某人，你将会被捕入狱。但是有些对于整个社会犯下的罪行，你却无法加以惩罚。反过头来，还要褒奖他们。你看看某些人，一些街道会以他们的名字命名，而且有些还铭刻在市政大厅的名人榜上！这就是这个故事的基本观点。"

"你知道吗，杰克？"克里在第2页告诉吉蒂斯，"我想我会把她（他的妻子）杀死的。"

吉蒂斯作出的那番先知式的反应，阐明了唐尼的观点。"只要你有钱，就能杀人，杀任何人，而不受惩罚。你觉得自己有那么多钱吗？你认为自己达到那个级别了吗？"

克里当然无法从谋杀中逃脱罪名，但诺亚·克劳斯——伊芙琳·墨尔雷的父亲，前水利部门的头头——以及霍利斯·墨尔雷却可以干尽坏事而不受到任何惩罚。在影片结尾，当伊芙琳·墨尔雷企图逃跑而被杀之后，诺亚·克劳斯拉着他的女儿/孙女迅速消失在黑夜之中。这正是唐尼的观点：

"只要你有钱，就能杀人，杀任何人，而不受惩罚。"

这就把我们带入《唐人街》的"罪恶"中去，一件基于众所周知的"欧文斯谷强奸案"和"争水丑闻"所编写的阴谋事件。这正是《唐人街》的背景。

1900年，洛杉矶市，正如前市长贝格比告诉我们的那样，是一座"荒漠的城市"。它如此迅速地成长和扩张，以至于造成了严重的水荒。如果这座城市要继续生存下去的话，那就需要另找一个水源。洛杉矶紧临太平洋，"你可以在太平洋里游泳，驶船，钓鱼——但是，你不能喝太平洋的水，不能浇灌你的草坪，也不能灌溉你的橘园。"贝格比争论说。

距离洛杉矶最近的水源是欧文斯河，它地处欧文斯谷——在洛杉矶东北部250英里的一片绿色肥沃区域。一群商人、社会名流和政客们——有人称他们是"有识之士"——看到了对水的迫切需求，于是就想出了个不寻常的计谋。他们可以把欧文斯河的主权买到手，如果必要的话，可以使用武力，然后把距离洛杉矶市约20多英里的圣·费南多峡谷的那片不值钱的土地全部买下来。此后，他们将发行债券来筹集资金修建一条从欧文斯谷跨越250英里的烈日照耀下的荒漠和崎岖的山地，直到圣·费南多峡谷的输水管道。最后，他们再以大约3亿美元的巨额价钱把这片变成"肥沃土地"的费南多峡谷的建设用地转手卖给洛杉矶市。

这就是他们的计划。政府了解这一计划，报纸知道，地方政客们也都知道。一旦时机成熟，他们就会向洛杉矶的市民们施加影响，以便通过发行计划中的债券。

1906年，洛杉矶遭遇了一场大旱，情况很糟而且随后越来越坏。人们被禁止擦汽车或灌溉草坪，他们每天冲厕所不能超过一定的次数。城市干涸了，花草枯萎了，草坪变黄了。报纸标题耸人听闻地写着："洛杉矶将要渴死了！""救救我们的城市！"

在干旱期，为了强调对水的迫切需求，并确保市民能顺利通过发行证券，水利部门竟把成千上万加仑的淡水倾入大洋之中。

到了投票的时候，债券计划很容易就获得通过。欧文斯谷输水管花了几年时间才建成。完成之后，威廉·墨尔霍兰德——那个时候水利部门的头头，把水门打开："水来了，"他说，"你们用吧！"

洛杉矶花开树茂，如春风野火一般，但欧文斯谷却枯萎干涸了！难怪人们把这个事件称之为"欧文斯谷强奸案"。

罗伯特·唐尼把1906年发生的这一丑闻拿来作为《唐人街》的背景。他把时间从世纪之交更改为1937年——这时洛杉矶的城市视觉元素具有传统的南加利福尼亚州的特色。

诺亚·克劳斯（Noah Cross，他的名字与他多么相称）策划和实施的争水丑闻，这一导致霍利斯·墨尔雷、醉鬼洛契、艾达·塞逊斯，最后还有伊芙琳·墨尔雷的惨死的罪行，亦即吉蒂斯所揭露的丑闻，极其精致而细腻地、技艺高超地被编织在整个电影剧本之中。

诺亚·克劳斯干尽坏事，却逍遥法外。

所有这些，都在第8页上，当吉蒂斯来到市政会议大厅时，就交代和建置出来了。我们听到贝格比争论说："为了使我们的街道不被沙漠埋上——也不立于沙漠之上，850万美元是一个非常合理的价钱。"

霍利斯·墨尔雷，这个以威廉·墨尔霍兰德为原型的人物，回答说建筑水坝的地方不安全，过去的范·德·里普水坝坍塌惨案已经证明了这一点。他说："我不能建造它，就这么简单——我不会重犯同样的错误！"由于拒绝修建水坝，霍利斯·墨尔雷便成为了谋杀的对象，他成为了必须消除的障碍。

在第10页上，影片剧本的戏剧性前提被再一次地提出来："是你偷了溪谷的水，毁了草场，饿坏了我的牲口。"一位闯进市政会会议厅的农夫大声嚷道。"是谁花钱让你这么干的，墨尔雷先生，我想知道这个！"

这也是吉蒂斯想要知道的！

正是这个问题推动了故事向前发展直到最后的结局，而它是从一开始的前10页就完完全全地建置起来了，并且以直线方向运动直至结尾。

诺亚·克劳斯告诉吉蒂斯说："要么把水弄到洛杉矶，要么你把洛杉矶弄到水那里！"

这就是整个故事的基础。这就是这个故事的伟大之处。

一切就是如此简单！

 **练习**

观赏影片《唐人街》。看一看动作的背景,这个丑闻是如何被引入的。看一看你自己是否能这样来设计你的电影剧本的前10页——即以最电影化的方式来介绍你的人物,阐明戏剧性前提,并且勾画出戏剧性的情境。

Chapter 8
两个事件
TWO INCIDENTS

> 事件：会与其他事物产生勾连关系的具体事情或活动。
> ——《新世界词典》(*The New World Dictionary*)

多年前，我曾有幸与乔·艾斯特哈斯（Joe Eszterhas）在一部复杂的法律题材的影片中共事。作为鉴定人，我致力于浏览这位著名编剧的整部作品，分析素材，然后，以大纲的形式展示他的剧本的"结构本质"。换而言之，是什么使得乔·艾斯特哈斯的素材如此非凡而独特？是什么使乔·艾斯特哈斯成为"乔·艾斯特哈斯"？

这是一项艰巨而有趣的任务。除了要始于开端部分、去阅读他的剧本、记录艾斯特哈斯创作风格的相似性与特性外，我不知道该做些什么或如何开始。

当我开始阅读和分析他的作品，我便意识到了使他的剧本如此有力的四个因素，无论这些作品是否是动作片，如《本能》《血网边缘》《玉焰》和《偷窥》，或是当代戏剧作品，如《父女情》《闪舞》，甚至是败笔之作《美国舞娘》。

在他所有的作品中，我发现他所论及的都是真实情境中的真实人物，他的人物总是有趣、刚强，给人一种逞能的感觉，内心深处却有着某种不安全感，有时候甚至是缺乏自尊心。例如，影片《闪舞》（*Flashdance*，1983）中詹妮弗·比尔斯身上拥有一种吸引读者和观众的创新意识和目空一切的自信。当然，音乐也被穿插在这个女孩克服一切困难（包括身体的、心理的和感情上的）实现梦想的故事中。白天，她是一名钢铁工人；晚上，是一名钢管舞者（pole dancer）。这对于庞大的电影观众而言是极具视觉吸引力的。影片也因此获得了极大的成功。

当我开始熟悉乔·艾斯特哈斯的剧本，我注意到他总是直接地将读者和观众推向故事线。在他大部分的作品中，故事都是以一个动作段落开始，主要人物被直接地引入到故事线当中。

在《本能》（*Basic Instinct*，1992）中，剧本的第一句话——"天很黑，我们看不清楚"——设定了整部影片的基调。视觉方面继续向前推进。"一男一女在铜床上做爱。墙上和天花板上挂着镜子。茶几上，在一面小镜子上，铺着行可卡因。磁带机**播放**着滚石乐队的《恶魔的怜悯》（Sympathy for the Devil）。"

这是一个写实、野性的性爱场景，节奏紧凑，激情勃勃。建置于节奏中，辞藻也变得越来越简短。"他在她身体里……双手绑在头上……仰卧……眼睛闭着……她移动着……摩擦得嘎嘎响……他为她竭尽全力……他的头向后仰……他的喉咙发白……她身体后仰……她的臀部摩动着……她的乳房高挺着……"然后，在这激烈的情爱狂欢中，"她的背后屈……后屈……她的头向后倾斜……她伸展胳膊……她的右手突然放下……刀光闪过……他的喉咙发白……他猛烈地挣扎，痛苦地扭动着身体，挣扎，抽搐……"冰锥上下闪动着，"上……下……上……"

当我第一次阅读这个开场时，我的注意力完全被吸引住了，我专心致志、急切地继续读，想看看究竟发生了什么。越往下读，我就越着迷。我被这第1页的视觉动作吸引住了，完完全全地被迷住了。

这就是所谓的视觉"攫取"（visual "grabber"，即一段能够扼住你的咽喉、抓住你的吸引力的开端）的一个典范。有什么元素能够比激昂的热情、疯狂的性爱、可怕的谋杀和视觉暴行更好地帮助你开始你的电影剧本、大胆地设置整部剧本的风格与基调？这，就是一个伟大的开场。

第二天早上，主角尼克·卡尔安（迈克尔·道格拉斯饰）——一名强壮、顽固且玩世不恭的警察，就他相对年轻的年龄而言，他在警队里待的时间有些太长了——与他的助手一同勘察案发现场，并且了解到嫌疑人凯瑟琳（莎朗·斯通饰）是一位精明能干的畅销小说家。审讯的时候，她大胆地向尼克炫耀她的性征，尼克即刻被吸引了。我们很容易看出他为何对她神魂颠倒、产生兴趣，而我们也知道她的这些诱惑正在引他上钩。不久后，他对她十分迷恋，甚至听不进自己的理性呼声或是助手的警告。他一头栽了进去，丢了工作，甚至会以丢了性命收尾。

我开始明白正是开场的这段性爱/谋杀事件使得故事运转起来，并直接将主人公引入到故事线当中。谋杀事件致力于吸引我们的注意力，并向我们展示了尼克被要求调查此案的原因。当他离开犯罪现场，我们跟随他和他的助理，并开始更多地了解这个男人以及他所做的选择。开场与逐渐展开的故事情节直接地联系了起来。

这一事件——谋杀案——和这个被诱惑的警察的故事是人物和事件阐释的典范。记得，亨利·詹姆斯曾说过："除去事件的结果，人物是什么？除去人物说明，事件又是什么呢？"除非他/她对某一特定的事件做出反应，否则，你不可能戏剧性地（或喜剧性地）展现人物。毕竟，戏剧的本质是为了展现全人类的普遍联系，不论种族、肤色、性别或是文化差异。

谋杀事件直接导致了尼克对凯瑟琳的迷恋。当警察审讯作为主要嫌疑人的凯瑟琳时，这一吸引得到了更为具体的说明。两个事件间存在着某种联系。事件一，开场的性爱/谋杀，被称为引发事件，因为它使得故事开始运转。这是关键事件（即故事是关于什么的）的第一视觉表现，并且直接将主人公引入到故事线当中。请记住事件的定义："会与其他事物产生勾连关系的具体事情或活动。"

当我明白这一联系，它简直是一个启示。利用开始时的一个段落将人物引入到故事线中，这是纯粹的电影。从这里开始直至剧本剩余部分的结束，故事被建置起来，人物和前提也得得以确立，并且存在着一条故事线，一个可以遵循的方向——而这一切都是因为这两个事件的关联。这种新的领悟给了我另一个用于电影剧本写作技艺的工具。

我回头重新翻阅艾斯特哈斯的全部作品，并且开始研究他的电影剧本，关注于他是如何写作和组织开篇场景或段落的。而我发现，在大多数作品中，开场，即引发事件，是他从第一页第一个字便开始建置故事的电影法宝。

我开始发现，在某些类型的影片中——动作片，动作惊悚片，悬疑片，动作冒险片，科幻片，甚至是电视剧——编剧们组织他们的故事，使得开场，即引发事件，具有两种不同的作用。首先，它能够立即抓住或吸引住观众——看一看《黑客帝国1》、《大白鲨》、《冷山》、《廊桥遗梦》、《美国美人》、《低俗小说》、《指环王1：护戒使者》、《青春年少》、《特伦鲍姆一家》及其他影片的开篇场景或段落，你将会理解正是开篇场景或镜头使得整个故事运转起来。

例如，影片《黑客帝国1》中，一队警察对抗崔妮蒂，当我们看到她违反众所周知的物理定律和地心引力，在建筑物上跳跃逃离时，我们被带入一个电脑空间，我们的注意力立即被吸引了。引发事件将我们固定在影院座椅的边缘，并且让我们了解到我们正在经历一场难以置信的冒险。在《大白鲨》中，当庞大的白色物开始攻击时，深夜的海滩派对和一只无毛的游在海面上的云雀便变成了一场可怕的经历。

在影片《冷山》中，联军挖掘出地下洞穴并在南部联盟的营地下方埋下爆炸物。当炸药引爆时，这场战争的结果表明了战争的完全疯狂性，正如经典影片《桂河大桥》（*The Bridge on the River Kwai*，1957，迈克尔·威尔逊、卡尔·福曼编剧）中所演绎的。影片《廊桥遗梦》（*The Bridges of Madison County*，1995，理查德·拉·格拉文尼斯编剧）中，弗朗西斯卡（梅丽尔·斯特里普饰）去世后，她的两个已成年的孩子正在查看她的东西并且发现了一本隐藏的日记。阅读中，他们发现多年前他们的母亲曾与一位名叫罗伯特（克林特·伊斯特伍德饰）的男子有过一段恋情。这段恋情构成了整部影片。发现日记，便是该片的引发事件，使得故事运转起来。在《美国美人》中，当莱斯特·伯恩汉姆开始他新一天的悔恨、遗憾与梦想破灭时，我们看到了他"死"一般的生活。在《低俗小说》中，"小兔子"和

"南瓜"商量打劫餐馆,当他们拔枪时,动作被定格,画面转切至朱尔斯和文森,他们正驱车前往完成任务——夺回马沙·华莱士的皮箱。影片《指环王1》中,以魔戒的历史作为开端,随后我们从比尔博·巴金斯的视角看到他在河底找到了魔戒。这就是推动整个三部曲运转的引发事件。

我可以列举一个又一个引发事件的例子,但我觉得最重要的是,理解引发事件对于讲故事具有两种重要且必需的作用:

(1)使故事得以运转;

(2)抓住读者和观众的注意力。理解这第一个事件与故事线之间的关系对于领会什么是好的剧本写作是必不可少的。

下一次你去电影院看电影,或者在 DVD 或电视上观赏电影时,看一看你是否能够识别引发事件,并且注意它是如何使事物运转起来的。影片《赤色风暴》是我最中意的范例。在开场的段落中,一位美国有线电视新闻网(CNN)的新闻记者在法国航空母舰的甲板上向我们展示了一段真实的新闻片,记录了苏联叛乱分子强行占领了克里姆林宫,试图接管政府。随后镜头切至反政府组织领导人断然宣称反政府武装不会容忍任何美国政府的干预,已经占领苏联核基地的他们将会毫不迟疑地发射核导弹攻打美国。随后镜头切换至电视屏幕,为罗恩三岁的女儿庆生的罗恩·亨特(丹泽尔·华盛顿饰)和华斯(维果·莫滕森饰)正在看这则新闻报道。

为什么说这是引发事件呢?因为它推动了故事的运转(这也很好地阐释了亨利·詹姆斯的话)。影片《赤色风暴》围绕着两个人看待世界的方式组建。作为对反政府组织威胁的回应,美国潜艇"阿拉巴马"号,承载着核弹头,被命发出,以作为一项预防措施——要么抢先发动第一次核攻击,要么就是回敬苏联的导弹。舰长(吉恩·哈克曼)相信"战争是政治的延伸",执行命令是他的职责,即使它意味着一场核浩劫。另一方面,罗恩执行官则认为由于核武器的出现,战争已成为一种过时的观念。他说,战争的目的是为了获胜,如果对战双方都发射核武器,那么将没有胜者,只有失败者。他认为,战争不再是一个可行的选择。

"阿拉巴马"号接到抢先向苏联叛军发动第一次核攻击的命令。正当他们准备发射武器时,潜艇上的人接收到了另一条紧急指令,指令还未接收完就被切断。第二条指令是什么？他们是否应该继续遵照第一道命令发动核攻击？还是推迟发射等待确认或者否认第一道命令？

这两种不同的观点、不同的信念系统，引发了推动剧本向前发展的冲突。在人物框架内，这两种观点都是正确的。没有孰是孰非，没有好与坏。黑格尔，18世纪伟大的德国哲学家，主张悲剧的本质并非源于一个人物是正确的而其他人都是错的，也非源于善与恶的冲突，而是来源于这样一种冲突，在这个冲突当中所有的人物都是对的，因此，悲剧是"正确与正确的对抗"，并发展至它合乎逻辑的结局。

《赤色风暴》中，人物都是依据自己的真理感处事。舰长认为形势要求他遵从接收到的第一道命令。而执行官却不同意，主张第二条指令推翻了第一道命令，即便是没有完整接收到，必须在发动第一次核攻击前对其进行确认。在这一冲突当中没有人是对的或是错的，因为他们的行为取决于他们的观点，他们看待这个世界的方式。

正如我所常常重复的，所有的戏剧就是一个冲突：没有冲突你就没有动作，没有动作你就没有人物，没有人物你就没有故事，而没有故事你就没有电影剧本。

苏联叛乱分子威胁要发射核导弹袭击美国，这一冲突成为了整部影片的基础。而这一切都建置于影片开场的引发事件。它使故事得以运转。这就是它的作用。

根据你所写的故事的类型，引发事件可以是动作驱动型，也可以是人物驱动型。不必非得有紧张的动作或戏剧性段落——它可以是一个涉及某个情境的场景（be a scene involving a situation）。影片《唐人街》中，引发事件是吉蒂斯受冒充的墨尔雷太太所雇佣，关键事件则是在真正的墨尔雷太太出现在吉蒂斯面前时发生。引发事件总是将我们引向关键事件，关键事件是故事线的中心，是推动故事向前发展的动力。关键事件向我们揭示了故事是关于什么的。

影片《指环王1：护戒使者》中，魔戒的由来揭示于剧本的前几页，它锻造于末日山的火焰之中："锻造了20枚魔戒，3枚给了精灵族……7枚给了矮人族……9枚送给了人类……但他们都受骗了……"另外还锻造了一枚魔戒:"一枚能够控制其余几枚魔戒的至尊魔戒。"随后,在一系列快接镜头中,我们领略到了它的邪恶力量:"一些不应该被遗忘的东西……丢失了。"我们看到咕噜姆非常崇拜魔戒,却丢失了它。它躺在那儿,被遗忘了,直到比尔博·巴金斯在阴暗的池底发现了它并把它带回了夏尔。

故事就这样开始了。这一序幕,这一引发事件,将我们的注意力吸引住。旁白的解说以及各种影像将我们需要了解的信息传递给我们,整个《指环王》三部曲的故事就这样建置了起来。

一旦我们建立了引发事件,故事也就开始了。当巫师甘道夫到达夏尔参加比尔博举行的生日庆典时,影片便向我们介绍了他、弗罗多、山姆及其他人。到了他该离开的时候了,比尔博告诉甘道夫说。当巫师听到比尔博的离别话语,并亲眼看着他在生日庆典上消失,他要求看一看魔戒。紧接着,我们看到了魔戒对比尔博的影响:他变得粗鲁、脾气暴躁,并且变得非常恶劣,直到甘道夫站到他的面前。之后,比尔博启程离开,他的侄子弗罗多继承了魔戒。这就是故事线中的关键事件。弗罗多的继承物,他的戏剧性需求,是将魔戒送回末日山的火焰中,将它销毁。这就是整个故事所要讲述的。当甘道夫了解了魔戒的起源、历史及秘密,当他获悉他的力量时,他才意识到索隆的骑士——邪恶的黑暗力量,正在寻找这只魔戒。把它留在夏尔,实在是太危险了。在命运的驱使下,弗罗多成为了魔戒的携带者,魔戒成了他生理上、情感上和精神上必须忍受的重担。

这就是电影剧本中的关键事件。它启动了弗罗多前往末日山的征程。征途就此开始,护戒使者也已形成。

引发事件和关键事件——比尔博找到魔戒,弗罗多必然且受安排地继承了它——相互关联。这两个事件是整体所必不可少的部分,是你在建置电影剧本时必须建立的。

很多时候,关键事件和情节点 I 是相同的。影片《美国美人》很好地说明了这一点。当我们第一次见到莱斯特·伯恩汉姆,他用旁白告诉我们,"我叫莱斯特·伯恩汉姆,今年42岁。今后不到一年之内,我就会死去……实际上,从某种意义上说,我已经死了。"随后影片向我们介绍了他的家人,我们看到他们正为迎接新的一天做准备。当他们驱车前往工作地点和学校时，莱斯特的画外音响起，他说道："我的妻子和女儿认为我是一个巨大的失败者，她们是对的……我失去了一些东西。我不确定是什么，但……我感到伤心透了……但你知道，要把它们弄回来，还不算太晚。"

《美国美人》讲述的是一个关于复活和重生、寻找生存的理由或目的的故事。正是莱斯特加载的小声明使得故事得以运转，这就是故事的引发事件。在旁白的叙述中，我们得知莱斯特·伯恩汉姆是这样一个人，他希望能够找回他活着的存在感、幸福感、知足感。这是他的戏剧性需求。这在开场中得到了确立，随后我们跟随莱斯特、妻子卡罗琳及女儿珍妮，经历他们"一天的生活"。莱斯特去工作，这是他所憎恨的；房地产经纪人卡罗琳决心出售某栋房子；而珍妮则动身前往学校。随后，在一个我最喜欢的场景中，他们回到家里，我们看到他们正在吃晚饭。从外面看上去这一切显得温馨而吸引人，就像是一幅描绘理想的美国家族的诺曼·洛克威尔的画。但这只是外表，内里，他们是完全失衡的。

后来，珍妮和她的朋友安吉拉忙于为她们在篮球赛中场的拉拉队表演做准备。卡罗琳坚持前往观看，因为她想"支持"他们的女儿。莱斯特却并不想待在那儿："我错过了TNT频道的007电影。"他们抵达篮球场，就座，然后观赏啦啦队的演出。莱斯特的注意力被安吉拉所吸引，他目不转睛地看着她，我们随着镜头离她越来越近，并进入了莱斯特头脑中的主观世界。在令人目眩的电影画面中，我们看到了他眼中的安吉拉。外界的声音停止了，音乐也开始变得古怪，镜头变焦推近至安吉拉。她的表演变成了一段色情的、迷惑性的、富于梦幻和暗示意味的艳舞。

这是一部影片关键事件的非凡代表作品，因为正是这个事件使得莱斯特的生活彻底发生了改变。它不仅是影片的关键事件，也是情节点Ⅰ。看到莱斯特的幻境是"钩住"动作并且把它转向另一个方向（即影片的第二幕）的偶然事故、情节或大事件。莱斯特突然被带回现实。正是这个段落形象地向我们说明了整个故事是关于什么的：安吉拉成为了莱斯特幻境的焦点，成为了他醉心痴迷的对象，成为了他活着的理由和目标，他为她而活。这一切在中场表演结束后，当莱斯特愚蠢地奉承安吉拉时得到了展现。"他还能更可悲一点吗？"珍妮在她父母离开后向她的朋友问道。

无疑，他是可悲的，但莱斯特的觉醒却是影片剧本中的关键事件。为了证明这一点，镜头切换至莱斯特醒着躺在他的幻境中，用他心灵的眼睛看着，安吉拉正在用玫瑰花瓣铺成的地毯上召唤着他。他说："我好像昏睡了二十年，现在终于苏醒。"他"重生"的旅程就此展开。故事所要讲述的正是他如何去做以及他的改变和他所面临的障碍。

在影片的结尾，他很快乐也很满足，他坐在厨房里，看着他们一家人多年前的一张照片，那时的他们"惊人地幸福"。他目不转睛地看着这些照片，脸上浮现出笑意，带着平和与知足的"深感满足的笑"。这时，一支枪进入了画面，扳机随后被扣响。

关键事件实实在在地将莱斯特的生活扭转向了另一个方向，并启动了他的情感历程，启动了他从绝望到幸福的转变。在这部影片中，关键事件和情节点 I 恰好是同一件事情。这种情况时有发生，而有时候却不然。引发事件与关键事件相互关联，但并非总是以相同的方式。它取决于你所讲述的故事。剧本写作没有可套用的神奇公式。

影片《神秘河》（*Mystic River*，2003）中，引发事件发生在过去，戴夫（蒂姆·罗宾斯饰）被两个变态绑架时，它促使故事运转起来，并导向关键事件：吉米（西恩·潘饰）将其女儿杀害的事件败露。它借由"谁应该为这起谋杀负责"，将故事线与影片开头戴夫的引发事件联系了起来。在影片《肖申克的救赎》中，我们看到引发事件纠结于三件不同的事件当中：安迪在受审，喝醉了的安迪正在车里给枪装子弹，以及安迪看着他的妻子和她的男友正发生性关系。

许多人都想知道戏剧性前提（即故事是关于什么的，这在第 2 章中已经有所提及）与正在谈论的关键事件两者之间的区别。它们是否相同？两者都与故事线的基础有关，但戏剧性前提可以说是故事主题的概念描述，而关键事件则是故事主题戏剧化表现的具体场景或段落。

有时候，关键事件会影响你人物早期的生活，如影片《神秘河》。有时候故事是关于试图拼凑他/她的人生碎片的人。例如，在《谍影重重 2》中，关键事件是杰森·伯恩被控要对其负责的一起谋杀案件，他早年曾是专业间谍组织 Treadstone 的一名成员。他在追寻重新认识自己的过去。一切围绕着这个关键事件展开；整个故事渐渐被引到这一话题上。

影片《谍网迷魂》(*The Manchurian Candidate*，2004，丹尼尔·派恩、迪恩·乔格瑞斯编剧，乔治·阿克塞尔罗德剧本原著，根据理查德·康顿的同名小说改编）有很大的相似性，关键事件潜藏于本·马可（丹泽尔·华盛顿饰）的脑海中，只有解开谜题他才能实现他的戏剧性需求。影片《凡夫俗子》也是如此；整个剧本围绕着溺水这一关键事件展开，事情发生在故事开始之前，情感上却如拼图游戏般一点点地被拼凑起来，在情节点 II 终于现出其完整的面貌。

当你开始写作电影剧本时，你必须了解引发事件与关键事件的区别。它们为何在建置、确立故事线方面如此重要？让我们回头看一下亨利·詹姆斯的话——"除去事件的结果，人物是什么？除去人物说明，事件又是什么呢？"——我们看到，关键事件同时影响着人物和故事的内在部分与外在部分，如影片《神秘河》与《寻找梦幻岛》（大卫·马吉编剧）。

第一幕是戏剧动作的一个单元，它大约有 20 至 30 页长；它通常开始于电影剧本的开端，发展至第一幕结尾的情节点处。它被固定在一个被称为建置的戏剧框架之中。回忆一下，戏剧框架是一个可以包容故事内容的空间。戏剧动作的这一单元将故事建置起来，同时，它也将戏剧性情境、人物间的关系建立起来，并且确立必要的信息，这样读者才能了解发生了什么，故事才能条理清晰地展开。

正如前面所提到的，剧本的前 10 页设立了三个具体事物。主要人物将会被介绍出场，以便我们了解故事是关于谁的。影片《本能》中，谋杀案发生之后，迈克尔·道格拉斯到案发现场进行勘察，他便这样被引入到故事当中。谁应当为这起谋杀负责？又是为什么呢？在《美国美人》中，影片一开始我们便了解到故事是关于莱斯特·伯恩汉姆的，他是主角。影片《指环王 1：护戒使者》中，随着甘道夫驱车进入夏尔我们便立刻认识了弗罗多。

在这前 10 页的动作单元中，我们创造的第二样东西是戏剧性前提，即故事是关于什么的。我们可以通过对话进行说明，如影片《唐人街》；或是通过引发事件在视觉上进行展现，如《赤色风暴》。我们需要建立的第三样东西是戏剧性情境，即围绕行为动作的周围环境，如影片《神秘河》、《寻找梦幻岛》或《杯酒人生》。

两个事件提供了故事线的发展基础。引发事件使得故事得以运转，而关键事件则是将故事建置起来，由戏剧性前提实行。如果说关键事件是故事的核心，那么所有的一切——动作、反应、想法、记忆或闪回——都是系绕在这个事件的周围。因此，你可以以线性的方式讲述你的故事，如《本能》，或是以闪回的方式，如影片《美国美人》、《谍影重重2》或《谍网迷魂》；甚至可以以非线性的方式，如影片《低俗小说》(Pulp Fiction, 1994)。

从两个事件的角度进行审查，影片《低俗小说》是一部非常有趣的作品。当我第一次考虑从塔伦蒂诺的电影对这两个事件进行界定时，我觉得我是在做方枘圆凿不得其所的事。当时我是在强求吗？或者是由于我的新认识，我对它的看法有所不同了？我不知道，所以我决定只是看看，看看我会想出些什么。

下面我就介绍一下我与《低俗小说》的这段经历。首先，大家都知道《低俗小说》对整个世界影坛产生了巨大的影响。它刚上映时，你可能喜欢它也可能讨厌它。当我第一次观看影片时，我并不喜欢它。但是每个人都在告诉我它是如何的好，如何的与众不同、引人入胜，绝对是一部里程碑式的电影。虽然我并不认同，我却不得不承认《低俗小说》引发了影迷群体的新认识。在我的讲习班和世界各地的研讨会上，每个人都在谈论它的影响。

尽管我们经历了20世纪90年代中期的技术革命浪潮，但据我所关注，真正的革命与其说是发生在技术领域，不如说是发生在形式与内容上——即你展示的是什么和你如何展示。《低俗小说》无疑是这其中的一个组成部分。

当我开始重新审视它，我问自己是什么让《低俗小说》如此具体有影响力。我知道，答案就在剧本中。是它的结构吗？还是在电影的中段一个人物被杀，而后影片追溯至导致他死亡的事件？是那三个故事吗？书挡式的开端和结尾？

当你阅读《低俗小说》的电影剧本时，你首先看到的是扉页：上面声明《低俗小说》其实是"关于一个故事的三个故事"。当你翻开新的一页，上面有两条关于单词"pulp"的定义："一堆柔软、湿润且不成型的物质"以及"内容涉及黄色、暴力题材且印刷粗糙、纸张无光泽的杂志或书籍"。这无非是对影片的一个准确描述。到了第三页，你可能会惊奇地发现一张目录。《杀死比尔》系列也同样如此；事实上，它不仅是一个内容目录，更是章节标题。

我认为这很奇怪；谁会在电影剧本里放置内容目录？它非常清楚地显示了影片被细分为五个单独的部分：第一部分，序幕；第二部分，文森·维加和马沙·华莱士的妻子；第三部分，金表；第四部分，邦妮的处境；以及第五部分，尾声。

我在研究剧本时发现，三个故事其实都是衍生于关键事件：朱尔斯和文森从四个孩子的手中夺回马沙·华莱士的皮箱。我认为这个事件是所有三个故事的核心，并且我注意到每个故事都以线性的方式被组织成一个个完整的个体：开始于动作的开端，进入中段，然后向结尾发展。每一个部分就像是一个从不同人物的视角进行叙述的小故事。

"关于一个故事的三个故事"的说法使得我能够将这部影片看作是一个整体。《低俗小说》是由序幕和尾声所围绕成的三个故事，编剧们将其称之为**书挡法**（bookend technique）。影片《廊桥遗梦》《日落大道》比利·怀尔德、查尔斯·布拉克特编剧）、《拯救大兵瑞恩》及《美国美人》也都使用了这一技法。

序幕设立了"南瓜"和"小兔子"在咖啡店中讨论着不同的小规模抢劫案，它促使第一个和最后一个故事运转起来。当享用完早餐，他们拔出枪开始打劫。影片定格，我们随之跳转至主题。随后影片切换至朱尔斯（塞缪尔·杰克逊饰）和文森（约翰·特拉沃尔塔饰）的对话，他们驾驶着汽车，针对国内外巨无霸相关的是非曲直进行着具有启发性的讨论。

这小小的交流将他们的人物性格建立了起来，当他们停下并掏出武器时，我们看到了他们的言谈与行为之间的矛盾。这实际上建置起了整部影片并告诉我们一切我们需要了解的：这两个男人是为马沙·华莱士卖命的杀手；他们的工作，他们的戏剧性需求，是夺回皮箱。这是故事真正的开始。在第一部分，朱尔斯和文森登场，表明他们的立场，要求夺回皮箱，他们杀害了所遇到的四个男孩中的三个。上帝保佑，他们就差自己没有杀了。只有一个人，马文，存活下来，至少在当时是这样的。

文森带着蜜娅·华莱士（乌玛·瑟曼饰）外出用餐，在她意外吸食过量毒品后，他们互道晚安分别。第三部分是关于布奇和他的金表，以及当他违背输掉比赛的谎言而赢得比赛时发生了什么。在这部分的中段，布奇（布鲁斯·威利斯饰）杀害了蹲守在他公寓的文森。第四部分延续了第一部分的内容，马文被杀，车内血肉横飞，一片狼藉，这一部分主要涉及的就是案发现场的清理。随后是尾声部分，朱尔斯谈论着他的转变和"神迹"，然后"南瓜"和"小兔子"开始了影片序幕展现的那场抢劫。《低俗小说》是一部非常小说式的作品，正如《杀死比尔》系列。

我们应该十分清楚，无论一部影片采用的是何种形式，线性的或非线性的，它总有一个引发事件和一个关键事件。《杀死比尔》系列的故事起源于新娘（乌玛·瑟曼饰）婚礼上的凶杀案这一关键事件。围绕着复仇的主题，影片以一种小说式的叙述方式展开，包括一个内容目录和单独的章节，这是现代形式所发生的一个有趣变化。

构建一部非线性的电影作品，意味着要定义每一个部分，组织每一个部分的结构，无论是现在时或是过去时，从开端到结尾，在哪个地方编剧能够按照他/她所期望的次序建置和安排这些部分。影片《火线勇气》（帕特里克·沙恩·顿肯编剧）就是一个很好的例证，《偷天情缘》（丹尼·鲁宾、哈罗德·雷米斯编剧）、《非常嫌疑犯》、《英国病人》和《双面情人》（彼德·休伊特编剧）同样如此。这些剧本都是以引发事件开始，围绕着关键事件进行构建。观赏一下这些影片中的任何一部，看看你能否识别和区分引发事件与关键事件。

在我的剧本研讨会上，我告诉我的学生们在写下剧本的只言片语前要重视和确定这两个事件。一旦他们清楚了这些事件是什么，他们便能够熔合动作、人物、事件组成一条戏剧性动作的结构线，无论采用的是线性的或非线性的故事线。重要的是要记住，结构不是根植于具体物，或一些不屈不挠的事物；相反的，它是有韧性的，就像是狂风中大树，弯曲却未曾断裂。理解这一概念有助于你运用情节线，以叙事动作而非阐述，形象地讲述你的故事。

　　这是电影剧本写作手法一个比较新的转变。不久前，人物们还需要解释他们是谁，他们的背景是什么，以及他们的动机或目的是什么。一切通过人物的对话得以阐述。事实上，通过对话来阐述故事线是作家们在创作剧本时所面临的主要难题之一。但是，新一代的年轻人是伴随着电视、无线技术和游戏成长起来的，显然，他们的视觉感受得到了提高。结果是，我们开始拓展剧作手法，故事更加的视觉化，展开方式更加的明确与简单。这是剧作手法演变的一个明显标志。

　　但是，尽管形式会不断变化，讲故事的简单工具却仍然一样。写什么与如何写，同样重要。

　　这也正是写剧本的全部意义所在。

Chapter 9
情节点
PLOT POINTS

> 写作电影剧本在许多方面都与做木工活很相似。假设你有一些木材、铁钉和胶水,你造了一个书架,完成后却发现当你想将它直立摆放时它却倒了,你可能创建了非常美丽的东西,但它却并不是书架。
> ——《银幕春秋》(*Adventures in the Screen Trade*),
> 威廉·戈德曼(William Goldman)著

写剧本最难的事是知道要写什么。当你坐下来,面对着120张白纸的时候,想要结束这错综复杂、看似毫无头绪的创造性决定、解决方案和选择,唯一的方法就是知道你在做什么以及你将往何处去。你必须要有一个路线图,一个向导,一个方向——一条从开始到结束的发展线。

你需要一个**故事线**(story line)。

如果没有,那你就麻烦了。这就是为什么你很容易就会迷失在自己创作的迷宫之中。伟大的爱尔兰小说家詹姆斯·乔伊斯(James Joyce)曾经说过,写作就像是爬山,当你向山顶爬去时,你所能看到的仅仅是前面的山石和你头上的山岩。每一次,你只能计划移动一步。你不可能预见两个或三个动作,或者你将如何到达那里。只有当你爬到山顶之后,你才能向下俯瞰整个山景。

这是一个很好的比喻。当你写一个电影剧本时，你只能看见你正在写的和已经写好的部分。大多数时间你无法看见自己正往何处去或者你将如何到达那里。有时候，你甚至看不到这一点。你接下去将要写的场景只是一个模糊的概念，你不知道它是否有效。你根本不会保持客观——没有超脱的观察。

这就是这个示例如此重要的原因——它会给你一个方向，一条发展线。它就像是一个路线图。当你旅行时，你驱车经过亚利桑那州、新墨西哥州，接着穿过得克萨斯州的广阔平原，跨越俄克拉荷马州的高原，但你并不知道自己在哪里，更不知道自己走过了什么地方。你所看见的就是那平坦荒芜的风景线，它被那过往车辆的车窗所反射的金光闪耀的阳光所划破。

当你处在示例之中时，你就看不见示例，所以情节点是相当重要的。情节点，是"任何一个偶然事故、情节或大事件，它'钩住'动作并且把它转向另一个方向"。剧本中遍布着许多情节点，但当你面对着120张白纸时，你只需要知道四件事情来架构你的故事线：结尾、开端以及情节点Ⅰ和Ⅱ。

情节点的功能非常简单：它推动故事向前发展。情节点Ⅰ和情节点Ⅱ正好把示例抓拢住了。它是你故事线上的锚。

让我们再看一下这个示例：

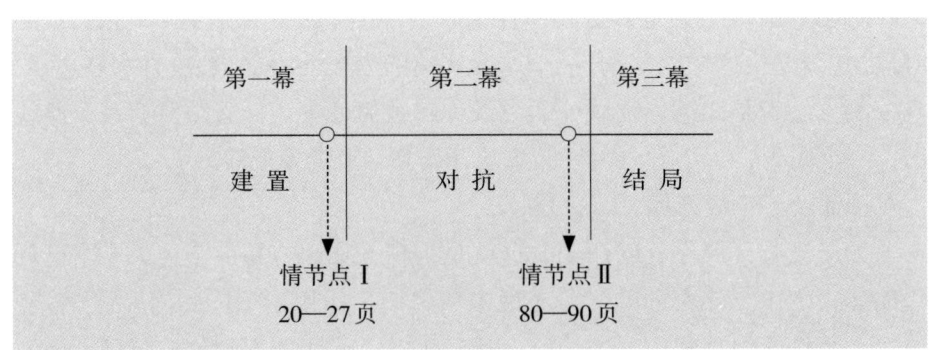

如果将电影剧本看成是一系列的故事点或故事进程，故事线开始于开端，结束于结尾，无论是以线性的形式，如影片《借刀杀人》、《末路狂花》、

《百万美元宝贝》；或是以非线性的形式，如影片《冷山》、《低俗小说》、《时时刻刻》。无论你的故事线是以何种形式，线性的或非线性的，它都是由情节点 I 和 II 固定在恰当的位置上。

结构是电影剧本的基石、出发点、蓝图。正如威廉·戈德曼所说，"电影剧本即结构（Screenplay is structure）"。如果你不了解你的故事线的基本结构，那么你就没有准备好开始写作。这就是为什么我反复强调这四件事情的重要性，在你动笔写下只言片语前必须清楚它们：结尾、开端以及情节点 I 和 II。如果你不了解这四件事情，那你就麻烦了。在这里我们并不是说剧本中只有两个情节点。这里说的并不是所有的情况。我们谈论的是在你动笔前所需要做的准备工作。一旦你了解了这两个情节点是什么，它们将会扣牢你的故事线，将它固定在恰当的位置上，这样你就能自由地发挥创造力进行写作。当剧本最终完成时，它可能有 10 至 15 个情节点之多，其中的大多数都位于第二幕中。究竟有多少，取决于你的故事需要。情节点的目的是推动故事向前发展，直到结局。这就是它的意义。

迈克尔·曼的重磅惊悚片《借刀杀人》（由斯图尔特·比蒂编剧，结构紧凑、扣人心弦）中，动作在身体和感情两个层面上向前发展。汤姆·克鲁斯所饰演的人物文森特，有一项工作要做——按照合约规定，在一晚的时间内完成五起谋杀。他胁迫麦克斯（杰米·福克斯饰）做他的司机，对他进行了人身威胁，并给了他不错的驾驶报酬。我们同麦克斯一起了解正在发生的事情。动作带着清晰的思路、独创力、人物洞察力（character insight）以及改变，向前发展至最后的枪击镜头。影片本身是"简洁、精干、紧凑"，在整个电影剧本中，没有一丁点的"赘肉"或废话。

剧本的主旨不断地从一个情节点发展到另一个情节点。事实上，人物框架与故事线框架两者相互影响，因此，每一个客观事件（physical incident）都揭示了人物的不同侧面。福克斯所饰演的出租车司机经历了极富戏剧性的改变：从消极的懦夫到行动之人（man of action）；从空想家到成功者。无疑，最具讽刺意味的是麦克斯是受到本片的反面主角的胁迫才发生了这些改变。当克鲁斯毁了他的旧生活，麦克斯不得不抓住新的生活。

影片剧本以文森特抵达洛杉矶国际机场并与一名不知名的同谋交换

了一个黑色袋子开始，随后镜头切换至麦克斯，他正在清洗他的出租车，为晚班交接做准备。他搭载了一名乘客——安妮（贾达·萍克·史密斯饰）——引发事件，一路上他们变得熟悉起来，并且互相吸引。他将安妮送至联邦大楼，下车时，她告诉他，她是一名检察官，正"彻夜"追查一件大案子，她递了一张名片给麦克斯。他又搭载了另一名乘客——文森特，文森特雇佣他为其开一晚上的车，去往五个不同的地点为一个正在收盘的房地产取得"签名"。到目前为止，这只是洛杉矶普通的一个晚上。

文森特和麦克斯打趣着洛杉矶这座城市，借此他们对彼此多了一丝了解。他们停在了第一站，麦克斯在大厦后面的巷子等着，突然，一声巨大的撞击声，一具死尸掉落到挡风玻璃上。麦克斯感到震惊、惊愕、难以置信，尽管这个男人声称"他是被枪击而摔下致死的"，麦克斯却惊奇地发现是文森特杀死了这个男人。

这就是情节点Ⅰ，剧本的关键事件。正是这个事件推动了整个剧本的运转，因为，此时麦克斯被迫违背意愿，驱车将文森特送赴其他"约会"。他几乎成了一名囚犯。现在，故事真正开始了。

在这个故事中进行着两个有形的动作：（1）麦克斯在与文森特穿梭于这座城市的过程中，试图逃离；（2）文森特履行合约，进行着他的工作。他们按照约定前往一个又一个地点，在这个过程中，我们看到麦克斯回应着这个有形的动作，他的感情发生了变化，一步一步地，导向他的转变。开始时，他是一个被动而且懦弱的窝囊废，不敢站起来对抗出租车公司的老板。后来，他开始获得了一点勇气，试图逃跑，却在亲眼看着文森特杀死了两个企图偷公文包的小伙子后，以绝望告终。他们"随意地"进入了一家夜总会，表面上是为了听听好的爵士乐，但事实上这是为文森特进行下一起谋杀作掩饰。这是一个很棒的手法，先让我们期待着某件事情，然后再进行一个反转。故事的后来，麦克斯前往医院探望他的母亲，再次试图带着文森特的公文包逃离，并且，不顾一切地把公文包抛到了高速路上。他的态度，他的力量，已经开始浮现。他开始崛起了。

公文包事件后，作为一种惩罚或测试，文森特强迫麦克斯伪装成他，并与菲利斯——犯罪首领——见面，取得当晚最后两起谋杀的新信息。麦克斯在紧张而极具戏剧性的时刻,鼓起勇气威胁菲利斯,并且成功地活着走出了会议室。这是另一起有形动作引发了情感回应的事件。

警察认为麦克斯是应该为所有这些谋杀案负责的职业杀手,他们尾随其到了夜总会,那里,在拥挤的舞池中,出现了一幕暴力枪杀画面。麦克斯试图离开那里,一位相信他是清白的警察拦住了他,匆匆地将他带至一个安全的地方。文森特这位职业杀手看到他和警察在一起,便杀死警察、"救出"了麦克斯。

文森特还有一起谋杀需要完成。此时此刻,有两件事情尚未解决。第一,麦克斯将如何活着逃离文森特?第二,他将如何保护文森特最后一个谋杀对象。从那起大规模枪战中跑出来,站在夜总会的外面,文森特说麦克斯开创一家礼车公司的梦想只是一个梦,一个自以为"总有一天"会到达那个根本不可能实现的幻想的远足。麦克斯第一次意识到自己带着梦想活了十二年。现在,他的梦想破灭了,意识到这段苦难结束之后他有可能被杀,他决定放开一切,活在当下。否则,"有什么意义?"正是这一领悟给了他力量,他踩足油门飞快地穿梭于洛杉矶的街头巷尾。突然,方向盘变得失控,他撞上了一个护栏,发生了事故。车子冲上天空,又重重地落回到地面,翻滚着。这就是情节点Ⅱ。

文森特从严重毁坏、变了形的车中爬了出来,然后狂奔起来。麦克斯也成功地从翻倒的出租车中爬了出来,他看到了安妮的相片,那个他在当晚早些时候遇见的女人,他意识到她就是文森特名单上的最后一个受害者。这刚好是文森特为何首先出现在联邦大楼的原因:她本应该是当晚他的第一个攻击目标。麦克斯徒步跑去通知安妮,而后我们看到一个追逐段落,影片结束。

这两个情节点将故事固定在了恰当的位置。情节点Ⅰ是故事真正的开端:第一起谋杀,以及麦克斯意识到文森特应该为其负责。在情节点Ⅱ,为了救安妮,他将车撞到路边并与文森特对抗,如果需要的话甚至准备杀了他。每个情节点都是与作用于人物的感情和有形力量相适应的,外部事件影响着人物内在的感情生活并且推动剧本向动作的下一阶段发展。

再次重申,情节点是主人公的一个机能,它推动着故事向前发展。它联通（amps up）起动作并强调人物框架：文森特是一名见利忘义、不道德、没有是非观念的人，他不过是在做工作，并且对此他非常擅长。他认为整个世界以及生活在其中的每个人都是"冥冥之中的事情"，是随机概率事件。我们的生活毫无意义，因为我们只不过是广袤宇宙中一颗微小的尘粒。如果我们的存在没有意义，那么我们的生活也是毫无意义的，因此，杀死某人并不需要承担什么后果。正如托尔斯泰所说，没有上帝，没有是非对错的道德体系，"一切都是允许的"。

影片《借刀杀人》是说明情节点如何"钩住"故事线并推动它向前发展，同时影响着人物的情感和有形框架的一个很好的例子。人物所做的选择将很好地决定故事的过程和结果。麦克斯与文森特相互间的影响，以及他们所做的选择将他们结合在一个独特、罕有的情境之中，这一情境以一种视觉化的、悬疑的方式将故事的变化动态表达了出来。

当然，对于故事的发展和剧情，人物间的联系与相互影响是极其重要的。让我们看一看《唐人街》。作为一个悬疑侦探故事，《唐人街》的结构是从一个情节点发展到另一个情节点，每一个情节点都缜密地推动故事向前发展，从一开始的吉蒂斯受雇于假冒的墨尔雷太太，到结尾的伊芙琳·墨尔雷被杀。

影片剧本以一个问题开场：墨尔雷太太的丈夫现在正和谁搞暧昧？吉蒂斯跟踪着墨尔雷先生到了城市的一些水库，后来发现他和一位年轻的女士在一起。吉蒂斯偷拍了照片，回到自己的事务所。对他来讲，任务已经完成了。但第二天，他发现有人把这件事情连同那些照片一起刊登在了报纸上。

是谁干的？为什么要这么做？

他回到自己的办公室，一位年轻的妇女正在等候他。"你以前见过我吗？"她问道。她告诉他，她是真正的墨尔雷太太。既然从来没有雇佣过他，她便要控告他，并且要求吊销他的侦探执照。可是，如果她是真正的墨尔雷太太，那又是谁雇佣他去调查墨尔雷正和谁搞暧昧？为什么要雇佣他？登在报纸上的头版消息"爱情丑闻"使他明白自己被人耍弄了，他被"陷害"了。有人企图让他成为替罪羊。他一定要找出那个在摆布他的人，探其缘由。

至此第一幕结束。

在这一戏剧动作的大段落中，"钩住"动作并且把它引导到另外一个方向的关键时刻是什么呢？是真正的墨尔雷太太出现的时刻。这是故事线中的关键事件。

当真正的墨尔雷太太出现在银幕上时，动作就从完成的探密任务变成了有可能被控告，因此杰克的执照会被吊销。他最好的出路就是找出是谁在摆布他——那样他才能弄清缘由。

第二幕是以吉蒂斯把车开到墨尔雷家作为开始。墨尔雷太太告诉他说，她丈夫可能在橡树关水库。吉蒂斯赶到了水库，在那里他遇到了警长埃斯科巴，他以前的一位同事，告诉他说墨尔雷先生已经死了——溺水而死，显然是起意外事故。

墨尔雷的死对于吉蒂斯来讲又是一个新难题，或者说是个障碍。还记得，第二幕的戏剧性情境是对抗。

吉蒂斯的戏剧性需求是想要弄清是谁在摆布他，以及为什么。所以剧作家罗伯特·唐尼为了使动作继续进行下去制造了一个又一个的障碍。记住，如果你了解人物的戏剧性需求，你就能够为它设置障碍，故事就会是人物为实现他（她）的戏剧性需求而不断克服障碍。墨尔雷死了，吉蒂斯后来发现是被谋杀的。是谁干的？又是为什么呢？这是第二幕结构中的一个小情节点，促使故事不断地向前发展。在《唐人街》第二幕中有10个这样的小情节点。

墨尔雷之死是一个推动故事向前发展的事件。不管他是否愿意，吉蒂斯已经被完全卷入其中了。后来，他接到一个神秘的叫"艾达·塞逊斯"的女人打来的电话，原来她就是那位假冒的墨尔雷太太。她跟他讲，别管什么意思，在报纸的讣告栏里去查一下"那伙人中的一个"，然后她就挂上了电话。不久，艾达·塞逊斯也被谋杀了，埃斯科巴认为吉蒂斯参与了此事。

"水"的主题已经出现了好几次，吉蒂斯就顺着这个主题进行调查。他调查了圣·费南多峡谷的土地所有权属于谁，发现这里的大部分土地在最近的几个月之内已经全部卖掉了。

吉蒂斯深入进行调查，却遭到了农夫们的袭击，他们认为他就是那个在他们的水里下毒的人。当他醒过来的时候，伊芙琳·墨尔雷已经在他身旁——农夫们把她叫来的。在回洛杉矶的路上，吉蒂斯发现了艾达·塞逊斯提到的那个讣告上的一个姓名，原先是这峡谷中的一大片土地的主人。他死在一个名叫玛尔·维斯达的老人疗养院里。吉蒂斯和伊芙琳一起开车来到这家养老院。吉蒂斯了解到，峡谷中的那一片土地的大多数新的所有者都住在这里，而他们并不知道自己购买了土地。这又是一个骗局——整个事件是一场巨大的骗局。他的怀疑被证实了！在他们离开的途中，一群歹徒袭击了他，伊芙琳坐上驾驶座，踩足油门，吉蒂斯纵身跳上车侧脚踏板，他们成功地脱了身。

所有这些事件，情节和活动都是情节点，都是推动故事向前发展的故事进程。

回到她的家里，伊芙琳帮忙清洗吉蒂斯受伤的鼻子（因为"太爱打听"了）。他注意到她的眼睛中有什么东西，是一道微妙的光芒。于是他凑过去，亲吻她。他们做爱了。

后来，他们躺在床上闲聊。

电话铃响了。她接起电话，突然发起火来，挂上了电话。她告诉吉蒂斯，他必须离开。马上。"重要的事情"发生了。

故事发展到这里，我们仍然有两件事情没有弄清楚：（1）在影片开始时、墨尔雷被谋杀前，那位和他在一起的姑娘是谁？（2）是谁在摆布吉蒂斯，而且是为了什么？吉蒂斯知道这两个问题的答案是互相关联的。很可能是杀害墨尔雷的凶手在摆布他。但为什么，我们还不知道。

发生了一些事情。到底是什么事呢？吉蒂斯想知道个究竟，他尾随伊芙琳到了洛杉矶的爱可公园区的一幢房子。当他回到伊芙琳的家，他在鱼池里发现了一副双光眼镜。他又回到了爱可公园的房子，与伊芙琳对峙。她告诉他那个姑娘是她的妹妹，然后又说她是她的女儿。吉蒂斯给了她一耳光。"我想知道真相！"他说。他又给了她一耳光，她终于承认那个姑娘是"我的女儿和妹妹"。15岁时，她成了乱伦的受害者，现在，她照顾着她的女儿，拒绝和她的父亲诺亚·克劳斯来往。就这样，我们知道了那位姑娘是谁。第二点：那副双光眼镜是谁的，被害者还是凶手？吉蒂斯得知真相，他希望能够帮助伊芙琳离开。但在他离开前，在这场戏的结尾，在一句看似顺嘴说出的台词中，她告诉吉蒂斯，她的丈夫并不戴双光眼镜。那么只有一个结论：这副眼镜是属于凶手的。现在吉蒂斯了解了真相：诺亚·克劳斯拥有杀人动机。这是他在寻求的最终答案，也是结局，即故事的解决。

吉蒂斯打电话给诺亚·克劳斯，并告诉他"那位姑娘"在他手里，让他到伊芙琳的家里见面。这里，吉蒂斯了解到那个应该对墨尔雷和其他几人的死负责、应该为整个"争水丑闻"负责的男人，就是诺亚·克劳斯。为什么？"因为这是未来，吉蒂斯先生。未来！"克劳斯说，实现它的方法很简单："要么你把水弄到洛杉矶，要么你把洛杉矶弄到水边。"

这句话是这部影片的戏剧性"钩子"，它很好地发挥了作用。金钱、权势和影响——作为腐败势力的前提——被建构起来。正如吉蒂斯所说的："只要你有钱，就能杀人，杀任何人，而不受惩罚。"如果你得到了足够的钱和权势，你就可以干任何坏事——甚至于搞谋杀，而不受惩罚。

吉蒂斯，现在是一名囚犯，被带往唐人街，以便克劳斯认领他的女儿（孙女）。当伊芙琳在影片结尾死了之后，克劳斯把他的女儿（孙女）弄走了，并且从谋杀案中脱了身。具有讽刺意味的是，促使吉蒂斯离开唐人街警察局的事件又重演了。他先前说过："我试图帮助别人，可到头来我却伤害了他们。"

这是一个大圈子，大回寰，吉蒂斯无法对付它。他必须克制。剧本的最后一句话极富电影感觉："忘了它吧，杰克！……这是唐人街！"

第一幕结尾和第二幕结尾的情节点在这里"钩住"动作并把它转到另一个方向去。它们是故事发展的枢纽，将故事连接到下一个阶段，推动故事向前发展，直到它的戏剧性结局。

做一个简单的练习，下一次你再去电影院或是在DVD、电视上看电影（中间不含商业广告）时，试一试看你是否能找到第一幕结尾处和第二幕结尾处的情节点。每一部电影都有明确的情节点，你的任务就是把它们识别出来。如果你愿意，看一看手表，每20—30分钟（当然，这取决于影片的长度）关注一下影片，看看你是否能确定哪些是动作点；问问你自己发生了什么，围绕着这个动作点故事发生了什么。一些事件，情节或活动将要发生。弄清楚它是什么，是什么时候发生的。

在第二幕也这么做。影片开始后第80—90分钟，看看故事线内发生了什么。发生了什么事情、情节或活动，将我们引导至第三幕，即结局？影片在这一时刻发生了什么？这是一个很有意义的练习。你做得越多，就会感到越容易。很快，它就会深深地根植于你的意识之中；你会把握住结构与故事间关系的本质。你会理解戏剧性结构的定义——"一系列互为关联的偶然事故、情节和大事件按线性安排，最后导致戏剧性的结局"——是如何贯穿故事线的始终引导你。情节点是那些将故事线固定起来的事件、情节和活动，它们提供了动作叙事线的基础。

下面让我们看一下《黑客帝国1》和《末路狂花》两部影片的情节点。

再看一下这个示例：

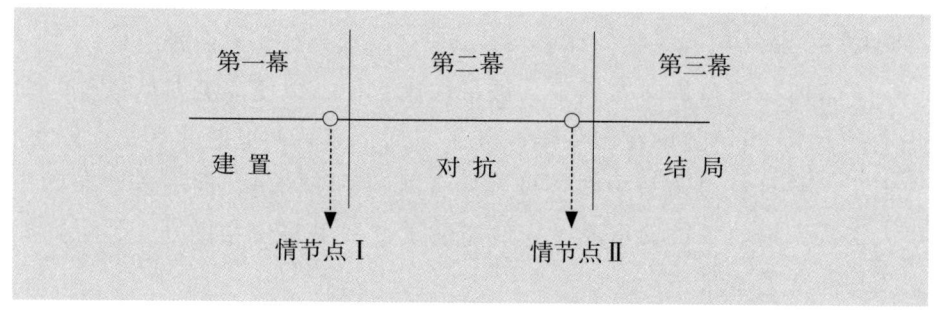

我们现在来寻找第一幕结尾和第二幕结尾的情节点。

在《黑客帝国1》中，开场向我们展示了一组不同寻常的动作镜头：飞拳、射击、爆炸。这是一个绝对独特的段落，崔妮蒂独自一人，与数名穿着防弹背心的武装警察对抗。就在我们的眼前，一幕令人惊异的绝技，崔妮蒂纵身跃起，悬浮在半空中，她跑上墙壁，从天花板上逃走了。她从一个屋顶跳跃到另一个屋顶，从一个建筑物跃身到另一个建筑物，完全不理会地心引力的作用，在空中飞翔着到达另一边。接下来，是一段为了能够赶上正在响着的电话而与垃圾车之间的赛跑。紧要关头,她终于成功了,在垃圾车撞向电话亭的那一刻她接起了电话。

哇!如果这还不能够吸引眼球,那我就不知道还有什么能够吸引眼球了。就影片信息而言,我们不知道崔妮蒂是谁,不知道她是一个"好人"还是一个"坏人",也不知道故事是关于什么的,不知道她是如何以她的方式逃脱的。但作为一个开场,这个引发事件无疑抓住了我们的注意。

现在,我们还不了解故事讲的是什么,它是关于谁的。在这里,我们需要一些说明,即"推动故事发展所必需的信息",而这也正是我们接下来所了解的。尼欧,影片的主人公,从睡梦中醒来看到电脑屏幕上的一行字"跟随小白兔"。这时,有人敲门,是一个肩上有着小白兔文身的姑娘。他跟随着她来到了一家俱乐部。在那里,他遇见了崔妮蒂并向她询问有关母体的事。但她并没有解释任何事情,她只是警告说他有危险:"他们在监视你。"她还强调,"世上一定有真相,尼欧,它在寻找你,只要你愿意,它就会找到你。"然后她便离开了。

母体是什么?稍后莫斐斯(劳伦斯·菲什伯恩饰)解释道,我们居住在一个平行宇宙中,母体是一个虚拟国家,一个假象,我们都被程序设定成视其为现实。真相,"现实"世界,已经被摧毁,被机器、人工智能和电脑所组成的种族重新创造成为一个虚拟现实体。

英雄之旅就此展开。莫斐斯,反抗组织首领,致力于进行与母体间的对抗战,揭发"真相",将人类从机器的奴役中解放出来。莫斐斯始终坚信着那个预言,他们成功的唯一希望就是找到"救世主",一个将在这场解放战役中引导他们并且具有神圣力量的人。而他相信尼欧就是"救世主"。正如莫斐斯告诉尼欧的,精神与身体是相互关联的,尽管它们是独立的实体,如果你可以控制你的思想,你就能够控制现实,从而控制你的命运。

这是东方哲学的一条古老教义,被引入当代情境中,在思想和执行上都是极其现代的。尼欧,像哈姆雷特或印度经典故事薄伽梵歌中的战士阿朱那一样,必须选择自己的命运。这个抉择的主题,选择你想要生存其中的现实的主题,是整部影片反复出现的主题。第二天尼欧上班的时候,他被告知他必须做出选择：白天做托马斯·安德森，或者，在夜里做尼欧，自称是反抗组织一员的真实的自己。当他回到办公室，尼欧收到一个包裹，里面装着只手机，它突然响了起来。是莫斐斯打来的。他告诉尼欧，"他们正在找你。你只有两个方法能离开这幢楼——要么爬上窗户外面的洗窗架，要么被他们带走。"就像哈姆雷特和阿朱那一样，尼欧代表了不情愿做英雄的英雄的立场：在他能够上升到另一个更高的意识层面之前，他首先必须接受他自己、接受他的命运。

他被当成犯人带走了，后来还被安装了窃听器，这个窃听器深深地根植在他的体内。崔妮蒂和其他一些人开车到桥下接尼欧，但只有解除窃听器后他们才能带他去见莫斐斯。这种古老与未来的结合在影片《黑客帝国1》所使用的几个姓名中皆有体现。例如，反抗舰艇"尼布甲尼撒"号，是以公元前五世纪著名的巴比伦国王的名字命名，他有着拆除和重建古刹的功劳。他既是一个破坏者，也是一个建造者。这个名字与这艘船的命运相称，它为这个决心摧毁母体的小反抗组织提供了安身之所。在希腊神话中，莫斐斯是梦神，负责为在深度睡眠状态下的我们编织梦境。无疑，尼欧，意味着"新事物"，而崔妮蒂则带有几分宗教色彩。这些神话暗示实实在在地为故事线增添了更多内容。

此时此刻，故事通过动作和说明不断地向前推进。只有当尼欧接受自己是"救世主"，他才能够成为真正的"救世主"。换句话说，若我们信之，它便是真实的。情节点Ⅰ就此建立。

在情节点Ⅰ，他与莫斐斯第一次面对面地见面。在这次见面（即关键事件）的过程中，莫斐斯给了尼欧两个选择：选择蓝色药丸，回到平凡的现实中；或者选择红色药丸，得知真相。尼欧毫不犹豫，选择了红色药丸。现实变得歪曲，他在虚拟现实与地府的通道中向下落。在一组怪诞、让人联想到吉格尔（H. R. Giger）画作的镜头中，尼欧获得了重生，他仿佛从对他有限的思想的束缚中得到了解脱。尚未成熟的尼欧必须重新培育他的肉体和灵魂，直到他能够发掘无限自我的潜在能力，正如我们在他与莫斐斯的武术竞技中所看到的。

情节点Ⅰ是故事真正的开端，它是"钩住"动作并将它转向至第二幕的事件。第二幕的戏剧框架是对抗，因此，尼欧为实现他的戏剧性需求——了解母体并且实现自我，遭遇了一个又一个的障碍。情节点Ⅰ实现了这一功能。

尼欧与祭师的相遇是故事的中点。她是一个重要人物。第一次看这部电影的时候，我猜想那会是个非常非常老的男人，极其充满智慧，有着一头白发，可能还长着散乱的长胡须。相反，我欣然地发现原来她是一个正在烘烤饼干的中年妇女。她不经意地问了一句他是否相信自己就是"救世主"，尼欧摇了摇头，"我只是一个凡人"。又一次，他的信念体系，他思想的局限性，禁锢了他。太糟了，她说。为什么？尼欧问道。"莫斐斯相信你，尼欧，没有任何人，包括你和我，也劝动不了他。"她说。"他为了这盲目的信念，愿意牺牲自己救你一命。你必须做出选择，一方面是莫斐斯的性命……另一方面是你自己的……你们其中一个会死……你能决定，哪一个会死。"

她是他的"明镜"，映照出他相信什么，告诉他她所看到的他的内在。他的努力引导着他去了解，只有当他选择去做的时候，他才能承担起"救世主"的重任。只有当我们放弃有限的自我概念时，我们才能够得到启发和解放。不情愿做英雄的英雄必须接受自己真的是谁的挑战，就像哈姆雷特和阿朱那必须选择荣誉自己（honor themselves）、接受命运一样。无论他是否愿意，尼欧就是"被选定'摆正这个时代（set the times right）'的'救世主'"。

当电脑人史密斯俘虏了莫斐斯，尼欧决定营救他。"祭师告诉我会发生这种事情，"尼欧说，"她跟我说，我必须做个选择……"他顿了顿，在剧本的早期草稿中他这样说，"我可能不是莫斐斯认为的那个人，但如果我不去帮助他，那么我也不会是我自己认识的自己了……我会跟随他。"当他以这种方式发表自己的看法，这便是他接受自己是"救世主"的第一步。因此，这就是情节点Ⅱ。它导向故事的结局。

在情节点Ⅰ，莫斐斯曾询问尼欧是否相信命运。"不信，"尼欧回答道，"我相信我能掌控自己的生命。"无论他是否相信、是否意识到，他现在正在命运的掌控之中。

救出莫斐斯后，尼欧未能及时离开母体，一段精彩的打斗镜头之后，他死在了电脑人史密斯的手里。崔妮蒂站在尼欧一动不动的躯体边上，她告诉他，祭师曾跟她说她会爱上一个人，那个人就是"救世主"。尽管尼欧死了，但她仍然全心全意地相信爱情的力量可以超越肉体。她亲吻他，然后要求他"起来"。尼欧的眼睛突然睁开，他复活了。这是奇迹吗？当然。正如约瑟夫·坎贝尔在《神话的力量》中所说，真正的英雄需要死后重生。尼欧需要死去而后才能重生。如何做到？这无关紧要。无论相信与否，请暂时搁下理性的质疑。他克服了自身思想的局限性；他选择了承担起"救世主"的重任。

《黑客帝国1》是首批受到亚洲电影影响的大制作影片（block buster films）之一，预示着电影界未来的发展方向：在高于生活的经典神话故事中融入大量的技术。可惜的是，《黑客帝国2：重装上阵》和《黑客帝国3：矩阵革命》没能实践原作的特色和创意。

影片《末路狂花》与《借刀杀人》一样，是一个关于人物发生变化和转变的故事。影片开始时，露易丝在工作的饭店完成夜班的交接工作。清晨，她给正在厨房准备早餐的塞尔玛打电话。我们随即了解到塞尔玛是谁。她的早餐就是从冷冻的糖块上咬下一口。在我们的第一印象中，塞尔玛似乎有点"愚笨"。露易丝问她是否准备好了周末跟他们一块去游山，塞尔玛回答说她还没有问过她丈夫达里尔的意见。当他出现时，她匆匆挂断了电话。她丈夫给我们的印象是，一个自负、以自我为中心的笨蛋。塞尔玛犹豫是否要征求他的意见，最终还是决定不问了，当场下定决心与露易丝一起外出共度周末。

她丈夫动身上班后，塞尔玛才开始收拾行装；在影片的一段巧妙的表演中，我们看到用完全不同的方式做着同一件事情的两个人；从她们所做的事情中，我们了解到她们是怎么样的人。下面是塞尔玛收拾行装的方式：她站在壁橱前，尽管她只是离开两三天，她仍然不知道该带些什么。所以，她拿了所有的东西：泳衣、羊毛袜、法兰绒睡衣、牛仔裤、羊毛衫、T恤、两三件连衣裙，她几乎要把整个橱柜装到她的行李箱里。随后，她又拿了一个提灯和几双鞋，想了想，又顺手拿了支枪，像拎着老鼠尾巴似的，将它丢入了钱包中。从她收拾行李的方式中,我们了解了哪些关于她的情况?

下面是露易丝收拾行装的方式:她将行李箱放在床上,一切都井井有条。她整齐地折叠着,剧本上如是写道:"三件内衣,一件卫生衣,两件内裤,两件羊毛衫,一件毛皮长袍,一件睡衣。她几乎是在为野营做准备。她的房间和她的行李箱一样,井然有序。经过思考,她又扔了双袜子进去,这才锁上了箱子。"正要离开时,她给男友吉米打了个电话。当电话那头响起的是电话答录机的声音时,她生气地将他的照片扣在了桌上。她走到厨房的洗碗槽边,拿起灶台上唯一的一个玻璃杯,冲洗了一下,擦拭干净,放回橱柜上,然后便穿着她美丽的T-Bird离开了。无可挑剔。从她收拾行李的方式中,我们了解到她的哪些性格?电影就是行为。

她开车去接塞尔玛,两人一起驱车前往度假村。路上,塞尔玛请求她找个地方停靠一下吃点东西。她们将车停入了一个酒吧,非常凑巧的是,这个酒吧的名字叫做银弹。这大概发生在剧本的第10页。现在,我们了解到故事是关于什么的,以及她们与她们生活中的男人间的关系。我们知道,她们之所以来度假是因为露易丝想向她的男友吉米证明些事情。吉米是一个音乐家,他已经到处奔波三个星期了,这期间他连一通电话都没有打给她。她非常生气,于是决定当他回去时自己不在家。让我们看看他将作何反应!

我曾为了我的书《四部电影剧本》(*Four Screenplays*)对《末路狂花》编剧卡莉·克里(Callie Khouri)进行过采访,她告诉我,"吉米是一个害怕做出承诺的家伙。露易丝想要结婚,想要得到一切传统的东西,但她被剥夺了得到所有这一切的权利,只因为她选择了这样一个男子。从根本上说,他的不足就是没能实现她所想要的。我想表现出她的感情,因为她觉得自己该为所发生的一切负责。她跟他玩了一个游戏,当他从旅途中回来,她将不会在城里,而这正是当她不真诚时所发生的。"

恋爱关系中的不真诚导致了后来所发生的一切。这并不合达摩法则(dharmic),也就是说,它并不是基于道德和伦理体系的"正确行为"。换而言之,这并不酷。塞尔玛和露易丝走进酒吧,点了些酒水,谈论着她们各自的恋情。后来,一个名叫哈伦的陌生人走上前来,毫不客气地坐到了她们的桌边,并且开始靠近塞尔玛。露易斯挥手赶他走,但过了会儿他又回来了,和塞尔玛步入舞池。他不停地灌她酒,弄得她头晕目眩感觉不舒服,然后便趁机将她带到外面的停车场。

在那里,开始时的"友好"亲吻渐渐地演变成了非常丑陋的一幕。他企图强暴塞尔玛,并且差点儿就得逞了。他粗暴地打了她,撕开她的裙子,将她的两条腿掰开,拉开了他裤子的拉锁。我们听到了沙石的嘎吱声,这时,一支枪进入了画面,指着他的脑袋。是露易丝。她让他停下,接着说,"你的开心看来很有问题。"他傲慢无礼地对她说了一些过分的话,于是露易斯"举起枪,朝着他的脸上开了一枪"。他当场身亡。

情节点 I ——故事的真正开端,即"'钩住'动作并且把它转向另一个方向的偶然事故、情节或大事件"。开始的美妙周末山间之旅却以强暴未遂和谋杀而告终。从此以后,塞尔玛和露易斯开始逃亡,他们沿着高速公路向前飞驰,就像其他众多影片中的众多人物一样,她们开始对自己有所了解,弄清自己是怎样的人,并最终为她们的生活和行为负起责任。《末路狂花》是一部公路电影,但它实际上又是一段启示之旅和自我认识之旅。

现在她们的戏剧性需求发生了改变,由于触犯了法律逃向墨西哥,她们已经没有退路了。当他们驾车穿越犹他州的纪念碑谷时,露易丝停下了汽车。在这无边的极度寂静中,她走出汽车,在这难忘的情景中喝起酒来。她知道这可能是她在人世间的最后一晚,至少在这一生中。这在完全的寂静中的感悟,正是情节点 II。在接下来的一幕中,她与塞尔玛共同分享着这一见解。塞尔玛感激露易丝在哈伦伤害她时为她所做的一切。这两个女人因友谊和宽容而紧密地结合在一起。

这是美妙的一刻。在一片寂静中,在星空下,在这仿佛隔世的地方,她们接受了自己,接受了自己的命运。第一次,她们意识到自己没有退路了。这一幕的寂静是暴风雨来临前的平静,真是此时无声胜有声。

这个小小的场景就是第二幕结尾的情节点。它将故事引导到第三幕,即结局,因为在故事的此时此刻,我们不知道接下来会发生什么。她们将会被捕还是成功地逃到墨西哥?更重要的是,她们是生是死?从现在起,在故事线接下来的部分中，她们坚定着对彼此的感情，对她们的行为完全负起责任。从此以后，塞尔玛和露易丝再无退路。她们没有了选择：是死，或者还是死。

应当指出的是，情节点并不需要是一个戏剧性的时刻，或者是一个主要的场景或段落。情节点可能是非常安静的时刻，如《末路狂花》中的情节点Ⅱ；或者是一连串惊心动魄的动作镜头，如《借刀杀人》中的情节点Ⅰ；或者是一段对话，如《黑客帝国1》；又或者是影响故事线的一个决定，如《唐人街》。由你来决定情节点是什么样子的——它可能是一组长镜头或者短镜头，安静或者充满动作，这仅仅取决于你所写的剧本。这是剧作家的选择，但它一定是出于故事需要而设定的偶然事故、情节或大事件。

了解和掌握关于情节点的知识，是电影剧本写作的基本要求。当你面对着120页的空白纸张，每一幕结尾的情节点都是戏剧性动作的环节。它们把一切都串联在了一起，它们是每一幕的路标、目的地、目标和指定地点——是戏剧性动作链条中的链环！

Chapter 10
场　景
THE SCENE

里克

我们心里都明白你属于维克多……如果飞机离地，你没有陪在他身边，你会后悔的——也许不是今天，也许不是明天，不过很快，并且是后悔一辈子。

伊尔莎

那我们呢？

里克

我们永远拥有巴黎。本来没有，你来卡萨布兰卡前我们失去了。不过,昨晚我们重拾回来……伊尔莎，清高我并不在行，不过要明白也不难，在这疯狂的世界，三个小人物就别太计较了……总有一天你会明白的。现在，永志不忘。

——《卡萨布兰卡》（*Casablanca*，1942），
朱利斯与菲利普·爱泼斯坦兄弟（Julius and Philip Epstein）、
霍华德·考奇（Howard Koch）编剧

《卡萨布兰卡》是一部非凡的电影作品，它那些罕见的、不可思议的时刻，深深地沉淀于我们的集体电影意识中。是什么使得这部电影如此伟大？是什么使得它能够从我们观赏过的众多影片中脱颖而出？无疑，这其中有许多的因素，但就我个人看来，从里克的言谈举止间可以看出，他是一个愿意为了更高尚的东西牺牲自我的人。在《千面英雄》中，约瑟夫·坎贝尔说，英雄是"死而复生的"。影片《卡萨布兰卡》开始时，里克一直生活在过去，活在与伊尔莎逝去的爱情的痛苦中。当她重新走入他的生活，里克感慨万千，"全世界有那么多城镇，有那么多酒吧，她就走进我这一家"，我们知道是时候他该处理、面对并接受过去了。

是什么使得鲍嘉在该片中令人印象如此之深？我想这是两个因素的综合作用：他的银幕形象，以及将他的形象塑造成神话形象的戏份本身。在电影剧本中，朱利斯、菲利普·爱泼斯坦及霍华德·考奇塑造了一个坚强、无畏、拥有强烈的道德观念及一颗众所周知的黄金般的心的人物。他是一个"好人"。在影片的结尾，他放下自己和伊尔莎的个人感情，帮助维克多·拉塞罗（保罗·亨雷德饰）与伊尔莎（英格丽·褒曼饰）逃往里斯本继续与德国对抗，他的这一行动具有更高的意义。"清高我并不在行，"他说，"不过要明白也不难，在这疯狂的世界，三个小人物就别太计较了。"

通过他的行动，里克的形象得到了转变。他牺牲了自己对伊尔莎的爱，援助并为盟军战胜德国纳粹组织做出了贡献。

约瑟夫·坎贝尔说，"英雄就是那些为了比自己更重要的事物而牺牲生命的人。"看一看神话和文学作品中经典的"英雄"的模板，你会发现，里克的行动将他提升到了一个当代英雄形象的高度。"生命在于运动，"亚里士多德说，"其最终是一种行动模式，而非质量。"哈姆雷特，薄伽梵歌中的阿朱那，《黑客帝国》中的尼欧同样如此：他们克服自己的疑虑和恐惧，然后把它们放在一边，采取行动。正是行动将他们提升至"英雄人物"的领域。

无论里克的心里装着什么，推动故事线向前发展的是他的性格特征，他的动作。古老的印度经文将其称为达摩（dharma），或公义行为（righteous action）。在这种情况下，它将鲍嘉推至一个英雄人物的层面。

他的形象，他那崇高的人文精神的化身，成为了人类跨越一切时间、文化和语言障碍的灯塔。

优秀的场景造就优秀的电影。当你想到一部好的电影时，你记得的是场景，而不是整部影片。想想《精神病患者》，你能回想到哪个场景呢？当然是淋浴的那个场景。那是个经典。场景是电影剧本中最为重要的一个因素。它是某件事情发生的地点——某些特定事情发生的地点。它是戏剧性（或喜剧）动作的一个特殊单元——在这里你讲述你的故事。

你在纸上表现场景的方式最终将影响到整个剧本。在成为观影经验前，剧本只是一次阅读经验。

场景的目的分两个部分：或推动故事向前发展，或揭示人物的有关信息。如果一个场景没有满足这两个因素中的一个，或都没满足，那么它就不属于这个剧本。

场景可以根据你的需要或长或短。它可以是一个故事起伏（发展），也可以是一个过渡，一个联系起时间、地点要素的桥梁。它可以是一个复杂的、长达3页纸的对话场景，也可以简单到仅是一个单镜头，如一辆汽车在高速公路上飞驶。它可以是一个复杂的闪回场景（我喜欢称之为闪现场景［flashpresent scene］），如《肖申克的救赎》中安迪·杜弗伦逃跑时的越狱场景。你想要什么样的场景就可以有什么样的，这正是它的美妙之处。

在多年的教学中，我注意到很多人都喜欢为每件事情定出个规矩来。如果在某个剧本或影片中第一幕有18个场景的话，他们就会觉得自己的剧本的第一幕也一定要有18个场景。我无数次在夜里被歇斯底里的剧作者吵醒，他们在电话那头喊着，"我的剧本太长了"，或者"第一幕居然有35页那么长"，又或者"我的情节点Ⅰ竟然发生在第19页"，然后，在我的耳边响起吃力的呼吸声，紧接着便是一阵凄楚的哭泣："我该怎么办？"

我聆听着，总是给他们相同的答案："那又怎么样！"你的第一幕太长又怎样？情节点Ⅰ出现在第19页又怎样？那又怎么样呢！你不能像药铺按数字分类那样死板地来写你的剧本。重要的是剧本的形式——开端、中段，及结尾——而不是页码。这个示例只是一个向导，并不是绝对准则！用那样的方式写剧本是不起作用的——要相信你的故事，它会告诉你你需要知道什么，需要写哪些场景，或者哪些场景不需要写。

我们从两个不同的方面来研究场景。首先，我们要讨论场景的共性，即它的形式；然后研究场景的特殊性，你怎样运用那一场景所包含的各种要素或成分来创作出一个场景。

首先，形式。每个场景都具有两样东西：地点和时间。这两个要素将事物固定在框架内。任何场景都处在特定的空间和特定的时间中。

你的场景发生在什么地方呢？是在一个办公室里，或汽车里？还是在海滩上、在山上、在城市拥挤的街道上呢？场景的场所是什么？发生在室内还是室外，是内景（interior）还是外景（exterior）？可以用"INT."来表示内景，而用"EXT."来表示外景。

另外一个要素是时间。你的场景发生在白天或晚上的什么时间呢？是早晨、下午，还是深夜呢？你需要做的，就是指明场景是白天还是深夜。但有时候你可能想更具体些：日出，清晨，上午，下午，日落，或黄昏。这些区别是必要的，因为一天当中每一个时刻的光线都是不同的。这种细分方法使得我们能够通过调整摄影的角度来合理地处理场景中人物的光影。它将是一个非常重要的工作。你需要标明的就是白天或夜晚。

这样，场景的标题（分割线 [slug line]）就成为：

内景。起居室—夜

外景。街道—日

这就是事情发生的背景：地点和时间。在设计和构成场景之前，你必须知道的就是这两件事。如果变换了地点或时间，那就变成另一个新的场景了。为什么？因为每改变其中一个要素，你就需要调整一次场景中的光线，并几乎总是需要变换摄影机的位置，这也就意味着照明、摄影机移动轨道（dolly tracks）、电力设备及许多其他事物都需要随之进行调整。

例如，我们在《唐人街》的前10页中看到，在杰克的办公室里，由于吉蒂斯给他看了他妻子和一名陌生男子发生性关系的照片，克里正心烦意乱。吉蒂斯给了他一杯廉价的威士忌酒，然后陪同他走出办公室来到接待处。

当他们从吉蒂斯的办公室走到接待处时，这就是一个新的场景了。为什么？因为地点改变了，从一个地点——办公室，转换到另一个地点——

接待处。全新的场景。这需要重新设置灯光照明和摄影机。

后来，吉蒂斯被叫进他的合伙人的办公室，在那里，我们见到了假的墨尔雷太太。尽管动作相同，在合伙人的办公室里的场景却也是一个新场景。又一次，他们改变了场景的地点：一个是在吉蒂斯的办公室，另一个在接待处，第三个在合伙人的办公室。一条动作线索——吉蒂斯被假墨尔雷太太雇佣——却由三个不同的场景组成了这场"办公室段落"。

如果你的场景发生在一所房子里，你从卧室走进厨房又走到起居室，那就是三个不同的场景。你的场景可能发生在卧室中的一对男女之间。他们热情地接吻，然后走到床边。在窗口，我们看到黑夜变成白天，然后镜头摇回到醒来的两个人，这就是一个新的场景了。为什么？你改变了场景的时间。这意味着灯光必须改变和重新定位。这就成为一个新的位置。

如果你的人物在夜间开着汽车在山路上行驶，而你希望表现他是在不同的地点，那就必须来回变换场景，例如"外景。山路—夜"变换到"外景。更远的山路—夜"。

改变摄影机（CAMERA，在电影剧本中通常将摄影机这个词大写）的方位或地理位置（physical location）通常都需要打破一个布景，重新建造一个。每个场景都要求摄影机位置有变化，因此要求场景自身组成要素的变化。这也就是为什么电影摄制组如此庞大、影片拍摄成本如此之高。由于劳动力价格不断上涨，每分钟的成本也跟着增加，结果我们要花更多的钱买票看电影。在撰写本书时，拍摄一部较大制作的电影作品大约每分钟需要花费1万美元。（当然，独立电影的情况有所不同。）

场景的变换在剧本的发展中是极其重要的。场景是动作的单元，或者说是核心，一切都发生在场景中——它是你用活动影像来讲故事的地方。

一个场景可以用几种不同的方式进行建构，这取决于你所讲述的故事的类型。对于许多类型的场景，你可以按照开端、中段、结尾来建构动作.一个人物进入这个地点——餐馆、学校、住所——就像电影剧本一样，场景也是按照线性时间进行展开的。《唐人街》中吉蒂斯与假的墨尔雷太太间的那段开场始于开端，结束于结尾。很多时候一个场景可能会在开端展示一个动作片段，在中段展示它的主要部分，而在结尾处展示另一个部分。或者你可以开始一个场景,然后切换到一个闪回,如影片《谍影重重2》、《凡夫俗子》,而后再回到当下,在现实的时间中结束。《末路狂花》中塞尔玛抢劫便利商店的场景便是一个很好的例证。场景开始于塞尔玛跑出便利商店,向露易丝大声叫喊着"走……走"。露易丝问她发生了什么,镜头便一下切到塞尔玛抢劫商店的场景;然后镜头拉回,在警察局里,一群警察正在看着这段视频;镜头再一次切回现在的露易丝和塞尔玛,她们仍在逃亡。

再重申一遍,这没有一定之规——是你在讲故事,由你决定规则。有时候,在某些情况下,按照开端、中段、结尾来编排场景的动作线,然后使用动作线的一些部分,或零星片段来展现场景,这种方法还是不错的。

每个场景都必须向读者或观众揭示必要的故事信息的一个要素。记住,场景的目的或推动故事向前发展,或揭示人物的有关信息。一个场景很少提供一条以上的信息。很多时候我会阅读包含两条,有时候甚至是三条信息的场景,那似乎有些太多了。它会使叙事线陷入泥沼之中,变得混乱不堪。

一般来讲,有两类场景:一类是这里发生了某些视觉性的事情,比如一个动作场景——《黑客帝国1》的开场,或者《冷山》中的战争场景。另外一类是人物间的对话场景,如《卡萨布兰卡》,或者《唐人街》中著名的"打耳光"场景,或者《特伦鲍姆一家》、《木兰花》中各式各样的创意场景。大多数场景是这两者的结合。在对话场景中常有一些动作在进行,而在一个动作场景中也常有一些对话。

由于剧本上的1页约等于银幕时间的1分钟,大多数的对话场景最好不要超过2至3页。也就是2至3分钟的银幕时间,信不信由你,这在银幕上是一段相当长的时间。有一次,我的一名学生在一出浪漫喜剧中写了一个长达17页的对话场景。不用说,这实在是太长太长了。我将这个场景进行了缩减,并在3页半的时候结束了它。这是个一般性的规则,当然,也有例外。有些时候,我们也会借用激烈的背景动作来强调对话场景,比如影片《借刀杀人》中,麦克斯将车开得越来越快,直至他撞上街道旁的护栏。

在你的场景的主体中,发生着某些特殊的事情——你的人物从A点发展到B点,或是情感上的成长,或是做出某项决定;或者你的故事在动作叙事线、情节点方面从A点发展到B点。故事总是向前发展的,甚至于"闪回"也是如此,如《英国病人》《谍影重重2》《卡萨布兰卡》《记忆碎片》《时时刻刻》及许多其他影片。

在《时时刻刻》中,三个故事与推动故事向前发展的闪回相互关联。三个故事均开始于主人公在清晨醒来,结束于夜晚时分。总的说来,这是三个人物生活中的一天。整部作品的结构把闪回作为故事的必要组成部分。闪回是用来扩展观众对故事、人物及情境的理解的一种技巧。闪回的目的同场景一样——或推动故事向前发展,或揭示人物的有关信息。

你应该怎么样着手来创作一个场景呢?

首先创作场景的来龙去脉,然后决定内容,即发生了什么。场景的目的是什么?为什么要这个场景?它是如何推动故事向前发展的?在场景的主体中都发生了什么事情?进入这个场景前,他(她)在哪?在这个场景中,作用在人物身上的情感力量是什么?他们是否影响到场景的目的?

有时候,一个演员在处理一个场景时,其实就是在找出他在那里做了些什么,即他的目的,他从哪来?这个场景之后他又应该到哪去?在这个场景中他(她)的目的是什么?为什么他(她)要出现在这个场景中?是要推动故事向前发展还是揭示人物的有关信息?

作为一个剧作者,你有责任知道你的人物为什么要出现在一个场景中,这个场景的目的是什么,以及人物的行动和对话是如何与故事产生关联的。你必须知道你的人物在这个场景中遇到了什么事情,还要知道他们在场景之间遇到了什么:从星期一下午在办公室到下一个场景——星期四晚饭之间都发生了什么事情?如果你不知道,那还有谁能知道呢?

通过创作来龙去脉,你决定了戏剧性目的,并且可以由一句一句的对话,一个一个的动作来构建你的场景。创作出来龙去脉,你就确定了内容。

那么你该怎样做呢?

找出场景的组成部分和要素。你在这个场景中将表现人物的职业生活、个人生活或私生活的哪些方面呢?

让我们回到那三个家伙打算从美国国家航空航天局休斯敦大楼里偷窃月球标本石的故事吧。我们需要写的是展示人物犯下罪行的场景。至此,他们仅限于纸上谈兵。现在，他们决定要动手了。这就是来龙去脉。接下来该轮到内容了。

这一场景发生在哪里呢？

家里？酒吧？汽车里？还是在公园里散步呢？也许是一个安静的场所，像是高速公路上的一辆租用车？这也许有效，但是我们也可以运用一些更富有视觉性的东西——因为这毕竟是一部电影。

演员时常会以场景的"反衬法"（against the grain）来进行表演，也就是说，他们常常不是以显露的方法，而是以不显露的方法来处理一个场景。比如，他们在演"愤怒"的场景时温柔地微笑，把他们的激愤和气恼隐藏在和善的面孔下面。白兰度就擅长此道。

当你写一个场景时，设法寻找一种与场景"反衬"的戏剧化手法，或者一个能增加视觉趣味性的地点。在《银线号大血案》中，科林·希金斯写了一个场景：吉尔·克雷伯格与吉恩·怀尔德在谈恋爱，他们谈论的却是花。这十分美妙。在《上海小姐》中有一个爱情场景，是奥逊·威尔斯和丽塔·海华斯在水族馆里面，他们站在鲨鱼和梭子鱼前面谈情说爱。

假定在月球标本石的故事中，我们用一个拥挤的夜间台球房作为"决策"的场景，而不是把它设置在面包车这样一个安静的地点。我们可以在这个场景中加入悬念的因素。我们的人物边打台球边讨论着他们的窃取计划，假设这时候一名休班警察走进来，转了一圈。这样就增加了戏剧性的紧张感。（希区柯克就总是这样做的。）我们可以从一杆打出8个球开始，然后拉回来，展现倚靠在台球桌边上的人物正谈论着这个勾当。

假定我们要写一个家庭感情破裂的场景。那么该如何写呢？

首先，确定这个场景的目的。在这种情况下，我们想展示这个家庭的家庭关系，其成员间的关系如何。然后，确定场景发生的地点和时间，是白天还是晚上。它可以发生在任何地方：在汽车里面，在散步的时候，在电影院，在家里的饭厅里。

在《美国美人》中，有一个非常棒的场景，揭示了莱斯特和他的家庭存在着的不协调的方面。莱斯特，他的妻子卡罗琳，以及他们的女儿珍妮，在我们看过他们一天的生活后，正共进晚餐。编剧阿兰·勃尔将这个场景设定在饭厅里，一个看上去非常美丽的地方：暗淡的灯光，摆设非凡的餐桌，燃烧着的蜡烛，背景播放着浪漫版的《你太美丽》（You Are Too Beautiful），桌上摆放着娇艳的玫瑰。简而言之，一切"看上去"都如此美妙；至少，表面上是。这个场景简直就是一幅诺曼·洛克威尔的画作。这就是情境。

这个场景的目的是什么？为了展现这个家庭成员间的互动情况。在一切看似美好的外表下，内部正发生着什么？首先，珍妮抱怨起播放着的音乐："妈妈，一定要听这种电梯音乐吗？"卡罗琳回答说，"不一定。只要你煮出美味又营养的晚餐，你就可以听任何你喜欢听的音乐。"莱斯特询问珍妮在学校一天的情况，她回答说："可以啦。""只是可以吗？"莱斯特问。她看着她的父母，然后以讽刺的口吻说："简直精彩极了。"莱斯特抱怨他的工作，然后发牢骚说珍妮甚至不再留神听他说话。她回答说，"你好几个月没有跟我说过话了。"然后便起身离开了餐桌。卡罗琳眼带批评之意看着莱斯特，他嘟哝着说："你是模范母亲吗？你当她是雇员……你当我们都是雇员。"然后他也突然离开餐桌，试图在厨房里修补与珍妮的关系，留下卡罗琳独自一人坐在这个美丽的地方，听着约翰·科尔特兰和约翰尼·哈特曼那首令人难忘的经典老歌："你太美丽……。"

这是一个杰出的场景！它既向我们展示了表象，也展示了内在的部分。在内在的部分中，我们看到了一个完全不健全的家庭。人物带着对自己和对彼此的不满出场。寥寥数语，却喻义深阔。设置情境，并通过情境揭示家庭的不协调面，这是一个完美的例证。

当你着手写一个场景时，先确定这一场景的目的，然后找到场景内的组成部分和要素。假定你要写一个餐馆的场景，哪些元素是你能有效利用的？也许，服务员得了感冒，或是刚开始染上；也许，他（她）过度劳累，有太多的工作需要处理；也许，他在来上班前和重要的另一半发生了分歧；也许，邻桌的夫妇因低迷的时装业展开了讨论，不久后讨论升级并侵扰到了场景中的人物。安排发生一些可能影响人物的事情。寻找任何你能用上的要素来产生某种形式的冲突，或作用于人物，或作用于饭店本身。

这样场景的内容就成为了情境的一部分。

这种做法使得你能驾驭你的故事，而不是让故事驾驭你。作为一名剧作者，你必须在你所做的创造性决定中、在场景的结构和呈现中进行选择和承担责任。毕竟，决定故事线发展的是叙事中人物的选择。

在场景的情境中，你可以用所写的描述文字支配影片的基调、气氛和氛围。在《借刀杀人》中，编剧斯图尔特·比蒂（Stuart Beattie）用简短、支离破碎的语言描绘洛杉矶："黄色调。如同一条银色缎带。城市闪烁着金属的微光。一盏盏车头灯蜿蜒驶过，融为一条白线。刹车灯飞掠而过，划下红色的线条。头顶的亮光投射在挡风玻璃上，仿佛流动着的液体……"这种风格，这些关于城市的描绘给人以一种强烈的电影化的现实感，描绘出我们的所见所感，以及夜晚城市充满活力的脉动。导演迈克尔·曼出色地将这一切呈现于观众的眼前。

在《借刀杀人》中，第二幕结尾的情节点是一个动作场景，经历了韩国夜总会混乱枪战后的一段狂野的出租车之旅，文森特粉碎了麦克斯的梦想。这个例子很好地说明了场景中的对话是如何在营造紧张气氛的同时揭示人物信息的。在文森特从洛杉矶警察局的菲宁警探（马克·拉夫洛饰）手中"救出"麦克斯后，这个场景便开始了。文森特把麦克斯拉回车里，然后他们就离开了，朝着市中心开去。

外景。高空镜头：洛杉矶城市风光—夜景

　　从上直摇而下。奥林匹克大道上一片冰冷的路灯光。唯一向东行驶着的便是这辆黄色的出租车。其他的一切向西流淌着。紧急救援车辆。一闪而过的车灯。

内景。麦克斯的出租车—麦克斯

　　处于极度震惊的状态。仿佛置身于炼狱之中……永远地坐在他的出租车前座上。随着这孤独的黄色出租车向东开去……

文森特
　　混蛋。只差波兰骑兵队没来了。

　　麦克斯的性命，操控在文森特的手中，俨然成了一场噩梦，不断重复，没完没了。此刻，文森特意识到他正受到沉默对待。

（接下页）

文森特
你没死。是我救了你。我们还在呼吸。你有感谢我吗？没，还闭嘴不说话。你不想说话，叫我去死？……

麦克斯
（悄声说）
……去死吧。

文森特的注意力转向窗外，到处都是紧急救援的车流……他抬头看向天空，布满了**洛杉矶警察**和新闻直升机。

外景。街道——无名黄色出租车
向东驶去。其他车辆都冲向后头的混乱局面。

文森特（画外音）
好吧。
（停顿了一下）
……血，体液，还有死亡让你生气了？慢慢深呼吸。或者想一想，我们终究是要死的……

麦克斯（画外音）
你为何要杀菲宁？

文森特（画外音）
谁是菲宁？

内景。出租车

麦克斯
那个条子！

（停顿了一下）

你为何要杀他？你完全可以只是打伤他。他或许有家庭，有父母，孩子没父亲了。他相信我，他是个好人……

　　　　　　　　文森特
他相信你，我就得放了他？

　　　　　　　　麦克斯
不是的，不只是这样。

　　　　　　　　文森特
你就是这么说。

　　　　　　　　麦克斯
是，那又怎样？

　　　　　　　　文森特
这是我的工作……

　　　　　　　　麦克斯
这种工作。

　　　　　　　　文森特
去市中心。

　　　　　　　　麦克斯
为什么是市中心？

　　　　　　　　文森特
你不会算啊？他们要我杀五个人。我杀了四个，还有一个要杀。

麦克斯
　　　　　　（严肃）
又一个。

　　　　　　　文森特
你又来这一套……!

　　　　　　　麦克斯
你为何不杀了我，另找一个司机?

　　　　　　　文森特
你人可靠。我们合作愉快。你知道……
　　　　　（停顿了一下）
……我们注定一起过这一关。

　　　　　　　麦克斯
你胡说八道。

　　　　　　　文森特
我胡说八道?
　　　　　（停顿了一下）

　　　　　文森特（继续讲）
你才胡说，我只是去杀坏人，我是在为民除害……

　　　　　　　麦克斯
这是你自己说的……

　　　　　　　文森特
你竟然相信我……?

　　　　　　　麦克斯
那他们到底干了什么事?

文森特

我怎么知道？

（停顿了一下）

他们都长得很像"控方证人"。一定是有人被扯上什么大官司吧……我不知道。

麦克斯

那就是原因？

文森特

那就是"为什么"。没有什么原因。

（停顿了一下）

没有什么对错可言。

麦克斯

那你又怎样想？

文森特

（抬起头）

……不干我事。

文森特看向窗外。

文森特（继续讲）

实际一点吧。这宇宙有千千万万个星星，每个都像一粒尘沙……我们也是，渺小无比。这个世界不会在意到你。那警察，你，我？

（停顿了一下）

谁会发觉？

麦克斯

他们给了你多少钱？很多？

文森特

是的。

麦克斯

之后你要做什么？

文森特

什么之后？

麦克斯

当一切都够了，当你得到足够多的钱。那时候你要做什么？

文森特

说得明白点。

麦克斯

你有计划吗？有类似"金盆洗手"的打算吗？

文森特没有通盘计划。他的人生没有前进的目标。他只是行尸走肉般地活着，终日忙忙碌碌，过得毫无意义。

麦克斯（继续讲）

还是你就一直这样毫无目的地做着同样的事？因为你是受损物品吗？清晨当你醒来，睁开眼睛，周围有人吗？有人在家吗？

文森特

不，我会带上笑脸，然后开始我的一天。

麦克斯

老兄，我觉得你很烂。正常人所有的理性……你却，没有。你怎么搞的？你为何还不杀我？

　　　　　　　文森特
洛杉矶这么多计程车司机，我还真选到一个心理学家咧。

　　　　　　　麦克斯
快回答。

　　　　　　　文森特
看看镜子吧。
　　　　（争论）
纸巾，干净的计程车，礼车公司的梦想。你到底有了多少钱？

　　　　　　　麦克斯
不关你的事。

　　　　　　　文森特
有一天？"梦想会成真"？
　　　　（停顿了一下）
有一天你醒来，会发觉梦想没有成真。根本不会成真。因为你根本不会去做。梦想会成为过去，消失不见。然后你自欺欺人，告诉自己它永远不可能实现……你会忘了梦想……每天坐着，看一整天电视，看一辈子。
　　　　（停顿了一下）

　　　　　文森特（继续讲）
还拿杀人来对我说教。你才是每天在这车里一点一点地自杀。

麦克斯认真地听着每一个字。

　　　　　文森特（继续讲）
你能买一辆豪华礼车就不错了。你干嘛还在开计程车？还有那个女的（即贾达·萍克·史密斯扮演的安妮，麦克斯在事故开始时遇见的那个女孩），你也不敢打给她。

车速表上的指针转过了40。

麦克斯

因为我没真正检视我的生命。

文森特

慢一点。

麦克斯
（无视他）

我应该自我检讨。（停顿了一下）我尝试赌博碰运气，但没成功。我要完美。排除万难。其实我要几时开始都行……

指针跨过60……

文森特

红灯。

麦克斯

但你知道吗？这算得了什么？不会怎样的。我们根本什么也不是。什么"时空交错"那些鬼东西。这是我后面的杀人狂说的。不过，我应该感谢你一件事……因为我从来没这样想过……

车飞快地驶过亮着红灯的十字路口。麦克斯突然转向，一辆**洛杉矶时报的运货车猛地刹住车**，这才勉强避免了碰撞的发生。

文森特

刚刚那是红灯！

麦克斯从后视镜中瞥了一眼。

> **麦克斯**
> ……从未。不成功又怎样？再做吧。反正都一无所有，对不对？

文森特用枪指着麦克斯的脑袋。麦克斯几乎要发笑。

> **文森特**
> 开慢点！

> **麦克斯**
> 为什么？要枪毙我？你要开枪毙了我们？快开枪啊，开枪啊。

> **文森特**
> 开慢点！

> **麦克斯**
> 文森？

他们的眼神在后视镜中交汇。文森特注意到麦克斯那从未有过的眼神。这是一个一无所有的男人镇静而富有对抗性的眼神。

> **麦克斯（继续讲）**
> 你去死吧！

麦克斯猛地刹车，狠狠地向右急转方向盘……

外景。街道—右车轮

撞上了矮护栏，车尾掉落，向右前方飞转出去，车猛地翻覆，车底朝天，沿着街道快速翻转，**猛地撞到**其他车辆，碎片掉落，玻璃横飞……车底朝天，慢慢地旋转，最终嘎的一声停了下来，防冻剂洒落在人行道上。

然后，一切又重归平静，一动不动，万籁俱寂。

此后,我们被这劫后余生的段落所吸引。哇!一场虚拟的文字攻击——爆炸性的,迅速发生的,视觉动态及情感洞察;对话简短干脆,尖刻,带着我们如闪电般划过页面。最重要的是,这对于麦克斯而言是一场顿悟。从多方面来看,这是吸引观众眼球的一幕。

场景开始于韩国夜总会的枪战后。在一片紧张的气氛中开始,与之前混乱的枪战相似。随着车速的提高,车内的气氛越来越紧张,麦克斯和文森特你一句我一句地针锋相对。如果麦克斯希望能够安然地从这场噩梦中脱身,那么他可以做的选择屈指可数。

首先,它不仅激动人心,故事情节饱满和充满悬念,而且还揭示了场景的真实目的:既推动故事向前发展又揭示主要人物的相关信息。它同时作用于身体和情感两个层面。在这个场景中,随着麦克斯和文森特飞快地驶向市中心,人物的外壳被一层层地剥离,个人经历和不同观点渐渐地被揭示出来。据文森特所说,在这世上,我们渺小无比,只是银河系浩瀚空间中的一粒尘沙。生命根本就是毫无意义,没有计划,没有目标。这个场景是第二幕结尾的情节点,将我们带向第三幕,即结局。车祸后,剩下的唯一问题便简单了许多:麦克斯能否活着离开?此时,他得知第五起谋杀的对象是安妮,他能否阻止文森特?

随着文森特追问并摧毁麦克斯的梦想,场景将人物信息一点点地展现于观众面前。到目前为止,据文森特所说,麦克斯一直活着梦想中,活在"总有一天"的状态中;总有一天,他会实现梦想,开一家小岛礼车公司;总有一天,他会去见他的梦中情人;总有一天,他会实现一切,像个人充实地活着。这是一个非常美好的梦想。文森特却告诉他,现实中只有现在,今天,当下,此刻。等待梦想中的"有一天",看上去好像是在追求完美,实际上却只是一个借口。引用我的良师益友让·雷诺阿的话说,"总有一天"是一个"只存在于大脑中,并不存在于现实中"的概念。

是什么力量使得这两个人物互相进行人身攻击?在夜总会里,这位职业杀手,不顾一切地完成了他的第四项任务;现在,麦克斯正载着他朝第五个目标驶去。又一次，麦克斯几乎就像是一名犯人，他可以做的选择屈指可数；要么他找到办法安全地逃脱，文森特在完成最后一起谋杀后将他杀死，要么他设法杀死文森特。

你会发现这个场景并不仅仅是又一个对话场景。麦克斯和文森特坐在超速行驶的车内，从韩国夜总会极度混乱的枪战中逃了出来。外头也是一片紧张气氛——警察，其他车辆，直升机，交通灯——这一切阻碍着他们的行动，演化成冲突的来源，增强了他们彼此间严苛的唇枪舌剑的紧张感。

在这一场景中，还揭示了另一些东西。刚开始时，麦克斯被描绘成一个懦夫，一个害怕与老板、调度员对抗的人，一个活在明信片所描绘的"总有一天"的梦想中的男人。但他却改变了，终于起身反抗，勇敢地面对他的宿敌。

这并不是自然发生的，而是从剧本的开端一步一步地逐渐建立起来的。在文森特和麦克斯发生不愉快的时候，是文森特抵抗了调度员的牢骚，是他告诉麦克斯如何保护自己不受上司的欺负。麦克斯积聚了足够的力量，将文森特的公文包扔到高速公路上，毁了它。后来，他被迫面对贩毒集团首领菲利斯，并且活着走了出来。也许有人会说，这些不可思议的元素实在无法让人认真对待，但在我看来，它们非常有效。如今，受到文森特言语的刺激，麦克斯有了撞毁车子的勇气，这也许会杀了他自己和文森特，但至少能够阻止文森特完成他今晚的最后一起谋杀。

简而言之，这个设置在超速行驶的车内极度愤怒且混乱的局面中的场景，让我们看到了麦克斯的转变，并最终将我们引向影片的结局。麦克斯完成了他的人物框架的架构。

这是一个了不起的场景。

那么，这些法则是否同样适用于喜剧呢？喜剧就是要创造一个情境，然后让人对这个情境或人物彼此间做出动作和反应。在喜剧中，你不能让你的人物故意去逗乐，他们必须相信自己所做的事情，否则就会变得牵强和做作，因此也就不可笑了。

还记得《安妮·霍尔》中那个露天餐馆的场景吗？安妮（黛安·基顿饰）告诉艾维（伍迪·艾伦饰），她只想和他做"朋友"，而不愿意再继续他们之间的关系了。两人都很不自在。影片通过加强喜剧性的弦外之音而给这个场景增添了紧张感。离开餐馆时，他撞了好几辆车，而且当着警察的面撕毁了驾驶执照。伍迪·艾伦利用情境营造了最强烈的戏剧性效果。

马塞洛·马斯楚安尼（Marcello Mastroianni）主演的意大利影片《意大利式离婚》（*Divorce—Italian Style*，1961），是一部经典的喜剧片，与悲剧只有一线之隔。但，毕竟，喜剧和悲剧是一枚硬币的两个面。马斯楚安尼娶的那个女人有强烈的性要求，而他应付不来——尤其是当他遇到对他着迷的年轻又性感的表妹。于是，他想要离婚，但是教会不准许。[1] 这位意大利男人该怎么办？教会唯一认可的结束婚姻的情况是他的妻子死亡，可是她却健壮如牛。

于是，他决定杀死她。但按照意大利的法律，只有妻子不贞时做丈夫的才能名正言顺地杀死她而不受法律的制裁，他必须戴上顶绿帽子。于是他四处为自己的妻子找个情夫。

这就是情境！

经过了许许多多的滑稽事件，她对他真的不贞了，他意大利人的自尊和荣誉感要求他必须采取行动。于是，他跟踪她和她的情夫来到爱琴海的一个岛上，他手里拿着枪去寻找他们。

人物陷入了情境之网中，他们极其认真地扮演着各自的角色，其结果是一部绝佳的喜剧影片的诞生。伍迪·艾伦说过，在喜剧中"表演得滑稽是最糟糕的事情了"。

喜剧就像正剧一样，取决于"真实情境中的真实人物"。

当你着手写一个场景时，先找出这一场景的目的，然后赋予它地点和时间。接着建立来龙去脉，确定内容，然后找出场景内的组成部分或要素来构建场景并使它运转起来。

就像一个段落、动作或完整的剧本一样，每一个场景都有明确的开端、中段和结尾。如果将场景的组成要素划分为开端、中段和结尾，那么你就可以将零星的动作有效地组建起来。在《借刀杀人》中，我们看到整个场

---

[1] 意大利的天主教教规是不允许教徒轻易离婚的。——译者注

景：开端，麦克斯和文森特朝市中心驶去；中段，他们发生争论；结尾，麦克斯踩足油门，撞毁车子。

没有必要去表现整个场景。你可以只从开端选择几个部分，或者只选中段或结尾。一个场景很少是全部都表现出来的。威廉·戈德曼（《虎豹小霸王》、《总统班底》）的编剧）曾经指出，他不到最后的时刻是不进入场景的——也就是说，直到某个场景的目的得以展示时才进入。

作为一个剧作者，怎样创造一个个场景来推动故事向前发展，完全在你的掌握之中。你自己决定表现场景的哪些部分。

 练习

通过创造出一个来龙去脉，然后设置内容写出一个场景来。找出这个场景的目的，然后再为它选择地点和时间。找出这个场景的组成部分或要素去创造内外冲突，进而引发戏剧性情节。要记住，戏剧就是冲突，要把它找出来。

你的故事总要向前发展，一步一步地，一个场景接一个场景地向最后的结局发展。一旦你知道你在做什么，你便准备好了进行下步——编写镜头。

Chapter 11
段　落
THE SEQUENCE

　　　　形式遵循结构；结构却不遵循形式。

　　　　　　　　　　　　　　——贝聿铭，建筑设计师

　　"协同动力学"（synergy）是对于系统的研究，研究系统作为整体而独立于它的各个工作部分发生作用时的情况。著名的科学家、人道主义论者、穹顶建筑结构创始人R. 巴克敏斯特·富勒（R. Buckminster Fuller）强调指出："协同动力学"的概念是研究整体及其组成部分之间的关系，亦即如何成为一个系统。

　　电影剧本是由一系列的元素组成的，可以把它比作一个"系统"，即由许多互相关联的独立部分有次序地加以安排成为一个统一体或整体：太阳系是由绕着太阳运动的行星组成的；人体的循环系统是由人体各个器官结合起来而发生作用的；立体音响系统，无论是模仿的还是数字的，都是由放大器、前置放大器、调谐器、CD/DVD播放器、盒式磁带放音机、扬声器、唱盘、拾音头、唱针及其他技术设备所组成。把这些部分放在一起，按照特殊的方式排列起来，系统将作为一个整体发生作用。对于整个立体音响系统，我们从不去判定它的各个独立部分，而是从"声音"、"音质"

和"性能"等方面来衡量整个系统。

　　电影剧本就像是一个系统，它由若干特定的部分组成，这些部分是由动作、人物和戏剧性前提联系和统一起来的。我们通过它能不能"发挥作用"或作用发挥到什么程度来对它加以衡量或评价。

　　电影剧本作为一个"系统"，是由结尾、开端、场景、情节点、镜头、特技效果、外景拍摄地、音乐及段落等特定元素构成的。这些故事的诸元素由动作和人物的戏剧性推动力统一在一起，按照特殊的方式加以安排，然后从视觉上展现出来，从而创造出一个整体，也就是众所周知的"电影剧本"。

　　从我的角度来讲，段落也许是电影剧本最重要的组成部分。① 段落就是用单一的思想把一系列的场景联结在一起，有明确的开端、中段和结尾。它是统一在某个单一思想下的一个单元或一个戏剧性动作单位。它是电影剧本的骨架或脊梁骨，就像结构本身的性质一样，它把所有的东西串在一起。

　　记得《奔腾年代》中"战将"的比赛段落吗？那是一个很长的段落，将话题渐渐引到"战将"与"海洋饼干"的比赛上。它简直就是段落中的段落。段落开始时，"战将"的主人，塞缪尔·瑞德，同意他的冠军纯种马参加与"海洋饼干"的比赛。"海洋饼干"团队穿越了整个国家，然后抵达皮姆利科，参观了"战将"的训练。整支队伍都被他的体格和速度所震惊，他们意识到"海洋饼干"需要一个"优势"。这就是这个段落的开始。

　　中段——为了远离媒体狂热的关注，队员们在夜里训练"海洋饼干"。他们"借了"一个钟，训练"海洋饼干"听铃声行动。比赛马上就要举行前不久，骑师瑞德（托贝·马奎尔饰）在帮一位老朋友忙的过程中不慎将腿摔断，他们不得不再找一位新的骑师。"海洋饼干"继续接受着训练，瑞德则在医院里向乔治·沃夫（那位新的骑师）传授"海洋饼干"

---

① 原文为"sequence"，意思是说小说、故事、戏剧和电影中任何一个完整的情节。此处我们译为"段落"，情节段落之意，亦可作"一段戏"解。——译者注

的比赛习惯。

这节的结尾简直就是段落中的段落。比赛本身也被划分为开端、中段和结尾。

我们可以将之称为"比赛"。比赛当天，观众们抵达马场，随着内场被挤满，人们兴奋的情绪愈加高涨，这就是比赛段落的开端。镜头转换至更衣室，汤姆·史密斯（克里斯·库柏饰），骑师乔治·沃夫（真实生活中的赛马骑手加里·史蒂文斯）及查尔斯·霍华德（杰夫·布里奇斯饰）正为这场惊人的赛事做着准备，商讨着最后一刻的备战对策。

中段便是比赛本身：两匹赛马被领到起跑线上，准备就绪，然后铃声响起。比赛开始了，我们看到全国的注意力都集中到了这两匹在赛道上奔驰的赛马身上："NBC实况转播比赛，美国企业一律上半天班，好让员工能听转播……"叙述者用画外音如是告诉我们。导演兼编剧加里·罗斯甚至剪接了一些经济大萧条时期的美国图片，人们挤在一起，收听着广播。这对于经济大萧条时期的人们而言是多么重要的一场赛马。甚至有人说，富兰克林·D·罗斯福总统也停下手中的国家大事，收看了这场比赛。

这场比赛本身就是一场令人陶醉的演出，富于电影风格并且悬念迭起。镜头来回切换，两匹马并驾齐驱。而后"海洋饼干"开始加速，将那匹大马远远地抛在了身后，并最终以领先5个马身的优势赢得了比赛。场内一片雀跃，人们互相拥护，大声欢呼喝彩。瑞德在医院的病床上听着广播报道，"海洋饼干"被主人和媒体簇拥着，站在赛马场边上的优胜者小场地里，这个段落便就此落下了帷幕。

这是一个令人难以置信的段落，你可以看到它有明确的开端、中段和结尾。比赛段落本身也有开端、中段和结尾。这就是一个结构周密的段落所具有的价值。它在揭示人物信息的同时，也不断推动着故事向前发展。

段落是用单一的思想联系起来的一系列场景，通常用一两个字就能描述：如婚礼、葬礼、追逐、竞赛、选举、团聚、抵达或起程、加冕典礼、抢劫银行等。段落是用几句话或几个字就能表明的一个特殊的想法。例如，

"海洋饼干"与"战将"的比赛就是戏剧性动作的一个单元或单位；正是来龙去脉，正是这一特殊的想法将内容安排在合适的位置，就像一只空的咖啡杯盛装着咖啡、茶、水、牛奶、果汁或是其他什么东西。一旦我们确定了段落的来龙去脉，我们就可以赋予它内容，创造这个段落所需要的特定细节或成分。

段落是剧本的关键部分，因为它把叙事行动的重要组成部分都安排妥当，就像珠宝盒把钻石项链固定在合适的位置一样。你可以直接地把一些场景"串"起来或"挂"起来，从而创造出一大段戏剧性动作。

还记得《教父》开始时的婚礼段落吗？记得《借刀杀人》影片最后，文森特追杀安妮和麦克斯试图救她的动作段落吗？还有《冷山》中作为开端的那个包含了现在时和过去时两个不同的时间段的战争段落，《美国美人》中卡罗琳下定决心"我今天要把这房子卖出去"的那个房地产段落，《特伦鲍姆一家》影片开始时介绍这个家庭的段落，以及《指环王3：王者归来》最后的战争段落？

记得《黑客帝国1》中尼欧和崔妮蒂营救莫斐斯的那场戏吗？他们来到关押莫斐斯的大楼的前厅，在楼里他们炸开了一条路，然后迅速跑到电脑人史密斯关押莫斐斯的楼层。他们打出一条血路，救出莫斐斯，然后奋力逃了出来。开端、中段和结尾，一切都是依据一个词——"营救"来进行设计和安排的。

这是理解电影剧本写作的一个重要概念。它是电影剧本的组织框架，是形式，是基础，是电影剧本的一个主要基本单位。

当代电影剧本，如现代电影剧作家阿兰·勃尔、理查德·拉格拉文尼斯、韦斯·安德森、罗伯特·唐尼、史蒂文·克罗维斯、弗兰克·达拉邦特、罗·贝斯、詹姆斯·卡梅隆、加里·罗斯、斯图尔特·比蒂——只选这几人为例——所采取的形式都可以说是由一条戏剧性故事线所捆绑或联系起来的一系列的段落。例如，斯坦利·库布里克的史诗片《巴里·林登》便是由一系列的段落所组成的；詹姆斯·卡梅隆的《终结者2：末日审判》和史蒂文·斯皮尔伯格的《第三类接触》都是如此。

为什么段落如此重要呢?

请看下面这个示例:

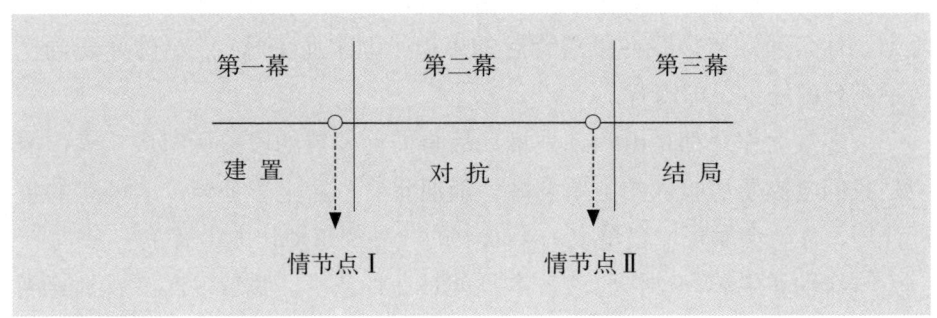

正如已经讨论过的,在着手写电影剧本之前,你必须清楚地了解四件事情:开端、第一幕结尾的情节点Ⅰ,第二幕结尾的情节点Ⅱ,以及结尾。当你知道了这四个元素是什么,并且完成了动作和人物必要的准备工作之后,你就可以动手写作了。

有时,当然不是经常,这四个故事点就是段落。你可以像《教父1》那样用一个婚礼段落来开始你的影片;也可以像《黑客帝国1》那样用尼欧与莫斐斯见面并选择红色药片那样的段落作为第一幕结尾处的情节点;你也可以写一个像保罗·托马斯·安德森在《木兰花》中那样的段落,九个人物,全都处于严重的情感压力状态之中,唱着艾美·曼的《别傻了》(Wise Up)。这很好地说明了段落的创造性。你可以用一个戏剧性的段落来结束影片,就像加里·罗斯在《奔腾年代》中所做的那样;或者,你也可以用一场戏剧演出来解决你的剧本,就像韦斯·安德森和欧文·威尔逊在影片《青春年少》中所做的那样。

你可以按照自己的方式去写段落,它们是创造性的、没有限制的,在这里,你可以在动作所组成的画布上描绘你的图像。需要指出,在一个电影剧本中,段落的多寡是不固定的,你不必用什么12、18或20个段落来凑成一个电影剧本。你的故事本身会告诉你需要多少段落的。弗兰克·皮尔森(Frank Pierson)构思创作了由12个段落构成的《热天午后》。他最初只写了4个段落:开端、第一幕和第二幕结尾的两个情节点,以及结尾。

后来他根据叙事线又加了8个段落，从而构成了一个完整的电影剧本。

请考虑一下吧！

你可以按照你自己的意愿多写或少写几个段落。数量多寡没有固定的规则。你必须知道隐藏在段落背后的思想，即来龙去脉；然后你才能创作出一系列的场景，即内容。

大多数动作片都是由一系列推动故事向前发展的段落所组成。动作类型是我们电影票房收入的主要来源，随便看看一家电影公司未来一年的生产计划，你就会发现，名单上一半以上的产品都与动作电影有关。

写作动作电影和动作段落，本身就是一种艺术。我曾多次阅读到充满了无休止的动作的电影剧本——事实上，有太多太多的动作，却很少有甚至没有人物刻画，反而让它变得索然无味而且显得啰嗦。面对语言和图像的狂轰滥炸，读者和观众变得不知所措和麻木。有时候，好的动作剧本可以有强烈个人风格的动作段落，但前提是它会是一个牵强、沿袭前人的作品。它需要一个"新面貌"，或者一个更为有趣的概念。

为什么？因为情节、人物或动作本身出现了一些问题。有些作家天生拥有描写动作的能力，而其他一些作家则更擅长于人物写作。需要强调，在你写作任何类型的动作影片或动作段落前，你必须知道什么是动作电影，它的本质是什么。曾经，我有一名学生写了一个关于海军飞行员的剧本，他被派往国外营救一名被绑架扣为人质的科学家。这是一个很好的假设，有很多可以创造推动故事闪电般发展的重要动作段落的机会，但这并不奏效。为什么？因为他没有创造出一个吸引人的主要人物。而且他不了解他的主人公，大多数的对话由说明性的元素组成，旨在推动故事向前发展，但它并不起作用。我们对这位被派去营救科学家的人毫无了解，他是谁？他从哪来？我们根本不知道他的想法或感受，以及作用于他的人生的力量。

这并非所有的罕见之处。当你写作类似于《谍影重重2》或《借刀杀人》这样的动作电影剧本时，必须把重点放在动作和人物上；两者必须相互依存、相互作用。否则，将会产生问题，往往会发生动作压盖故事情节、削弱人物形象的情况，导致剧本平淡无趣，纵使它写得有多好，也无法弥补。

必须在高峰与低潮间取得恰当的平衡，在素材中为读者和观众留有停顿和喘息的余地。

　　写作一个动作段落是一种明确的技能，好的动作剧本通常带有色彩、步调、悬念、紧张气氛，以及大多数情况下都有的幽默。《借刀杀人》中，麦克斯和文森特之间的交流经常是幽默而且富有见地的。记得布鲁斯·威利斯所饰演的人物在《虎胆龙威》(杰布·斯图尔特、史蒂文·德·苏沙编剧）中的喃喃自语，或是《生死时速》(格雷厄姆·约斯特编剧）中公共汽车成功飞跃高速公路巨大的断口吗？我们对《侏罗纪公园》(大卫·凯普编剧）、《逃亡者》(又名《亡命天涯》，大卫·杜西、杰布·斯图尔特编剧）、《猎杀红色十月》(拉里·弗格森、唐纳德·斯图尔特编剧）等优秀动作片记忆犹新，被它们的动作以及参与动作的人物深深打动。但我们通常会忘了所有那些酷酷的飞车追逐和占据了动作片大多数画面的爆炸场面，写作动作电影的关键在于写作动作段落。在像《终结者2：末日审判》(詹姆斯·卡梅隆、威廉·威舍尔编剧，90年代最具影响力的电影之一）这样的动作片中，一切都围绕着六个主要的动作段落进行安排和取材。介绍完终结者人型机器人T-1000、约翰和莎拉后，第一个主要段落是年轻的约翰·康纳被"终结者"救出；第二个是"终结者"和约翰将母亲从监牢中救出；第三，在恩里克加油站"休息"时，他们抓紧装备武器；第四，莎拉试图杀死迈尔斯·戴森，未来机器时代芯片的发明者；第五，"天网"之围；第六个段落是突围和追逐，并最终以炼钢厂的那场戏结束。整个第三幕简直就是一个没有停顿的动作长段落。

　　这六个关键段落将整个故事组织起来（这是结构的功能）。在这个结构框架中，詹姆斯·卡梅隆和威廉·威舍尔创造了一个充满活力且引人入胜的前提，同时也创造了一些有趣的角色。这与特技效果一起造就了一部真正令人难忘的动作电影。不要忘记废置加油站的那段"休息期"，这段时间我们才能"喘口气"，进一步了解人物。然后做好准备，重新出发。

　　是什么造就了一部优秀的动作电影？动作段落所带来的激情！记得《布利特》和《法国贩毒网》中的追逐场景吗？霍华德·霍克斯的《红河》中开始赶牛的段落？《日落黄沙》影片结尾的"散步"段落？

《黑客帝国1》影片最后的段落？《虎豹小霸王》中，骑警紧追不舍，布奇和"太阳舞"小子在走投无路之际逃入深涧逃生的段落？这样的例子不胜枚举。

　　写作一个优秀的动作段落的关键在于它的构思方法。记住，一个段落就是用单一的思想把一系列场景联系在一起，并且有明确的开端、中段和结尾。如前所述，一个段落就是一个由单一思想所联结起来的完整的个体：如追逐段落，婚礼段落，派对段落，打斗段落，爱情段落，暴风雨段落。

　　段落构思的美妙之处就在于，你可以运用许多不同的元素将它变得容易被记住、激动人心、充满活力。我最喜欢山姆·佩金法导演的一个地方就是他构思段落的方式，我将其称为"影像对立法"（the contradiction of image）。事情出乎意料地发生并对动作的核心产生影响。我最喜爱的一个例子就是《日落黄沙》。它可以被简单地描述成持枪抢劫或银行劫案。这就是内容。

　　该片剧本开始于派克·比肖普（威廉·霍尔登饰）带领着一群亡命之徒，身着士兵制服，骑马闯入一座小城镇。他们经过一群正在纵火烧蝎子的孩子们，这短短的画面暗示了接下来将要发生的一切。

　　当"野战帮"进入城镇时，他们与一位站在帐篷下的传教士擦身而过，这位传教士正诵读着袖珍版圣经中利未记10:9谴责酒精的罪恶的经文："清酒、浓酒都不可喝……免得你们死亡……它终究会咬汝如蛇，刺汝如蝎。"在几乎每部佩金法的作品中，都提到了关于酒精的罪恶的类似话题。当然，他还从未像此次一般直接将其丢入场景之中。他将它作为了戒酒游行开始后突然爆发的动作不可或缺的一部分。

　　这段舞台说明，直接将派克的人物形象竖立了起来。

　　派克是一个深思熟虑、自学成才的高手，有点暴力倾向，天不怕地不怕，却惟独害怕自己和周遭发生的改变。毫无疑问，派克·比肖普不是一个英雄——他的价值观跟我们不同——他是枪战高手、罪犯、银行劫匪、杀人犯。他并不向往篱笆、手推车、电报或是好的学校教育。他与社会脱离并与社会作对，因为他信仰这种生活方式……

　　派克的人物形象直接揭示了他富有同情心的一面。当匪帮准备进入银行的时候，他不小心撞上一位年纪略长的女士，并把她的提包撞掉在地上。

每个人都定在那里，派克却很绅士地捡起了提包，弯曲手臂，挽着那位女士穿过街道。

银行劫案不仅仅为我们建置了一个动作段落。佩金法建置起人物和情境以便说明他的主题，即"不断变化的世界中不变的人"。两位主人公派克和达奇之间的关系即刻被确立。在第一个场景中，我们看到他们一块骑马，忠于彼此，又互相争斗。他们之间有着一段过去，他们知道抢劫银行和铁路的日子就"快要走到头"了，他们走投无路，唯一的选择就是死亡、蹲监狱，或者躲到墨西哥的一个小村庄过隐居的生活。

开场段落有三个独立的元素：持枪抢劫，戒酒游行，以及等着伏击"野战帮"的赏金猎手。银行对面的屋顶上，由德科·桑顿带领的赏金猎手们为了等候"野战帮"的到来已经等了好几个小时。烈日炎炎，他们又热又累，脾气也变得暴躁起来，但捕获或消灭"野战帮"能够获得巨额的报酬。

随着抢劫情节开始展开，所有这些元素都得以建置和确立。一切都将爆发成一段瞬息万变的动作段落，这只是一个时间的问题。

将这些不同的元素整合成一个动作段落，这正是与其他大多数动作导演相比佩金法技高一筹的地方。银行内，安吉，匪帮的一员，注意到街对面的屋顶上反射来的太阳光，察觉有来复枪。派克和达奇立即意识到有埋伏，于是利用戒酒游行队伍作为掩护，逃了出来，混入老年游行者、儿童和乐队成员之中。这时候宛如地狱爆裂，街道变成了一场混战，匪徒们趁势冲向他们的马匹，赏金猎人开火，男人、女人和孩子们互相碰撞着，在交叉火力中中弹。

这是个非凡的段落，运用所有的视觉元素抓住我们的注意力，将我们牢牢地吸引住，使我们坐在座椅边缘动弹不得。有时候，剧本可能不像预期的那样起作用，或者你觉得步调方面有问题，或者事情看起来枯燥无味，这时候，你可能会考虑增加一些动作段落以保持故事的发展和紧张的气氛。有时候，你需要做出断然的创造性决策以充实故事线。如果你这么做了，那么你需要检查一下这些素材，看看这些后加入的动作是否与你的原始构思相协调。这些素材必须是依据你的故事线设计的，并且与故事线融为一体，然后由你竭尽全力地去执行。通常，这些出路——汽车追逐、亲吻、枪战或谋杀未遂——总是将观众的吸引力引向自身，也因此变得不起作用。

　　大卫·凯普写过《蜘蛛侠》《碟中谍》《侏罗纪公园》和《失落的世界》（在此仅列举几部作品），他说，写作一个好的动作段落的关键就在于找到更多的方法来说有人"逃亡"这件事。"动作段落通常会用到大量的动词，"他说，"看看这些可能的情况：他跑去躲在石头后边。他冲向那块岩石。他翻过那块岩石。他匍匐在地上，发狂似地爬向那块岩石……类似的东西令我抓狂。急忙、小跑、疾跑、俯冲、飞跃、跳、飞驰、砰地关上。'砰地关上'，这个词，经常出现在动作剧本中。"

　　在动作场景中，凯普说，"有时候，读者需要强迫自己继续往下看，因为在电影中极富趣味性的情节对于阅读而言未必能够扣人心弦。我认为关键是，如果你希望它在电影中一晃而过，那么你就让事情一晃而过。你必须不断地寻找各种方法让动作段落可读性强并且便于读者在脑海中形成画面。"

　　那么，写作动作段落最好的方法是什么？

　　构思，从开端到中段，直至结尾，精心编排动作。写作的时候，注意措辞。动作不是用一堆风格优美的长句堆砌出来的。写作动作段落必须感情强烈、视觉化。读者要仿佛置身于大银幕前，能够看到动作。但如果你写得太少，没有尽量多地充实动作，那么动作线就会变得空乏、无法实现在优秀的动作段落中本应该有的扣人心弦的紧张感。我们处理的是活动影像，希望借由它能够将人们牢牢地吸引在座位上，充满兴奋或恐惧，或寄予厚望，将目光锁定在这个巨大的、将每个人聚集在这黑漆漆的电影院里的"情感区"。看看一些优秀的动作段落：如《冷山》的开场，《目击者》第三幕的枪战，《终结者2：末日审判》中的动作段落，《指环王3：王者归来》的结尾，《借刀杀人》最后一幕，《日落黄沙》中的火车劫案和最后的枪战。这些动作段落都是严格注意细节、经过精心构思和编排的。

　　下面是一个优秀的动作段落的范例；它简洁、文明，而且紧凑，完全有效，非常直观形象，没有在细节上纠缠不清。这是《侏罗纪公园》的一个小片段。这场戏发生在远离哥斯达黎加的岛屿上，它刚刚遭受过强烈的热带风暴的袭击，一名企图将恐龙胚胎偷运出去的员工切断了安全防御系统。两辆遥控电动车——一辆载着两名孩子和律师吉纳罗,另一辆车上是由山姆·内尔和杰夫·戈德布拉姆所扮演的人物——在厚实坚固、用于将恐龙拦截在禁区内的电力围栏边上停了下来。整个岛上的电力系统都停了,孩子们很害怕。他们紧张地等待着。

蒂姆摘下夜视镜,看着放在仪表盘上的凹槽里的两个透明塑料杯里的水。杯里的水震动了几下,泛起涟漪。
——后来,震动停止了——
——然后,又震了一下。有节奏地。
似乎是脚步声。
嘣!嘣!嘣!
吉纳罗的眼睛唰地睁开,他也感觉到了。他抬起头来,向后视镜看去。上头挂着一张通行证,轻轻地晃动着,左摇右晃。
在吉纳罗注视的同时,他的图像也晃动了起来,在后视镜里震了下。
嘣!嘣!嘣!

吉纳罗
(并不完全相信)
也……也许是电话要恢复了。

丁姆跳到后座上,又重新戴上了夜视镜。他转身向侧窗外看去。他能看到拴羊的地方。或者说是原来拴着羊。锁链还在那儿,但羊却不见了。
砰!
他们都吓了一跳,突然什么东西重重地砸在了观光车用树脂玻璃制成的采光顶上,丽斯尖叫了一声。他们抬头往上看去。
那是一条被啃得看不出原形的羊腿。

吉纳罗
噢,天呀!天呀!

丁姆猛地转头重新看向侧窗外,他被吓得瞠目结舌。透过夜视镜,他看到一只动物爪子,巨大的一只爪子,抓着"通电"围栏的电缆。他刷地一下把夜视镜

> 摘掉，向前靠去，贴在窗子上。他抬起头，探着脑袋，从采光顶向外望去。穿过羊腿，他可以看见——
> **暴龙**！它大约有25英尺高，从鼻子到尾巴大约有40英尺长，有一个巨大的、像箱子一样的头，光头肯定就有5英尺长。羊的尸体还挂着暴龙的嘴边。它头向后一仰，将整只动物一口吞了下去。

情况就是这样……十分令人赞叹。这是动作段落的开始，它将带领我们直至影片结束。随着动作情节一步一步、一点一滴地展开，我们仿佛真的看到了这些动作。请留意一下描述是多么的形象，句子是多么的简短，几乎是以一种不连续的表达方式，以及页面上留有多少"空白处"。这就是优秀的动作段落阅读起来所应该有的样子。

读者与人物在相同的时候里经历着相同的遭遇。我们紧密相连，"一一对应"，因此我们对人物的经历感同身受。

在这里，动作有明确的开端、中段和结尾。每一个部分都一个事件接一个事件地将动作线建置起来。

我们从开始时仪表盘上的杯子震动开始。我们知道正发生着某些事情，但我们不知道是什么。看看这个段落的文字是如何将人物的恐惧建置起来的。"嘣！嘣！嘣！"富有节奏地，每一声都增加着紧张气氛，刺激着我们想象力的触角。这一写作风格，除了视觉化外，运用简洁、短促的字词或短语。这里，句子不长，却形式优美。当然，斯皮尔伯格擅长于在影片中放入此类段落。《第三类接触》的开场段落就是一个完美的例证。

至今，一切依然是看不见，这加剧了恐惧感，并使我们做了最坏的打算。山羊则是另一个视觉辅助，增强了紧张气氛和步调。一般来说，好的动作段落总是慢慢建置起来，一幅图像一幅图像地，一字一句地将事物建置起来，随着动作越来越快将我们卷入高潮。优秀的步调往往任由紧张气氛自由发展，无论它是一个追逐段落，如《生死时速》；或是惊悚片段，如《七宗罪》；或是《末路狂花》中杀死哈伦的段落；还是《赤色风暴》中等待紧张行动指令的紧张时期。

注意到山羊已经不见，锁链在自由摆动着，突然"砰！"的一声，我们几乎从座位上跳了起来。然后,我们看到了"被啃得看不出原形的羊腿"。这时，恐惧在人物们的心头弥漫开来，我们开始手心冒汗，变得口干舌燥，提心吊胆地等待着那个正在靠近的东西……暴龙。

这是一段非常好的写作。有时候，剧作家们会试图掩盖他们在人物写作方面的不足而插入动作场面，这样就能避开人物刻画。有时候，动作场面写得过于详细，以至于创造良好阅读经历的所有努力都在废话连篇中化为泡影。

其他时候，你可能会寄希望于通过一段揭示人物性格的段落来编织叙事线。一个很好的例子就是《美国美人》中"出售房屋"的段落，卡罗琳打算将她正在展示的房子卖出去。该段落的卓越之处就在于，它只有一条叙事动作线，即出售房屋，通过一系列的努力推动段落的动作向前发展。请注意场景中的矛盾冲突。正如之前所多次提到的，所有的戏剧就是一个冲突。没有冲突你就没有动作；没有动作你就没有人物；没有人物你就没有故事；而没有故事就没有电影剧本。

段落开始时，卡罗琳在中产阶级社区的一幢房屋前的草坪上插了块"待售"标志。卸车时，她皱了皱眉头，砰地把车后的行李箱关上了。在屋里，她拉开被子的拉锁，劲头十足地开始打扫，口中不停重复着："今天我会卖掉这栋房子。今天我会卖掉这栋房子……"她擦洗厨房的台面，站在登高梯上擦去吊扇上的灰尘，清洗后院游泳池旁的玻璃门，用吸尘器清扫地毯，做着所有需要做的事。

这是该段落的开端。中段开始时，她推开门，脸上带着灿烂的微笑，迎接当天的首批参观者。"欢迎光临，"她说，"我是卡罗琳·伯恩汉姆。"她给一对表情严肃的夫妇看了壁炉，领着另一对不苟言笑的夫妇走进厨房，又向一对夫妇展示了卧室，然后带着两名三十几岁、有些男性化的女士参观了户外游泳池。"广告说游泳池像'蓝色环礁湖'，这一点也不像。只有一大堆蚊子，"其中一个女人说，"连花草都没有。""我认识一位很棒的景观设计师，"卡罗琳回答道，但这两位女士根本没在听。"我是说，我以为是'环礁湖'、有瀑布、充满热带风情，"第二个女人挖苦着指责。"这只是个水泥坑。"对此，卡罗琳笑着回应道，"车库里有火把。"

请注意这唯一的动作线——从起居室到厨房到卧室到室外，向客人展示房屋——是如此连续的一条动作线，用了四对不同的夫妇进行演绎，给人一种卡罗琳整天都在向客人展示房屋的印象。展示房屋这条单一的动作线，就是该段落的主题，即背景。而内容则随着参观的房间和夫妇的改变而改变。事实上，这可以贴上"蒙太奇"的标签，即一系列串联起来以连接时间、地点和动作的镜头。

该段落以一日将尽时卡罗琳关上百叶窗结束。然后，"站着不动，百叶窗的影子映在她的脸上，她哭了起来，短暂地，抽抽搭搭地哭泣似乎是违背她的意愿的。突然，她打了自己一耳光，狠狠地。'别哭了，'她命令自己。但眼泪还是不停地流下来。她又打了自己一耳光。'爱哭鬼。别哭了，别哭了！'她不停地打自己，直至哭声停止。她站在那里，深呼吸，直到她觉得一切都恢复正常。然后她把百叶窗完全拉上，结束了所有的工作。她平静地走了出去，将我们独自留在昏暗的空屋里。"

看看我们从这个特殊的段落中关于她的性格了解了些什么。她的计划——"今天我会卖掉这栋房子"——失败了；我们看到她竭尽所能地工作，却仍然不够好她认为她失败了，而失败，对她而言，是懦弱的标志。然后，她收拾好心情，擦干眼泪，若无其事地阔步离去。

现在，看看我们，读者和观众，从中能看到了些什么：一个自尊心不强、不够自爱的女人，将所有的失败都归咎于自己，为自己无法完成的事情责怪自己。

太妙了！这一切都来自于段落：用单一的思想联系在一起的一系列场景，有明确的开端、中段和结尾。

动作和人物，结合在一起，使剧本的焦点更加集中，使它既是一本好的读物也是一次美好的视觉体验。

段落是故事编排的主要构筑单元。下一步便是构筑你的电影剧本。

Chapter 12
构筑故事线

BUILDING THE STORY LINE

乔瓦尼
现在,我觉得我失去了写作的能力了。不是我不知道该写什么,而是不知道如何去写。他们管这个叫"危险时刻",但是在我看来,这是我的一部分,影响我一生的东西。

——《夜》(*La Notte*,1961),米开朗基罗·安东尼奥尼编剧

如果我们将电影剧本定义为:把事情经过、情节、戏剧性的事件线性地排列。那我们该如何建造和构筑我们故事线?如何让所有的想法、词语、场景和不断在我们脑海里盘旋的对话小片段,集拢起来构筑成为一个电影剧本?

我们如何构建我们的故事线呢?

让我们从开端开始吧。记住,"structure"作为动词使用,定义是"建造某物或者将某物组合在一起",例如构造大楼或者修筑桥梁。而作名词使用,定义是"部分与整体的关系"。这两个定义都会用于构建故事线。

到现在为止,我们讨论了写电影剧本所需要的四个基本组成部分,即

结尾、开端、第一幕结尾的情节点Ⅰ和第二幕结尾的情节点Ⅱ。在你写下"淡入"这个词之前,有四个东西是你在稿纸上落笔之前必须知道的。

现在我们该讨论什么了呢?

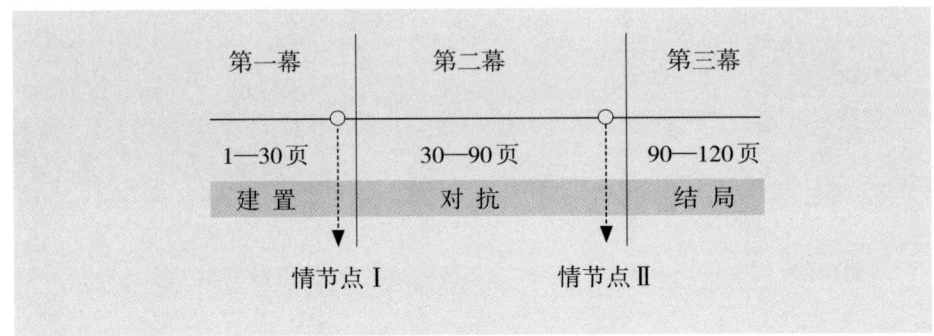

请先看一下示例:

你看到了什么?第一幕、第二幕、第三幕。开端、中段和结尾。开端是由片头场景或者连续镜头开始,一直持续到第一幕尾的情节点。中段是由第一个情节点尾部为开始,一直进行到剧本结束。每一幕都是戏剧性动作的一个单元或组块,一起构成戏剧性的内容:建置,对抗,结局。

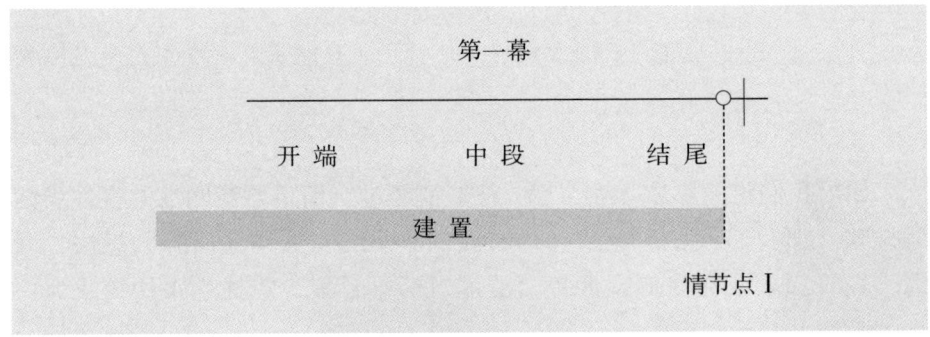

请看第一幕:

第一幕是戏剧性(或喜剧)动作的一个组块,从剧本的开端延伸到第一幕结尾的情节点Ⅰ。因此,尽管第一幕是整体(剧本)的一个部分,它是一个相对完整的整体。有一个开端的开端、开端的中段和开端的结尾。它本身就是一个自我满足的单元,一个戏剧性动作的组块。根据剧本,它的篇幅约有20到25页。以情节点Ⅰ为结尾,即一个能钩住动作把它转向另一方向的偶然事故、情节或大事件。在第一幕中发生的戏剧内容称之为"建置"。在戏剧性动作组块内建置你的故事;从视觉上和戏剧上介绍主要人物、提出戏剧性前提和交代情况。

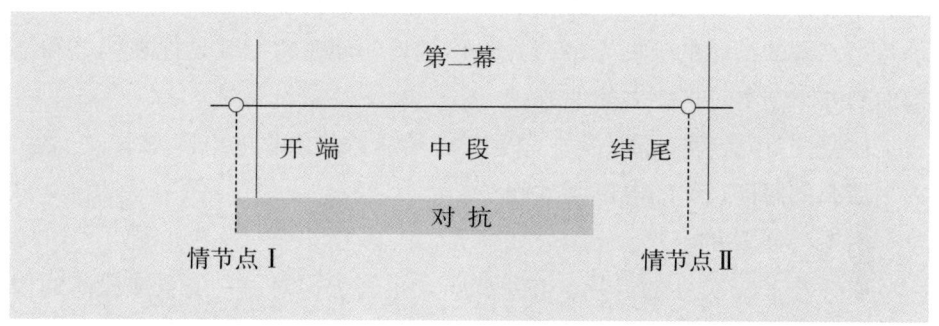

下面是第二幕:

第二幕是一个完全的、完整的、自我满足的戏剧性动作组块。它是剧本的中段。它包括动作的整体部分。它从第二幕的开端发展到第二幕结尾的情节点Ⅱ。所以它有一个中段的开端、中段的中段和中段的结尾。

这部分也是戏剧性动作的一个单元或组块。它的篇幅大约有60页,在第85页至90页之间出现另一个情节点Ⅱ,它把故事"转向"第三幕。这里的戏剧内容是对抗。你的人物将遇到种种障碍,阻止他们达到自己的目标。(一旦你决定了人物的"需求",那就为这些需求制造障碍。冲突!于是你的故事就成为你的人物克服种种障碍来达到其"需求"的过程。)

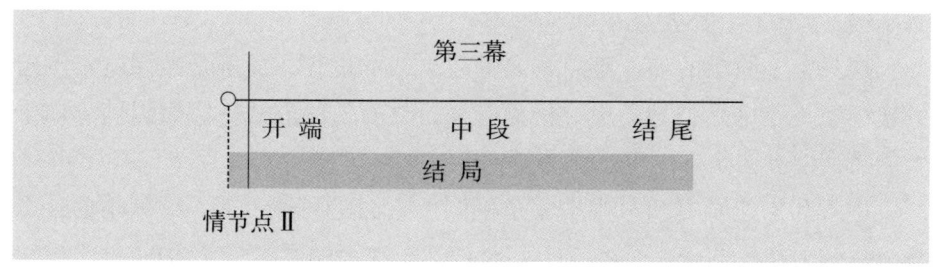

第三幕是剧本的结尾或结局。

第三幕和第一幕、第二幕一样,是一个整体性自我满足的戏剧性动作组块。例如，也有结尾的开端、结尾的中段和结尾的结尾。它的篇幅约有20至30页，其戏剧内容是故事的结局。记得，结局意味着"解决"，但是并不是指用特殊场景和镜头来结束你的剧本，而是故事线的结局。

在每一幕之中，你都是从一幕的开端开始向这一幕结尾的情节点发展。这意味着，每一幕都有一个方向，一条从开端到情节点的发展线。而第一幕与第二幕的结尾的那两个情节点是你的目的地，它们就是你在构筑和结构你的电影剧本时将要去的地方。

你要按单元：第一幕、第二幕和第三幕，来构筑你的电影剧本。

那么如何构筑你的电影剧本呢？

用3×5英寸的卡片。

取一叠3×5英寸的卡片。在每张卡片上写上你对每一场景或段落的构思，或者简要地写上说明，以便帮助你的写作。剧本的每30页篇幅大概需要14张卡片。如果超过了14张卡片，意味着你在第一幕中可能需要更多的材料。少于14张卡片，则说明你的故事太单薄，需要建置更多的场景。

比如，我们要构建《末路狂花》的第一幕，这里我们看看如何处理卡片。卡片1，露易丝在工作；卡片2，露易丝在给塞尔玛打电话；卡片3，塞尔玛和达里尔在一起，并没问他关于旅行的事；卡片4，塞尔玛和露易丝在打包行李；卡片5，露易丝去接塞尔玛；卡片6，他们一起开车上山；卡片7，塞尔玛想要停车；卡片8，他们在银弹酒吧喝酒吃东西；卡片9，哈伦朝塞尔玛挤过去；卡片10，他们一起喝酒，聊天；卡片11，哈伦和塞尔玛一起跳舞，她觉得不舒服。卡片12，哈伦带塞尔玛到外面去；卡片13，哈伦企图强暴塞尔玛；卡片14，露易丝杀死了哈伦。

这只是个简单的动作汇总列出的故事线的进程，而不是按照剧本构建的连续镜头。这是个是简单方便而有又行之有效的方法，它可以使你以最大的灵活性去构筑你的电影剧本。

理解和构建剧本和写剧本完全不同。它们是两种步骤。这就是为什么我说一张卡片不同于一个场景，甚至和你正在写的剧本是矛盾的。

举个例子，我们来看看《借刀杀人》中麦克斯在医院里探望他的母亲的场景连续镜头。当你在构建你的故事线时，你也许会在卡片上写道："麦克斯在医院里探望他的母亲。"然而,事实上,我们在剧本中写这个场景时,可能是一个完整的序列,即由一个个简单想法相关联起来的一系列场景。如果你看这部电影,"麦克斯探望他的母亲"则是按下列连续镜头排列的:麦克斯和文森特来到医院;麦克斯来探望他的母亲,文森特在旁边和他的母亲聊得很开心;麦克斯带着文森特的包逃跑;文森特在后面追赶他;文森特和他面对面;麦克斯反抗,把包扔在高速公路上。这些大约有七个场景(比电影里的要长点),都是紧随着"麦克斯探望母亲"发生的。

假设你的人物觉得胸口疼痛去医院。你在一张卡片上写到"医院"。但是当你真正为了剧本准备卡片时,它将变成一组完整的连续镜头,就像在《借刀杀人》中的一样:人物来到医院;医生给他做检查;做化验;做各种各样的医药检查,如X光照相、心电图、脑电图等等;家人或朋友们来探视他;他可能不喜欢同病室的人;医生可能和家属讨论他的病情;他受到特别护理。所以这些都可以在每张卡片上用几个字标明出来。每一段说明都可写成一个场景,这些全都纳入标着"医院"的段落之中。

一个场景一张卡片,尽管会与你正在写的剧本有抵触。比如,让·雷诺阿以前就常问我:"你自己不矛盾吗?我都自相矛盾了。"有一点相当重要:当你在做卡片的时候,就仅仅是在做卡片;而在写剧本时,也只是写剧本。丁是丁卯是卯。

使用卡片是构建剧本行之有效的办法:爱德华·安霍尔特改编《幼狮》和《绳套》时,每次都用52张卡片去构筑他的剧本。为什么要52张?因为他每包卡片都是这么多。蒂娜·费在写《贱女孩》时,用了56张卡片。而欧纳斯特·莱曼在写《西北偏北》、《音乐之声》、《家庭计划》等电影剧本时,他按自己的需要,使用了50至100张卡片。弗兰克皮尔逊只用12张卡片写了《热天午后》,他只用12个基本段落就把故事编织起来了。

我认为剧本每30页的篇幅,大概使用14张卡片。这就意味着,第一幕使用14张卡片,第二幕上半场使用14张卡片,第二幕下半场使用14张卡片,第三幕另外使用14张卡片。为什么要14张,因为这是有效的。这些年,我在国内外教授了上千名学生,我曾经告诉他们,一个编剧家第一幕使用多少材料取决于他列出了多少张卡片。这是奇怪而有效的方法。如果一个编剧用了15或16张卡片，我会直接告诉他，你的第一幕使用了太多的素材，这样太冗长了。相反，如果用了12或13张卡片，则素材太过单薄。编剧需要使用更多的场景来丰满他的人物和剧情，深化主题和扩展故事容量。有时候，编剧使用11或12张卡片，那么他在写剧本时，需要添加一些场景，这个补救措施可能会起效，但是更多的时候完全没用。

这是我从这些年教学经验和剧本写作中，发现的额外东西的一例。这些卡片会变成"灵媒"来引导你列出构建故事线所需要的场景和段落。你也可以使用不同颜色的卡片：第一幕用蓝色的，第二幕用绿色的，第三幕用黄色的。

用卡片是极好的方法。你可以用各种方式去安排场景和调整场景，增加几张，去掉几张。这是构建剧本简洁、容易、有效的方法，并且具有最大的灵活度。

有时，人们想要在电脑上列出他们的故事纲要，1、2、3、4……等等。这个是有效的，但是我个人认为限制性太大。如果灵感突然而至，你很难移动场景或打乱顺序重排。Final Draft（剧本编写软件）的第6版、第7版，开发了一种场景卡片应用，这样可以让你写下一张卡，然后按照任何你想要的方式排列。但是我更喜欢洗卡片的感觉。我发现卡片拿在手里的时候更方便操作，你可以按照自己意愿排列或者重排，不管怎样，这个卡片都会是有用的方法。

当你开始准备写下你的故事线时，我建议你简单罗列出你想在剧本中出现的所有场景（在我的另一本书《电影编剧创作指南》[*The Screenwriter's Workbook*]中有详细讲解）。仅仅随意地写下几个能定义场景的词语，不按照顺序随意地把卡片撒下，按自由组合的方式排列。你已经知道你的开端和情节点I，即卡片1和卡片14。这表示你有两张卡，开端和结局。你所需要做的，就是用12张左右的卡片来罗列出第一幕的动作线。

让我们通过创造每一幕的戏剧性来龙去脉着手构筑电影剧本，进而找到匹配的内容。

还记得物理学的牛顿第三运动定律吧："对于每一个作用力，都有一个与之力量相等方向相反的反作用力。"这是对物体物理属性的理解，然而如此简单的规律却花了600年才发现。这条原则也适用于构筑电影剧本。首先，你必须知道你的主要人物的需求。他的需求是什么？在你的电影剧本的总体中，他或她希望达到、取得、满足或赢得什么？这些都可以运用到每一幕场景中。一旦你确立了主要人物的需求，你就能针对这些需求去制造各种障碍。

我再重复一次：戏剧就是冲突。没有冲突，就没有动作；没有动作，就没有人物；没有人物，就没有故事；没有故事，就没有剧本。

而人物的实质就是动作——动作即是人物。电影即行为，一个人的所作所为决定了他（她）是怎样的人，而于不取决于他（她）说了什么。

我们生活在一个作用力与反作用力的世界之中。如果你在驾驶一辆汽车（这是作用力［action］），有人企图超车或者在前面阻挡你，你怎么做呢（反作用力［reaction］）？通常是咒骂、愤怒地按喇叭、也超他的车、挥舞拳头、小声嘟哝、猛踩油门等！这都是对超车和阻截你的司机的动作所作出的一些反应。动作（action）—反应（reaction），这就是宇宙的法则。在电影剧本之中，如果你的人物作出了动作，而别人或其他什么物件作出了一个反应，这样他一般就创作出一个新的动作，而这样又引起另一个反应。

人物作出动作，有人则作出反应，动作—反应，反应—动作，就使得你的故事朝着每一幕结尾的情节点发展。

很多新手或者没有经验的剧作者总是让主人公在遇到什么事情时，对于他们自己的环境作出反应，而不是根据他们的戏剧性需求去作出动作。当事情发生时，主人公看上去就像从页面上消失了，这是写作过程中的一个主要问题。人物的实质是动作；你的人物必须采取的是动作，而不是反应。再强调一次，一个人的所作所为决定了他（她）是怎样的人，而于不取决于他（她）说了什么。这些都需要从第一页、第一个词直接构建。

《谍影重重2》是一个很好的案例。剧中杰森·伯恩（马特·达蒙饰）对某些试图杀死他的人的所作所为不断作出反应。他不知道这人是谁或者这一切的原因。他对袭击作出反应，然后出击，因此在他转为积极状态之前，他在不断地作出反应。同样的情况也在《满洲候选人》（丹尼尔·佩恩和迪恩·斯潘雷编剧）中出现：丹泽尔·华盛顿对引发事件作出反应，由伏击作为电影的开端。之后，他开始做一个重复的梦，他在作出反应，这促使他调查他身上发生的事情和他小队中的其他人——这是人物的戏剧性需要。现在他转为积极的状态。他正在做一些事情。在《秃鹰七十二小时》（洛伦佐·森普尔和大卫·雷菲尔编剧）中，乔·透纳（罗伯特·雷德福饰）是曼哈顿美国中央情报局的一名调查员。第一幕建置了罗伯特·雷德福的办公室中的例行公事。某一天，轮到他和同事去吃午饭。开始下雨了，因此他从后门逃出去，穿过大街和修道院，来到餐馆。但是当他午饭回来后，发现其他的人全都死了——被谋杀。这是第一幕结尾处的情节点。透纳开始作出反应：他打电话报告给中央情报局，他们叫他躲开他经常出没的地方，特别是不要回家。他又发现那位没有上班的同事也死在家里的床上。此时他不知道该往哪里去，或者该相信谁了。他又对这个环境作出了反应，他采取了动作，他给希金斯（克里弗·罗伯逊饰）打了个电话，叫罗伯逊让他的朋友山姆（沃尔特·麦金饰）来找他，把他带到总部去。当这一切都失败时，雷德福又采取了行动，用枪逼迫凯茜（费伊·唐纳薇饰）把他带到她的住所去：他想休息一下，整理下头绪，然后计划下一步的行动。

"动作"就是去干某件事；而"反应"是遭遇某件事情的发生。

在《肖申克的救赎》中，安迪被控告杀了他的妻子和她情人，然后被遣送到肖申克的监狱中监禁。当他刚刚来到这里，他必须学会监狱的等级制度。在监狱的第一晚，另一个囚犯对他的环境作出了反应：他精神崩溃、号啕大哭，悲叹自己的无辜，最后被拽拉出自己的囚房，让狱卒无情地殴打致死。他已然作出了动作，但是结果是失去了他的生命。

过了一小段时间之后，安迪在淋浴时受到狱中"三姐妹"的骚扰。安迪拒绝了他们进一步的行动。从那一刻起，安迪就成了他们的靶子。他遭到殴打和强暴，但是他尽可能地奋力保护自己，他什么也没有说，他对这个环境作出简单的反应。

直到情节点I他什么也没有做，也没有说什么。当他找到瑞德时，他说："我听说没有你弄不到的东西。"这是他第一次说话——采取动作。在这段对话的基础上，两个人建立起了联系，相互扶持。

动作，反应——是一枚硬币的两面。

一个好的剧本从第一页、第一个词就开始铺垫。动作组块包含了故事的主要元素，在第一幕中需要作为整体，仔细构建；而动作组块的情节或者事件必须直接引导第一幕结尾处的情节点，也就是你故事的真正开端。

如果剧本的构建不正确，就一定会出现为加速剧情而给故事线添加人物或者事件的趋势。我最近在读一个剧本，他在前10页的篇幅内就介绍了15个人物。但是我并不知道这个故事讲的是谁和讲的什么。这个故事看上去浮于动作表面，没有深入罗列故事结构，没有深化故事，结果使故事看起来陈腐、做作、平庸。

为什么会发生这种事情？我从旅行和教学中了解到的是编剧可能在写剧本的时候没有做好充足的准备。他们如此匆忙的就开始写剧本，以至于没有时间探究开发动作和人物之间的关系。因此他们从核心信息的最小点开始，摸索着写第一幕。他们似乎花了大部分时间用来想他们故事真正是怎样的，下一步会发生什么，这样一来，他们落下了许多本可以在一开始就写上的故事点，还同时期盼着故事自己自然地呈现。

准备和调查是剧本写作的本质。每个编剧都应该知道和清楚地定义主人公是谁，戏剧性前提是什么（即故事梗概），戏剧性情形是什么（动作发生的环境）。如果你不够了解你的故事，没有花时间做应有的调查，仅仅为了使之起作用就贸然地插入情节或事件到故事线中，结果叙述的线状故事就常常歪了，那些素材也起不到应有的作用。

有时候，一个问题的存在是因为剧本过于单薄，需要发现更多的情节。但创造更多的人物或有趣的事件添加到剧本里，不是解决之道。设计更多的事件、更多需要面对的障碍也不是答案。它们除了扩大问题，起不了任何作用。

这个问题可以追溯到编剧的对剧本的匆忙开始和煽动性开头。如果你在前10页内就抓住了读者或观众的注意力，那么这10页内的戏剧性动作组块中的人物，他们的障碍，他们和其他人物的关系，就会自行结合在一起。

这样就太多了，也太快了。多不一定就好。在《肖申克的救赎》、《指环王》、《奔腾年代》《美国美人》《你的妈妈也一样》、《末路狂花》、《沉默的羔羊》这样优秀的剧本中，故事线的主要构成元素已经在前10页被建置到位或者提出了。戏剧性元素简单而具有导向性。这就是为什么第一幕的内容是建置。

《肖申克的救赎》讲述着安迪在狱中的生活。在片头场景中，建置的突然事件有安迪的妻子和她情人被谋杀，他在入狱前的审判和裁决。我们必须知道他为什么被送到那里去，他犯了什么罪。剧本的三条线——谋杀、审判和裁决——聪明地插入，使我们尽管没有看到他谋杀的行为，也知晓是这些事件证明他有罪。

许多编剧写这个故事也许会用一段对话透露这些建置；他们也许会这样开头：安迪入狱，然后在他和瑞德建立关系期间，借安迪之口零碎地讲述他的故事。就像瑞德作为旁白告诉我们的一样，安迪看上去不属于这个监狱的人。他走路时，"像是在公园里无拘无束的散步"。在他们最初几个在一起的场景里，安迪就可以向瑞德解释他妻子被谋杀的环境。就故事的建置铺垫来说，这样也许不错，但是接下来的趋势就会变成解释而不是揭露了。

在《阿波罗13号》（小威廉·布罗伊尔斯和阿尔·赖纳特编剧）中，前10页就建置了所有需要建立场景的叙述线。故事开头展示一个新闻短片，播报"阿波罗1号"失事导致3名宇航员在大火中牺牲，然后剧本开端是一群人观看尼尔·阿姆斯特朗在月球上行走的聚会。从这些只言片语中，我们了解到这些人是现在美国宇航局项目的宇航员，而吉姆·洛维尔（汤姆·汉克斯饰）的梦想就是登上月球。在这几页纸中，我们就了解了我们需要知道的一切东西，包括怀疑洛维尔妻子害怕他再次登上月球。

这些插入剧情都在10页纸内发生，当洛维尔回到家里，惊讶的发现他的家人都知道了这个消息：他将近期执行航天任务，而不是原定时间。（原定的一个讲述洛维尔和美国宇航局的官员接到任务的场景，由于拖累剧情被删。）

一旦他接到这个任务，接下来10页纸就围绕着他为这个任务所做的训练和准备展开。因此，我们也得以看到真正的宇航员为他们的飞行所做的准备。情节点 I 就是发射到太空。

《阿波罗13号》是一部经典的剧本，它从第一页、第一个单词起，就通过动作和对话对故事的人物做铺垫。剧本其实可以从洛维尔和他的同事接到任务的通知展开，但是如果这样写了，在前10页的戏剧性动作组团里，就必须建立有关爆炸的主要信息。

《理智与情感》（*Sense and Sensibility*，1995，艾玛·汤普森编剧），是在19世纪简·奥斯汀的小说的基础上改编。这部剧本很容易写得冗长而剧情仓促。在前几页的篇幅里，我们就可以建置故事背景，达什伍德一家的关系，父亲的死亡和其对三姐妹的影响。但是这些对第一幕来说信息太多了。然而，若要正确的建置这些故事我们便需要这些。

艾玛·汤普森是如何处理这些的？通过旁白，我们听说了这个家庭，看到了父亲在病床上的死亡，了解到这个家庭的财富会自动由儿子继承。儿子对垂死的父亲承诺，他会照顾好自己的三个姐妹们。但是葬礼过后，我们看到儿子的妻子对她丈夫继承的遗产另有计划。

在前10页的篇幅中展示了如此多的信息，但是它们都由叙述者和图片建置，我们可以看到父亲死后，他留下他妻子和三个女儿无所依靠。第一幕余下的就是，一个场景接一个场景地讲述，这个家庭如何处理这种情况。在这些天里，因为女人们需要丈夫来照顾她们，女孩们不得不嫁人。埃莉诺（艾玛·汤普森饰）和爱德华（休·格兰特饰）可能的婚姻还没有来得及发生，女孩们就被逐出了房子，搬到乡下去。这是情节点 I。

如果所有的故事背景都通过对话阐述，那么就有太多的方式来讲述这个故事。但那样剧本就会变得啰嗦，人物消极被动，场景长而呆板，结果就是叙述动作无法推动故事前进。

用戏剧性动作组块来构建故事线，从第一幕开始。这是一个戏剧性动作的完整单元。它从场景或段落开始一直到这一幕结尾的情节点 I 结束。让我们设计一个有关科林的故事。科林被错误地指控为通过一场精心谋划的计算机阴谋，在华尔街的公司里贪污超过100万美元。在剧本里，他寻找真正罪犯，并为自己寻求公正。

用那些3×5英寸的卡片，在每张卡片上写几个说明性的字句。在第一张卡片上，我们先要设计一个插入性事件，因此我们在卡片1上写"关于电脑的特写"，这里是阴谋发生和谋划的地方。卡片2"科林准备去上班"；卡片3"科林来到办公室"；卡片4"科林在工作"；卡片5"工作中处理大手笔股票"；卡片6"科林碰到同事"；卡片7"科林和妻子/女友嬉戏或者在聚会"；卡片8"办公室——发现100万美元被贪污了"；卡片9"领导人员的紧急会议"；卡片10"警察调查"；卡片11"新闻界获悉此事"；卡片12"科林紧张、坐立不宁，在他的账户上发现了被贪污的100万美元"；卡片13"科林被警察盘问"。然后又有什么发生了？卡片14，情节点Ⅰ"科林因为贪污被捕"。

这样一步接一步、一个场景又一个场景，一直把你的故事构筑到这一幕结尾的情节点为止，这就是第一幕："乔因为贪污而被控告。"这就像玩拼图游戏一样。

为了这第一幕向这个情节点发展的戏剧性动作的流程，你使用了14张卡片。在搞完第一幕的卡片之后，回过头看看你都写了些什么，逐场景地浏览你的卡片，就像洗牌那样。这样连做数遍，很快你就有了一个明显的动作流程，你可以改动几个字，使得它读起来更顺畅一些。关键要熟悉那条故事线，自己向自己讲述故事的第一幕——即建置部分。

如果你扔下卡片，结束时还有太多的信息，不必为此担心。试着看看，你能否把这些卡片动作构建在一张卡片上；这样，你就能够将剧本里的事件构建成为一个有凝聚力的整体。你也可以试着把卡片按照不同的顺序排列，直到你感觉不错。不要厌倦排序，排列和重排都是为了符合你的需求。卡片是为你使用的。用这些卡片去构成你的故事，从而使你始终明确你向何处发展。不要担心写作——重点在故事的组织和流动性上。

当你完成第一幕的卡片之后，按照顺序把它们钉在布告牌上或墙上，或者干脆铺在地板上。自己向自己讲述第一幕的从开端到结尾的情节点的这段故事。一遍又一遍地反复去做。这样你很快就能把这段故事编进创作过程的结构中去。

按照这样的方法去写第二幕。让这一幕结尾处的情节点引导着你，列出你为这一幕安排的所有段落。请记住，第二幕的戏剧性内容是对抗。你的人物是否以明确的"需求"在故事中发展呢？你必须时刻记住那些障碍，从而引起戏剧冲突。

当你搞完这些卡片之后，再重复第一幕的那个过程。从第二幕的开端到第二幕结尾处的情节点Ⅱ，按照顺序把卡片好好地上看几遍。要发挥自己的自由联想，想出新的主意，记在卡片上，一遍又一遍地仔细端详。

从第二幕的开头到故事的可能性中段，使用14张卡片。故事的中段大约有60页，是一个故事可能点，是一件偶然事故、一段情节，甚至一个事件。它可以是一个场景或者连续镜头、一个主要事件、一个协议或一组对话。它的功能就是推动故事向前发展（《电影编剧创作指南》有详解）然后采用另外14张卡片使中段向第二幕的情节点结尾发展。接着你可以用14张卡片结束第三幕的故事线。让你的卡片引导你做这些。

把它们摆出来仔细研究是为了更好地设计你的故事的发展过程。看一看它起到什么样的作用，别害怕修改些什么。我曾经访问过一位电影剪辑师，他告诉我一个重要的创作原则：在故事的前后关系中，"最行不通的一些段落正好告诉你应该怎样做才能行得通。"

这是电影界一个经典的规则。许多电影的经典镜头都是由于巧合发生的。一个场景不起作用，总有一个场景最后会起作用。

不要害怕犯错误！

在卡片上要花费多长时间呢？

一周左右。我列出这些卡片要花费四天的时间。第一幕用整整一天；第二幕要用两天，前半部分用一天，后半部分又用一天；第三幕用一天。

然后，我把它们摊在地板上或钉在布告牌上。这样我就准备完毕了，可以开始工作了。

我花费几个星期的时间一遍又一遍地研究这些卡片，熟悉故事进程和人物，直到我自己认为满意为止。这就是说每天我要用2小时到4小时的时间来研究卡片。我要一幕接一幕、一场戏接一场戏地仔细研究故事。我把卡片的顺序打乱，放在各处试一试，例如把一个场景从第一幕挪动到第二幕，把另外一个场景从第二幕挪到第一幕。这种卡片方法极为灵活，你可以随心所欲地去做，而且它切实有效。

卡片系统给你在结构电影剧本时提供了最大限度的灵活性。你要一遍又一遍地研究这些卡片，直到你认为已有准备可以开始写作为止。你怎么知道什么时候该开始写作了呢？你会知道的，这是一种感觉。当你准备好了动笔之前的事情，你就可以写作了。你会感到对故事有了把握；你知道需要去做什么，并且对某些场景开始有了视觉上的形象了。

卡片系统是唯一的结构故事的方法吗？

不是的！有好几种可行的方法。有些作者只在纸上简单地列出一系列场景，给它们编上号：（1）比尔在办公室；（2）比尔与约翰在酒吧间；（3）比尔看见了简；（4）比尔去赴晚会；（5）比尔遇见了珍妮；（6）他们彼此产生了好感，决定一起离开这里。正如前文所述，我不推荐这种方法，因为不能自由安排和重排场景。

还有一种方法是写一个阐述，关于故事中发生的一些事情的叙述梗概，加上少许的对话：一个阐述大约是4页至20页的篇幅。也有人使用提纲，特别是在写电视剧本的时候，你用一种较具体的叙述情节来讲述你的故事；对话也是提纲的一个基本部分，这样的提纲大约有28页至60页的篇幅，取决于你所写节目。如果是情境戏剧，一小时连续剧的一集，或电影周（至少在这本写作里，暂时忽略不用的文体）。这个会改变事物的周期。但大多数的提纲或者阐述，都不超过30页长。你知道为什么吗？

太长了，制片人的嘴唇该读干了。

这是好莱坞的一句老笑话，但里面有不少真理。

不管你采用什么方法，你现在已经有了准备，从用卡片讲故事开始发展到在纸上写故事了。

你从头至尾了解自己的故事，它应该流畅地从开端发展到结尾。你已经明确地记住了故事的进程，因此，现在你所需要的就是浏览卡片、闭上眼睛，于是你就会"看见"那个故事在展开。

然后，你所要做的，就是把它写下来！

 练习

决定你的电影剧本的结尾、开端和在第一幕结尾处与第二幕结尾处的两个情节点。取一些3×5英寸的卡片，也可以用不同颜色的卡片，从你的电影剧本的开端部分开始，进行自由联想，自由组合。不论你对一个场景想到什么，全都写在卡片上，一直朝着这一幕结尾的情节点发展。

用它做实验。卡片是为你服务的——要找出自己的方法，让卡片为你的故事发挥作用。

不妨试试。

Chapter 13
剧本的格式
SCREENPLAY FORM

> 自然的法则是如此简单,以至于我们得提高科学思维的复杂性才能看清他们。
>
> ——理查德·费曼(Richard Feynman),诺贝尔物理奖得主

几年以前,我主持一个七周时间的编剧班,其中一个学员是国家广播公司晚间新闻的一个优秀记者,他是从纽约大学毕业的。他已经从哥伦比亚大学得到了一个新闻方面的高级学位,而且希望通过学习让他的职业技巧有更大的提升。他找到我,说想把他在新闻方面的技巧应用到编剧方面。他有很多故事,有些已经在国内产生了很大的新闻影响。他相信自己的剧本能成功和赚钱,事情看来就像他指出的那样:他该写剧本,并利用他在产业里的关系让剧本找到"合适的人"(不管是什么人),卖大钱,而且……我想大家都知道接着是什么,好莱坞之梦呗。

每个人都想当编剧。

开始几个星期里,我很清楚地看到他是有才能的,他工作努力而且很自律。当然,他有个好点子,要是处理得好的话绝对能写出个好剧本来。

问题就在这个"如果处理得好"上。

他想写一个剧本，但他想用他自己的路子写，他想用他的方式，而不是今天的电影产业专业的写法。

由于它是一个专业的新闻从业者，他决定用他最熟悉的形式和最习惯的方式，他要把剧本写成一种"新的样式"。他把场景描述和注释放在左侧，而把视觉描述和提示放在右边。他把对白也放在了左边。这种写法看起来就不像个剧本的正确写法。在新闻媒体行业也许可行，但在电影工业里可不是这么回事。

当我翻开他的剧本第一页时，我就发现了他的主要问题。他没法把各个方面组织到页面上，不管是视觉方面还是情感方面。剧本的格式容纳不了。我建议他回过头去，从头把他的故事放进正确的剧本格式里去。他不同意。他说他要用他想用的方式来讲他的故事。我什么也没说，让他自己去碰钉子。这样，他还是按照他的新闻格式写，我就不断提醒他早晚还要把他写的转换成正确的电影剧本的格式。他不信我的话。他很固执地说，要把剧本改成正确的格式并没有什么难的。我看着他，他看着我。此刻我意识到，他的梦想要在好莱坞的现实面前碰钉子了。这样，作为一个练习，当他写完第一幕时，我要求他把所写的东西转成正确的剧本格式。我对他说，你早晚得干这事，现在就动手做吧。

这以后好几天前我都没见到他。他打电话告诉我又接了个任务要到外地出差。谈话中，我问他进展如何及是否遇到什么问题，看看我能做些什么来鼓励和帮助他。他停顿了一会，犹犹豫豫、支支吾吾。我知道他已经知道真相了。剧本有一种特殊的格式，而且如果你忽视这种格式，不按它来写你就得把它改成正确的剧本格式，那就不是你原来的故事了，而且也不像个剧本。归根结底，剧本的格式就是剧本的格式，就像石头是硬的，水是湿的。

接下来的一个星期我都没听到他任何消息，但后来在上课时，他给我看了他的剧本。我看得出他有点迟疑。看了剧本之后我知道为什么了。剧本都是插曲式的，没有动作的叙事线，而且视觉上也是呆板无趣的。这根本不行，他自己也知道。他知道他要写什么，可他不知道怎么写，整个乱了。剧本的格式使他无力以自己的方式驾驭故事。对他来说就是这样。他再也没有回来，至今我也不知道他是否完成了那个剧本。

那么，什么是故事的精髓呢？你要做件事，就得做得正确。他想写个剧本，却拒绝学习使用正确的格式。剧本的格式是独特的和普遍应用的。这很简单、一点也不难理解。为什么呢？

很多常识常常是似是而非的。首先最常见的一种说法是当你要写一个剧本时，作者的职责（注意："你的"职责）是写出拍摄的指示让导演或其他人知道该怎么拍。

错了！

作者的工作是写剧本并让读者一页页读下去，并不决定一个场景或段落该怎么拍。你不用告诉导演、摄影师或剪辑师该如何做他们的工作。你的工作就是写剧本，给他们提供足够的视觉信息让他们能给纸上的文字赋予生命，让它有声有色，你要清晰细致和富于情感地提供有力的视觉形象和戏剧性动作。

不要给剧本审读人以任何不读你剧本的口实。

这就是剧本格式的全部意义，即什么是一个专业的剧本，什么不是。作为一个剧本审读人，我总是要找各种理由不读某个剧本。所以当我发现一个剧本格式不规范，我就会做出一个决断：这是个初出茅庐的新手写的。第一课很简单：没有剧本审读人的帮助你别想在好莱坞卖出一个剧本，别给他们任何理由不把你当回事儿。

每个人好像都有自己关于剧本格式的概念。有人说如果你写剧本，你就"有义务"写摄影机的角度。如果你问他们为什么。他们就含糊其辞地说什么"这样导演才知道拍什么"。他们发明了一种"摄影机角度来写"的不厌其烦而又毫无意义的做法。一大堆诸如长镜头、特写以及像变焦、摇、移动等各种拍摄提示充斥纸上，让人觉得编剧不知道他是干什么的。

有那么段时间，在20世纪20、30年代，导演的工作就只是指导演员，给摄影师写拍摄角度是编剧的事儿。现在不再这样了。那不是编剧的事儿。

斯科特·菲茨杰拉德就是一个典范。他可能是20世纪最有禀赋的美国小说家，他曾到好莱坞来写电影剧本。他失败得极惨。他就是试图"学会"用摄影机角度和错综复杂的电影技术来写，他让这些东西妨碍了他的剧本写作方式。他写出来的剧本没有一个不是后来又经过大量改写的。他仅有的一个成功的电影剧作却没有完成，这是在30年代为琼·克劳馥写的《不贞》。这是个很美的剧本，其格局就像一首视觉的赋格曲，但第三幕没有完成。它只能躺在制片厂的保险柜里，蒙上一层灰尘。

许多想写电影剧本的人都有点像斯科特·菲茨杰拉德。电影剧作者没有责任用摄影机角度和细致的镜头术语来写作。这不是剧作者的任务。剧作者用不着告诉导演拍什么和怎样拍。如果你具体写明每个场面该怎样拍，导演就可能把剧本扔掉。这是合情合理的。

剧作者的工作是写剧本。导演的工作是把剧本拍成影片，把纸上的字变成影片上的形象。摄影师的作用是决定场面的照明和摄影机的位置，从而以电影化的方式抓住故事。

几乎所有的电影都是这么干的。我曾到过《奔腾年代》的拍摄现场。加里·罗斯是个很棒的导演，他正给托比·马奎尔（Tobey Maguire）和杰夫·布里吉斯（Jeff Bridges）排一场戏。摄影师约翰·施瓦兹曼（John Schwartzman）正在安排摄影机位置。

加里·罗斯与托比·马奎尔和杰夫·布里吉斯坐在一个角落里说戏，约翰·施瓦兹曼在指挥布光。罗斯开始指导托比和杰夫走位，谁进门、谁走什么路线等。一边走位，施瓦兹曼一边用取景器跟着他们，设定第一个摄影机角度。导演和演员走完位，施瓦兹曼告诉导演他要放摄影机的位置，罗斯表示同意。他们架好摄影机，演员走过场景、排演几次，做些小的调整，就准备开拍了。

电影是一个需要合作的媒体。人们一起工作，共同创作一部影片。不要担心摄影机角度。在写场景时别总想着去说明那个摆在摄影升降机上带50毫米镜头的潘纳维申70型摄影机的复杂运动。

你的工作就是写剧本，一场一场、一个一个镜头地写。

什么是**镜头**（shot）？

镜头是动作的细胞和核心，简而言之，就是摄影机所看到的东西。

场面是由镜头组成的。是单个镜头，还是一组镜头，无论多少，还是什么样的镜头，这都无关紧要。镜头有各种各样的。你可以写一个描绘性的场面,如"太阳从山后升起"。而导演可以用一个、三个、五个或者十个各种不同的镜头,从视觉上来获得"太阳从山后升起"的感觉。

场面是用**主镜头**(master shot)或若干**局部镜头**(specifie shot)写成的。主镜头覆盖一个总的地区,如一个房间、一条街道、一个门厅等。局部镜头专拍房间的某一部分,如房门或某一条街道上的某一商店的门前或某一座建筑物。《美国美人》的场景大多都是用主镜头形式来表现的。在《冷山》的剧本里,局部镜头和主镜头都用上了。如果你要用主镜头写一个对话场面,你只需要写上"内景。饭馆—夜景",并且直接让人物讲话就行了,用不着写摄影机或镜头。

你可以按需要写成总的或局部的。一个场面可以是一个镜头——一辆汽车沿街道急驰,也可以是两个人在街角争吵的一组镜头。

镜头就是摄影机所看到的东西。

我们再来看剧本的形式。

(1)外景。亚利桑那沙漠—日景
　　(2)灼热的骄阳照在大地上,一望无际的荒漠。远处,一辆吉普车穿过原野,卷起一团尘雾。

(3)运动摄影
　　吉普车在艾灌丛和仙人掌中急驰。

(4)内景。吉普车内—主要表现乔·查科
　　(5)乔莽撞地开着车。安迪坐在他身边。她是个娟人的20岁姑娘。

(6)安迪
　　(7)(喊着)
　　(8)有多远呀?

乔
大概两个小时吧,你怎么样?

> （9）安迪疲倦地微笑着。
>
> **安迪**
> 我能坚持到。
>
> （10）忽然，马达**突突**作响，他们担心地相互望着。
>
> （11）切至：

简单，正规！

你看这个例子。你能看到，在第一行指出我们在亚利桑那沙漠的某地，时间是白天，早上下午都无所谓。不必再多说什么了。这叫场景题头，得用大写[①]。

空一行后，用单倍行距、满行叙述场景或动作。这个叙述段落要遵循只写我们看到的东西的原则。有时热心的编剧往往在场景叙述里塞进很多各种想法或人物感觉，觉得剧本审读人需要知道人物的思想和感受。其实如果我们不能通过手势、面部表情看到或通过对话听到，就不必写。你不需要告诉剧本审读人你的人物头脑里在想什么。

人物的名字，要用大写，像"乔"、"安迪"等，并居中。如果你想描述某种物理的或情感的动作，要用括弧。任务在叫喊、说谎、愤怒、怀疑、高兴、悲伤或无奈，所有这些关于人物如何说话的描述，都应当放在括弧里。当我写剧本时，我把好多舞台提示类的东西都放在括弧里，来解释我希望人物如何做出反应，但当剧本完成之后，我会回头重过一遍剧本，把所有的舞台提示都删掉。演员会按他们想的方式去演，而不是我希望他们的方式。

对话居中，单倍行距。那是人物说出来的话。最棒的事就是在剧本里有些没有说出来的潜台词，有时那比直接说出来的更重要。再重复一遍，对话在场景中有两个功能：或者推动故事前进，或者揭示有关人物的某种信息。

这是一个正确的、当代的、专业的电影剧本的格式。这种格式只有很

[①] 对于题头、人名等要求大写的地方，中文剧本通常用黑体字。——译者注

少几条规则，下面我们把要点举出来。

第一行（1），场景题头栏的一行说明一般的或具体的故事发生地点。我们是在室外，"外景"，在"亚利桑那沙漠"，时间是"白天"。

第二行（2），双倍行距，然后，动作都用单倍行距写。介绍人物，地点和动作。对人物和地点的介绍，只应用很少几行。动作描写不要超过四句话。这并没有什么绝对的原则，只是个建议。纸页上多留点"空白"，看起来会舒服些。

第三行（3），双倍行距，"运动摄影"这个一般的术语是指摄影机关注点的变化。（这不是对摄影的指示，只是建议。）

第四行（4），双倍行距。从吉普车外转到车内。我们的焦点对准乔·查科这个人物。

第五行（5），新出现的人物要用黑体字。

第六行（6），说话者的名字用黑体字，并且居中。

第七行（7），给演员的场景说明要另起一行，写在说话者下面的括号内。切忌滥用。只能在最需要的时候用。

第八行（8），对话要居中。两边均空格，不与上下的叙述部分混在一起。不同人物的对话都另起一行。

第九行（9），场景说明还包括这个场面中人物做些什么，是作出反应，还是沉默或其他。

第十行（10），音响效果和音乐效果要用黑体字。这是电影界的一个老传统。通常电影制作的最后一步就是把影片交给音乐和声效剪辑师。这时画面已经"锁定了"。这就是说画面不能再改动了。剪辑师要从剧本中寻找音乐和音响效果的提示。制片周期常常拖期，声效和音乐剪辑师往往没时间一场场戏、一个个镜头地去研究需要什么。一个方式就是翻着剧本设计声效和音乐。通过黑体字的音乐或音响效果参考，你能对他们有所帮助。别过分用声效，别非要用某个特定艺术家的特定的歌，但可以有诸如"我们听到有点像诺拉·琼斯的歌"之类的建议。再强调一遍，你要传递出你想要的东西的"感觉"。用特定的歌可能会导致预算提高，你只要建议你认为可能适合表现需要的东西就行了。

电影包括两个系统：画面——是我们看到的，声音是我们听到的。画面部分是在处理声音之前完成的，然后把两者同步合成。这是一个又长又复杂的加工过程。现在，随着数字技术和计算机图形技术（CGI）的进步，闪前、闪回、回忆、过去事件的碎片的插入等更多的多媒体效果被广泛应用。但画面和声音的两个系统仍然存在，不过使用数字方式拍摄了而已。你只要对比一下《普通人》、《谍影重重》或《记忆碎片》，三个影片里的人物都是在试图找回同一个东西，即失去的记忆。

第十一行（11），如果你要标明一个场面的结束可以写"切至："或"化至："（"化"是把两个画面相叠，一个浅出的同时另一个淡入）、或"淡出"。（一般是渐隐到黑。应当指出，像"淡入"、"淡出"或"化"之类光学效果应由拍片的导演或剪辑师做出决定，它不该是剧作家的决定。）但如果你觉得这样能让剧本读起来舒服些也无妨。

这些就是电影剧本的基本形式的一切。它很简单，简单得有点难。因为每个剧本都是独特的，并且可以以各种不同的方式加以视觉化。别非得告诉导演该做什么和怎么做。

对于大多数想写电影剧本的人来说，这是一种新的形式。你要花点时间去"学会"它。别怕犯错误。掌握它要有个过程。你写得越多就越得心应手。有时我让学生抄上10页纸的剧本，仅仅是为了让他找到这种形式的"感觉"。别管是什么剧本，选10页用计算机照着打一遍如果你愿意，找个编剧软件可以帮助你解决许多难题。"Final Draft"是最好的编剧软件之一。像汤姆·汉克斯、艾伦·鲍尔、史蒂文·布奇柯、朱丽·太莫、詹姆斯·L·布鲁克斯、安东尼·明格拉等许多专业人士都在用它。

就像以前说过的，写摄影机角度不是编剧的活儿。事实上，"摄影机"一词很少在剧本里出现。可有人会说，"如果你不用摄影机一词，镜头是摄影机所看到的，你怎么写镜头描述呀？"

规则是：找到你镜头的拍摄对象，然后描述它。

摄影机或在你前额正中的那只眼睛看到了什么？在每个镜头的画面中发生了什么事情？

如果比尔走出公寓，向汽车走去，那么这个镜头的主体是什么呢？

是比尔，还是公寓或汽车呢？

比尔是镜头的主体。

如果比尔进入汽车，沿街出去。那什么是镜头的主体呢？是比尔，还是汽车或街道呢？

汽车是镜头的主体。除非你想让这一场面发生在汽车里面：内景。汽车—日景，运动或不运动的摄影。然后你可以聚焦于比尔。

一旦决定了镜头的主体，你就可以叙述镜头内发生的视觉动作。

我列举出在电影剧本中代替摄影机一词的一些术语。如果你拿不定主意是否要用摄影机一词的话，那就别用。找出别的词来代替。这些在镜头说明中的一般用语能使你的剧本写得更简单、有成效和富于视觉性。

编剧术语

（用以代替摄影机一词）

规则：找出镜头的主体。

术　语	含　义
1. 角度对准（Angle On）	一个人、地点或事物，如角度对准比尔（镜头的主体），拍他走出公寓大楼。
2. 主要表现（Favoring）	也是对人、地点、或事物，如主要表现比尔（镜头的主体）离开他的公寓。
3. 另一个角度（Another Angle）	镜头的变化，如从另一个角度表现比尔走出公寓。
4. 更宽的角度（Wider Angle）	场面中焦点的变化，如从角度对准比尔变到更宽的角度，这样就包括比尔和他周围的环境。
5. 新角度（New Angle）	另一种镜头变化，常用来"冲破纸面限制"而获得"电影化的面貌"，如从一个新角度表现比尔和简在舞会上跳舞。
6. 视点（POV）	一个人的视点，他看到的东西是怎样的，如从比尔的角度拍他和简跳舞。从简的视点看比尔在微笑。他过得很愉快。这也可以看作是摄影机的视点。

术　语	含　义
7. 反拍角度（Reverse Angle）	视角的变化，通常与视点的镜头相反，如从比尔的视点看到简，然后是反拍角度，简看到比尔，也就是她所看到的对象。
8. 过肩镜头（Over the Shoulder Angle）	通常用于视点和反拍角度镜头。一般把一个人物的肩头摆在画面的前景，他所看到的东西处在画面的后景上。画面是摄影机所看到的界限，有时称作"画框边"（frame line）。
9. 运动镜头（Moving Shot）	重点在镜头的运动，如运动镜头吉普车疾驶过沙漠；比尔陪着简走到门口；泰德走过去接电话等等。我们只要标出运动镜头就行了。别再去分什么移动车上的镜头，摇摄、俯仰、推拉、变焦还是升降镜头了。
10. 近景（Close Shot）	就是靠近被摄对象，要少用，只为强调而用，如一个比尔盯着简同居者的近景。在《唐人街》里当杰克·吉蒂斯的鼻子挨了一刀时，罗伯特·唐尼用了一个近景。这是他在剧本中很少几次用到这个术语中的一次。
11. 插入镜头（Insert）	某物的近景，如把不论是一份电报、报纸报道、标题、钟面、表盘或电话拨盘等镜头插入场面之中。

　　了解这些术语有助于让你写剧本时更有把握并有更多的选择机会。这样就不需要用具体的摄影机提示也知道怎么写了。

　　了解这些术语将有助于以一种有效而可靠的方式写剧本。这样你就知道你用不着特别写摄影提示。

　　我们来看一个当代电影剧本格式的例子。这是动作片剧本《竞赛》（*The Run*）的前几页的开端段落。这是关于一个人打算驾火箭船来打破水上竞速纪录的故事。开端是一个动作段落。

　　我们来考察一下这个格式，找出每个镜头的主体，以及每个镜头在整个段落的主体中怎样表现出各自的花样。

　　"第一次"是这一个段落的标题。这是试图打破水上竞速纪录的第一次尝试。

（剧本第1页）

《竞赛》

淡入

"第一次"

外景。华盛顿，班克斯湖—正当黎明之前

一系列不同的角度

　　黎明前几个小时，一轮月亮和星星挂在天空上。班克斯湖是紧靠大古力水坝的混凝土大坝后的一条狭长的水域。月亮倒映在水中微微闪烁着。一片寂静、和平、静止。

　　然后，我们听到一辆卡车高声的轰鸣。于是：

切至：

靠近的汽车前灯—运动镜头

　　一辆卡车驶入画面。拉回，展示出卡车挂着一辆大推车，上面装运着一个蒙着帆布的形状古怪的东西。它什么都像。它可能是一个现代派雕像，是一枚导弹，或外层空间飞行器。实际上它兼有这三者。

另一个角度

　　七辆车组成的车队沿着两旁种着树的公路缓缓地蜿蜒而行。一辆小卡车和旅行车走在前面。另一辆旅行车后面跟着一辆挂拖车的卡车。最后是两辆野营拖车和一辆工具车。车上都印着"英雄世家香水"的徽记。

内景。带头的那辆旅行车

　　车里有三个人。收音机轻声播着西部民间曲调。

　　斯特鲁特·鲍曼开着车，他是一个瘦长的、表情丰富的得克萨斯人。他是密西西比西部最好的钣金工和机械奇才。

莱恩·威尔斯靠窗坐着，忧郁地盯着黎明前的黑暗。他意志坚强而又顽固，许多人都认为他是一名显赫的赛艇设计者，一个想入非非的天才，也是个胆大妄为的赛艇驾驶员，这三点都是事实。

（第2页）

罗杰·达尔顿坐在后座。他是个恬静的人。戴着眼镜，很符合他那火箭系统分析家的身份。

车队

车队沿着两边栽着树木的公路蜿蜒驶向大古力水坝和那称为班克斯湖的狭长水域。（它以前被称作富兰克林·O·罗斯福湖。）

外景。班克斯湖—黎明

当车队驶向远方时，天渐亮。车队就像黎明前飞舞着的一列萤火虫。

从船坞区的角度看去

汽车减慢速度，停下来。领头的卡车停住，从车上跳下几个**工作人员**。其他的人也跟着跳下来，开始干活。

水边上架起一座长形的活动房子。称作**船坞**的那座大房子是一个工作场地，里面设置齐全，有工作台、灯和工具。两辆野营车停在近处。

另一个角度

几个**工作人员**跳下车来，开始卸下各种设备，把它们抬到工作场地去。

在旅行车上

斯特鲁特把车停靠好，莱恩先下车，后面跟着罗杰。他走进船坞。

新角度

"运动世界"的一辆大型电视转播车和西雅图的几名体育播音员开始架设他们的设备。

更宽的角度

许多衬衣上印着FIA字样的工作人员和记时员在架设电子计时器、计时牌、数字控制台和计时浮标等。从电视监视屏上看到一系列录像影像组接成的工作活动的蒙太奇。这一段落的"感觉"开始是缓慢的，像刚醒过来那样。然后逐渐进入紧张而激动人心的火箭艇下水阶段的节奏。

（第3页）

内景。野营车的生活区——天刚亮

莱恩·威尔斯穿上他那棉竞赛服，斯特鲁特帮着他系好带子。莱恩穿上罩服。可以清楚地看到罩服上"英雄世家香水"的字样。斯特鲁特把一件东西扣在衣服上。两个人相对使了个眼色。

在这一段，我们同时可以**听到**：

　　　　　　电视播音员（画外音）
　　　　　这是莱恩·威尔斯。你们大多数都知道这个故事：
　　　　　莱恩，这位最富于创新精神的高速竞赛水面船只
　　　　　设计者之一，富有的工业家提摩西·威尔斯的儿
　　　　　子。他接受了"英雄世家香水"公司的委托建造
　　　　　了一艘赛艇来打破由雷·泰勒保持的每小时286
　　　　　英里的水面速度纪录。不仅如此，莱恩还设计并
　　　　　制造了第一艘火箭艇。是的，是火箭艇，这在观
　　　　　念和设计上都是革命性的……

船坞

——从船坞的角度移出船坞，架在两个专用船架上面的火箭艇"原型一号"，这是一艘闪闪发光的，形似导弹的船，就像一架三角翼的飞机。它设计得十分漂亮，像一件雕塑品。工作人员把赛艇架到那伸入水中的发射架上。在这一段，电视播音员的声音在继续：

　　　　　电视播音员（画外音在继续）
　　　　　这艘船究竟有多快，目前还未见分晓。有人声称
　　　　　它根本不行。但莱恩·威尔斯说，这般可以轻而

易举地打破每小时400英里的大关。莱恩设计并制造出了"原型一号"这条船,把它交给了资助人。但极有讽刺意味的是,英雄世家公司竟找不到人来驾驶这艘火箭艇。没人愿意用它来创纪录。它太激进,太不安全了。就在这时,曾当过水上飞机运动员的莱恩挺身而出说:"我来干!"

内景。电视转播车的播音间里

我们看到一排电视监视屏,**推到一个屏幕**。**电视播音员**正在记者招待会上采访莱恩·威尔斯。

(第4页)

    莱恩(在电视屏幕上)
是这么回事,我一手造出这条船。我对它了如指掌。假如我认为它有半点失败的可能,或者认为自己可能受伤甚至丧命——如果我不认为它完全可靠的话,我是不会干的。总要有人干,那还不如我来。我是说,生活的意义不就是这样吗?总得担些风险嘛!

    电视播音员(屏幕上)
你害怕吗?

    莱恩(屏幕上)
当然,不过我知道我能干得了。要不然我就不在这儿了。这是我的选择。我深信,我会创造一个新的水面速度记录,并且还活着回来,有足够时间供你采访呢!

他笑了起来。

从奥莉维亚的角度

莱恩的妻子神情紧张地一人站在一边。她咬着嘴唇。她很害怕,并且流露了出来。

外景。电视转播车—清晨

刚采访完莱恩的**电视播音员**站在转播车旁边。背景是湖。

      电视播音员
    几年以前,杰克·莱恩是位极有成就的水面快艇
    运动员。你们中有人还记得——他在一次事故中
    受伤住院后就放弃了赛艇生涯……

闪回—华盛顿,班克斯湖—日景

莱恩的赛艇在水面上翻了一圈又一圈,直到底朝天地靠了岸。莱恩摔出了船外,一动不动地浮在水上。

回到此刻—出发区的角度

一个长长的码头伸向水中,一艘拖船系在一旁。

                 (第5页)

"原型一号"赛艇

"原型一号"赛艇正浮在水上装燃料。两个安着很长的聚乙烯管子的氧气罐被装进引擎里。罗杰在监督装燃料。

莱恩的角度

杰克·莱恩走出野营车,向火箭艇走去。斯特鲁特陪着他。

      电视播音员(画外音)
    现在,我们是在华盛顿东部班克斯湖,紧靠着大
    古力水坝。在这里,莱恩·威尔斯成为历史上第
    一位尝试驾火箭赛艇创造新的水面速度纪录的人。

出发地

莱恩从码头走到船边,跨进赛艇。

计时器

各种数字计时器急促地乱动起来，最后都停在零上。

内景。转播车中的电视控制台

导演坐在控制台前准备电视播出。他面前排的八个屏幕，每个屏幕里的形象都不一样：有工作人员、终点线、湖水、计时浮标、人群等等。有一个屏幕始终追随莱恩赛前的准备工作。

       电视播音员（画外音）
    和莱恩一起工作的是他的两个合作者：机械工程
    师斯特鲁特……

斯特鲁特的角度

他站在拖船里，手里拿着步话机，仔细地看着莱恩。

       电视播音员（画外音）
    ……和火箭系统分析家罗杰·达尔顿，他是负责
    研究把人送到月球上的喷气动力实验室的科学家
    之一。

罗杰的角度

他检查了燃料仪表和其他细节。一切准备就绪。

（第6页）

莱恩

他在座舱里系上空全带。斯特鲁特待在近旁的拖船里。

内景。火箭赛艇的座舱内

莱恩检查面前控制盘上的三只仪表。他扳动标着"燃料流罩"的开关把，指针跳到开动位置上定位。他又扳动另一个标着"水流量"的开关把，指针也活动起来。一盏红色指示灯亮起来，我们能看到灯上标着"准备"的字样。莱恩手把

着方向盘，一个手指摆在"弹射"钮旁边。莱恩他检查了一遍仪表，深深地吸了几口气。他准备好了。

电视播音员（画外音）
莱恩看来是准备好了……

一系列的角度

倒计时。工作人员、计时员、观众肃静下来。电子设备全都停在零。电视摄像机都对着"原型一号"，它的姿态就好像一只准备起飞的鸟。

斯特鲁特

他看着莱恩，等着他给出"举大拇指"的信号。

莱恩

我们能看到的只是从头盔里向外面盯着的一双眼睛，精神高度集中，目的明确。

在计时中心

计时员们在等待。所有的眼睛都来回看着计时器和湖上的小船。

湖

湖水是平静的，三个计时浮标标出那规定的英里单位航线。

终点线上—杰克的视点

罗杰和两个工作人员站在那儿，看着湖面上的航道，盯着那个小点——即那艘赛艇。

电视工作人员

等待中，空气充满着紧张的期待。

（第 7 页）

莱恩的视点

他盯着航线，"准备"钮在前景清晰可见。

斯特鲁特

他一遍又一遍地检查最后的细节。莱恩准备好了。他检查了计时器——都准备好了。可以"起跑"了。他向莱恩发出"举大拇指"的信号，然后等待着莱恩的信号。

莱恩

他回了一个"举大拇指"的信号。

斯特鲁特

对步话机说话。

斯特鲁特

　　计时准备——
　　　　（他开时倒数）
　　5、4、3、2、1、0——

计时浮标

依次闪了三下光，红、黄、然后是绿的。

莱恩

他扳动"启动"开关。突然——

火箭赛艇

赛艇点着了火，猛地向前跃去。细长条的火焰喷在水面上。赛艇简直像导弹一样朝着湖的尽端直飞而去。它以每小时300英里以上的速度像水翼船一样在离水面几英寸的空中飞掠。

同时插入

　　斯特鲁特、奥莉维亚、计时员、终点线上的罗杰、转播车中控制台上的屏幕等镜头。

莱恩的视点

　　外面的景象都变了。当整个世界突然陷入了沉默，只见高速掠过的视像，一切都变成平板的了。

赛艇

　　流星般地掠过……

（第8页）

电子数字

　　计时器的数字朝着无限跳进。

各种角度

　　赛艇冲向终点线。工作人员、计时员、观众们屏息凝神地看着。

莱恩

　　他手紧握着方向盘。我们忽然看到他的手随着船的颤动轻轻"扭动"起来。

电视播音员（话外音）
　　这是一次实实在在的竞赛……

计时控制台

　　计时控制台上数字以疯狂的速度在转。

莱恩的视点

　　赛艇在**摆动**,逐渐变成明显的颤动,周围的景色都看不清楚了。出了什么可怕的故障。

从岸上看

　　我们看到尾浪变得不规律,一股一股的。

斯特鲁特和奥莉维亚

　　看着赛艇剧烈地颤抖着。

一系列快切

　　在观众和赛艇之间交叉切换。"原型一号"偏离航道。握方向盘的莱恩一动都不能动。

电视播音员(画外音)
等等!怎么回事——出事了!船在颤抖……

原型一号

　　向一侧倾斜。

莱恩

　　按动弹射钮。

电视播音员(画外音)
(激动地)

　　　　　　　莱恩控制不住了！啊，上帝！他要毁了——莱恩
　　　　　　要毁了……啊，上帝……

（第9页）

座舱

　　座舱弹射出来。高高地抛向空中，划了一个弧线，后面拖着降落伞。

座舱内囊

　　弹出的座舱内囊向水面栽去。

斯特鲁特、工作人员、计时员、奥莉维亚

　　都难以置信地、惊恐地看着。赛艇底朝天冲入水里。失去控制地翻过来，不断地横滚。我们眼睁睁地看着它解体。

　　　　　　　　　电视播音员（画外音）
　　　　　　莱恩弹出来了，等会儿，降落伞没有张开，哎呀！
　　　　　　上帝，这是怎么回事呀！真惨呀！

各种不同的角度

　　系在弹射舱后面的降落伞没有张开。莱恩困在这个塑料座舱里以每小时300英里的速度冲入水中。

　　弹射舱就像投在水面上的一块石头那样掠过水面向前弹跳。我们只能猜想莱恩在里面怎样了。座舱在水面上迅速滑行了一英里多才停下来。

　　静默。整个世界的时间好像都冻结了。然后：

　　救护车的警笛声打破了沉寂。当人们朝那任意漂在水上的毫无生气的莱恩·威尔斯跑过去时，简直乱成了一团。定格，然后：

　　　　　　　　　　　　　　　　　　　　　　　　　　　　　　切至：

注意每个镜头是怎样描述动作的，以及对术语的应用只要造成一种"电影化"的感觉，而不是做过多的摄影机运用的指示。

请阅读尽可能多的剧本，可以借此熟悉格式。很多网站都能找到剧本。你可以去诸如simplyscript.com、Drew's Scripts-O-Rama或dailyscript.com等网站，也可以到谷歌或雅虎上直接搜索"电影剧本"（screenplays）就能找到。有很多很多网站可以下载剧本。随便找个剧本，照着样子打10页的字就能熟悉剧本的格式。这个练习可以让你熟悉剧本格式，了解镜头的"对象"。你读的剧本越多，就会变得更熟练。

你得花时间学着掌握剧本的格式，这在开始可能很不顺手，但会越来越容易。当你不用再刻意注意剧本格式问题时，这些就变得自然而然了。当然，最方便的方式还是找个像Final Draft那样的编剧软件。在www.finaldraft.com就能找到。

一旦熟悉了剧本的格式你就可以走向下一步，场景了。

Chapter 14
写作电影剧本

WRITING THE SCREENPLAY

> **贝格比**
> 先生们，今日，你可以跨出那扇门，往右拐，跳上公共汽车，25分钟后就可以到达太平洋岸边，你可以在太平洋里游泳、驶船、钓鱼——但是，你不能喝太平洋的水，不能浇你的草坪，也不能灌溉你的橘园。请不要忘记，我们既生活在海边，又生活在沙漠的边缘。洛杉矶是一座沙漠上的城市，在这幢大楼之下，在每一条街道的下面，都是一片沙漠。如果没有水，沙尘就会飞扬起来，把我们埋进沙中，就好像我们从未存在过一样！
>
> ——《唐人街》，罗伯特·唐尼编剧

"不是把水弄到洛杉矶来，就是把洛杉矶弄到水边去。"这是《唐人街》的故事基础。写一个剧本，戏剧性地把这个主题通过动作和人物展开，就是出色的编剧工作。对罗伯特·唐尼来说，写作《唐人街》剧本是个令人惊异的旅程。但他也伴随着一个充满悬疑、困惑和不确定性的对故事进行揭示的过程。写剧本的过程令人惊异，但也充斥着欢欣、挫折，以至哀痛。一天你兴高采烈，另一天又会异常沮丧、陷入迷惘。一天写得很顺，第二天又写不出来了。谁也不知道为什么。这是一个创作过程。它难以分析，更显得神奇。

写作的最难之处在于知道要写什么。

让我们回顾一下我们的起点。下面是那个示例：

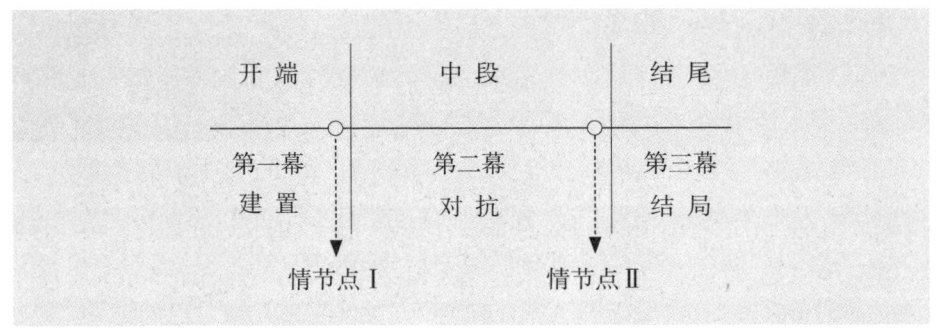

以前我们讨论过创作一个主题，比如三个家伙从休斯敦的美国宇航中心大楼里偷月球石块的故事，并且把它分成动作和人物。我们谈过如何选择一个主要人物和两个重要人物，把他们的动作导向偷月球石块。我们谈过选择结尾和开端，以及第一幕结尾与第二幕结尾的情节点等。我们还谈过使用3×5英寸的卡片构成故事线以及如何专注于故事线发展的方向。

看一下示例：**我们知道要写些什么！**

我们完成了适用于一般写作，并且特别适用于电影剧本的准备工作的形式，这就是形式与结构。现在你已能够选择你故事中适合于电影剧本形式的示例的诸因素。换句话说，你已知道写什么，现在你要做的就是，把它们写下来。

尽管有史以来，多少人谈过和写过创作经验谈，但写作归根结底还是这样一件事——它是你自己的、个人的经历，绝不是别人的事情。

很多人对一部影片的创作做出了贡献，但剧作家是唯一的一个需要坐下来，面对着空白稿纸的人。

写作是一件艰难的工作，是日复一日的差事，要成年累月地面对着稿纸本或打字机，一字一句地在纸上写。你必须投入时间。

在写作之前，你必须找到写作的时间。

一天之中你需要几个小时进行写作呢?

这由你自己决定。我是一天工作四小时,一周六天。斯图尔特·比蒂一天写八小时,从早九点到晚六点、中间休息一个小时。罗伯特·唐尼一天写五到六个小时,一周六天。有的编剧一天只工作一个小时,有的早上写,有的下午写,有的晚上写。有人一天写十二个小时。另一些人花几个月的时间打腹稿,向人们讲这个故事,直到他完全了解它了;然后他"跳进去",用大约两个星期把它写出来,此后,再花费几个星期进行修改和定稿。

多数人一天需要用二至三小时来写电影剧本。这是常规,但也有例外。在我的不少编剧班里,我告诉学生们如果是全职工作,每天上班前和下班回家后拿不出一两个小时来写作的话,脑子里就应该时常想着此事。他们要好好思考故事线索、人物和"下一步要发生什么"。有时我劝他们带些卡片,这样就能在排队或坐地铁、公交车或火车时看看材料。或者准备个录音机在开车上下班路上、吃午饭或喝咖啡的时候帮助你做些记录。睡觉前听听你记下的想法和写下的对话强化记忆,到周末你就能花两三个半天写成剧本。

什么是你的最佳写作时间呢?看一下你的日程表。详查你的时间。如果你是全日工作,或者成天照料家务,那你的时间就有限。你需要找出写作的最佳时间。你是那种早晨工作效率最好的人吗?或者是要到午后头脑才能清醒和活跃吗?深夜也许是最好的时间。你应该弄清楚。

你可以早起,在上班之前写上几个小时;也可以在下班以后,松弛一下,然后写几个小时。你也许愿意在夜间工作,比如说,夜间10点到11点;或许你能早睡早起,清晨4点就起来写。我有个学生是个大制片厂的经理人,他每天5点起床写一两个小时,再和家人一起吃早餐,然后去上班。这很辛苦,但你能做到。如果你是个家庭主妇,有家需要照料,你可能希望大家出去工作时再动笔写,或是上午或是下午。你自己去判断在什么时间,白天还是晚上,能有两三个小时单独工作。

这几个小时是要保证的。没有电话,没有朋友来喝咖啡、闲聊天,不干家务活,别让你丈夫(妻子)、爱人或儿女来打扰你。你需要两三个小时单独工作,不受任何干扰。

写作是件日复一日的差事。你要逐个镜头、逐个场景、逐页、逐日地写你的电影剧本。给自己定下目标。一天写3页是合理的和切实可行的，这大约是一天近一千字。如果你的电影剧本有120页的篇幅，每天3页、一星期工作五天。那么，完成第一稿需要多少时日呢？

四十个工作日。如果一周工作五天，那么你大约要用六周就能写出第一稿。一旦写起来了，你可能有时一天写10页，有时写6页等等。反正要保证一天写3页或3页以上。

如果你已经结婚，或者正在谈恋爱，那就有些困难了——因为你需要一些空间和单独工作的时间，同时也需要支持和鼓励。

家庭主妇通常比其他人困难更大。丈夫和儿女们不太理解或者不支持，不管你解释多少遍说你"正在写作"，都没有用。向你提出的各种要求让你很难置之不理。我的很多已婚的女学生都谈到丈夫威胁说要离开她们，除非她们放弃写作。她们的儿女也变成了"小野兽"。丈夫和儿女们知道他们的日常家庭生活受到了干扰，他们不愿意，他们往往，当然不是故意的，会结成一伙来反对"妈妈"，因为她要求有一点时间、空间和自由。其实要求也不多。这是个棘手的问题，内疚感、愤怒或者挫折都会妨碍你。如果你不注意，那你很容易会成为自己感情的牺牲品。

当你专心写作时，虽然你在外部很接近你所爱的人们，但你的思想和注意力是在千里之外了。你的家庭不关心或不理解此时你的剧中人物正处于一种高度的戏剧性情境之中，但你绝不能分心去干一些诸如：做小吃、做饭、洗衣服和买东西之类的日常家务。

别期望什么。如果你和你所爱的人处在这样一种关系之中，即使他们告诉你说，他们理解和支持你，但是实际上他们是不会这样做的——不会真正这样做的。这并不是因为他们不愿意支持你，而是因为他们不理解写作的经验。

当你需要些时间来写电影剧本时，不必感到"内疚"。如果当你着手写作时就预料到你的妻子（丈夫）或爱人会"生气"或"不理解"，那么当事情当真发生的时候，你也不会心烦意乱。如果你确实心烦意乱了，那么当你写作时，你必须"有几手准备"，要估计到这是个"艰难的时刻"，这样，当这些事情真的发生的话，也不会受影响了。

这里对所有的丈夫、妻子、爱人、朋友和儿女们进一言：如果你们的妻子（丈夫）、爱人或父（母）正在写作一个电影剧本时，他们需要你们的爱与支持。

给他们机会让他们实现一下探索写作电影剧本的愿望。当他们在进行写作时，大约在三至六个月左右的时间内，他们会情绪低沉、烦燥易怒、全神贯注和疏远冷漠等。你的日常生活会受到干扰，你会讨厌这种情况的。它会使你感到很不舒服。

你愿意给他们时间、空间和机会让他们去写自己想要写的东西吗？你的爱是否足以使你去支持他们进行创作呢，哪怕它干扰了你的生活？

如果回答是"否"，那就交换一下意见，找出个折中的办法，两方面全不受损害，最后还可以互相支持。写作是一个人单独埋头苦干的工作。对于另一个人和其他有关系的人来说，这就成了一种共同的经验。

制定个写作日程表：上午10点30分至12点，或是晚上8点至10点，或者晚9点至深夜。有了日程表，遵守纪律的"问题"就容易掌握了。

决定一下一周内你需要用多少天来写作。如果你全日工作、上学，或者已结婚或正在谈恋爱，你可不能指望一星期只用一两天就能写出个电影剧本来。人的创造精力就会这样丧失掉的。你必须集中精力，全神贯注地写你的剧本。

制定好写作日程表之后，你就可以工作了，在一个美好的日子里坐下来着手动笔。

出现的第一件事是什么呢？

阻力！不错，正是它。

当你写完"淡入。外景。街道—日景"之后，突然一种不可思议的"愿望"促使你要削铅笔或收拾工作台等，你会找出一个理由或借口不去写作。这就是阻力。

写作是一个体验的过程，是一个学习的过程，它需要写作的技巧与协调的能力，就像学骑自行车、游泳、舞蹈或打网球一样。

没有人被扔进水里就学会游泳的。你先得学会浮水不被水淹，然后不断使自己的姿势完善，这样才能学会游泳。你只能从游泳中学会游泳。你练习得越多，越游得好。

写作也是一样。你会经历某种阻力。这种阻力以各种方式出现，在大多数情况下我们甚至意识不到它的发生。

例如：当你第一次坐下来开始写作时，你可能想去擦拭冰箱，或者拖洗厨房地板。你也许想找点什么活儿干，换换床单，驾车兜个风儿，吃点东西、看电视、上瑜伽课或做爱等等。有人出去买了上千美元的衣服，而他根本不需要这些衣服。或许有人无缘无故地跟别人发脾气，不耐烦和瞎嚷嚷。

这就是各种各样的阻力。

我最常遇到的阻力是：我坐下来动笔写时，会突然蹦出另一个剧本的念头。甚至于是个非常好的念头，这个念头是那么新颖，令人如此兴奋，以至使你开始考虑该为"这个"电影剧本写些什么东西。你当真会这样想的。

有时你会想到两三个好主意。经常会是这样的，它也许是个极好的主意，但它却是一种阻力的形式。如果它真是个好主意的话，它就能保住的。你只要简单地写上一两页把它保存起来就行了。如果你决定追求这个"新"的念头，而放弃原来的方案，你会发现，还会再出现类似的情况——当你真坐下来写的时候，又蹦出个另一个"新"的念头，如此反复不已。它是个阻力，一种思想上的开小差，一种逃避写作的方式。

我们全都是这样的。在编造出各种理由和借口不去写作这方面，我们都在创作过程中制造各种"障碍"的大师。

你怎样去对付它呢？

很简单。你如果知道会发生这样的事，那在它发生时，承认它就罢了。当你擦拭冰箱，削铅笔或吃东西的时候，应该意识到你正在做什么。体验一下阻力！这不是什么大不了的事情。千万别泄气，别内疚，更不要自责。只要承认它们是阻力——你马上会掉过头去干正事。不要假装没有发生这样的事。它们确实发生了！一旦你对付了阻力，你就可以准备动笔写作了。

前10页是最困难的。你的写作变得越来越别扭，也可能非常差。这没关系。有一些人不知道怎样对付这个局面；他们会贸然决定自己写得很不好。然后就此住笔，并且认为自己的决定正确，理由充足，因为他们"知道自己不能写作"。

实际上写作是一个协调的学习过程，你越写得多，它就变得越容易。

在一开始，你写的对话可能不太顺当。

请记住，对话是人物的一种功能。让我们察看一下对话的目的。它：

推动故事向前发展；
揭示有关人物的信息，毕竟每个人都有他的历史；
向读者传达必要的事实和信息；
建立人物之间的关系，使他们显得真实、自然；
给你的人物以深度、有内心世界和目标；
揭示故事和人物的各种冲突；
揭示人物的情绪状态；
对动作进行评价。

你的初次尝试可能会十分矫揉造作，尽是陈词滥调或者是支离破碎和牵强附会。写对话像学游泳一样，也需要扑腾一番，但是你越写得多，就越容易。

常常要写到第25页到第50页之间，你的人物才能和你交谈。他们确实会开始和你谈话的。先写30页，不必为对话的虚饰和直白担忧，只管径直写下去。对话终究是可以改好的。"写作就是一遍一遍地重写"，这是最古老的格言。

那些想寻找"灵感"来指导自己写作的人是找不到它的。灵感是刹那间的事，它发生在几分钟，顶多几个小时之内；可电影剧本靠的是勤奋，得花几个星期或几个月的工作。如果你花上100天写一个电影剧本，而其中有10天获得"灵感"那真该算是幸运的事了。别指望天天有灵感，即使25天有灵感，也没有那么回事！你们可能听说过有这事，但实际上那不过是水中捞月——你是在追求梦幻。

"但是"——你会说。

但是什么？

写作是日复一日的劳动，一天要两三个小时，一星期五天，不管是平时还是周末，一天至少3页，一星期要写10页。一个个镜头，一个场场戏，一页接一页，一个段落接一个段落，一幕接一幕地写下去。有的时候会比较顺一些。

当你进入了那个示例之中，你就没法看见那个示例了。

卡片系统可以成为你的地图和向导：情节点是你途中的检查站，是你进入荒漠征途前的最后一次加油的机会；而结尾，则是你的目的地。卡片系统的好处在于你可以忘掉它们。卡片已完成了它们的目的。

我在第12章里说一张卡片等于一场戏，但当你真写剧本时，这条有时不管用了。你会突然"发现"一个更好的场面，或者以前没有想到过的新场景。那你就用上这个新的。那可能会让你发现通向新的场景或段落的一条意想不到的新途径。我觉得那很棒。干吧，用不了几页纸你就能看出来这新想法是否行得通。常常是你写了好几页就不知道该做些什么、不知道该往哪儿发展了。这时拿出下一场的卡片，找个转到那儿去的好办法。如果找不到，这几天你就白干了。但这样给你的创作带来了新鲜感，其实也真的没怎么亏。

如果你想删去一些场景或增加一些场景，这一点也没有关系，照你想的做就是了。你的创作思想已经吸收了这些卡片，因此你可以删去一些场景，但依然保持你故事的方向。

当你做卡片时，你就是做卡片。当你写作时，你就是写作。不要那样囿于卡片。让它们当你的向导，你不能当它们的奴隶。如果在打字机前，你感到一个灵感充沛的时刻，它给予你一个更好、更流畅的故事，那就把它写下来。

哪些东西决定你能写出一个好剧本呢？有好多，可最重要的一条是要明白所有好的戏剧性写作的基础是冲突。再强调一遍，所有的戏剧都是冲突，没有冲突就没有动作，没有动作就没有人物，没有人物就没有故事，而没有故事也就没有剧本。

戏剧性冲突可以是内在的也可以是外在的。像《时时刻刻》、《唐人街》、《谍影迷魂》、《郎心如铁》、《冷山》、《美国美人》等影片都是既有内在冲突也有外在冲突。外在冲突指的是人物与外界的冲突和他们面临的物质的（当然还有情感的）障碍。像《冷山》、《阿波罗13号》或《侏罗纪公园》里所创造的冲突是在故事内部，通过人物和事件。这是所有写作都共通的简单、基本的"真理"，无论写小说或电影剧本都一样。

那么什么是冲突呢？看看这个词就会知道它与"对立"有关。所有戏剧性场景的核心都有一个或几个人物与某人或某事物的对立状态存在。冲突可以是斗争、争论、战役或者追逐，可以是对生活的恐惧、对失败或成功的恐惧，不管是内在的还是外在的——各种对抗和障碍，不管是物质的、情感的、还是精神的。

冲突必须是你的故事的真正核心，因为它是强有力的动作和人物精髓。如果你没有足够的冲突作为你写作的基础，你就会发现自己经常会陷入无趣的写作泥沼而不能自拔。

坚持写作。日复一日、一页复一页。而在这个写作过程中，你会发现一些有关你自己的事情，而这是你所不了解的。例如：如果你写到你自己过去遇见的一些事，你可能重新体验那过去的感情和情绪。你会变得"疯疯癫癫"的，焦躁不安，并且每一天都像生活在一种情绪的轮车上。别担心，坚持写下去！

在写电影剧本初稿时，你要经历三个阶段。

第一阶段，是把字"写在纸上"的阶段。这时你把一切都写下来。如果你犹豫不决，不知是否应该把某一场面写下来时，那就写下来。如果犹豫不决，那就写。这是一条规律。如果你开始自我检查，那你很可能写成一个只有80页的剧本，那太少了。于是你不得不在紧凑的结构中硬加上一些场景来把它拉长，这是很困难的。从已经结构得很好的电影剧本中删去一些场面要比增添一些场面容易得多。

让你的故事一直向前发展。如果你每写好一个场面，就回过头去修改加工，把它搞"正了"，那当你写到60页左右时就没的可写了，一点创作激情都没了。最后只好把它束之高阁。我认识不少作家就是试图这样来写初稿，而结果没能完成。你需要做的任何重大修改，都留待第二稿上。

有时，你不知道如何开始一个场面，或者接着该写什么。你知道卡片上的这个场景，但是不知道如何从视觉上表现出来。如果发生了这种情况，把你在写的场景划分一下开端、中段和结尾。分析一下场景的目的是什么？你的人物是从哪里起步的？以及他在这一场戏里的目的是什么？

问一下自己"接着要发生什么事情"？你就会得到一个答案。它往往是掠过你头脑中的第一个想法。抓住它，马上写下来。我把这称之为"创作的攫获"，因为你要迅速地把它抓住，并且把它写下来。

很多时候，你总想把这第一种想法加以改进。如果你最初想把一个场面写成在高速公路上飞驰的小汽车里，然后你决定把它改为在乡间的散步，或在海滩上的散步，结果你就丧失了一定的创作能量。如果总是这样搞的话，你的剧本就会反映出一种"人为的"、"极不自然"的性质。它不会灵验的。

支配你写作的只有一条规则：问题不在于写得是"好"是"坏"，而在于它是否行得通。你的场面走得下去吗？如果能往下发展，那就写下来，不管他人讲些什么。

如果行得通，就用它。如果行不通，就别用它。

如果你不知道怎样开始或结束一个场面，那就自由联想。让你的思想畅游一番。问一下自己，什么是进入这一场面的最好方式。要相信自己，你会找到答案的。

如果你创造了一个难题，你应该为那个问题找到解决方案的。你所要做的就是把它找出来。

一个电影剧本中的问题，总是能得到解决的。如果你能创造它，你就能解决它。如果你束手无策，那就回到你的人物之中去，看一下人物的传记，问一下你的人物，当他或她处在此种情境之中时，会怎么样做。你会得到一个答案的。这也许要花费一分钟、一小时、一天、几天甚至一星期，但是你总能得到答案，可能在你几乎意料不到的时刻，在最不寻常的地方，它冒了出来。只要不断地反问自己："为了解决这个问题，我需要做些什么？"要经常反复地思考它，特别是在临睡之前。脑子里想着它，你总会得到答案的。我在遇到这种问题的时候，经常让自己做一次这种"梦幻"作业，让自己做梦时找到解决方案。这是一个有力的工具，给你自己点时间让答案自己攒出来，真的会这样。

写作就是一种向自己提出问题，并且找到答案的能力。

有时，你进入了一个场景，却不知道该向哪儿发展，或者不知道该怎样使它有效用。你已经知道来龙去脉，但是不知道具体内容。这时，你就把这一场面从五个不同角度写上五遍。而从这些尝试中，你会找到一条线索，得到一把钥匙去获得你所寻找的东西。

你用这条线索作为依靠思想去重写这个场面，这样你终于能创造出一种富有动势和油然而生的东西。你必须自找出路。

要相信自己！

在第80页至90页之间，故事的结局就开始形成，而且你会发现这个电影剧本实际上是自己在写了。你就像一个媒介，只是在花时间完成那个剧本。你用不着干什么事，它自己在写。

写电影剧本就是写电影剧本。这里没有捷径。

你也许要花上六至八个星期，才能把你的第一稿完全"写下来"。这时你就有了准备可以进入写第一稿的第二阶段，即对你所写的东西作一次冷静、严厉而客观的检查。

这是电影剧本写作中的最机械、最没有灵气的阶段。你可能要把一个长达180至200页的初稿压缩到130至140页。你要删去一些场面、增加一些新的，重写一些，为了把这个电影剧本写成有效的形式，你需要做任何必要的更改。完成这项工作大概要用上三个星期左右的时间。当你完成后，你就要有准备地进入第一稿的第三阶段。在这个阶段你要检查一遍你所写的东西，真正把故事写出来。你要进行加工，突出重点，进行润色，或重写一些，让它更精炼一些，使它活起来。这时你已经摆脱那个示例，因此你可以看清需要怎样来加以改进。在这个阶段，有时一场戏需要写上十来遍，才能写好。

总会有一两个场面不能达到你所追求的那种效果，不管你改写多少遍。你知道这些场面不会起作用，但读者是不会知道的。他们只读故事和看效果，而忽略具体的细节。我就一向只花一个小时读一个剧本，在脑海中看，而不是从文学风格或内容的角度去读它。不要为了一两个你明知不起作用的场面担心。就让它们保持这个样子。

你发现当你要把剧本压缩到一个有效的篇幅时，你不得不砍掉一些你最喜欢的——你认为最聪慧、机智、最有光彩的动作和对话时刻的场面。你想竭力保住它们——它们毕竟是你最佳的写作——但是从长远来看，你必须从剧本的最佳效果来考虑。我有一个"最佳场面"的卷宗，专门存放我自己写的"最佳"之作。但是，为了使剧本更为紧凑，我不得不砍掉它们。

写电影剧本，你必须学会忍痛割爱。有时，你必须把那些明明是你写得最好的东西砍掉，因为如果它们不起作用，那就是不起作用。如果你的那些场面特别突出，而且又引人注目，那么它们就可能阻碍动作的流程。只有那些突出而又起作用的场面才会令人难忘。每部好影片都有一个或两个场面是观众始终记得的，因为这些场面是在整个故事的戏剧性关系之中起作用的。它们也会变成一种商标，后来一下子就会被人认出来。

如果你对那"精选"的场面是否起效用没有把握，那它们大概是不会起作用的。如果你必须对它加以考虑，或者产生了疑问，这就意味着它不起作用。你会知道一个场面是否起效用的。要相信自己。

有时在写剧本的过程中会遇到很让人反胃头疼的经历，这时你会突然感到创作突然被一股浑浊的逆流搅浑，而且来得莫名其妙。

包括我在内的很多作者都试图无视这种感觉，想把它扔到一边、藏到地毯底下，可我们越是虚张声势地回避，越让自己觉得越陷越深，迷失在自己创造的世界里。

这时候我们有种"撞墙"的感觉。几乎所有的作者都或多或少有过这样的碰壁或者被绊住的经历，而且都试图去冲破它。有时成功了，有时失败。

当然失败的时候多。而且不论你是处在写作的什么阶段——是刚开始写头一个字，还是重新写作阶段，它都会搞乱你的写作程序。我们时常以不同的方法来对待这个问题，也许会突然想找一些别的什么事情去做，如打扫厨房、逛逛商场、去洗刷盘子或者去看电影什么的。

总而言之，故事的有些部分会比其他部分难写一些，而且有些场景要比其他场景多花一些工夫。但是在经历了这些难写部分的痛苦以及与自己的这些想法和感受抗争后的几天，你对自己作为剧作者能力的怀疑开始浮上心头。你也许会发现你想得太多了，同时会不断问自己这样的问题：我正在做什么呢？我如何才能回到正常的轨道上？我奇怪我自己是否进入了作者的阻滞阶段呢？你会质疑自己的才华和能力是否能胜任剧本写作的工作。

此后，有一天早晨，你起床之后，突然意识到一阵沉重的眩晕压着你，脖颈也像围上一个疑虑的颈环。这种情绪就这样纠缠着你，你也不知道自己正在做什么。终于你承认了你不知道如何帮助你自己了，或者该往何处去。唯一一件清楚的事就是你知道自己已经进入一种恍惚、失落和困惑的境地了。

欢迎你来到电影剧本写作的世界。

如果你写一个故事，可是又不知道作用在你的人物身上的情绪性的动力，你就很容易"撞墙"和"绕圈子原地打转"，最后掉进"作者的阻滞阶段"的陷阱之中。

事情往往是这样发生的：你完全沉浸在日复一日的电影剧本写作的过程之中，有时出现了一个场景或一个戏剧片段没有发挥它应有的作用。你可能只是惊讶了一下为什么它没起作用。这个念头只是那么一闪而过，你甚至没有太注意。但是当这个场景最后来还是不奏效，你就开始感觉到自己内心起了微妙的变化，也许怀疑到为什么这个场景和这个片段就不能协调一致呢？于是，你会在心里揣摩着，开始琢磨起这个问题。通常第一件发生的事情就是你开始询问自己："我如果不犯傻，自己会解决的。"你在心里会这么想。然后，你越是对这个问题纠缠不休，你就越对自己作为一个电影剧作者的产生怀疑，接着就开始对自己和自己的能力作出否定的批评。你就开始滑进"陷阱"，很快就会让这些否定的评价完完全全地淹没了你自己。

"我知道我不应该偏离这个主题"，你会自己这样去想，或者认为"我写不出什么他妈的有价值的东西了"。不久你就开始把你的这种怀疑的想法进一步扩大和发展，"我不知道自己是否应该写这样的剧本"，或者"也许我就根本没有才能来做这些事情"，或者"我应该找一位伙伴，和别人一起合作写作"。它就这样没完没了地出现了。

其实在所有你自己的这些思想、评价或者判断下面，是一个普遍的纠结，就是"这都是你自己的错误"。如果你能够做的话，你就会去做好的；如果你不能做，那是因为你没有这个才华和能力来做这些了。总之，我们应该转向自我，开始反省！

难怪这就叫"作者的阻滞阶段"呢。

如果你陷入这个特别的困境中，你富有创造性的一面就会被这些怀疑和否定所形成的障碍所遮盖。这就到了需要让"批评的声音显露"出来的时候了。这就是说给那些纠缠于你的头脑之中的判断、批评和否定的声音一个机会，让它们自己说话。

这是使得无论何地的电影剧作者们都会产生恐惧的常见的问题之一。记得在我的一个写作进修班中，一天晚上一位学生走进教室，脸上带着过度疲惫以及有些受折磨的样子。当我问她出什么事了，她的眼睛噙满了泪水，而且很严肃地说："我不知道我该向何方去，我彻底迷失了方向，我困惑极了，而且写出的东西都是垃圾！除了废话，就是废话。我只会在原地打圈圈，而不知道该做些什么。我真难过，我只会哭了！"

这是全球普遍的问题。如何从中解脱，每个人与每个人、每个剧本和每个剧本都不相同，但是要做的第一件事就是要承认你出问题了。而且，除非你去迎面对付，否则它自己是不会走开的。我们的生活中都会遭遇这样一个事实。

我这个学生出现的情况是她太沉溺于自己的材料，以至于看得不清楚了。所以我让她做的第一件事就是停止写作。当你在这样的困难关头，你会淹没其中而且十分沮丧，所以你能做的事情就是重新组织材料。就此暂停写作，请关上你的电脑，放下笔、稿纸、打字机、录音机等所有你用来写作的工具。花费一些时间来思索你的故事：你的故事要讲的是什么？你的主要人物的戏剧性需求是什么？你想如何去理顺这个故事线呢？这些问题的答案就是使你重新踏回原来正常轨道的关键。

首先，把所有你完成的内容拿出来——无论你是用电脑、打字机，还是笔记本、稿纸写的。然后取出一些纸张，在上面标出"批评专页"。当你写作时，每次当你开始感觉到一些否定的意见和评价出现时，就立刻把它们写在"批评专页"上面。把它们编上号码，分别标识出来，就像你准备到市场买东西前列出的购物清单一样。比方说，你可能感觉到"有些地方写得真是糟糕透了！"或者"我真不知道自己写的是什么！"或者"这是行不通的！"或者"也许得让别人替我完成这个东西！"也可能是"怎么所有的人物全一个味？"或者可能是"我怎么如此没有眼光呢？"如此等等。无论你对于自己完成的部分是如何看待和评价的，把它们都写在这些"批评专页"上。

在你开始设置"批评专页"的第1天，也许你剧本只写出2页来，而做出了4页的"批评专页"；第2天，你会写出3页稿子，做出2页或多一些的"批评专页"；第3天会是你写出了4页到5页的稿子，而只做出1页或2页的批评。

当到达这个程度时，请停止写作。拿出那些"批评专页"，按顺序排列它们，并且按照第1天、第2天、第3天的次序通读一遍。这时你可能再次碰到这些批评，你就在头脑中思索一下。你将会发现一个非常有趣的现象，这批评经常说的是同样一回事情。不管你写的是什么场景，什么人物，无论你写的是什么，是第1天、第2天或第3天写的内容，也无论是一个对话的场景还是一个动作的场景，这些批评讲的都一样——一样的字眼，一样的句子，一样的表达。全都一样。不管你写的是什么，这就是你的批评所能够告诉你的。它有时散发出臭味影响你的思绪。但你别顺着它走，而是应该去做一些别的事情。

这是我们头脑的本能反应：去判断、去批评、去评定。头脑能够成为我们的最好朋友，也能够成为最坏的敌人。随时对正确与错误、优秀与低劣作出判断是最容易不过的了。

也许这些"批评专页"所讲的是正确的。你完成的部分剧作是太次了一些，人物单薄而且平板，你只是在原地转圈而无长进。那又怎么样呢？

困惑是通向清晰的第一步！你知道了，不起作用的地方时常会告诉你如何才会奏效。无论你纠缠争斗的是什么问题，都不要让它们阻止你的写作，哪怕写下的东西全是垃圾，你总可以反过头来把它改动得更好。这是所有的作者们都有过的经历。这样你就是"撞墙"，原地转圈、恍惚、失落和困惑，也没什么关系。

给批评自行发声的一次机会。如果你不给批评一次讲话的机会，它就会进入内部，开始不断发酵乃至恶化。让自己成为自己的牺牲品是最容易不过的了。

直到你意识到这种缠绕在自己潜意识里的批评声音时为止，你都会为其所害。识别和意识到这种批评的声音是你跨越这个阻碍的第一步。但是你没有必要非得按照批评专页上的判断和评定去作出什么行动或者决定——无论批评的意见正确与否。不管你处在写作的什么阶段，不要把批评的话看得太认真了。有一件事情我们应该承认，就是我们有时会在自己创作中的东西之中迷失了方向，有时也会做出很烂的批评。

"作者的阻滞阶段"是一种强有力的敌人，能极大地破坏你的创作状态。当你带着罪恶感写作是什么也写不出来的。一坐下来要写时头脑会突然空白，让你失去信心、陷入绝望。

作者阻滞的状况在任何时候、任何人身上都会出现。

但不同的是你如何处理和对待它。

对待这个"问题"有两种不同的方式。一种是你把自己的这种困境真的看成是一个需要"逾越"的问题，需要"打破"的障碍。它是一种物质的或者情绪上的阻碍，限制着你创造力的发挥。

这是一种处理的方式。

但是另外还有一种处理的方式。那就是说把这个磨难看成是作者经验中的一个部分，每个人都得经历它。它没有什么新奇的和不正常的。如果你能够认识它和确认它，你就走到了一个创作的十字路口。这种认识过程可以创造性地引领你把自己的电影剧作创作技巧提高到一个新的水平。如果你能够把它看成是一次新的机遇，你就会找到一个加强和扩展你创造人物和故事能力的途径。它会提示你可能要进一步深入你的故事，把它向另外一个丰富的、立体的高度发展。

"一个人所能够达到的要远远超过他的手能够抓到的！"诗人罗伯特·伯朗宁写道。

如果你理解到这种恍惚、失落和困惑不过是一种症状，那么这一"问题"就会成为你检验自己的一次机会。生活不就是这样吗？你把自己放置在一种环境中，就可以检验自己从而提升到达另外一个境界。它只不过是在电影剧本写作过程中的一个步骤。

如果你接受这个观点的话，这就意味着你要深入挖掘你的材料，你就得停止写作，而回到你的人物的生活和动作中，去确定和区分你的人物的生活中的不同成分。你就得回到原来的故事情境里，并且创作一个新的人物背景，确定或者再次确定人物之间的关系。这些关系是你的故事线上的关键环节。

如果你是在进行某一个特殊的场景，你也许要重新写作这个场景，或者改变你的人物的视点。你也许要为你的人物改变一下环境位置，或创作一些新的动作、新的段落或事件等。有些时候为了某一特殊的场景和段落结构的改变，你需要重新结构整个一幕！

坚持写，日复一日，一页复一页地写。写得越多，就越感到容易。当你几乎要完成时，也许在最后的10页至15页，你会发现你在"拖拉"。你也许会用四天时间才写一个场面，或一页稿纸，并且感到疲倦和无精打采。这是一种自然现象：你就是不想结束，不想完成它。

别管它。只要知道，你在"拖"就行了，让它去。总有一天，你会写下："淡出。剧终"——你已经完了！

编剧的艺术是发现那些沉默比说出来的话更有表现力的地方。最近，我的一个学生告诉我当他写完一场戏之后回头再看一遍，觉得哪里有问题可又说不出来。他一遍又一遍地重读这场戏，突然想明白了他只要用两行对白就能更有效地表现。这就是个好的编剧过程。你不需要用长篇累牍的对话来建构、解释和推进故事线。只要你从正确的点进入，只要几行字就能解决问题。

剧本写完了，该是庆贺和轻松的时候了。当它结束后，你会体验到种种情绪反应。首先,是满意和松了一口气。几天之后,你会感到消沉、压抑,不知该怎样打发时间了。你可能会贪睡,浑身没有劲儿。我把这称之为"产后抑郁"时期。这就像生孩子一样,你花费相当长的时间致力于某件事,它成了你身体的一部分,它使你一早就醒过来,夜里睡不着,现在一切全都过去了。所以消沉和郁闷是自然的。但是,一件事情的结束总是另一件事情的开始。结束又开始,对吧?

上面就是写作电影剧本的全部体验。

Chapter 15
论改编

ADAPTATION

叙述者

当他第一次看到"海洋饼干"时,这匹小马正在清晨五点钟的晨雾中漫步。史密斯后来说那马直视着他,好像在说,"你看什么?你以为你是谁呀?"……他们看它是个小马就把它当作是其他"良"驹的陪练,强迫它放弃齐头并进的决战,以提高其他马匹的自信心……当他们最终让它参加比赛时,它就照他们训练时的样子做了……它输了。

——《奔腾年代》,加里·罗斯编剧

《奔腾年代》是一个独特而富于灵感的故事,不在于它表现了马的成长,而在于其成长的方式。20世纪30年代后半期,"海洋饼干"成了那块富于生命力的土地的一种文化符号。以"海洋饼干"所命名的那种坚韧不拔的精神比这项竞赛更有价值。

这并不仅仅是一个关于一匹心神俱惫的马的故事。随着声名鹊起,"海洋饼干"成为希望的象征。这是一个大萧条时期三个人和一匹马保持信仰和信心的故事。"海洋饼干"成为那种人们真诚的发自内心的民族信仰的象征。作为一匹马它谈不上漂亮，体型瘦小、小短腿，但它不屈不挠，经历了两个赛季的失败仍初衷不改。

在汤姆·史密斯的耐心引导和严酷训练下，这匹马产生了变化，汤姆崇尚边塞的自由精神并把马看做是好伙伴。"海洋饼干"的骑师瑞德·波拉德孩童时期便被父母遗弃，多年来是个很少赢过比赛的失败骑师。查尔斯·霍华德是个白手起家的百万富翁，却失去了自己作为爱与生活希望的年轻儿子。

三个男人和一匹马在情感上结为一体。他们在一起时，每人都从别人身上满足了某种需求：查尔斯·霍华德成为一个父亲的形象，汤姆·史密斯是老师，而瑞德·波拉德是骑师、儿子，是实干者。他们组成一个团队、一个家庭，分享他们的技能，共同创造了让"海洋饼干"驰名世界的传奇。就像瑞德在影片结尾时说的："你知道，每个人都说我们发现并造就了这匹杰出的马，其实不是那么回事……是它造就了我们每个人，或者换句话说，是我们互相造就了彼此。"

加里·罗斯从劳拉·希伦布兰德（Laura Hillenbrand）的畅销小说改编了《奔腾年代》，把小说变成了一个基于传奇性赛马的生活和训练的原创剧本。作为一个从小说改编的剧本，其得益于原作的素材和整体的内在精神。用电影化的经验来捕捉那传奇赛马的精髓是一项鼓舞人心的工作。我第一次读时就喜欢上了这本小说，那是一种激动人心的体验。我不知道加里·罗斯作为编剧和导演怎么才能把这样一个涉及宽广历史背景和复杂事件的故事放到一个紧凑、强烈的故事线索中去。

是什么使改编如此成功？什么是将小说、戏剧、杂志文章或新闻故事改成剧本的最好方式呢？

当然有很多方式。当你把一部小说或其他素材改成剧本时，你必须像从其他生活素材中创作原创剧本一样去思考你的工作。你别指望只照字面意思逐字地把小说搬进剧本就能行得通。弗朗西斯·福特·科波拉在改编斯科特·菲茨杰拉德的《伟大的盖茨比》时就有教训。科波拉是《对话》、《教父》和《现代启示录》等很多杰出影片的作者，是好莱坞最富于创造动力的编剧导演之一。可他在写《伟大的盖茨比》的剧本时完全忠实于小说，结果视觉性和戏剧性都很弱，根本行不通。

改编是既是个技术活儿、也是一种挑战。"进行改编"意味着"从一种媒体搬到另一种媒体"。改编（adaption）的定义，就是要通过在结构、功能和形式上作出某种改变使之能适合新的媒体。小说、戏剧、文章或一首歌曲，这只是起点，仅此而已。这是另一种艺术。改编一个既有的作品，无论是小说、戏剧、杂志文章、新闻故事或人物传记，都是很困难的。问问查理·考夫曼（Charlie Kaufman）就知道了，他写了《改编剧本》（*Adaptation*，2002），这个电影就是讲一个编剧把小说改成电影的经历。没几个人能改编得特别好。媒介之间是那么不同，改编就和原创差不多。

就像我们以前提到过的，小说故事的戏剧性动作和叙事线索，往往是通过主要人物的视点讲述的，观众可以直接了解其思想、感觉、记忆、希望和恐惧。甚至有几章会完全是主人公的视点，戏剧性动作都发生在主人公的头脑里，是戏剧性动作在头脑里的想象。

剧本当然就不一样了，这是"用画面讲故事"的。还有对白和叙述，发生在戏剧性情境之中。电影，你要用好它，就得有动作。

文字和画面，就像橘子和苹果一样。

每个编剧改编的技法都不同。编写了《普通人》《蜘蛛侠2》《朱莉娅》等剧的奥斯卡得主编剧阿尔文·萨金特（Alvin Sargent）写另一些影片时，在一遍遍阅读了大量的原始素材之后，将素材化为他"自己的东西"，变成"他的故事"，然后他把它们写成不同的场景，把稿子摊得一地，再想办法从这些分散的场景里拎出一个故事线索来。

写《沉默的羔羊》和《陪审员》（又译为《危险机密》[*The Juror*，1996]）的奥斯卡得主编剧泰德·塔利说，他是"一场一场把书拆散。我试图建立一个事件的结构线索，一个事件发生，然后一个又一个。什么最打动你，那就是这本书里最重要的东西。所以，我把这些场景放在一个个卡片里，从中抽出故事，找到改编最需要关注的东西来。"

塔利要做的第一件事就是决定这个故事是关于谁的，哪些事情无助于塑造主要人物，需要扔掉。当你要把一本350页或者更多的书改编成一个

120页的剧本时，你既要下得去手，又要保持原始材料的完整性。这就是加里·罗斯在《奔腾年代》里所做的。他不仅要保持时间感，还得把发生在许多年里的事放进两小时长的影片里，还得保持原来素材的真实感。在时代的历史情境中，需要建构三个主人公的生活，当然还有赛马"海洋饼干"的，然后结构出他们克服一个又一个障碍、争取自己人生和事业成功的旅程。

改编一本书或一篇文章时要适应剧本的需求，这是一条原则。你必须移动、删减或增加一些场景，以便能让剧本沿着故事的主线走。

塔利说："你要考虑的最后一件事就是要按其自身的逻辑去创新，如果他本来没问题，就别老想着修正它。"这意味着如果场景在剧本的上下文里起作用就别轻易改动。如果你不能用书里的场景，你就得创作一个在影片视觉表现上而非文学意义上能起作用的场景。记住当你要改变书中的一些部分把它放进剧本里时，就得创作一些新的场景，或者把小说里的两三个场景融合到剧本的一个场景里。这就意味着你需要创造一种转换的方式来推动剧情的进展。然后你就得重新为这些转换了的场景编对话，因为已经牺牲了不少信息，否则故事就会不清晰了。

塔利继续说道："你不能成为原书的奴隶。"他的意思是你要按照自己的想法进行叙述，不要压抑自己。写作过程中你常常会觉得更应按照自己的方式，而不是沿着原小说的方式建构故事线。当你完成第一稿之后，就可以把原小说放到一边了。改编工作开始按照自己的逻辑进展时，就意味着你在写一个剧本了。

改编的核心是在保持故事的完整性的前提下，找到人物和情境之间的一种平衡。你要知道什么是好的改编，就先读《奔腾年代》的剧本，然后在对比一下原小说，注意一下加里·罗斯从原始材料中捕捉灵感和保持故事完整性的技巧。

布莱恩·海尔格兰德（Brian Helgeland）为克林特·伊斯特伍德改编了丹尼斯·莱尼的《神秘河》，他也面对了从小说改编成剧本必须面对的一些挑战。他先读了书，"碰到一个场景，我连读两三遍，在书上做很多标记标出事件来，写在页眉。把不想要的部分划掉。最后我把要的书页撕下来放到一起，一旦找到他们要表达的核心内容，我就打出一个大纲来，然后就把场景加进去，把几个场景结合在一起，让事件运转起来。

"改编的技巧部分就是找到一种有效的方式把原书的内心独白加以客观化。有时就是把内心的想法改成对白。"

这常常是写作者接触改编时最常见的挑战之一。我曾和斯图尔特·比蒂聊过，那时这个写过《借刀杀人》的有才华的青年剧作家刚刚把一本小说改成剧本。

我问他是如何切入改编的。那电影是根据詹姆斯·赛格尔的《越轨追击》(*Deriled*，2005)① 改编的。"那是个惊悚小说，"他说，"说的是个普通男人有了婚外情，而他的妻子则因一时的脆弱而完全失控。这里有道德方面的，也有希区柯克式的那种每一个普通人在极端的情境下都会面临的困境。人物一直努力从情境中挣脱出来，结果却越陷越深。

"第一次我真的是战战兢兢地半个屁股坐在椅子上读完的小说，"他继续说，"这是本400页厚的书，我知道有300页都能写进来成为一部很棒的电影。这里有180层情节缠绕在一起。你知道那是个完全不能按常理出牌的改编。你就甭想把这些事情放到一个出乎意料的情节线里贯穿到底。

"虽然我不得不放弃了该书的第三部分，"他说，"戏都在家庭里。女孩得了一种糖尿病，她的父母为了买一种能救命的新药攒钱。她还得靠另一笔抵押付款保障每天维持性命的透析机治疗。他们都承受着很大的压力，每个人都各自被卷入一种进退两难的境地。那是一种让人很不舒服的情境。这样就建构出了丈夫婚姻出轨的背景。这是基本的建置。剧本开始好像是要成为一个家庭剧，可在第一幕结尾处暴力开始介入，然后纠缠得越来越多。"

我问他读了几遍材料以后开始写剧本的。"两到三遍，"他告诉我，"第一遍通读是很重要的，因为那是你接触作品的过程。我要记下'好的场景，好的线索，好的时刻，以及一些可能像开放的场景一类可以往里放东西的地方'，即那些能往里填东西可还不知道能发生什么的场景。然后你就得

---

① 又译为《生化总动员》，并非2002年拍的有同样译名的那部动作片。——译者注

让这些东西组织起来并将其电影化。然后到开拍的前几周时,我们再回头到书里看还有那些东西能以某种方式放进来:像某些线索和时刻之类的东西。

"把书读了两三遍以后,我不写太具体的大纲,只是做一个两三页纸的笔记,就像'汽车里的场景、电梯里的场景、房间里的场景、医生的场景'等等。一个剧本,我一般大约会写10页纸的大纲。通常我会试着把它再压缩到5页纸长短。我一般让第一幕在第1页,第三幕在第5页……这只是我的做法。"

当你处理一个历史题材的改编时,例如查尔斯·弗雷泽(Charles Frazier)获得国家书籍奖的《冷山》,那本书讲的是两个内战后期的恋人身体和精神上得到拯救的故事,那是另一种挑战。安东尼·明格拉(Anthony Minghella)从一个旅程归宿的潜在主体切入改编。剧本有一个主要的人物,一个戏剧性和情感化的旅程,一个戏剧性目标,一系列的障碍,一个满怀希望和耐心地等待着的女人,还有英曼那个心灵居所——叫做"冷山"的地方。在兄弟阋于墙、恋人被拆散的时候,"冷山"成为一种"爱"和人们坚守的心灵家园的象征。它表现的不仅是反叛战士英曼历尽艰辛的身体之旅,也同时是他的精神旅程。拯救是不确定的,战争的代价影响着所有走过这条战争之路的每个人。整个故事是关于离开战场,从战争以及战争带给世界的残忍和混乱中回归的故事。

明格拉离开原书,进行了删减和压缩,只是原封不动地保存了旅程中遇到的障碍。在小说里,英曼经历了对他的忠诚和英勇精神的考验,终于回到了家——"冷山",并获得了爱情。一夜成为他们共同拥有的永恒。

有很多时候你在改编时不得不增加一些新的人物,去掉另一些人物,创造一些新的事件的转折,可能在整体结构上也与原书大不一样。在《朱莉亚》(Julia, 1977)里,阿尔文·萨金特根据莉莲·海尔曼的回忆录《悔悟》(Pentimento)中的一小段创作了一部完整的电影。在《英国病人》(The English Patient, 1996)里,整个影片只是基于小说里的几个段落,而安东尼·明格拉在写剧本和剪辑过程中改了27稿,才使之成了最后完成片的样子。

资料来源和剧本往往是两种不同的叙述形式,想想苹果和橘子就知道了。当你把一部小说、一出舞台剧、一篇文章，甚至于一首歌曲改编成电影剧本时，你是在把一种形式改变为另一种形式。你是根据它原来的素材来写一个电影剧本。然而从实质上讲，你还是在创作一个独创的电影剧本，因而你必须以独创的方式来探讨它。

彼得·杰克逊（Peter Jackson）、弗兰·威尔士（Fran Walsh）和菲利帕·鲍恩斯（Philippa Boyens）改编《指环王2：双塔奇兵》时就是这样。素材是《指环王》三部曲里的第二部，内容涉及原书的第三、四两册。

"双塔奇兵"从小说的第三册开始，博罗米尔之死是第一部"护戒使者"结尾的戏剧性高潮。接着的几章里，我们看到阿拉贡和其他人一起赶往洛汗，然后是梅利和皮平的历险，他们努力从强兽人的追赶中逃脱，还导致他们认识了树胡。然后甘道夫作为白色的甘道夫重生回来。接着人们继续向洛汗前进，阿拉贡等人说服了希优顿王回到圣盔谷。到这儿是第三卷的第七章，就是强兽人和圣盔谷的家伙们之间的恶战。以下四章是旅程的继续，第三册的结尾时甘道夫和皮平赶到米纳斯提力斯。

第四册的第一章始于弗罗多、山姆和咕噜姆在他们去摩多的路上，后面的几章都是他们在去末日山的路上遇到的障碍和经历的冒险。

改编这本书不是件容易讨好的事，至少基于第三、四册书里的事件进程戏剧性地结构剧本不那么容易。你可以做两个不同的电影，一个是关于甘道夫的团队的，另一个是关于弗罗多、山姆和咕噜姆的。影片里，你必须让情节向前推进，最好的方式是围绕着主要人物之间把事件纽结在一起，然后像织挂毯似的通过编织动作的叙述线贯穿故事，让故事线总是向前推进。

"我们有抓得着的事件，"菲利帕·鲍恩斯说，"而且我们总是能够掌握故事的进程，而且能通过故事、人物以及它们之间的互动和与整体的联系把握情感贯穿线，这些东西是每一个剧作者都要抓的。"

"指环是对机器的一种隐喻，一小块金属就能控制和指示我们做什么，"彼得·杰克逊说，《指环王》说了好多捍卫自由和反抗奴役的事……我们首要的反应是作为一个电影制作者，我们不必非得要把托尔金写出的所有东西都塞在电影里……中心故事线是关于拥有了危险的魔戒的霍比特人的外在故事，他们认识到得毁灭这个魔戒，并开始走上毁灭它的旅程。这是《指环王》的核心内容。我们当然不能从任何不是直接或间接地服务于这一核心的人物和事件开始了。

当剧作者着手把"双塔奇兵"改编成剧本时，他们从小说选择事件，将其组织到一个紧凑的故事线索里，把弗罗多、山姆和咕噜姆的故事和甘道夫的团队、梅利和皮平的旅程以及树胡等几条故事线交织起来。然后他们选择了第三册书第七章的圣盔谷战役，以此作为影片激动人心的高潮段落。在我想到的诸多改编此书到剧本的可能用的方式里，"双塔奇兵"无疑是一个创造性地讲故事的典范。

但是，在很多情况下，改编也有着自己的生命。可能最独特的例子就是约翰·休斯顿（John Huston）对《马耳他之鹰》（*The Maltese Falcon*，1941）的改编。当时休斯顿刚刚根据W.R.伯内特（W.R.Burnett）的书改写成了一个电影剧本《夜困摩天岭》（*High Sierra*，1941，由亨弗莱·鲍嘉和艾达·卢皮诺主演）。这部影片非常成功。于是休斯顿得到机会编写和导演自己的第一部作品。他决定把达希尔·哈米特（Dashiel Hammett）的小说《马耳他之鹰》重新拍成电影。这个山姆·斯派德的侦探故事曾两次由华纳兄弟公司拍摄成影片：一次在1931年拍成喜剧片，由里卡多·柯蒂茨（Ricardo Cortez）与贝比·丹尼尔斯（Bebe Daniels）主演。另一次在1936年，以《撒旦遇见淑女》（*Satan Met a Lady*）为名，由华伦·威廉（Warren William）和贝蒂·戴维斯（Bette Davis）主演。这两部影片全失败了。

休斯顿很喜欢这本书的味道。他认为可以在银幕上很完整地把这个故事展现出来，把它拍成一部具有哈米特风格的硬汉子的侦探故事片。就在他临去休假之前，他把这本书交给了他的秘书，让她通读全书，然后把文学的叙述改成电影剧本的分镜头形式，把各个场面标出内景或外景，说明基本动作并引用原书的对话做对白。然后，他就到墨西哥去了。

当他走后，这个电影剧本辗转到了杰克·L·华纳手中。"我喜欢它，你们正抓到了这本书的妙处，"他对这位大吃一惊的剧作者兼导演说道，"开拍！就照这个样子！我祝愿它成功！"

休斯顿就照着做了。结果，影片成为美国电影的经典之作！

第十五章 论改编

如果你要把一个历史事件改成剧本,"以真实事件为基础"的说法会带来一系列挑战。

《总统班底》是由威廉·戈德曼根据卡尔·伯恩斯坦与鲍勃·伍德沃得所写的书(顺便提醒一句,是关于水门事件的)改编的,这里就需要立即作出某些戏剧性的选择。在一次采访之中,戈德曼说,这是一个很困难的改编。"我必须用一种简单的方式来处理这个非常复杂的素材,但又不能显得头脑简单。我必须从没有故事的素材中编出个故事来。要编出一个合情合理的故事,总是一个问题。

"举例说,电影是在原书的一半之处结束的。我们当时决定在哈德曼犯错误的地方结束,而不是去表现伍德沃得和伯恩斯坦怎样获得全胜。观众已经知道他们证实自己是正确的了,并且名利双收,成了新闻界的宠儿。假如试图以这样高调的方式来结束《总统班底》就该错了。对电影剧本来说最重要的事情就是确定结构。我必须确信,我们找到了我们一直要寻找的东西。如果观众被弄得稀里糊涂,那我们就会失去他们。"

戈德曼以闯入水门大楼那个紧张而充满悬念的段落为开端。然后,当那些人被捕后,在预审法庭上介绍了伍德沃得(罗伯特·雷德福饰)。他在法庭上看到了那位高级律师,于是开始怀疑,然后介入其中。当伯恩斯坦(达斯汀·霍夫曼饰)参加进来处理这件事时(这是情节点Ⅰ),他们成功地揭开了这一秘密与阴谋的来龙去脉,从而导致了美国总统的下台。

威廉·戈德曼在谈到他写《虎豹小霸王》所遇到的种种困难时说:"首先对西部地区的调查工作就是索然无味的,因为大部分材料不准确。那些写西部故事的作家们搞的都是没完没了的神话,这本身就是虚假的。很难去弄清真相。"

戈德曼花了整整八年时间去调查这个布奇·卡西迪。他偶然找到"一本或几篇,或者是一段关于卡西迪的资料,但是没有一点关于太阳舞小子的材料。在他同卡西迪去南美之前,他仅是个无名小卒。"

戈德曼发现为了使卡西迪和小伙子离开这个国家逃到南美,必须歪曲历史。这两个法外人是这类人中的最后两个。时代变了,这两个西部的法外人再不能干那些自从南北战争结束后他们一直干的事情了。

"在这部影片中,"戈德曼说,"布奇·卡西迪和太阳舞小子抢劫了几次火车。而后官方组织了一个大型民团对他们紧追不舍。当他们发现无法摆脱民团的追击时,他们跳下了悬崖,然后到南美去谋生。但在实际生活中,当布奇·卡西迪得知大型民团的消息之后,他就走了,径直走了!他知道全完了,他斗不过他们……

"我认为我应该证明我的主人公为什么要离开这里逃跑,所以我尽量把这大型民团写成是毫不宽容的,这样就使得观众们为他们逃脱罗网而鼓掌喝彩。

"这部影片的绝大部分是编造出来的。我采用了个别史实,他们的确劫过两次火车,他们的确搞了不少炸药把车厢炸得粉碎,而每次伍德柯克这个人都在车上。他们的确去过纽约,他们也去了南美,最后他们的确在玻利维亚的枪战中身亡。此外,是一些一鳞半爪的材料,故事全是拼凑的。"

T.S.艾略特[①]有句名言:"历史不过是编造的通道。"如果你要写一个历史片的剧本,对有关的人物的动机和情感不应追求机械照录,只求历史事件及其结果准确就行了。

写续集会是另一种挑战。一句古老的好莱坞格言说:"只要行得通,再来一遍何妨。"像《洛奇》、《致命武器》、《虎胆龙威》、《异形》和《终结者》等影片都面临各种各样的问题。

为了写我的《四部电影剧本》一书,我有幸和詹姆斯·卡梅隆(James Carmeron)谈起过有关给像《终结者》这样流行的影片写续集《终结者2:审判日》所面临的挑战。卡梅隆过去拍了《真实的谎言》和《泰坦尼克号》,后者是有史以来最卖座的影片,现在他正就一部有关地理的纪录片进行一些新的尝试。当我问他怎么入手续写《终结者》的,他告诉我这就像根据其他材料写个原创剧本一样。"写作的立场而言,"他说"最让我觉得有兴趣的是人物。一种取巧的方法是让上一集里没引起注意或没露面的人物突出出来。基本上,我是让一个人物以某种方式冲入银幕,而且得给这个人

[①] T.S.艾略特(T. S. Eliot),美国现代诗人,与庞德并驾齐驱被称为美国现代诗歌鼻祖。——译者注

物设计个前史。我对自己说要带着像压根没有过上一集电影那样的心态来写剧本。续集得是某一个人干一件所有人都难以置信的事的故事，就像《天外魔花》(Invasion of the Body Snatchers, 1956)开头的场景，凯文·麦卡锡看到一些令人震惊的东西可没人相信他，然后他开始讲故事。

"在《终结者2》里，一开始我们就看到萨拉被锁在精神病院里，她真的疯了吗？还是过去的痛苦经历把她弄疯了？我想把她的性格推到极致。

"我知道让'坏蛋做主角'是件危险的事，"他说，"不管从道德还是从伦理的角度来说都是如此。我觉得一定得找到一种转换的方式让坏蛋能做主角，这样处理人物该多棒呀。

"终结者的戏剧性需求就是终结，就是以他的方式杀了某人或结束某事。由于他是个半机器人，是电脑，他不能改变他的特质，只有另一个人或机器人才能改变它的程序。所以把坏蛋改成好人需要改变戏剧性情境，改编围绕动作发生的环境。

"关键是那个孩子，"卡梅隆解释道，"由于很难真正解释清楚约翰·康纳为何能有如此强烈的道德责任感。对我来说，约翰的道德感是在见到终结者在停车场几乎杀死了一个人的时候被情境逼出来的。我认为每个人都有自己的道德准则，这通常是由其十来岁时的教育所致，来自其所见的世界、所读的书和其自身的天性。

"约翰·康纳的直觉知道什么是对的，但并不太清晰，"卡梅隆继续说，"约翰说，'你不能到处乱杀人。'终结者说，'为什么不能？'孩子没法回答这个问题。约翰可能会在伦理或哲学的层面上对这个问题纠缠不清，但他就说了一句'你就是不能这样'。

"这不就是那种使我们成为人类的东西吗？"卡梅隆反问我。"我们作为人类的部分原因就是因为有道德准则的存在。但这不正是我们区别于那些外形和动作又很像人但又不是人的机器的地方吗？"

这样，卡梅隆改变了这个段落的情境，做了一个情感上的转换，把杀人机器改成了保护者，保护约翰·康纳这个日后会成为反叛领袖的少年。由于他现在是"保护者"了，就必须服从男孩不能乱杀人的命令。只能由终结者自己去判断为什么某件事是不对的，这样，这个铁家伙拥有了一颗心。这使一切在这个段落情境里的事都行得通了，这是《终结者2：审判日》里最成功的地方之一。

把一出舞台剧改编成电影剧本也应该以同样的方式来对待。虽然你涉及的是不同的形式，但遵循的是同样的原则。舞台有个台口，布景道具都在台口的限定范围之内。观众变成了"第四堵墙"，我们是在偷窥人物及其环境。我们听到他们的思想、感觉和情感，我们听到故事线索的叙述推进。但戏剧的真正动作是人物所说的词语，是通过戏剧性动作的语言表现实现的。说话是第一位的。

在《亨利五世》中，莎士比亚笔下的人物曾诅咒过这种舞台的限制，把它称之为"没有价值的绞架"和"木头的零"！而且恳请观众诸君"以自己的头脑来弥补表演的不足"。莎士比亚知道在这个舞台上是无法表现像碧空之下英格兰连绵起伏的旷野上两支对垒的军队这样一种壮观宏伟的场面的。只是在他完成了《哈姆雷特》之后，他才超越了舞台的限制，创造了伟大的舞台艺术。

当你把一出戏改编成一个电影剧本时，你应该把戏中所提到的或讲出来的事件加以视觉化。戏剧涉及的是语言和戏剧性的对白。在田纳西·威廉斯①的《欲望号街车》（*A Streetcar Named Desire*）或《热铁皮屋顶上的猫》（*A Cat on a Hot Tin Roof*），阿瑟·米勒②的《推销员之死》（*Death of a Salesman*），或者是尤金·奥涅尔③的《进入黑夜的漫长旅程》（*Long Day's Journey into Night*）中，动作全部发生在舞台上。在布景之中，演员在议论自己，或者相互对话。你可以随便拿来一个剧本看看，无论是萨姆·沙帕德（Sam Shepard）的现代戏剧《饥饿阶级的咒骂》（*Curse of the Starving Class*），还是艾德华·阿尔比（Edward Albee）的《谁害怕弗杰尼亚·伍尔夫》（又译《灵欲春宵》[*Who's Afraid of Virginia Woolf*]），或者易卜生的每部杰作都是如此。

因为一出戏的动作是说出来的，所以你必须加以扩展，从视觉上加以

---

① 田纳西·威廉斯（Tennesee Williams），美国现代著名剧作家。——译者注
② 阿瑟·米勒（Arthur Miller），美国当代戏剧家。——译者注
③ 尤金·奥涅尔（Eugene O'neill），美国当代戏剧家，被视为美国当代戏剧之父。——译者注

拓展。你应该为剧中仅仅在对话中提到的事情增加一些场面与对话，把它们加以安排和设计，从而使它们能引向原舞台剧的主要场景上。要从对话之中找到把动作视觉化的方法。

阿瑟·米勒的《推销员之死》是通过对话让人们感同身受地"看"到事件的一个很好的例子。有一个威利·洛曼去见老板的场面，老板是他为之工作了35年的人的儿子。他的"美国梦"破灭了，威利来要求老板是否能不再做这种跑外的工作，改在办公室里上班。可威利·洛曼就是个推销员，别的他啥也不会干。

威利要求原来老板的儿子霍华德给他一个底层的工作。开始他要求周薪65美元，后来又减到只想要50美元一星期。最后他屈辱地乞求给他40块钱的周薪。可威利被告知"生意就是生意，每个人都得物有所值才行"，而威利的价值已经大不如往昔了。威利通过回忆作出回应，他告诉霍华德自己是如何成为一个推销员的。"那时候我还是个男孩子……也就18、19岁，"他说，"我已经跑外推销了，满脑子想的都是推销工作当中有自己的未来……"

他停顿了很长一段时间，然后继续说，"这时我遇到派克商行的一个推销员。他名叫大卫·辛格曼，84岁了，在31个州里招揽买卖。要明白，老大卫走到自己房里，穿上绿丝绒拖鞋——我永远忘不了——拿起电话机就给买主通话，一步也用不着出门，在84岁高龄，照样过日子。我看到这件事，才明白做推销员是理想中最好的职业。因为，活到84岁，还能去二三十个城市；拿起电话机，就有那么多三教九流的人记得他，喜欢他，帮助他。有什么能比这更叫人称心的事啊？你知道吗？他死的时候——顺便说一句，他临死前还是个推销员呢——穿着绿丝绒拖鞋，坐在从纽约经纽黑文和哈特福德开到波士顿的火车吸烟车厢里。他死了以后，几百个推销员和买主都来参加他的葬礼。"

那就是威利的梦想，这驱使着他起早贪黑地跑外推销。当他说得口干舌燥的时候，梦想死了，生活也没什么可留恋的了。这是我们把剧本改编成电影时可以看得到的东西。《肖申克的救赎》里安迪·杜弗伦的信条是"希望是个好东西，可能是最好的东西，好东西是不会死的"。但是如果梦想与现实相抵触，当像在威利身上发生的那样，所有的希望都没了，还能留下什么呢？只有推销员之死。

这部戏剧和依据其改编的电影都很拿得出手，作为剧作家和电影制作者来说，出的都是精品。

传记剧作处理的是人，不管是活人还是死人。如果要将一个人的生活改编成一个剧本，都必须有所选择、有所侧重才能有成效。如果要写一个传记剧本，要写的人物的生活只是起点。例如彼得·谢弗写的《莫扎特传》，处理的只是沃尔夫冈·阿玛多伊斯·莫扎特生活中的几个片段以及他与安东尼奥·萨利埃里的关系。

选择你人物生活中的少量事件，然后把他们结构进一条戏剧性的故事线里。影片《甘地》（约翰·布瑞雷编剧）讲述了这个当代圣雄的故事，只聚焦于甘地生活中的三个阶段：第一个阶段他还是一个年轻的法律专业学生，体会到英国人是如何奴役印度人的；第二个阶段是他开始实践他的非暴力不合作的哲学的时候；第三个阶段是他试图平息穆斯林和印度教徒的纷争的时候。《阿拉伯的劳伦斯》（罗伯特·鲍特和迈克尔·威尔逊编剧）和《公民凯恩》是只选择人物生活中的少数事件、然后以戏剧性的方式重新解构的另一种例子。

几年以前，我的一个学生获得了把一家重要的大城市报纸的第一位女主编的生活拍成电影的创作权。我的学生试图把一切事情都写进故事之内：早期生涯，"因为它们非常有意思"；她的婚姻和生儿育女，"因为她具有不寻常的处世态度"；她报道过几个重要新闻的那个早期的记者生活，"因为它们实在令人兴奋"；以及获得主编职务等其他几个故事，"因为这是她成名的原因"。

我劝她集中写这个女人生活中的几个事件，但是她被自己的对象牢牢地缠住了，以至于无法客观地来看问题。于是我让她做一个练习。我让她用几页纸写出她的故事线。她写了足足26页稿纸给我，而且只写了这个人物一生的一半！她根本没写出个故事来，只写了个记事，而且枯燥无味。我告诉她这样写不行，建议她集中在这个人物的主编生涯中的一两个故事上。一个星期后，她来对我说，她无法决定哪件事情值得写。这种迟疑不决压得她喘不过气来，她感到沮丧而压抑，最后丧失了信心不想写这个剧本了。

一天，她哭着来找我。我鼓励她重新研究那些素材，找出这个女人生活中最有兴趣的三件事情（写作，请记住，就是挑选与选择）。如果需要的话，找那个女人谈谈，问问她自己认为她的生活和事业中哪些方面最有意思。她这样做了，并终于以主人公所报道的那个新闻故事，也就是使她成为第一位女主编的那个新闻故事为基础来构成一条故事线。这条故事线成为这个电影剧本的基础或"转折点"。

你只能用120页稿纸来讲故事。要精心地挑选那些事件，从而使它们能通过最好的视觉能力与戏剧性成分来描绘你的故事，使它们趣味盎然。电影剧本必须以你故事的戏剧性要求为基础。原始素材毕竟只是原始素材。它只是个起点，而不是终点。

新闻记者似乎很难学到这一点。当他们以一篇报道为基础写电影剧本时，常常感到困难。我不知道为什么，也许是因为，在一部影片中结构戏剧性故事线的方法，恰好与新闻报道的结构法截然相反。

一个新闻记者以收集事实和情报为业，他靠研究书本或采访有关人员来完成自己的任务。他们一旦掌握了全部事实，就可以设想出故事来。一个新闻记者收集的素材越多，信息也就越多；这样他就可以使用一些，或全部都用，或干脆不用。他一旦收集到事实材料后，就开始寻找故事的"钩子"或"角度"，然后仅仅使用其中那些最有趣的、最有说服力的事实来写他的故事。

这就是好的新闻报道。但是在电影剧本里是事实支撑故事，你甚至可以说事实创造了故事。在新闻报道里，你是从特殊到一般，先收集事实然后发现故事。但在剧本里则正好相反，你是从一般到特殊，首先找到故事，然后再收集那些能帮助故事有效发展的事实。

有一位著名的新闻记者，他根据自己发表在一家全国性杂志上的一篇有争议的文章来改编一个电影剧本。尽管他掌握了全部事实，但是他仍然感到很难摆脱开素材，很难把一个好的电影剧本所需要的那些因素加以戏剧化。在寻找"正确"的事实和细节方面，他束手无策了。写到30页就不知道如何写下去了。他陷入困境，惊慌失措，然后把这个本来能成为一个好的电影剧本的东西束之高阁了。

他不能做到文章是文章，电影剧本是电影剧本。他太想忠实于原素材，但是这行不通。

很多人想根据杂志或报纸上的一篇文章来编写一个电影剧本或电视剧本。如果你想把一篇文章改编成电影剧本的话，你就必须从电影剧作家的角度去处理它。这个故事是说什么的？谁是主要人物？结尾怎样？是这样一个故事：一位男子因被指控犯谋杀罪而被捕、受审，后来又宣告他无罪，直到公审后才发现他是真正有罪的？还是这样一个故事：一个年轻人设计、制作赛车，并参加竞赛，最后成为冠军？还是关于一个医生发现了治疗糖尿病的方法？还是关于乱伦的事？写的是谁？讲的是什么？当你回答这些问题时，你可以把它们安排在戏剧性结构之中。

当你把一篇文章或新闻报道改编成一个电影剧本或电视剧本时，你会碰到许多法律问题。首先，你应当获准写这个剧本，这意味着，你应从有关人员那里得到改编权，要和作者或他的经纪人谈判，也许还要和报社、杂志社协商。大多数人是愿意你把他们的故事搬上银幕或电视的。如果你认真的话，还需要咨询专门办理这类事务的法律顾问或者文学经纪人。

你可能只想先写个剧本大纲，即使知道没版权根本没机会卖出去。素材中有一些东西吸引了你，是些什么呢？要探索一下。你可以决定根据这篇文章或故事写个草稿，然后看看结果如何。如果不错，你再把它给一些有关人员看一看。如果你不这样做的话，你永远不会知道结果如何。以上就是你应该做的一切事情。

所有剧作家都有一个规则，不管你是写个剧本或开始打草稿。"只管写下去，"就像斯图尔特·比蒂说的那样，"作为一个作家最重要的是就是写了又写。我常常告诫那些热情的剧本写手，好莱坞最不缺的就是廉价的天才，就是像你们这样充满热情的写手。认为闯进电影工业体系是不可能的想法是错误的，新人不断地再加入。好好读所有好的剧本，读《唐人街》。了解它，别放弃。"

鼓起勇气来。

那么，什么是最好的改编的艺术呢？

不要过分拘泥于原著。书是书，戏是戏，文章是文章，电影剧本是电影剧本。改编的电影剧本就是基于其他素材进行原创的电影剧本。它们是截然不同的形式。

正如苹果不同于橘子一样！

 练习

随便翻开一本小说，读几页。注意一下，叙事动作是如何描写的？它是发生在小说主人公的脑海之中？是通过对话讲述出来的？描写部分怎样？再拿出一个戏剧剧本，也读几页。注意一下人物是如何谈论他们自己或者戏剧动作，谈论头脑里的东西。然后读几页电影剧本（随便找本书中的电影剧本片段即可），看看电影剧本是如何处理外部细节和事件的，主要人物看见了什么。

Chapter 16
论合作
ON COLLABORATION

  合作（动词）：一个人与其他人一起工作，共同完成一项任务。如合作创作一部小说。

——《兰登书屋辞典》（The Random House Dictionary）

  让·雷诺阿是一个对于电影有着宗教般挚爱的人。他喜爱谈论电影，无论大小话题都感兴趣。有一次他和我们聊起戏剧、艺术、表演、文学并扯到了电影的领域。他坚持认为电影具有文学的潜力，但绝不能被看作是一门真正的"艺术"。

  我问他这是什么意思。他回答说自己对纯"艺术"的定义是一个人独有的观察，而在电影中这根本做不到。他解释说一个人不可能把拍电影的所有事情都做了。一个人可以像卓别林那样写剧本、做导演、演戏、做摄影、剪辑以至作曲，但雷诺阿强调，他不能把电影所有的活儿都干了。像录音、处理灯光设备等等，拍电影时还有许许多多技术细节需要处理。他能拍电影，但不能连洗印都管，必须得送到特定的洗印厂去做。拿回来后时常会和他想要的不一样，达不到他想要的艺术效果。

  由于他的背景和传统，雷诺阿感到电影虽然是一门伟大的艺术，但并不是那样的"真正的"艺术——像写作、绘画或音乐，因为直接参与电影创作的人太多了。

　　雷诺阿强调，"艺术"要能体现创作者的观察角度与局限。一个人不能干所有的事……真正的艺术就是干他该干的事。

　　电影是一个合作的媒体。影片创作者要依靠其他人把他的视像搬上银幕。制作一部影片所需的技巧是极其专门的。这门艺术的状态是经常在改进的。回头看看最近十来年里电脑图形技术发展就知道了。没有詹姆斯·卡梅隆在《终结者2：审判日》里对电影技术的卓越贡献，我们就没有今天的"电脑变形技术"（morphing technology）；没有技术发展也就没有《侏罗纪公园》；没有《侏罗纪公园》，就没有《阿甘正传》；没有《阿甘正传》，也就没有《玩具总动员》；还有后来陆续出现的《黑客帝国》、《海底总动员》、《鲨鱼黑帮》、《极地特快》和《超人特工队》等。

　　今天的革命在明天就是正常的发展演进。

　　电影既是艺术也是科学。有时一个剧作家的视野可以为科学的突破开辟途径，就像卡梅隆在《终结者2：审判日》中所做的，我认为这部电影就像1927年声音进入电影时一样给我们的观念带来了革命性的创新。在其他的时间或情况下，一种科学的发明会带来认识某些事物的新途径。凯瑞·柯兰（Kerry Conren）导演兼编剧的《天空上尉与明日世界》（Sky Captain and the World of Tomorrow, 2004）也是这样一个例子。我认为他将在不久的将来引领电影制作工艺的革命，他将把电影制作带入家用计算机的领域。在不太远的将来，就可以看到年轻的制作者可以通过制作家庭短片来学习电影的艺术和技巧。

　　在电影的发展中总是存在着一种科学、艺术和技术之间内在的变革动力。如果我们相信电影的未来，我们都像杰·盖茨比一样，追寻着召唤我们奔向未来的"绿光"。

　　如果我们倾听雷诺阿的至理名言，我们自己所能做的唯一一件事就是写个剧本。我们不需要很多东西：准备好电脑、笔和纸，再有点时间就行了。有时我们可以独立写作，就你一个人干。但另一些时候你更愿意有别人的力量一起加入来创作一个剧本，这就是合作。

　　这是你做出的决定，既有利也有弊。

独自写作的好处是显而易见的：你独自坐在房间里面对这一张白纸或空白的电脑屏幕，有时你不知道下一步该发生什么了，要不就是不知道该说什么或怎么说了。有时，可能是很多时候，对话看起来好像太粗糙、太装腔作势或落套了，如果写出来的不是你希望的那样，这会使你觉得有挫折和压抑感，自己生自己的气，抱怨自己干得这么差。也会觉得自己写的一塌糊涂，干不下去了。觉得自己写的不行，会让你觉得自己不够强，不是干这个的料。故事写得又土又老套，你觉得这不是在开自己的玩笑吗？

你能理解这种状况。

很多时候剧作者会寻找些外来的力量只是为了避免这种负面的、不确定的感觉，另一些时候需要录音机来帮忙。彼得·杰克逊、弗兰·威尔士和菲利帕·鲍恩斯合作写作《指环王》是因为"我得有时间才能写"，彼得·杰克逊在接受一个采访时说，"开始，没有开拍之前，我们花了很多时间一起写剧本，我们一起坐在一个小屋里一场一场戏地写。我坐在计算机前打字，因为我觉得作为最后要导演影片的人来写叙述性文字，这是我在头脑里想象未来影片的第一次机会。弗兰花了好多时间写场景里的对话，菲利帕也在自己的手提电脑上做着同样的事。然后我坐下来，根据对话写出围绕这场景的叙述性段落来。我是作为一个导演在思考，而不是作为编剧。一旦我进入拍摄，我把剧本作为一个将拍摄的电影来看待，但我越来越少自己动手来写了。变成了由菲利帕和弗兰写，而我对他们写出的东西作出反应。'对，挺棒。'我作为写作团队的成员与他们的合作更多的是基于反馈和出点子的方式。就像刚才说过的那样，我还花了很多周末通过拍摄来处理剧作素材。"

有时是制片人或者制片公司有个点子要求你把它发展成一个剧本，然后你和制片人及导演合作。比如以《夺宝奇兵》为例，劳伦斯·卡斯丹（Lawrence Kasdan，那时他只写过一个剧本，就是重写《帝国反击战》）会见了乔治·卢卡斯和史蒂文·斯皮尔伯格。卢卡斯想用他的狗的名字命名主人公，叫印第安纳·琼斯（由哈里森·福特扮演）。另一点是他想要影片的最后一个场景是堆满了成千上万装秘密物品的大箱子的军用仓库，就像《公民凯恩》最后那个堆满艺术品的地下仓库一样。卢卡斯那时有关"约柜"就想到这些，斯皮尔伯格则希望加些神秘的东西。三个人在一间办公室里锁了两个星期，他们渐渐拉出一个大概的故事线来。卢卡斯和斯皮尔伯格就离开干别的事去了，卡斯丹则回到自己的办公室里写《夺宝奇兵》。

剧作家为了各种不同的理由而进行合作。有时在某种情况下，有的剧作者认为和别人一起工作更轻松些。尤其是大多数电视剧作者就是合作写剧本的：像《周六夜现场》、《绝望的主妇》，或《犯罪现场调查：迈阿密》、《犯罪现场调查：纽约》这样的剧集每集是由五个或十个编剧来写的。一个喜剧作家必须既是个编笑料的人又是观众——笑话就是笑话。只有像伍迪·艾伦或尼尔·西蒙这样少数的天才，才可以独自一人坐在屋里并且知道什么滑稽，什么不滑稽。

当你决定和别人合作写一个剧本时，重要的是区分合作过程中的三个基本阶段：（1）建立合作的基本规则；（2）准备电影剧本写作所必需的基本素材；（3）实际写作本身。这三个都是必要的基础。如果你决定合作，你必须盯紧这几件事。例如：你是否喜欢你那未来的合作者呢？你将要和这个人一天几个小时地共同工作几个月，所以你必须能与他（她）愉快地合作。不然的话，从一开始你就会碰到麻烦。

合作是一种关系，是一半对一半的事。两个或更多的人共同工作去创作一个最终产品——一个电影剧本或者电视节目和其他的台本。这就是你们合作的目的、目标和意图，你们的精力应当用到这个方面。然而合作者们往往很快就看不见这个目的。

他们会因为坚持"自己正确"以及各种各样的争斗而陷于困境。所以，最好事先给自己提几个问题。例如：为什么你要合作？为什么你的合伙人要合作？你要和别人一起工作的原因究竟是什么？是因为这样更轻松些？还是更保险？还是不那么孤单呢？

你认为和别人合作写电影剧本的情景是什么样子呢？很多人都有这样一幅图景：一个人坐在书桌前，面对着打字机，发狂地打着字；同时他的合作者在房中来回快步地踱着，口中念念有词，就像一个厨师准备菜谱一样。要知道，这是一个"写作小组"。一个说的，一个打字的。

你也是这样认为的吗？也许曾经有过一个时期，像在20世纪20、30年代的一些写作小组，如莫斯·哈特（Moss Hart）和乔治·S·考夫曼

（George.S.Kaufman）就是这样合作的，但是现在则大不一样了。多少变得有点像彼得·杰克逊和他的合作者们做《指环王》那个样子。

每个人的工作方式都各不相同。我们各有自己的风格，自己的创作空间和自己的好恶。我认为合作的最佳范例就是埃尔顿·约翰（Elton John）与伯尼·陶本（Bernie Taupen）70年代在音乐上的合作了。在他们的鼎盛时期，伯尼·陶本写了一些抒情诗，然后邮寄给在世界某地的埃尔顿·约翰，由后者谱曲、配器，最后录下来。

这是个例外，不是规则。

如果你想要合作，你必须愿意寻找合适的工作方式——合适的风格，合适的方法，合适的工作程序。我建议你们多试一些不同的方式，就是做错了也没什么，通过试验和差错让整个合作的过程磨合好，直到为你和你的合作者找出一个最佳方式。"在尝试过程中行不通的那些东西，"用我的一个剪辑师朋友的话，"会把你领向能走得通的那条路上去。"

在创造合作的基本规则方面可以有很多种选择，我们该怎么对待它们呢？在合作问题上是真的没有一定之规。你必须自己创造规则，一边进行合作一边摸出规则来。这正像婚姻一样。你必须创建关系，不断维持修复并让它保持下去。你始终在和另一个人打交道。合作是一半对一半的事，是平等的劳动分工。

合作中有四种基本和平等的位置：作者、研究者、记录者和编辑。没有哪个比别的更重要。

你和你的合作者对你们的合作是怎样认识的呢？你们的目标是什么？你们的期望是什么？你认为自己在合作中应起什么作用？你的合作者应干什么？如果需要，你和合作者可以就你们各自怎样看待这次合作写个两三页纸长的自由写作短文。然后交换看看对方写的，你读他的、他读你的，看看你们能得到什么。

打开天窗说亮话，商量好：谁坐在电脑边上记录？在哪里工作？什么时候？各人都该干什么？一天里面什么时间工作对两个人都合适？是你先写一段、用邮件发给对方再编辑？还是倒过来他写你改？或者你俩一起关在同一个房间里写。

议一下这个问题，谈论一番。

制定出你们觉得最好的基本规则。怎样分工？你应该列出该干的事项来：到图书馆去两三次；进行三次或更多次的个人采访，组织并分工去干。我喜欢干这个，那就干这个；你喜欢干那个，那就干那个，如此等等。去干你喜欢干的事情。如果你喜欢去图书馆，那你就去；如果你的合作者喜欢采访，那就让他去干。或者你俩一起去，但由他领头。这些都是写作过程的一部分，它影响到如何利用你们的素材。

工作日程表是怎样的呢？你是全天工作吗？什么时候你们能凑在一起？在哪里？要保证双方都方便才好。如果你有个工作或家庭或者在谈恋爱，那有时就会麻烦一些。要对付这些困难。

你是早晨工作的人呢，还是下午工作，或是晚上工作的人呢？这就是说，你们是早晨，还是中午或者晚上工作最有效呢？如果不明确，那先试试某种方法看看。可行，那就定好时间，别再改变了。如果不合适，再试试其他方法。弄清怎样做对双方最合适。要相互支持。你们是在协力干同一件事：完成一个电影剧本。

仅仅为了寻找和制定一个对双方都合适的工作日程表，也需要花几个星期。这段时间也正好两人在一起搭出一个故事线来。

别怕尝试一些没有用处的事。干一干试试看！犯点错误。要通过考验和错误来创造合作的条件，在没有创造出基本规则之前，不要急于进行任何认真的写作。

最后一件事就是动笔写了。

当你开始动笔前，需要准备好素材。

你要写的是什么样的故事呢？是现代故事还是历史剧？是古装戏？那是哪个朝代的？你要做一些什么样的调查研究工作？准备在图书馆里待一两天还是好几天呢？需要对某些人进行采访吗？或者是旁听一次法律诉讼？尽管这些研究工作是分头做的，一旦录进电脑，就要发给合作者一份。再说一遍，合作是一半对一半的劳动分工。在编故事的阶段，最好是大家一起工作。把故事线用几句话写出来，确定剧本的主题、动作和人物，然后把它们按照电影类型的需要重新组合：你要写的是哪种故事？是动作冒险片？惊悚片？爱情故事？戏剧性故事？还是浪漫喜剧？首先你得弄清楚要写的是哪种故事。故事从哪儿开始、到哪儿结束？动作线是什么？谁是主要人物？故事讲的是什么？你的故事是关于一位考古学家在一个高速公路建设项目中发现了古代文物的吗？你的人物的戏剧性需求是什么？你要处理的是哪一种冲突？是内在冲突：恐惧，情感，失控，还是外在冲突：身体伤害、袭击或战争、自然因素或从危难中逃生？如果你写的是个神秘故事，你知不知道是谁该对发生的一系列罪行负责？为什么？这些是你必须首先了解的事情，然后就可以开始建构故事线了。

你知道故事怎么结束吗，结局是怎样的吗？知道开端，情节点I和情节点II是什么吗？要是你不知道，还有谁能知道？你们对这些都得作出决定，这样才能找出最好的途径去实现。

你们的故事是关于谁的？写出人物小传。你可能需要和自己的合作者讨论每个人物。然后各写一个人物传记。或者你写传记，你的合作者进行编辑。要了解你的人物。谈论他们，讨论他们是什么人，打哪儿来。先把罐子塞满，开始装得越多，回头能取出来的也就越多。

做完关于人物的工作，就要开始做故事线的卡片了。

开始拉出故事线，当你知道了故事的结尾、开端和两个情节点后，就可以用3×5英寸的卡片把你的故事线索扩展成逐场的进程。进行讨论，议论，甚至于争议。重要的是你清楚地知道自己的故事。你们可能对故事的某些部分意见一致，对另一些部分意见不一致。你想让它这样，你的合作者想让它那样。如果你们没法解决，那就把两个方案都写下来，然后看一看哪个最佳。都是为了完成剧本这个最终目标，都朝着这个目标努力。

当你们动笔写时，事情有时会变得让人抓狂。要有所准备。你们怎么样往纸上写呢？要用什么技巧呢？谁说什么，为什么这个字就比那一个字好些呢？谁这样讲的？就像一个硬币有两个面，我是对的，你是错的，这是一个角度。而从另一个角度来看，那当然，你是错的，我是对的。

我的写作生涯里与人合作创作过好多次，每次都不一样。一旦我与人合作一个项目，我希望就完成剧本究竟要成啥样建立一个共识。比如我最近的一个剧本，这是个科幻史诗冒险片。我们想把剧本做得"叫人很投入，紧张到让人读时只敢把半个屁股坐在椅子上，一页一页地往下翻"。我们就处理素材达成了共识。

然后我们聚在一起，把写了段落的卡片扔了一地，我们知道结尾、开端、情节点 I 和 II 了。我们在随后的几周里每周聚两次，有时三次，交换笔记、推敲对话、对有些段落的处理提出些新点子，或探讨结构素材的新法子。这么做完之后，我们拿着一大堆卡片，一起写下一些关于场景和段落的想法。我们只是把它们写成卡片，根本不用考虑将来放到故事结构的什么地方。

我们可能要花费三至六个星期或更多的时间去准备素材——调查研究，给人物建立故事线，以及创造出合作的机制。这是个有意思的经验，因为这是在建立另一种关系。有时令人着魔，有时令人难熬。

在做完了人物和故事线方面最重要的基础性工作之后，我的合作者吉姆，他是个特技奇才，得到了一份他没法拒绝的美差——参加《蜘蛛侠2》的拍摄。我们都知道他每天得花10到12小时在那上面，这对他是件好事，可对我们的合作可不那么好。我知道这样留给我们的写作时间就不多了。于是我们赶紧努力建立起故事线，并沿着故事线结构叙事，这样能在他开始新工作之前抓紧时间。

一旦他感到活做得差不多，可以赶上时间进度要求时，我们至少一周通一次电话。我开始准备素材并根据我们以前做好的准备工作写出一些段落，写好我就用邮件传给他。每个周末他就把我写的看一遍，做些编辑和修订，然后传回给我。其他时候他就可以和家人在一起了。

几个月以后，我们再开始花几个周末在一起重新梳理一遍素材，拉出第一幕要写的内容。我已经写好了开端段落以及一些事件。他想写第一幕，就让他写了，当他写完后用邮件传我。我编辑后传回给他，他再按他的想法修改。我们用这种方式推动进程。这比他在《蜘蛛侠2》上花的时间还多得多，但这样使我们在他干别的事的时候脑子里一直没放下关于故事线的事。六个月之后，他结束了《蜘蛛侠2》的工作，我们只花了三个星期时间就完成了第一稿。那时候，我们用电子邮件往来，修改、增加场景、讨论建议，一直到第一稿完成。这个第一稿剧本总共花了我们一年的时间，然后我们又用了两三个月的时间重新改写。

这就是我们的合作，从我们制定好时间表和工作流程后一切进行得很正常。但重要的事是我们要时刻在头脑里记着如何更好地处理素材。

对于合作的经验来说最关键的原则就是处理素材。

合作意味着在一起工作！

合作或任何关系的关键，就在于互通信息。你们必须相互讨论。不互通信息，就没有合作，那只能是误解、斗气和意见不一。这没有出路。你们二人是要一起写作并完成一个电影剧本。有时你们会想把剧本扔掉，散伙，你会觉得这么干不值得。也许你是对的，但一般来说这只是你心理上的"玩意儿"冒了出来。要知道我们每时每日都在和这些东西斗争：恐惧、不安全感、内疚、判断等等。要对付它们。写作也是更多地了解你自己。要敢于犯错误，相互学习，学会判断什么有效用，什么没有效用。

以30页为一单元的工作常常是一种有效的方式。你写第一幕，然后让你的合作者进行编辑。你的合作者写第二幕，你来编辑；你再写第三幕，他来编辑。这样你可以了解你的合作者是怎样写作的，同时你也可以学会当编辑。

有时你不得不批评你的合作者写的东西。你应怎样告诉他说他写得很糟，劝他最好扔了重写？你最好考虑一下该说什么。要意识到你是根据自己的评判去和你的合作者的感情打交道。"要评判别人，首先要评判自己。"你必须尊重和满怀希望地支持对方，即使是在批评他的工作的时候也是如此。这是对事不对人的事。那么你该怎么做呢？首先决定你要说什么，然后决定怎样说最好。把你要说的话先对自己讲一遍。如果你的合作者说出你要对他讲的那番话，你的感受会如何？

就像婚姻一样，合作的规则是沟通和放弃。这也完全是一个学习的经验。

有时在着手写第二幕之前，要对第一幕进行一些修改。过程完全一样。写作就是写作。在把素材搞成半成品的状态时就继续写下去。你总会有时间来精雕细琢的。不要花工夫去把你写好的东西搞到尽善尽美。反正早晚得修改，所以不必担心它完善到什么程度。也许它不够好，那又怎么样呢？先写下来，以后再对它进行加工，搞得更好一些。

当第一幕写完后——一个相当紧凑和干净的"写下来"的稿本——坐下来阅读并进行编辑。看看它是否行得通呢？这里是否还需要一个场面？或者把这场戏删掉？对话是否需要更清晰一些呢？需要加以扩展吗？更犀利一些？戏剧性前提安排得清楚吗？言语和画面设计都合理吗？建置是否适当？我可能在这儿或那儿添几句台词或场面，有时在某些地方加点视觉表现方面的内容。

当你完成了第一稿"白纸黑字"的草稿后，把它放在一边搁上一个星期，然后再回头来读它。看看你都写了些什么。这样你可能更能把它看成一个整体，并以一种比较超然的态度看待素材。你可能需要增加一些新的场景、加个新的人物，或者把两场戏合并成一场。你觉得需要怎么做，做就是了。

这都是写作过程的一部分。

如果你已结婚，并且要和你的配偶进行合作，那就涉及另外一些因素啦。例如局面搞到很难的时候，你无法一走了之。这是婚姻的一部分了。如果你们的婚姻出了毛病，那么合作只能扩大你们的问题。你不能当一只鸵鸟，假装什么问题也没有。你必须面对它。

例如：我有两个已婚的朋友，两人都是专业记者，他们决定一起写一个电影剧本。那时，女的手头正好没有活儿，而男的正在干一项别的事。她有空闲时间，因此她决定先走一步去开始作调查研究工作。她到图书馆去，阅读书籍，走访一些人，然后把这些素材打成文字。她对此一点也不介意，因为"总得有人做这些工作嘛"！

当他完成手头的任务时，调查工作已经完成。他们休息几天之后，就开始工作。他说的第一句话是："让我看看你搞了些什么。"然后就对素材进行评价，仿佛他的任务就是评价这些素材，而这项工作应是由一名研究员而不是他的合作者、他的妻子做出来的。她很恼火，但是什么也没有说。工作全是她做的，可现在他插手进来，拯救这个剧本。

事情就是这样开始的。并且越搞越糟。他们只说要一起干，却没有具体讨论应该如何在一起工作。没有建立基本规则，没有决定说谁干什么，或什么时候干，也没有制定出工作日程表来。

她习惯在早晨工作，笔头很快，信笔写下来，留下许多空白，然后回过头来，重写三四遍，直到妥帖为止。他在夜间工作，写得很慢，字斟句酌，细致精确，第一稿就几乎是完成稿。

他们都很专业，但当他们决定合作并真开始着手干时，他们对于对方都是心中无数的。她此前只和人合作过一次，而他从来没有没有和别的作家在这种状态下一起工作过。他们都期待对方应该做一些什么事，但是从未交换过意见。再说，有时我们得承认，婚姻有时要付出很多。

调整了思想方法，在拉出了故事之后，他们制定了日程表。决定由她来写第一幕——就是她研究过的素材——而他写第二幕。

她着手工作了，但她不太有把握——这是她的第一个电影剧本——她花费了不少工夫去解决形式问题和克服种种阻力。她写好了头10页，就请丈夫读读，想听听反馈。她不知道自己写的路子对不对。故事建置是否正确？是否就是他们所讨论和研究过的东西呢？人物是否是真实环境中的真实人物？她的顾虑是自然的。

当她给他这前10页时，他正在写第二幕的第二场。他不愿意读她写的东西，因为他自己也有难题，而且刚开始找到自己的风格。这一场面相当难，他已经写了好几天了。

他接过稿子，搁置在一旁，又埋头自己的工作，对自己妻子没说一个字。她等了几天让他读那些素材。他没有读，她生气了，于是他答应当晚读。她满意了，至少暂时满意了。

第二天，她一早就起来。他仍在睡觉，因为前一天他工作到深夜。她煮好了咖啡，并试着干一会儿工作。但实在干不下去。她一心想知道，她的丈夫，她的合作者，对她所写的那几页是怎样考虑的。为什么他拖了这么长时间不谈意见呢？

她越想越不耐烦。她必须去弄清楚。最后，她下了决心：这是他自作自受。于是她悄悄地走进他的书房，轻轻地关上了门。

她走到书桌前，翻找他的稿子，想看一看。他在她写的头10页稿子上是否写上了什么评语。她终于找到了自己的稿子，但是上面什么也没有写——没有记号，没有批语，什么也没有。他根本没有读过！她火了，开始读他的稿子，看他到底被什么缠住了。

这时她听到楼梯上传来脚步声。刚转过身来，门一下子打开了。她丈夫站在门槛上，大声喊着："离开书桌子！"她试图解释，可是他不听。他责难她在偷看他的东西，在干涉他，侵犯了他的隐私。她所有的压抑和气愤一下子炸开了，没有交换的意见全喷了出来。他们大吵一场，针锋相对，什么都不顾忌了。忿恨、挫折、恐惧、焦急、不安全感全都一锅端了出来。这是一场恶斗，连狗也跟着"汪汪"叫了起来。在他们"合作"的高峰，他把她抱了起来，拖过房间，径直把她扔出书房，"砰"的一声把门砸在她脸上。她脱下一只鞋，站在那里用鞋跟敲打门板。直到现在，在他书房的门上还留着她的鞋跟印。

现在，他们说起这事就觉得可笑。

可当时并不可笑。他们好几天没说话。

从这次经历，他们学习到了不少东西。他们认识到争吵在合作关系中是没有用的。他们学会了一起工作，以及在亲密的和专业的基础上进行交流。他们学会了以正面的和相互支持的方式，相互提出批评而无需害怕和克制。他们学会了相互尊重。他们意识到每个人都应当有自己的写作风格，你是无法改变的，只有支持他。她学会了尊重他那字斟句酌地认真推敲的风格。他也学会了钦佩并尊重她的工作方式——快、干净、利落和准确，总是一气呵成。他们学会了如何求得对方的帮助，尤其是他们两人都感到困难的事。换句话说，他们在相互学习，相互支持，就像三个人和一匹马在《奔腾年代》里所做的一样。

当这个电影剧本完成之后，他们有一种一件事大功告成的满足感和成就感。他们不仅学会了在实际层面的一起工作，而且在情感和精神层面也珠联璧合。

合作意味着"一起工作"。

 练习

如果你决定合作，那就把写作过程设计成三个阶段：制定基本规则，准备工作，以及结构和写作出东西来。

Chapter 17
剧本写完之后

AFTER IT'S WRITTEN

> 好莱坞是唯一一个你追名逐利,却至死不渝的地方。
> ——多萝西·帕克(Dorothy Parker)

在剧本写完之后,你对它该怎么办呢?

首先你得弄清剧本是否"有效"。它能够名垂千古呢,还是当糊墙纸用。你需要某种反馈来证明你要写的东西真正写出来了。

这时你不知道剧本是否有效。你看不出来,因为你离它太近了,以至于迷失在主观意识建造的迷宫里。

当然,在将你的剧本发送出去给一些你最亲密的朋友阅览之前,最重要的是将它备份在磁盘或硬盘中。这是显而易见的事,但一开始最明显的事却最容易被忽略。将备份放置在安全的地方。如果你只有一份原本,而且没有复印备份,那么千万不要把原稿交给任何人。你必须得保证手头多出一个随时可用的副本。

作为剧本写作专家,我最近亲眼目睹了一桩案例:一个编剧直接从他的硬盘驱动器中拷贝副本。他想他已经将剧本拷入,当他开始和一家德国出品公司洽谈合作协议时,他打印了一份副本寄去德国。在他寄出最初的副本之后，他想在电脑上安装一个电子用户线路，这样他就能将剧本更快速、有效地发送出去。于是，他请当地电话公司帮忙安装，但是那个装线工告诉他，他的硬盘驱动器太满必须先清空。于是，你应该可以猜出接下来发生的事了。在安装线路时，装线工清空整个硬盘。而那个编剧因为德国公司已经通过了此项目，就没有及时留下备份。这样，他手头上一本剧本也没剩下。不得不从第一个字，第一页开始，循着草稿全部重新创作。

听起来很牵强？当然了，但是，它的确是事实。这个故事教会我们：备份多少次自己的剧本也不为过。

接下来，你已做好了准备，把你的副本交给你的两个朋友——密友、你能够信任的、会对你讲实话的朋友，不怕告诉你"我讨厌这个剧本。你写的既单薄又不真实，人物单调而平板，故事既造作又说教"的朋友，不怕伤害你感情的人。

你会发现，大多数人都不会告诉你他们对剧本的真实看法。他们只会说他们认为是你爱听的话："挺好，我喜欢，真的喜欢！你的剧本里有些挺好的东西，我想它是'卖座'的。"不管这意味着什么，人们都是一番好意。但是他们没有意识到，不讲真话对你的伤害更大！

你的名字将会出现在主页上，因此你会希望它成为你可以写出的最好的剧本。如果你觉得一个建议能使你的剧本更趋完善，那么采纳它。你在重审剧本的过程中所做的任何一个改动必须来自于仔细取舍，并且出于本能，你知道这样的改动并非多余。

何种因素让我们重审主题。你知道这句格言——"写作就是反反复复地写"。其实，真的是这样。你寄出去投入市场的剧本有三种：第一种，"纸质"剧本；第二种，我称之为"机械剧本"；第三种，则是"精装剧本"，这才是大多数剧本定型的成品。

在你完成了"纸质"剧本之后，有一周时间不要去管它。之后再回头一行一行重新品读。确保你已将所有钢笔、铅笔和纸张藏好，并已关上电脑。你无需在读的同时做任何笔记。你要做的只是细细品读。当你浏览完第一遍"纸质"剧本，你会发现自己内心波涛汹涌。有些部分你会认为写得很糟糕：手法单一，对话过多，描述冗长、厚重、杂乱无章，你认为这些内容乏味，粗糙，过分直白，总之就是不够好。

接着你将读到另外几页你认为写得不错的内容。对话适中，动作连贯，整体布局看起来配合得天衣无缝。这时，你的心又一次无法平静，并且在得意与失意之间上下波动。

那就对了。

在你读完剧本全部内容之后，再次将它搁置一边。现在你要做的是完成三篇文章。第一篇自由组织，将吸引你着手于此素材的首要因素写出来。尽量写在两页或三页纸以内。这个因素是角色、剧情呢？还是主旨或线索？你只需要回答这个问题：是什么真正吸引你去着手于此素材？放飞你的思维，文字和想象，别去管语法或停顿问题。你想写些支言片语就写，当你完成了第一篇练习，继续进入下一篇。

第二篇文章也需要自由组织，回答这个问题：你所完成的是什么类型的剧本？你可能一开始写的是关于爱情的神秘小说但最后写成了充满神秘的爱情小说。很多次，我们写一类故事，最终成品却成了另一类风格。例如，我的一个学生原本打算写一个临时工和他的女主人之间发生的故事，却最终写成了临时工和他哥哥与同一个女人发生的故事。因此我们需要在剧本的字里行间有一个清晰、连贯的叙述。用两到三页纸完成这个部分。

在第三篇文章中：你要看清最初是什么吸引你完成这个剧本，并且由此在"纸质"剧本上做轻微改变，那么你一开始创作的内容就会和结束时的有些许不同。在这个部分，你必须回答这个问题：你必须做怎样的改变把你想写的添加进你刚刚写成的东西里？换句话说，改编与效果必须成正比。在先前讲述我学生的事件中，她最后便不得不回过头去建立和强化关于两兄弟间的关系。有时你会为你剧本的结尾感到满意。很好！如果不，你就需要做些改变了。

当你完成了这三篇文章，想想你要做什么去强化和维系你的故事主线，使改变与效果达成正比。

现在根据情节发展一幕一幕地读你原来的"纸质"剧本，一边阅览第一章节一边在空白处注记。读到大约二十场之后，你会发现你可以保证十场戏的本来面貌。在剩下的十场里，你不得不对其中五六场的对话进行重编，增加剧情，而那剩下的五场则显得一无是处。总之，你可能不得不对第一幕做65%到80%的改动。

那就做吧。你已经在这个剧本上下了好几个月的功夫，所以应该把它改得更趋完善。如果你想把你的作品卖出去，你终归要修改的，为了制片人、导演和明星。改就是改，没有人愿意改来改去，可我们全得这样做。

在好莱坞，没有人会告诉你他们真实的想法。他们都对你讲他们喜欢这个剧本，可是"这并不是我们目前想要搞的东西"，或者"我们现在正在搞一个类似的东西"。

这对于你无济于事。你需要有人告诉你他们对于你的剧本的真实看法，所以，你要仔细选择给谁看。

当他们读过剧本之后，要倾听他们讲一些什么。不要为你所写的东西辩解，不要装着在洗耳恭听，而事后又感到气愤或伤心，总觉得自己是正确的。

看看他们是否抓住了你的写作"意图"。你听取他们的意见时应站在这样的角度："他们可能是对的"；而不是"他们就是正确的"。他们会提出种种看法、批评、建议、见解和判断，他们对不对呢？向他们提出种种问题，追问他们。他们的建议和想法有意义吗？他们给剧本增加了什么吗？提高了剧本的价值吗？和他们一起研究这个故事，找出他们喜欢的地方和不喜欢的地方，哪里打动了他们，哪里没有。到此为止，你依然不能客观地看待自己的剧本。如果"万一"你需要别人的意见，那就要有准备、不怕困惑。如果你把剧本交给四个人去看，他们的意见会不一致。一个人喜欢这个的故事，另外一个人不喜欢；一个人说他喜欢抢劫的故事，但是不喜欢这次抢劫的结局（其中的人物要么都逃脱了，要么都没有逃成），而另外一个人则奇怪你为什么不去写一个爱情故事。

你的剧本必须清楚、整洁，就像专业剧本的样子。这意味着它要有一个规范的专业化格式，保证10或12号的粗衬线字体。你的剧本格式必须是正确的。这里使用像"Final Draft"的软件编程将会十分受益。

很多人问我他们是否可以给场景编号，我个人认为没有必要。但是这只是个人的偏好，有些人会这么做有些人不会。有时作家们被编号套牢，那并不是期待发生的。这只是一个简单的选择问题，你只需知道给场景编号并非编剧的工作。最后的拍摄剧本在左侧有一栏数字，在这一栏里标明了由制片经理编排的而不是由编剧编排的分镜头号码。当一个剧本被买下来，导演和演员们签订了合同之后，就要雇佣一名制片经理。制片经理和导演要逐场、逐镜头地研究剧本。拍摄场地一经选定，制片经理和他的助理就要着手制定一个生产计划表。在这张可以折叠的大表格上，每一个场景，内景或外景，都在专栏上标明。生产计划表完成后，每个场景都标好号码，并且经过导演同意之后，制片秘书就把每个场景的号码打在每页纸上，以供逐个镜头的分镜头使用。这些号码是用来辨认每个镜头的，从而使影片在洗印和编目时（大约30到50万英尺长），每一段胶片都能够辨认出来。因此给场景编号不是剧本的任务。

关于扉页还要补充一句。许多新手或者没有经验的作者感到他们应该在扉页上写上说明、注册号码、著作版权、各种引文、日期以及其他。他们想要献出"片名"，一部由"明星全体献演的史诗巨片"的独创剧本，作者是约翰·唐，"此剧本已在美国作家公会注册"。

不要这么干。扉页就是扉页。它应该是既简单又一目了然。"片名"要写在纸张的正中，"约翰·唐编剧"直接写在标题之下，然后在右下角写上你的地址和电话号码。我作为剧本部的领导已经有过若干次接到新作者的剧本，却无法同他们联系上的经历。这样的剧本保留两个月之后，就要抛进废纸篓里面了！

你不必在扉页上写明版权或注册信息，但它们对于你保护自己的作品来说是必需的。

有三种合法的方法来确定你的剧本的所有权：

（1）登记你的电影剧本的版权。要这样做，需要直接向美国国会图书馆申请版权。请写给：

Registrar of Copyright
Library of Congress
Washington，D.C.20540

或者从所居住地区的政府行政机关要一份作者版权申请表。一般来讲这样的服务是免费的。

（2）把你写好的剧本的复印本装进一个大信封里面，到邮局以挂号专递的方式寄给你自己，记住要个回执。同时要保证邮件戳字的日期清楚。你接到之后，注册登记，保存归档。记住千万不要打开信件！这在法庭上不一定能做直接证据。但通过邮戳和日期能显示这一剧本是你自己在某个特定时间已经写出来了的。

（3）也许最方便和最有效的方法就是到美国东部（或西部）作家公会注册登记。美国作家公会提供版权注册服务：这也包括提供证明作者对于自己作品的著作权以及作品完成的日期。你可以向美国东部（或西部）作家公会登记提供一个清楚的剧本副本来存档，或者在线将资料发送进行注册登记。剧本收费一般是该会员只收取10美元，非会员收取20美元。如果你想通过邮寄注册，那就需要一份清晰的剧本连同有效数额支票寄到如下地址：

如果在密西西比州以西可寄到：
Writers Guild of America, West:
7000 West Third Street
Los Angeles, CA90048
Within Southern California: (323)951-4000
Outside Southern California: (800)548-4532
Fax: (323)782-4800
www.wga.org

如果在密西西比州以东可寄到：
Writers Guild of America, East
555 West 57th Street, Suite1230
New York, NY10019
Tel: (212)767-7800
Fax: (212)582-1909
www.wgae.org

想要在线注册的话，登陆www.wgae.org，点击"register your online"（网上注册）。

如果你通过邮寄注册，他们会把你的剧本制作成微缩胶卷，然后把它们放到一个可靠的地方保存10年。在这期间你可以更新剧本。你会收到一个"证明"或者"确认书"的回执，即你的剧本版权的证明，确认你确实写作出你所说的东西了。如果有任何人剽窃了你的作品，你可以出示"证明"，你的律师会提出美国作家公会提供的版权确定记录，它们会为你佐证的。

有些时候，作者将剧本寄给制片人或者制作公司而被退回，但之后却在电影中发现了自己的主意并认为自己的概念被窃取。有时这确实会发生，有时只是人们希望它发生。几年前，蜚声国际的幽默派记者阿特·布赫瓦尔德（Art Buchwald）以及阿兰·伯恩海姆（Alain Bernheim）为一部由派拉蒙电影公司出品的电影——《来到美国》（Coming to America）创作剧本大纲。谈判成交后他们得到报酬。制作公司最终通过了他们的想法，于是布赫瓦尔德继续从事他的新闻写作。然而不久以后，由派拉蒙公司推出的另一部艾迪·墨菲（Eddie Murphy）的电影公映，但其内容看起来就像直接从布赫瓦尔德和伯恩海姆写过的剧本大纲中直接摘取的一样。于是布赫瓦尔德将派拉蒙告上法庭，声称制作公司利用他们的想法但并未对他们在这部电影中的贡献予以报酬补偿。

这桩诉讼案登上各大报纸的头版头条，也创下重大先例。为了证明他们的案子，布赫瓦尔德和伯恩海姆不得不揭露制作公司的财务账目，这个任务算得上意义非凡。最终，在经过漫长的法律诉讼之后，法院判给他们90万美元的侵权补偿。他们能够出示"证明"，也就意味着他们证明了曾将其创作想法交给派拉蒙公司。

很多时候你会听到编剧关于如何将剧本交付制片厂或制作公司表示担忧，他们害怕自己的想法被窃取。其实，根据侵权法规定，你"不可以窃取作品的想法，即使只是想法的简单表述"。这有一个关于三个罪犯从美国休斯敦宇航局设备中盗取月球上的岩石的想法。他们怎样盗取，谁是主谋谁是共犯，是"想法的简单表述"。那就是为何当你创作出一份未经法律登记的剧本将其交给制片厂或制作公司时，你会被要求签订一个放弃任何法律诉讼和申诉权利的公告。

比如说，几年之前，我的一位朋友写出了一个关于一位滑雪运动员的电影梗概。她把它寄给了一些公司，这些公司都把这个材料退了回来而且附上了一个"谢谢，但是没有什么值得谢谢的"条子。

数年之后，她看到一部电影讲述了关于滑雪员在欧洲滑雪场发生的故事，而且这部电影就出自当年她投过剧本的制作公司。她看到电影中很多和自己剧本相类似的剧情。事实上，她认为这就是她写的故事。

然后，她去法院申诉，结果赢得了一笔数目不少的调解费。因为她能够提出"证明"，她的故事已经由美国作家公会登记注册，同时还保留了公司拒绝信的复印件。

在这种情况下，没有人是"故意"这样干的。制作公司由于某种原因拒绝了她的这个主意。而当他们寻找某个剧本主题时，有人便有了关于一个优秀滑雪员的故事的"想法"。

还有些时候，当电影已经公映，有些还未完成成品的编剧便声称自己的版权遭到侵犯。电影制片厂会退还你一个从来没有打开过和没人阅读过的原稿，这种情况下编剧就没有申诉理由了。他们无法出示"证明"，纵然想法相似，但"想法的表述"是不同的。作为专家，我曾亲见此类似案例，他们都因为没有合法和充足的证据而败诉。

当你完成手稿之后，要立即制作出10个复印本。很多人不会退还你的稿件的，特别是目前邮资费用增高。（也不要用附加一个事先贴好邮票的大信封，上面还写好你的地址的方法，因为这样只是让制片人或者剧本编辑认为你是个初出茅庐的新手。不要这样做，这样只能使得稿子不可能退还给你了！）记住：10个复印本！一个你用来注册使用，这样还剩余9本。如果你走运，一位代理人感兴趣而作为你的代理，他会立刻拿走5本。那样你至少还有4本。

要保证你的剧本装订完好，不要散了或丢失缺页。只要加上一张简单的封面，上面只要注明剧本名和你的名字，不必用什么昂贵的假皮封面。记住你剧本纸张的尺寸是标准的 8½×11 英寸，而不是英国的标准尺寸即

$8½ \times 14$ 英寸的纸张。

你的电影剧本也许会获得"一次尝试"的机会，没关系就试试看。在我们的西尼莫比尔公司里，一次尝试是这样的：我们接到每一份稿件之后，都要登记在一个卡片上然后入档，上面注明作者的姓名和剧本的名字。这份材料会被阅读、评价，同时在一个标准的概略表格上写下剧本的故事梗概。这样，阅读人的评价会被很仔细地登记下来，然后编进档案。

如果你向一个电影制片厂或者制片公司递交了一个剧本，他们阅读后又退还给你，于是你想重新写或者改正之后再寄给他们，这种情况下重新被阅读的机会很少，因为那位审读人只是读一下原来的故事梗概之后再退还给你。这就需要改一下剧本的名字或者再使用一个笔名，因为没有人想反复读一个同样的东西。

不要在送交的剧本中附加一个故事梗概，因为没有人读它。在好莱坞，没有一个人愿意读剧本大纲，除非你是位颇有建树的编剧。在加拿大、欧洲、南美，或许还有远东，一个作者常常可以把梗概卖给国家资助的电影制片厂，得到报酬（钱往往不多）并再把故事改成剧本，但这种情况一般只在国际性的制片项目中会发生。在好莱坞，如果你在你的剧本中附上故事梗概并不是明智之举，有可能会被立即淘汰。通常剧本要经"审读人"的严格审核。对于一部出彩的剧本的取舍通常取决于审读人的评价。

那么你又如何对付这些人呢？由于大多数好莱坞的人不会接收任何有法律风险的材料——这就意味着，他们只接收通过一位专业的有权威的文学代理人所递交的材料，这个代理人要在美国作家公会注册登记并签订了"艺术家和经济人的合同"之后才能执业。这样下一个问题又来了：你如何找到一位代理人呢？

我听到这个问题不知道有多少次了。如果你想以满意或得意的价格出售你的剧本，而且想让汤姆·克鲁斯或者朱莉娅·罗伯茨主演的话，你必须有一位文学代理人。问题是，你如何找到一位代理人呢？

第一步：你必须有一个完成的剧本。一个提纲或者概要是没有用的。然后，同美国作家公会联系。写信或者打电话都行，向他们索取一份已经签订了"艺术家与经济人的合同"证明的代理人的名单。在名单上会注明有谁愿意阅读那些新的作家的没有法律登记的原稿材料。

你选择几位列出来，然后写信、发送电子邮件或者打电话和他们联系，询问他们是否有兴趣阅读一位新的编剧的电影剧本。介绍一下你的背景，把自己推销出去。在好莱坞，人人干的都是买卖活。

很多人会回答"不！"你再挑选一些人。他们也回答"不！"没关系，那就再选择另外的人。好莱坞就是一个"拒绝镇"，和"好"比起来，说"不"更容易，但是想象一下如果有人接受了你的剧本，将会发生什么。

如果电影通过执行决议，最终被批准生产，然后进入制作阶段，并且票房大卖，那么对你来说就是美梦实现的时刻。然而，如果效果不理想，引进这部剧本的人将会出局。毕竟，这里面有数百万的资金运作是出自于他（她）的决定。在好莱坞，电影执行人的平均职龄约为五年。

尽管如此，极具讽刺的是执行人时常在寻找素材。好莱坞永远缺少好的畅销的素材，很多被递交的剧本总是有老电影、电视剧的影子，或者电影中的借鉴和讽刺手法也是早就出现的老桥段。对于一位新的编剧来说，迫切任务是写出新鲜和原创的想法。

很多时候当你在寻找代理人的时候，你是和那位代理人的助手或秘书打交道。有时甚至是他们先读。如果他们喜欢的话，就会推荐给那位代理人。让任何想读你的剧本的人都读一读它。一个好的剧本不怕没有出头之日，只要它被合法保护，就不会有问题。

即使是代理人喜欢你的剧本，他也不能将它转手卖掉。但是他可以将它作为样本展示你的写作能力。一个代理人曾经告诉我，没有什么比剧本"就快要"卖成更让人热血沸腾的事。有时候是让你重写剧本，有时候是让你把你的另一个想法写成剧本。有时，如果一位制片人或者故事编辑喜欢你的东西，你就可能从制片厂或制片人那里获得一个"发展合同"（development deal），要求你写一个原创剧本，或改编他们的某个想法，或把一部书改编成剧本。在这里每个人都在找写手，甭管他们嘴里讲些什么。

给你的代理人三到六周的时间阅读你的材料。如果过了这段时间他还没有给你回音的话，给他打个电话询问。

如果你把自己的材料递交给一位有名气的大代理人，如威廉·默尔斯

（William Morris）或ICM，或CAA。这些名气十足的代理人也许漠视你的东西。但是他们那里有审读人和一些训练有素的代理人，他们也许会阅读的，并且可能会发现它的市场价值。

如果你走运的话，你也许会遇到一位喜欢你的作品，而且愿意代表你的代理人。

谁是最好的代理人呢？

那就是一位喜欢你的作品，而且愿意代表你的代理人。

如果你联系上八位代理人，总会有一位喜欢你的作品的。当然你可以同时向一位以上的代理人递交你的作品。

一位文字作品代理商一般会从他或她出售的作品收入中提取10%到15%作为自己的收益。好的材料在好莱坞的审读人手中不会溜走，他们会从前10页之中来选定未来的电影作品素材。如果你的剧本不错而且值得拍摄的话，它一定会被发现的。但"如何"被发现是另一个问题。

这是一个争取生存的过程。你的剧本被扔进了好莱坞的浩浩江河中。就像一条逆流而上的鲑鱼，只有少数几条能够生存。

如果通过"正常"途径去寻找一位代理人依然无果，那么可能最好的方式是在世界现存的众多的剧本写作大赛的投递中"被发现"。在群英荟萃的剧本写作大赛中，如Nichols Fellowship，Draft's Big Break Contest，Chesterfield Competition，Script Shark's Annual Screewritting Competition，Diane Thomas Award，或者任何一些其他的大赛。只要来自一个制作公司的通知表示你的剧本已被选中为最后的作品或赢家，你就会在好莱坞世界引起巨大关注。每年每场比赛会收到总共3000到5000部剧本，手头上就会有上千部的剧本。在谷歌浏览器上搜索"剧本比赛"，浏览剧本创作大赛和竞赛的数据库（www.filmmakers.com/contests），你会找到大赛项目、最终奖项、报名日期和截止日期等信息。这些正规比赛提供高达1万美元的奖金，连同和企业最高层及执行人员的见面。我几次担任Final Draft大赛的评委，可以告诉你，这个比赛的含金量是很高的。很多冠军已经找到了代理人并且已经出品了他们的剧本。这为他们的成功增加了砝码，是走上业务正轨的不错选择。

另一个方法就是"网上宣传",让你的剧本引起出品监制的注意。交付费用后,你将你的剧本发送给像ScriptShark.com这样的网上文化服务机构,这个网站是Baseline Studio Systems的分支部门。ScriptShark(编剧行家)是专门为娱乐行业设置的专业编剧和故事写作服务机构,它的工作如下:你将自己的剧本投递到ScriptSharp,一个业内的审读人会去阅读和评估你的剧本,然后给你专业性的反馈。如果审读人喜欢你的剧本,他(她)会在机构网页上张贴你的剧本梗概。很多来自大公司的资深、有创造性的执行人为了猎取新的剧本,每天都会去查阅这个网站张贴的剧本梗概。这样的话,对于你来说就是一个不靠代理人和律师让自己的剧本被挖掘的良策。确实,ScriptShark已经帮了不止一个作者向专业迈进。一些编剧已经卖出他们的剧本,ScriptShark也在招选会,达成写作协议,找寻代理人方面帮助到了他们。

当你完成了自己的剧本,你也就正式进入了战场。去年一年向美国东部(或西部)作家公会注册登记的电影剧本有超过75000个之多。可你知道去年美国电影制片厂和独立制片公司拍了制作多少部电影吗?真没多少,也就是四五百部。而且目前由大制片厂制作的影片数量只略有增加,而写作电影剧本的人的数量却在激增。

我们知道了写作剧本的人数的不断增长,那么再来看看制作电影的花销——好莱坞电影每一分钟花销数千美金。那就是为什么今天在好莱坞,即使是一部中等预算的电影也要花费在6000万到8000万美元之间——光是海报和广告的花销就够令人惊诧的了。好莱坞电影至少要赚回它拍摄成本的2.5倍的总额才算获取收益。那么,如果一部电影的投资是6000万,它的总收益必须在1.5亿以上才能收支相抵。没有多少电影能卖到1.5亿。如果一部电影在上映头一两周并没有获得好的收益,放不了几周它就得下线。但是它的辅助市场、国外市场、DVD市场以及副产品销售、电视和有线电视等里面有的在将来仍可能为其创造新的收益。

唯一不会改变的是故事。你可能有世界上最好的特效,或者是世界上最受欢迎的演员,但是如果没有和观众内心、脑海和情感产生共鸣的故事,你将一无所有。故事即为中心,是把一切集成在一起的动力。以《杯酒人生》为例，这部电影的剧本由亚历山大·佩恩和吉姆·泰勒根据雷克斯·皮科特的小说改编，由四位基本名不见经传的演员联袂演出，那是一个特例。你能把一部好剧本拍成好电影，你能把一部平淡无奇的剧本拍成好电影，可你没法靠一个很差的剧本拍出好电影来。尽你所能写出最棒的剧本——那才是你该倾力而做的事。

假如有人想收买你的电影剧本的话，你应该如何交易呢？价格各异。所幸美国作家公会规定了付酬下限。付酬下限被划分为两类：一种是预算在120万到500万的低成本电影，一种是预算超过500万的高成本电影。对于剧本写作的价格，作家公会的规定是：低成本影片的原创剧本，包括梗概是48738美元；高成本影片则是91495美元。每当有新的付酬下限协议谈成后，这个标准都会有所提高。

很多编剧都不会出卖他们的第一个作品，当然也有例外。我过去在南加大专业剧作班的一个学生把她写的毕业剧本投了出去。某位代理人助理读后很感兴趣，将剧本给了她的老板。老板读后也很喜欢，便发送给了他的一个担当制作执行的朋友。执行很满意，告诉给经纪人，经纪人于是立即将这个剧本发送出去并获得了60万美元的收益。现在这个编剧并没有获得所有的钱，当她签订协议的时候她只获得了几千美元，而当制作公司签订了制作协议，她才会获得一大笔报酬。并且，在开机仪式的第一天，她会获得另一份报酬，并且甚至有可能享受"制作红利"。

虽然具体情况各异，但一个剧本的直接价格通常占总制片成本的5%左右。如果你卖出一个剧本，你可能还会得到一点"利润提成"，至少在纸面上是如此。你没准能从制片人那里获得最后收益的2.5%到5%的提成，拿不拿得着就说不准了。但是由于很少有影片赚钱，至少在会计的账目本上没有，因此想要得到你的那份提成，希望是很渺茫的。

如果有人买你的剧本，他（她）也许会买一年的拍摄权，第二年再续约。在一个约期内，有人会想多付钱给你以取得独家控制版权或者在一定期限内加价优先续约等权利。一个约期的会很不一样，从1美元到10万元不等甚至更多都可能。无论是多少，你自己，或者你的律师都可以与其协商。

从你卖出剧本开始，可能一年时间你都收不回所有的钱。这种"分期付酬"的方式在好莱坞是很正常的。虽然每一阶段付款的数目不一样，但基本交易程序都差不多。

如果你真卖剧本时，你要请一个人做代理，不管是经纪人还是律师都行。律师会计时收费，或者按你项目收入的5%收费。

你可以像买电影剧本一样买一本书或小说的改编权。如果你打算把一本书或者一部小说改编成为电影剧本的话，你必须取得这个作品的电影剧本改编或者舞台剧改编的版权。向出版这个作品的出版社询问，了解这个材料的改编权是否还在。写信打电话都行，询问一下这个作品的电影改编权和戏剧改编权的情况。如果可以的话，他们会给你一个代理人的姓名或者作者代表的姓名。同他们联系一下，这个代理人会告诉你是否有可能改编成为电影剧本。

如果你想把一个什么材料改编成为电影剧本而没有事先获得这个改编权的话，你会发现自己在浪费时间，因为你没有获得这个改编权，而改编权很可能已在别人那里。如果你能找出改编权的拥有人，他们也许会读一下你写的剧本，也许不会！

如果你只是把这个改编作为一种写作练习的话，就去做好了。只要你清楚自己在做什么，就不是浪费时光。

今天拍摄制作一部电影的花费很高，所以没有人愿意增大风险。这就是为什么给剧作者的钱被称为"前期投资"或者是"风险投资"的原因。

没人愿意承担风险。而电影这个行业是风险最大的行业之一。没有人知道这部未来的影片是否能像《星球大战》、《泰坦尼克号》、《指环王》那样叫座得"卖爆了棚"。人们往往不会把太多的钱花在这种前景不确定的前期投资上。你知道谁会轻易地花钱？你不会，我也不会。电影制片厂、制片公司、独立制片人也一样不会！

买剧本期权的钱是制片人自己掏的腰包，他们都希望尽量减少风险和麻烦。所以别指望你的第一个剧本会一下子给你赚回好多的钱。没有这样的好事。

当然，总会有意外，而这些意外都是你会听说到的——所以它们才被叫做意外，而非规律。

当你真正坐下来时，要想到你写作这个电影剧本首先是为了你自己，其次才是为了钱。

在好莱坞，只有一些出了名的大剧作家能够靠剧本来赚上大钱。目前在美国西部作家公会登记的电影剧作者已有9500多名，只有很少一部分人会受雇专门从事剧本写作。而年收入能够达到6位数字的不超过100人。他们是实实在在地为每分钱打拼。

不要给自己制定不切实际的目标。

只需要集中精力写你的电影剧本！

然后再关注你的剧本能够赚多少钱。

正如古代典籍《博伽梵歌》所说，"别光想着回报"。你写你的剧本就是因为这是你想干的事，而不是想卖个大价钱。光想赚钱，你肯定写不出好剧本来。

将现实和梦想区分开，它们是两个不同的世界。

Chapter 18
作者札记

A PERSONAL NOTE

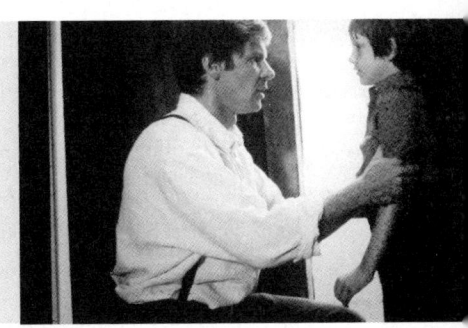

> 希望是个好东西,可能是最好的东西。好东西是不会死的。
> ——《肖申克的救赎》,弗兰克·达拉邦特编剧

从我开始写作和教书时起,我总是自问教书写书的目的,回答一直没变,就是希望编剧能写出好点的电影来。电影应当在观众对周围生活世界的感受上有所启示。我知道在用画面讲故事这件事上,将来会出现更多、更新、更先进的技术,可我感到不管人们是否明白什么是好故事,是什么东西使一个剧本成为好剧本,都取决于制片人和观众是否喜欢。当我提出那个"示例"时,其实我并没有发现什么真正新的东西。这是从亚里士多德时代就有的对故事的概念。我只是把已经存在的东西揭示出来,起了个名字,并说明其在当代电影中是如何运作的。

过去几年里,电影的世界有了令人瞩目的技术进步,理解剧本的戏剧性结构和角色更加成为一个国际性激烈争论的焦点:讨论涉及传统的和非传统的故事讲述方式;讨论故事讲述的线性和非线性途径;讨论影片《唐人街》和《谍网迷影》,《指环王》与《谍影重重》,《末路狂花》与《低俗小说》,《衰仔失乐园》和《罗拉快跑》,等等,还有很多很多。当然,

每个剧本、每个故事都是独特的不可替代的，但我发现争论的好处是，在对话中得到了发现剧本演进的新的出发点的启示。结构的基本原则没有变化，只有形式——讲故事的方式有了变化。如果这导致新的用画面讲故事的方式，我只是把它总结和表达了出来。《木兰花》里有句名言："我们可能告别了过去，但过去或许不曾放过我们。"

我相信银幕就像一面镜子，反射着我们的思想、我们的希望、我们的梦、我们的成功和失败。写个剧本拍成电影是一个行进的旅程，生命的冒险旅程。写在纸页上的影像和光影的舞蹈使得银幕折射着我们的生活，开头可能是结尾，结尾又会是开头。

当我坐在影院的黑暗之中时，我一直保持着强烈的希望和乐观的态度。我不知是在寻找着我自己生活中问题的答案，还是坐在黑暗中庆幸自己没遇上银幕上看到的那些严峻的挑战和纷争。但我知道，在那些闪烁的影像中，我可能得到了深入的观察、有意义的启示和可以给我生活带来独特意义的希望。

我边想着这些，并回顾着自己生活历程的足迹。我看到自己艰难跋涉的起点，凝视着自己到过的地方，审视着自己走过的道路，这让我明白走过的不仅是一段旅程本身，生活的目标和目的地也都在其中。

说你要做一件事和你真的动手去做是两回事，从事编剧工作正是这样。

人人都是作家。

你们会发现这一点的。你向任何人谈到你的电影剧本，他都会提出建议，给以评价，或有一个更好的想法。然后，他们会说他们也有一个可以写成电影剧本的美妙构思。

别对自己所写的东西进行判断。也许要隔若干年你才能客观地去"看"自己的剧本。或许你根本做不到，而做出"好"或"坏"的判断，或者把这个与那个做比较，这在创作经验中都是没有意义的。

它是什么样子就是什么样子。

好莱坞是一个"梦幻工厂"，是健谈者的城镇。在这个城里你走到凡是有人聚集的地方，你都会听到有人在谈论他们准备写的剧本，他们要制作的影片，要签订一个合同等等。

全是空谈!

动作即是人物,对不对?一个人的所作所为,而不是一个人说什么,表明他是什么样的人。

人人都是作家。

在好莱坞有一种对剧作家放"马后炮"的倾向,制片厂、制片人、导演,还有明星,全要对剧本进行修改,来"改好"它。有时能改进,有时不行。在好莱坞,大多数人都自以为比原作者更"高明","他们"知道该干些什么"来改得好一些"。导演们则始终在这样干。

一个电影导演可以拿到一部伟大的电影剧本拍摄成一部伟大的影片,他也可能拿到一部伟大的电影剧本而拍摄成一部糟糕的影片。但他绝不可能拿到一部糟糕的电影剧本而拍摄成一部伟大的影片。

门儿都没有。

只有少数几个导演知道如何在视觉上把故事线安排得更紧凑,从而改进原来的电影剧本。他们可以把原稿从三四页长、以对话见长的场面,浓缩成一个紧凑而富有戏剧性的三分钟的场面,其中只用五句对话,三个面部表情,一个人点燃香烟和墙上挂钟的特写等。迈克尔·曼在《借刀杀人》中就是这样做的。他拿到斯图尔特·比蒂的剧本后精心雕琢,用视觉化的方式改造成一个节奏紧凑、扣人心弦,但又保留了原作基本结构和完整性的剧本。

这是个例外,不是规律!

在好莱坞,大多数导演都没有故事感。他们只不过是马后炮。对故事线加以改动,这只是削弱并歪曲了原剧本。结果是,花了一大笔钱拍出一个没人看的劣等影片。

当然,从长远来看是大家均有所失:制片厂亏了钱,导演在自己"竞赛纪录"上加上了"一次失败",而剧作家由于写了坏剧本遭人骂。

人人都是作家。

有些人可能把电影剧本写完,另一些人没有写完。写作是项艰苦的工作,是日复一日的劳动。专业剧作家就是决定达到一个目标,然后实现之。如同生活一样,写作是一种个人的责任:你或者履行它,或者不履行。然后,就是那个关于生存与进化的、古老的"自然法则"了。

在好莱坞没有"一夜成功的故事"。这正如谚语所讲的："一夜成功要花十五个春秋。"

请相信这句话。这是真理。

专业的成就是由坚持不懈与决心来衡量的。麦克唐纳公司（McDonald's Co.）的海报《再接再厉》概括了一句格言：

世界上没有任何东西能代替持之以恒。
才华不能代替，常见的是失败的人才；
天才不能代替，众所周知天才通常壮志未酬；
教育不能代替，这世界充满了受过教育的废物。
只有持之以恒和坚定不移，才可以
无所不能！

当你完成了你的电影剧本时，你已经取得了一个伟大的成就。你把一个构思发展成一条戏剧性的或喜剧的故事线，然后坐下来用几个星期或几个月把它写下来。从开始到完成，是一个满足和得到回报的体验。你做了你决心要做的事情。它可以让你爱得要死，也可能让你恨得要命；它会让你夜里睡不着觉，也会让你睡得很安心。就像让·雷诺阿说的："真正的艺术就是动手干起来。"

承诺和牺牲是同一个硬币的两面。

这是值得骄傲的！

才能是上天赋予的，无论你是否具备，别让剧本卖不卖得出去这件事影响你的思维方式和对自己的看法，别因此破坏你的写作体验。从长远来讲，你做了你要做的，实现了自己的希望和梦想，你就达到了你的目的。

写作自身会给你带来报偿。要享受它。

努力干吧。

出版后记

《电影剧本写作基础》自1982年首版以来已被译成20余种语言，在世界250多所大学中用作教材。三十年过去了，这本书在编剧教学中依然有着极其经典的地位，这归功于其不同于《故事》的实用性。

悉德·菲尔德的理论并不复杂繁琐，却是从无数剧本佳作中、从他本人"阅本无数"的好莱坞经验中锤炼而来。乍看之下，一张故事线结构图就足以囊括他的核心理论，尚未着手动笔写剧本的初学者，也许会觉得这套理论僵硬，可事实上，这结构并不是一套用来填充内容的模具，也不是限制创造力的缰绳。悉德·菲尔德相信，故事的本质是不变的，只要有故事，就必然有开端、中段、结尾，形式有千变万化，但编剧必须心中有数，才能在不变的骨架上顺着故事的肌理拿捏好各要素之间的勾连关系，驾驭作用力与反作用力。编剧新手若撞一次南墙回头，便会发现其微言大义之处。

80年代，北京电影学院便将此书指定为必读剧作教材，近几年一度脱销，各书店纷纷制作"影印版"且供不应求。此次再版，作者修订了大量内容，增加了一批更为当代观众熟知或更风格化的片例，而我们更有幸邀到上一版的原译者钟大丰、鲍玉珩老师，于百忙之中随新版翻译增补内容，修订译稿。同时，在编辑过程中我们对照新版原文进行校订，统一译名，如若还有不准确的地方，希望读者朋友们不吝指正，以便在今后的重印中加以更正。

希望这本书提供的剧作技法，能帮助大家分享一些需要被讲述的故事。

服务热线：133-6631-2326　188-1142-1266

服务信箱：reader@hinabook.com

"电影学院"编辑部
拍电影网（www.pmovie.com）
后浪出版公司
2016年8月

图书在版编目（CIP）数据

电影剧本写作基础 /（美）悉德·菲尔德著；钟大丰，鲍玉珩译 . -- 修订本 . —北京：北京联合出版公司，2016.11（2020.1 重印）

ISBN 978-7-5502-8475-3

Ⅰ.①电… Ⅱ.①悉…②钟…③鲍… Ⅲ.①电影文学剧本—创作方法 Ⅳ.① I053.5

中国版本图书馆 CIP 数据核字 (2016) 第 212208 号

Screenplay: The Foundations of Screenwriting
by Syd Field
Copyright © 1979, 1982, 1994, 2005 by Syd Field
This translation published by arrangement with Delta, an imprint of Random House, a division of Penguin Random House LLC.
Simplified Chinese edition copyright: 2016 Ginkgo (Beijing) Book Co., Ltd.
All Rights reserved.
本书中文简体版权归属于银杏树下（北京）图书有限责任公司

电影剧本写作基础（最新修订版）

著　　者：［美］悉德·菲尔德
选题策划：后浪出版公司
出版统筹：吴兴元
特约编辑：陈草心
责任编辑：孙志文
营销推广：ONEBOOK
装帧制造：墨白空间

北京联合出版公司出版
（北京市西城区德外大街 83 号楼 9 层　100088）
捷鹰印刷（天津）有限公司印刷　新华书店经销
字数 283 千字　690 毫米 × 960 毫米　1/16　19 印张　插页 6
2016 年 11 月第 1 版　2020 年 1 月第 10 次印刷
ISBN 978-7-5502-8475-3
定价：42.00 元

后浪出版咨询（北京）有限责任公司 常年法律顾问：北京大成律师事务所　周天晖 copyright@hinabook.com
未经许可，不得以任何方式复制或抄袭本书部分或全部内容
版权所有，侵权必究
本书若有质量问题，请与本公司图书销售中心联系调换。电话：010-64010019